천국에서 온 탐정

천국에서 온 탐정

이동원 장편소설

스윙테일

그들을 두려워하지 말라.
감추인 것이 드러나지 않을 것이 없고
숨은 것이 알려지지 않을 것이 없느니라.

- 마태복음 10장 26절

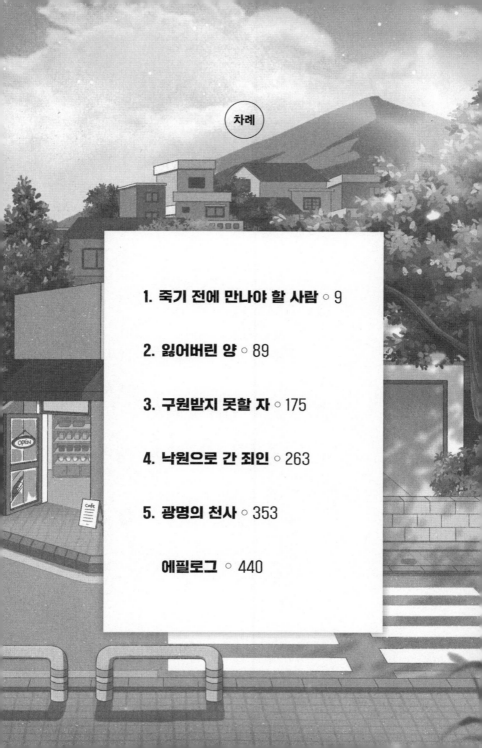

차례

1. 죽기 전에 만나야 할 사람 ○ 9

2. 잃어버린 양 ○ 89

3. 구원받지 못할 자 ○ 175

4. 낙원으로 간 죄인 ○ 263

5. 광명의 천사 ○ 353

에필로그 ○ 440

죽기 전에
만나야 할 사람

1.

"종교탄압 자행하는 폭력 경찰 물러나라!"

선창자가 외치자 그 앞에 줄지어 선 사람들이 따라서 악을 쓰듯 소리를 질렀다. 교회에서 나온 시위대는 각양각색의 피켓을 들고 경찰서 앞 인도를 점거했다. 경찰서 소속 순경들이 도열해 시위대 앞을 막았다.

한 남자가 경찰서 정문으로 나와 순경들 뒤쪽으로 지나갔다. 남자는 모자를 눌러쓴 데다 후드까지 뒤집어써서 얼굴이 보이지 않았다. 남자는 시위대를 힐끗 보더니 횡단보도를 건너 경찰서 반대편 도로로 향했다. 남자는 길을 건너자마자 코너를 돌았다.

골목에 들어서자 단층으로 된 카페가 눈에 들어왔다. 카페 전면은 안이 들여다보이는 통유리였는데 손님을 환영하듯 문이 활짝 열려 있었다. 문 옆으로 하얗게 칠해진 벽면에는 '천국에서 온 커피'라고 적혀 있었다. 문 앞에는 동네 슈퍼에나 놓여 있을 법한 평상이 있었다. 직장 동료로 보이는 젊은 남녀가 그 위에서 음료와 케이크를 먹고 있었다.

남자는 평상을 지나쳐 카페 안으로 들어갔다. 12평 남짓한 매장이 한눈에 들어왔다. 매장 내부는 테이블 대신 바(Bar) 형태로 꾸며져 있었다. 때문에 저녁이 되면 술집으로 착각하고 들어오는 손님들도 있었다.

한 남자가 바 중앙에서 긴 머리를 뒤로 묶고 커피를 내렸다. 카페 천국에서 온 커피의 주인이었다. 남자 앞에 앉은 여자 손님 둘이 눈을 반짝이며 휴대폰으로 남자가 커피를 내리는 모습을 찍었다.

모자를 쓴 남자는 바의 바깥쪽 끄트머리 자리에 앉았다. 주인이 미소를 지으며 남자에게 다가왔다.

"'오늘'로."

남자가 주인이 인사를 건네기도 전에 말했다. '오늘의 커피'를 주문한 것이었다. 주인은 미소를 지으며 고개를 끄덕였다.

모자를 쓴 남자는 거의 매일 천국에서 온 커피를 찾았다. 커피도 맛있었고, 혼자 조용히 시간을 보낼 수 있는 분위기도 좋았다. 가장 마음에 들었던 것은 주인의 태도였다.

이곳의 주인은 간이 딱 맞는 음식처럼 적당히 친절했다. 주인은 늘 기분 좋은 미소로 손님들을 맞이했지만 단골이라고 더 친근하게 굴지도 않았다. 바텐더처럼 손님들과 대화를 나누기도 했지만 주인이 먼저 말을 걸지는 않았다.

남자는 모든 사람과 확실히 선을 긋고 살았다. 직장 동료건 학교 선후배건 신경 쓰지 않았다. 그래서 때론 차갑고 싸가지 없다는 말을 들었지만 남자는 개의치 않았다. 남자는 주변의 평가보다는 함부로 선을 넘는 사람들의 태도가 훨씬 불편했다.

이 카페의 주인은 눈치가 빠른 사람이었다. 주인은 남자가 불편해할 행동을 하지 않았다. 남자는 천국에서 온 커피에 올 때마다 평안함을 느꼈다.

"땅콩버터 크림을 올린 커피입니다. 크림을 한 숟갈 먼저 떠드시고 커피를 드시면 됩니다."

주인이 오늘의 커피를 내놓았다. 남자는 주인이 말해 준 대로 커피를 마셨다. 달달함이 입 안 가득 퍼졌다. 오전 내내 구겨져 있던 기분이 조금은 펴졌다.

남자가 맛을 음미하는데 누군가의 시선이 느껴졌다. 남자가 고개를 들자 주인이 심각한 얼굴로 남자를 보고 있었다. 그럴 수밖에 없었다. 남자의 뺨에 피가 흐르고 있었으니까. 주인이 재빨리 남자에게 다가왔다. 남자는 한 손으로 피를 닦아 내며 다가오지 말라는 듯 다른 손을 앞으로 뻗었다.

"괜찮아요."

주인은 남자의 말을 무시하고 카운터 밑에서 구급함을 꺼냈다. 남자는 짜증이 났지만 손님이 피를 흘리는데 가만히 있을 사장은 없을 터였다. 남자는 상황을 받아들이고 최선의 선택을 하려 했다.

"제가……."

남자가 구급함에 손을 뻗으며 말했다.

"손 치워요."

주인이 말했다. 방금 전 커피를 마시는 법을 친절하게 설명해 주었던 남자와는 다른 사람 같았다.

주인은 남자가 손 쓸 시간도 주지 않고 거침없이 손을 뻗어 남자의 모자를 벗겼다. 이마에 난 상처에서 피가 흘러내렸다. 한눈에 봐도 깊은 상처였는데 대충 붕대만 감아 놓은 상태였다. 남자는 주인이 모자에 손을 대는 순간 선을 넘었다고 판단했다. 남자는 불쾌함을 감추지 않았다.

"이봐요. 지금 누구 마음대로……."

"추석 귀경길에 고속도로에서 가드레일을 들이받고 사망한 사람이 있었습니다."

주인은 남자의 짜증을 무시하고 신속히 손을 움직이며 말을 이었다.

"처음엔 음주 운전이라고 생각했어요. 전날 과음을 한 정황이 있었거든요. 하지만 밤을 새워서 마신 것은 아니었어요. 혈중알코올농도로 봐도 만취한 상태는 아니었지요."

주인은 어설프게 감아 놓은 붕대를 제거한 후에 상처 부위를 소독하고 지혈했다. 주인의 손놀림은 커피를 만들 때보다도 프로답게 느껴졌다. 짜증을 내던 남자도 그 능숙한 솜씨에 입을 다물었다.

"졸음운전이나 차량 결함도 의심해봤지만 다 아니었죠. 남자의 사인은 말입니다."

주인의 손길에 상처에서 흐르던 피가 점차 멎으면서 상처가 뚜렷하게 보였다.

"풀에 베인 상처 때문이었습니다. 성묘하다 다친 거였죠. 풀에 베인 것치고는 깊은 상처였지만 별거 아니라고 생각했겠지요. 실제로 별건 아니었어요. 제때 소독하고 기본적인 치료만 했다면 문제없었을 겁니다. 하지만 대충 붕대로 감아 버린 거예요."

주인이 '대충 감겨 있던 붕대'를 남자에게 보여 준 후 쓰레기통에 버렸다.

"작은 상처라도 감염이 될 수 있다는 사실을 무시해 버린 거지요. 남자는 상처가 부어올랐는데도 응급실에 가는 대신 며칠만 참고 서울에 가서 치료를 받자고 생각했어요. 하지만 병원 문턱도 밟지 못하고 사망했습니다. 형사님 이마에 난 상처보다 훨씬 가벼운 상처 때문에요."

"네?"

남자의 반문은 물론 의외의 사인 때문이 아니었다.

"날 알아요?"

남자는 불쾌함을 넘어 적개심까지 담아 물었다.

"형사님은 거의 매일 우리 가게를 찾아 주시는 단골이시고 여기서 큰길로 나가면 바로 보이는 곳이 경찰서니까요. 형사님이 경찰서에 드나드는 모습을 몇 번 봤지요. 심지어 오늘도 횡단보도 앞에서 계신 것을 봤습니다."

주인은 말을 하면서도 손을 멈추지 않았고, 곧 처치를 깨끗하게 마무리했다.

"재떨이에 맞은 거 맞죠? 응급처치는 했지만 병원에 가 보세요. 뒤늦게 뇌진탕이 오는 경우도 있으니까요. 처음엔 이상이 없더라도 시간이 지나면서 혈종이 생기기도 합니다."

주인이 구급함을 닫으며 말했다.

"그건 또 어떻게?"

"바리스타 자격증보다 의사 면허를 먼저 땄거든요."

주인이 대수롭지 않게 말하곤 구급함을 카운터 아래로 집어넣었다.

"의사라고요?"

"병원 가서 진단서 떼고 고소도 하세요. 화가 난다고 부하에게 재떨이를 집어 던지는 사람이라면 결국 다른 사고를 칠 겁니다. 덮어놓고 지나간다고 해결이 되진 않아요."

남자는 절로 입이 벌어졌다.

"요즘 의대에선 상처만 보고도 가해자까지 맞추는 법을 가르쳐 줍니까?"

"의사가 아니라도 방금 생긴 상처란 것쯤은 알 수 있어요. 근처에 경찰병원이 있는데도 그 꼴로 돌아다닌다는 건 실수나 사고가 아니라 내부자의 폭행 때문이었을 가능성이 크지요. 누군가 형사님에게 재떨이를 집어 던졌다는 건데 요즘 웬만한 실내는 금연이죠."

주인이 카페 바깥을 슬쩍 보았다. 손님 중 한 명이 멀찌감치 떨어진 곳에서 담배를 피우고 있었다.

"누가 재떨이를 사무실에 두고 썼을까요? 개인 집무실이 있는 사람이겠지요. 형사님이 재떨이에 맞고도 꾹 참고 넘어갈 수밖에 없는 사람이겠고요. 서장님 정도는 돼야겠지요."

남자는 어이가 없어 웃음이 나왔다.

"이제 보니 탐정이셨네요. 의사가 아니라 형사를 하셨으면 미제 사건 좀 해결했겠어요."

"과찬이십니다. 성요한 형사님처럼 훌륭한 경찰분들 어깨너머로 배운 거죠. 법의학을 전공했거든요."

강력계 형사 성요한의 얼굴에서 웃음이 사라졌다.

"탐정이 아니라 무당이신가? 아니 그보다 지금 자꾸 날 갖고 노는 것 같은 기분이 드는데 착각입니까?"

"네, 오해십니다."

주인은 휴대폰을 꺼내 몇 번 터치하더니 성요한에게 건네주었다. 휴대폰 화면에는 단체 문자가 떠 있었다.

[긴급 공지]

평생 장애인의 친구로 살아온 설강훈 목사가 누명을 쓰고 체포되었습니다. 설 목사를 체포한 경찰 성요한은 장로의 아들로 한때 신학생이었지만 불량한 태도 때문에 퇴학을 당하고 목사란 직업에 앙심을 품게 됐습니다. 경찰 성요한은 체포 과정에서 설 목사의 갈비뼈를 부러뜨리고도 사과도 하지 않고 있습니다. 이에 본 교단은 규탄 대회를 열고자 하오니 교단 소속의 교회들은⋯⋯.

공지문 밑에는 유튜브 영상 링크가 달려 있었다. '신학대에서 쫓겨난 폭력 경찰, 목사를 폭행하다'라는 제목의 영상이었다. 채널 이름은 '서오봉의 팩폭'이었다.

"서장님이 재떨이를 던진 건 이 사건 때문이겠죠?"

주인의 말에 성요한이 고개를 들었다. 붉게 상기된 이마에 실핏줄이 불거져 있었다.

"이 문자는 어떻게 받은 겁니까? 이 지역 교회들한테 단체로 보낸 거 같은데?"

"여기가 교회니까요."

"뭐라고요?"

주인이 카운터 앞에 비치되어 있던 명함을 꺼내 건넸다. 앞면에는 검은 바탕에 하얀 글씨로 카페 이름인 '천국에서 온 커피'가 적혀 있었다. 뒷면으로 돌리자 하얀 바탕에 검은 글씨로 '그리스도의 신비 교회(The Mystery of Christ)'라고 적혀 있었다.

"평일에는 카페로 운영되지만 주일에는 예배당이 됩니다. 이리되었으니 통성명이나 하시지요. 저는 그리스도의 신비 교회를 담당하는 유진신 목사라고 합니다."

카페 주인이자 목사 유진신이 손을 내밀며 말했다.

"내가 자기 발로 와 줬으니 좋았겠네요. 교단에 내 동태라도 보고했습니까?"

성요한은 자리에서 일어나 두 손을 주머니에 찔러 넣었다.

"교단과 소속 교회는 주종 관계가 아닙니다. 교단에 속해 있다고 같은 입장은 아니라는 거죠. 그리고 보고할 게 뭐가 있다고요? 형사님이 오늘은 무슨 커피를 마셨는지 보고할까요?"

"그거라도 하시죠. 내일부터는 보고할 게 아무것도 없을 테니까."

성요한은 거칠게 돌아서서 카페 밖으로 나갔다.

교회에 발길을 끊은 지 10년이 지났다. 카페인 줄 알고 갔던 것이지만 성요한은 자신이 교회로 사용되는 공간에서 평안함을 느꼈다는 사실에 화가 났다.

'어쩐지 천국에서 온 커피라는 이름이 걸린다 했어.'

2.

성요한은 다음날부터 천국에서 온 커피에 발길을 끊었다. 대신할 카페는 얼마든지 있으니까.

하지만 없. 었. 다. 어딜 가도 천국에서 온 커피의 맛이 나지 않았다.

성요한은 신앙을 버리기로 작정하고 술과 담배에 손을 댔지만 자신과는 맞지 않는다는 사실만 확인했다. 무엇에라도 중독이 되고 싶었던 성요한이 선택한 것은 커피였다.

악마의 음료라는 별명도 마음에 쏙 들었다. 처음엔 그저 쓴 물일 뿐이었지만 마시다 보니 맛의 미묘한 차이가 느껴졌다. 그러자 취향이란 것이 생겼다.

그리고 지금껏 천국에서 온 커피만큼 성요한의 취향에 맞는 커피는 없었다. 발길을 끊은 지 겨우 사흘 만에 성요한은 그 사실을 인정할 수밖에 없었다. 금단증상인가 싶을 정도로 성요한은 천국에서 온 커피를 마시고 싶었다.

유진신이 커피를 들고 경찰서로 찾아왔을 때 성요한은 하마터면 웃으며 인사를 건넬 뻔했다.

"뭐야? 배달도 다녀요?"

성요한이 흉악한 마약사범을 마주한 것처럼 말했다.

유진신이 책상 위에 커피를 내려놓자 성요한이 자연스럽게 커피를 집어 들었다.

"구원준 어르신 때문에 왔습니다. 형사님이 담당이시라고 들었는데요."

성요한은 황홀한 얼굴로 커피를 한 모금 마시려다 황급히 정신을 차렸다.

"구원준 씨요? 그 자살한 노숙자 분? 아시는 분입니까?"

"저희 교회 성도이십니다."

"그래요? 유가족과 연락이 되지 않아서 곤란하던 차였는데 연이 닿는 분이 계십니까?"

성요한이 놀란 눈으로 말했다.

"아니요. 장례는 저희가 대신 치르려고 합니다."

"그렇군요. 그럼 곧 절차를 밟도록 하지요."

"그 전에 부검을 해 봤으면 합니다."

성요한이 멈칫하며 커피를 내려놓았다.

"자살 사건에 무슨 부검입니까?"

"자살이 아니니까요."

유진신이 내민 휴대폰에는 영상이 띄워져 있었다.

"저희 교회에서는 한 달에 한 번씩 돌아가며 간증을 나누는 시간
이 있습니다. 구원준 어르신이 바로 지난달 간증을 해 주셨지요."

영상 속에서 백발의 남자가 사람들 앞에 서 있었다. 죽기 얼마 전
이었지만 구원준은 평안해 보였다. 구원준이 미소를 띤 채 간증을
시작할 즈음에 성요한이 영상을 멈췄다. 유진신이 의아한 눈빛으
로 성요한을 보았다.

"왜 이걸 보여 주시는지는 알겠습니다. 하지만 자살한 사람이 죽
기 전에 밝은 모습을 보이는 일은 얼마든지 있습니다."

"영상을 다 보시면 그저 밝은 모습이 아니란 것을……."

유진신이 항변했지만 성요한은 기다려 주지 않았다.

"목사님은 자신이 맡고 있던 신도가 자살을 해서 죄책감에 빠지
신 겁니다. 자기 잘못처럼 느끼시는 거죠. 그게 괴로우니 다른 누군
가에게 책임을 돌리려는 거고요. 가족을 갑작스레 잃은 사람들에
게서 흔히 나타나는 일입니다."

성요한이 모니터를 보고 키보드를 두드리며 말을 이었다.

"목에 남은 자국이 스스로 목을 맸을 때 나오는 형태고 몸싸움의 흔적도 없습니다. 법의관은 아니지만 저도 이 정도는 알아요."

"자살로 위장한 사건도 있습니다."

"그것도 압니다. 저도 가능성을 다 열어 두고 조사해 봤어요. 구원준 씨는 살인 전과도 있으니까요."

"살인이요?"

유진신이 놀란 얼굴로 물었다.

"모르셨어요? 오래전 일이지만 검색해 보면 기사도 떠요."

성요한이 모니터를 돌려 유진신에게 보여 주었다.

기사엔 구원준이란 이름 대신 '노숙자 A씨'로 표기되어 있었다. 기사에 따르면 구원준은 술에 취해 돌아다니다 고등학생 B군에게 술을 사 달라며 시비를 걸었다. B군이 말을 듣지 않자 구원준은 자신을 무시한다고 생각했고 결국 싸움이 벌어졌다. 구원준은 팔팔한 고등학생의 완력을 당하지 못하자 갖고 있던 칼로 B군을 찔렀다. 기사는 경제위기로 늘어난 노숙자 수와 그들로 인한 범죄율 증가에 우려를 표하며 끝을 맺었다.

"구원준 씨는 학생이 먼저 시비를 걸었고 칼도 학생 것이라며 정당방위를 주장했어요. 하지만 같은 학교 학생이 현장에서 사건을 목격했습니다."

"피해자 유가족은 어르신이 출소한 걸 알고 있었습니까?"

유진신이 심각한 얼굴로 물었다.

"유가족은 아버지뿐인데 지금 징역을 살고 있어요."

"뭣 때문에요?"

"다양해요. 횡령, 뇌물, 폭행, 심지어 살인교사 혐의까지 있습니다. 이 인간이 그 지역에서 유명한 중견기업 오너였거든요. 지역 유지 같은 거죠. 근데 여직원을 스토킹한 모양이에요. 여직원은 퇴사하고 고소를 하려고 했지요. 그랬더니 입을 막으려고 한 거죠."

유진신은 할 말을 잃고 입만 벌리고 있었다.

"밖에 있었다면 죽인 뒤 자살로 위장하고도 남을 인간이지만 지금은 그럴 형편이 못 됩니다."

성요한이 커피를 한 모금 더 마시고 말을 이었다.

"무엇보다 동기가 확실해요. 구원준 씨의 방에서 다량의 진통제와 병원 영수증이 나왔습니다. 확인해 보니 말기 암이었더군요. 빤하잖아요. 돌봐 줄 가족도 없는 가난한 독거노인이 스스로 세상을 떠난 거죠."

"……그랬군요. 확실하네요."

유진신이 고개를 끄덕였다. 성요한은 이제야 말이 통한다는 듯 미소를 지으며 커피를 마셨다.

"확실히 자살이 아닙니다."

성요한이 입에 머금고 있던 커피를 뿜으며 고개를 숙였다. 성요한이 입고 있던 하얀 티셔츠에 커피가 묻었다.

"에이씨!"

성요한이 짜증이 가득한 눈으로 유진신을 노려봤다. 유진신은 태연한 얼굴로 말을 이었다.

"구원준 어르신은 원래 간증을 고사하셨습니다. 자신은 간증을 할 자격이 없는 사람이라고 하셨지요. 그런데 갑자기 저를 찾아오셨어요."

구원준은 집에 들어오라는 유진신의 말을 사양하고 문 앞에 서서 말했다.

"지금이라도 괜찮다면 간증을 해 보고 싶은데요."
"그럼요. 괜찮고 말고요."
"그런데 부탁드릴 말씀이 하나 있습니다."

구원준이 쭈뼛거리며 말을 이었다.

"깔끔한 옷 한 벌만 구해 달라고 하시더군요. 간증하실 때 입을 옷이 필요하신가 보다 생각하고 적당한 정장을 선물해 드렸지요."
"그게 무슨 상관인데요!"

성요한이 짜증스러운 얼굴로 휴지를 뽑아 옷에 스며든 커피를 닦아 냈다.

"어르신은 간증할 때 그 옷을 입지 않았습니다."

유진신이 휴대폰의 영상을 가리켰다. 유진신의 말대로 영상 속의 구원준은 낡은 점퍼를 입고 있었다.

"의아했지만 따로 여쭙진 않았습니다. 간증은 잘 끝났고, 다음날에 어르신을 찾아갔습니다. 용기를 내 주신 것에 감사 인사를 드리려고요. 한데 외출을 하시더라고요. 제가 사 드린 정장을 입고요."

유진신은 마지막으로 본 구원준의 모습을 떠올리며 말했다.

"간증을 위해서가 아니라 누군가를 만나려고 옷을 구했던 겁니다. 다가오는 죽음을 받아들이고 죽기 전에 만나야 할 사람을 찾아간 거지요. 새 옷을 입고요."

유진신이 화면 속의 구원준을 보다가 고개를 들었다.

"유서 같은 것은 발견되지 않았지요? 이 영상이 바로 유서입니다. 죽음을 받아들이고 마지막으로 남긴 메시지인 거예요. 유서를 확인도 안 하고 사건을 종결할 겁니까?"

유진신이 따지듯 물었다.

"죽기 전에 누군가를 만났다고 해서 타살의 가능성이 생기는 건 아닙니다. 오히려 신변을 정리하려 했다는 점에서 정황상 자살이⋯⋯."

"설강훈 목사 사건은 진술이 확실했고, 용의자도 잡혔지요. 정황이 빤했는데 왜 재떨이까지 맞아 가며 재수사를 하셨지요?"

"그거야 일방적인 진술만 듣고 기초적인 수사도 제대로⋯⋯."

성요한은 답을 하다가 입을 다물었다. 맞은편에서 누군가 성요한을 원수라도 되는 것처럼 노려보았기 때문이다. 설강훈 사건을 성요한과 함께 수사했던 선배 이동기였다.

유진신이 책상 위에 놓여 있던 성요한의 명함을 집어 들었다.

"이 번호로 보내 드리지요. 이 영상이 재수사의 근거가 될지 말지는 형사님의 선택입니다."

25

유진신은 그대로 강력팀을 나섰다. 5분도 지나지 않아 성요한의 휴대폰에 영상이 도착했다. 성요한은 스팸 문자라도 온 것처럼 알림창을 지워 버리고 서류 작업에 몰두하려 했다. 하지만 일이 손에 잡히질 않았다.

유진신의 주장은 타당했다. 영상을 확인해 볼 필요는 있었다. 하지만 간증이란 신을 만난 이야기다. 신을 버린 성요한에겐 별점 한 개짜리 영화보다 보고 싶지 않은 영상이었다.

성요한은 이어폰을 착용하며 약정 기간을 넘긴 지 오래인 휴대폰이 고장이라도 나 주길 바랐다. 하지만 휴대폰은 무심하게 화면 가득 영상을 띄웠다. 암 투병 중인 노인의 갈라진 목소리가 귓속에 들려왔다.

"저는 깡촌에서 태어나 성경에 나오는 탕자처럼 아버지 돈을 들고 무작정 도시로 나왔습니다."

성요한은 까다로운 평론가처럼 심드렁한 얼굴로 영상을 보았다.

서울에 온 구원준은 그야말로 닥치는 대로 일을 했다. 드디어 자기 사업체를 갖게 되었지만 IMF 사태를 견디지 못하고 부도를 내고 말았다.

'갑작스레 찾아온 고난을 통해 하나님을 만나게 되었다? 진부하기 짝이 없는 스토리네.' 성요한은 평점이 짜기로 유명한 평론가처럼 간증이 끝나기도 전에 혹평을 할 준비를 마쳤다.

"여러분은 노숙자를 보면 어떤 생각을 하십니까? 놀랍게도 그들이 처음부터 노숙자였던 것은 아닙니다. 저처럼 각자의 사연을 끌어안고 바닥에 떨어진 사람들이지요."

구원준은 거리에서 사는 법을 배우며 새로운 친구들을 사귀게 되었다. 그중 한 명이 갑자기 사라져 보이지 않더니 며칠 후 시체로 발견되었다.

"친구라고는 했지만 그에 대해 아는 것이 많진 않았습니다. 그저 나와 비슷한 사연을 갖고 있겠거니 짐작할 뿐이었지요. 그걸로 충분했습니다. 제가 분노할 이유는요."

구원준은 세상이 원망스럽고 이따위 세상을 만든 하늘이 원망스러웠다. 짐승처럼 울부짖으며 하늘을 올려다보는데 멀리 십자가가 보였다. 구원준은 홀리기라도 한 듯 교회로 달려갔다. 그리고 목사실에 쳐들어가 머리가 하얗게 센 목사를 붙들고 소리를 질렀다. "당신, 이웃이 길바닥에 죽었는데 그걸 알고 있냐? 설교할 때 이웃을 사랑하라고 하지 않았느냐? 이러고도 당신이 목사냐?"

"제 친구가 노숙자가 된 건 교회 탓이 아니었습니다. 목사님이 제 친구를 죽인 것도 아니었지요. 하지만 저는 누군가를 비난하고 싶었습니다. 그래야 속이 시원할 것 같았으니까요.

그래서 행패를 부렸어요. 하지만 목사님은 경찰을 부르는 대신 커피 한 잔을 내주셨지요."

구원준은 옆에 서 있던 유진신을 향해 빙긋이 웃으며 말을 이었다.

"우리 유진신 목사님이 만들어 주시는 커피만은 못하지만 저는 그 커피를 잊지 못합니다."

구원준에게 커피를 내준 목사는 친구의 장례를 치러 주었다. 그뿐 아니라 매 주일마다 동네의 노숙자들을 불러 함께 식사했다.

"김치에 계란, 김, 미역국이 전부였지만 저는 그 광경이 믿기지가 않았습니다. 대체 왜 목사님이 저 같은 사람의 억지를 들어준 건지 이해가 되지 않았어요. 하루는 같이 밥을 먹다가 교회 식당 벽면에 걸린 그림을 봤습니다. 한 노인이 젊은 남자를 안아 주는 그림이었습니다."

그림 속의 노인은 지체가 높아 보였고 젊은 남자는 누더기가 된 옷을 걸치고 있었다. 남자는 죄인처럼 노인의 품에서 고개를 숙이고 있었다.

"저는 미술을 모르지만 왠지 그 그림에서 눈을 뗄 수가 없었습니다. 그 그림은 렘브란트가 그린 「탕자의 귀향」이란 작품이었어요. 저는 깨달았습니다. 그림 속의 탕자가 저란 것을요. 제 인생을 돌아보니 결국 제 욕심을 따라 살았을 뿐이었습니다."

구원준의 뺨에 뜨거운 눈물이 흘러내렸다. 유진신이 잠시 화면 안으로 들어와 휴지를 건네주었다. 구원준은 진정을 한 후에 다시 입을 열었다.

"목사님에게는 문을 열고 들어선 제가 돌아온 탕자처럼 보였던 겁니다. 그래서 그림 속의 아버지처럼 저를 안아 주셨던 거지요. 드디어 아버지의 집에 돌아온 저는 눈물 젖은 미역국을 먹으며 하나님의 자녀로 거듭났습니다."

구원준의 말에 사람들이 '아멘'이라고 답하며 박수를 보냈다. 구원준은 박수가 잦아들길 기다렸다가 간증을 마무리 지었다.

"사는 게 힘들지요? 저도 압니다. 사는 것이 버거워서 몇 번이나 죽을 생각을 했으니까요. 하지만 우리에게 죽음이란 선택지는 주어지지 않았습니다. 죽음은 끝이 아닙니다. 잠시 머무는 이 땅에서 우리의 본향인 천국으로 돌아가 영원한 삶을 누리는 것입니다. 아버지의 집으로 돌아가는 것이지요. 저 같은 사람도 아들로 맞아 주신 하나님께서 어찌 여러분을 환대하시지 않겠습니까. 여러분들과 천국에서 다시 만나길 기도합니다. 감사합니다."

뜨거운 박수가 이어지며 영상이 끝났다.

'우리에게 죽음이란 선택지는 주어지지 않았습니다.' 성요한이 그 부분을 돌려보며 구원준을 살폈다. 구원준은 미소를 짓고 있었지만 단호한 말투 속에 굳건한 믿음이 느껴졌다. 성요한은 잠시 고민하다가 휴대폰을 집어 전화를 걸었다.

"성요한입니다. 네, 한번 만나 봅시다. 죽기 전에 만나야 했던 사람이요."

3.

"이렇게 금방 찾을 줄은 몰랐는데요."

유진신이 엘리베이터 앞에서 말했다.

"요즘은 어디나 CCTV가 깔려 있거든요. 뭘 보고 계시는지 모르겠는 하나님보다는 CCTV가 더 든든한 세상이지요."

성요한이 엘리베이터 입구에 설치된 CCTV를 가리키며 말했다. 엘리베이터가 열리자 두 사람이 올라탔다.

"구원준 씨는 그날 먼저 병원에 들렀습니다. 진통제를 처방받으러 갔겠지요. 그다음에 간 곳은 '뷰티풀 서울'이란 공익 재단이었습니다."

성요한이 층수가 올라가는 것을 보며 말했다.

"공익 재단엔 왜?"

"대표와 상담을 했다더군요. 역 주변 노숙자들을 도와달라는 부탁을 하더랍니다."

엘리베이터가 멈추고 성요한과 유진신이 내렸다. 오래된 복도식 아파트 통로가 나타났다.

"그리고 마지막으로 온 곳이 바로 여기."

두 사람은 복도를 걸어 중앙쯤에 있는 집 앞에 섰다. 성요한이 벨을 누르자 문이 열리고 한 남자가 나왔다.

"경찰입니다. 정효식 선생님이십니까?"

성요한이 신분증을 보이며 말했다.

"네, 그렇습니다만……."

정효식이 어눌한 말투로 대답하며 성요한과 유진신을 살폈다.

"잠시 들어가도 될까요?"

성요한이 말하자 정효식은 눈을 끔뻑거리더니 문을 열고 비켜섰다. 성요한과 유진신이 집 안으로 들어갔다. 거실과 주방이 붙어 있고 옆으로 방 두 개와 화장실이 나란히 있는 구조였다. 식탁 위에 먹다 만 간편식 도시락이 보였다.

"쉬시는데 찾아와서 죄송합니다."

성요한이 말했다.

"아닙니다. 앉으시죠."

정효식이 도시락을 치우며 의자에 앉기를 권했다.

"별로 안 드셨는데요."

"밥맛이 없어서요. 괜찮습니다."

정효식이 도시락을 치우고 성요한, 유진신과 함께 식탁에 둘러앉았다.

"그런데 무슨 일로……. 혹시 우리 반 아이가 사고라도 쳤나요?"

"아니요. 문학을 가르치신다고요? 요즘 아이들도 말을 잘 안 듣죠?"

"아이들이 다 그렇죠. 덩치만 크지 아직 어린아이들이니까요."

성요한과 정효식이 대화를 나누는 동안 유진신은 주변을 둘러보았다. 식탁 위에 비타민과 유산균, 약봉지와 약병 등이 보였다. 고등학생 정도로 보이는 딸과 찍은 사진도 있었다.

"혹시 이분이 댁에 찾아오시지 않았나요?"

성요한이 휴대폰을 보여 주며 말했다. 화면에 구원준의 증명사진이 보였다.

"네, 맞습니다. 퇴근하고 왔는데 집에 와 계시더군요. 딸아이만 있는 집에 낯선 분이 와 계셔서 깜짝 놀랐습니다."

정효식은 순순히 인정했다.

"모르는 분이신가요?"

"저는 잘 모릅니다만 아버지 옛날 친구분이시라고 들었습니다."

"그래요?"

"네, 이 집은 원래 아버지가 사시던 집이었거든요. 아버지가 돌아가시고 지금은 딸아이하고 제가 살고 있습니다. 정말 오랜만에 찾아오셨다는데, 헛걸음을 하신 거죠."

"그렇군요. 혹시 특별히 하신 말씀은 없나요?"

"아니요. 차 한잔하시면서 간단히 안부만 묻고 가셨습니다. 아, 차 한잔하시겠습니까?"

"아닙니다. 가 봐야 됩니다."

성요한이 웃으며 말했다. 그때까지 조용히 있던 유진신이 입을 열었다.

"왜 갑자기 그분에 대해 여쭙는지 궁금하지 않으십니까?"

정효식은 당황한 얼굴로 유진신의 시선을 피하며 성요한에게 말했다.

"무슨 일이 있나요?"

"사망하셨습니다. 자살로 추정됩니다. 혹시 나중에라도 생각나는 것이 있으면 연락 주세요."

성요한이 명함을 건넸다.

"그런 일이 있었군요. 네, 알겠습니다."

정효식이 어정쩡한 자세로 명함을 받아 들었다.

"혹시 따님을 뵐 수 있을까요? 따님에게도 이야기를 들어 보고 싶은데요."

유진신이 여전히 앉은 채로 말했다.

"아, 지금은 봉사활동 갔는데……. 그런데 아이가 수험생이라서

33

요. 딱 한 번 뵌 분이지만 좋지 않은 소식을 들으면 충격을 받을 것
같네요. 감수성이 예민한 아이라서요. 궁금하신 것이 있다면 제가
대신 물어보고 가르쳐 드리면 안 될까요?"

정효식은 완곡하지만 분명하게 거절의 뜻을 표했다.

"네, 그럼 연락 주세요."

성요한이 인사를 건네고 유진신을 데리고 나갔다.

집에서 나오자마자 성요한이 인상을 쓰며 말했다.

"내가 가만히 있으라고 했죠?"

"저 사람 거짓말하고 있어요. 딸을 만나 봐야겠습니다."

"명탐정 납셨네. 목사가 아니라 형사를 하지 그랬어요?"

"목사나 형사나 하는 일은 크게 다르지 않습니다."

"무슨 소리예요?"

성요한의 얼굴이 더 구겨졌다.

"형사나 목사나 죄인을 상대한다는 말입니다. 형사님이 만나는
죄인은 대놓고 죄를 저지르는 범죄자들이지요. 그에 비해 목사인
제가 만나는 죄인들은 교양 있는 얼굴로 교회에 나와서 하나님의
뜻대로 살겠다고 기도하는 사람들이지요."

엘리베이터가 도착하자 유진신과 성요한이 올라탔다.

"하지만 예배가 끝나면 주차장에서부터 싸움을 시작하지요. 저
녁을 먹으러 간 식당 종업원에게 진상을 부리면서 자신이 뭘 잘못
했는지도 모릅니다. 그리고 다음 주일에 나타나 아름다운 목소리
로 찬양을 하지요."

엘리베이터가 1층에 멈추자 유진신과 성요한이 내렸다.

"방금 우리가 만난 죄인은 목사인 저에겐 익숙한 타입입니다. 정효식은 거짓말을 하고 있습니다. 형사님도 아실 텐데요?"

성요한은 반박하지 못했다. 정효식은 하나부터 열까지 수상했다.

"기다린다고 해도 얼굴도 모르는데……."

성요한의 말에 유진신이 휴대폰을 내밀었다.

"식탁에 사진이 있어서 찍어 놓았습니다."

"요즘은 목사 하려면 이런 것도 배워야 합니까?"

"잠복도 합니다. 가출한 아이 찾으려고 PC방에서 3일 동안 숙식을 해결한 적도 있지요."

유진신이 빙긋이 웃으며 말했다.

* * *

정효식의 딸을 만나기 위해서 3일이나 기다릴 필요는 없었다. 하늘이 어둑해질 무렵 후드티에 청바지 차림의 여학생이 나타났다.

성요한과 유진신은 아파트 입구 근처 공원에서 대기하고 있다가 여학생에게 다가갔다. 만난 지 10분도 지나지 않아 성요한과 유진신은 정효식의 거짓말을 두 가지나 확인했다.

"맛있네요."

정효식의 딸, 정효주가 성요한이 사 온 토스트를 야무지게 먹으며 말했다. 유진신이 웃으며 우유를 건넸다.

"야, 너 수험생이라며. 안 바빠?"

성요한은 유진신 뒤에서 불만이 가득한 얼굴로 서 있었다. 세 사람은 공원 벤치로 자리를 옮긴 상태였다.

"이제 고 1이거든요. 무슨 벌써부터 수험생이에요? 이 아저씨, 설마 지금 토스트 하나 사 준 게 아까워서 저러는 거예요?"

정효주가 성요한과 유진신을 번갈아 보며 말했다. 정효주는 정효식의 설명과는 달리 쾌활해 보이는 사춘기 소녀였다.

"근데 저도 특별히 기억에 남는 건 없어요. 잠깐 있다가 가셨거든요."

"분위기는 어땠나요?"

유진신이 물었다.

"숨 막히게 어색했죠."

말도 말라는 듯 정효주가 손을 흔들며 말을 이었다.

"아빠가 원래 낯을 가리는 성격이기도 하지만 집에 들어왔는데 낯선 사람이 앉아 있으니까 너무 놀란 거예요. 처음엔 아버지 찾으면서 아는 사이라고 하셔서 아빠 손님인 줄 알았는데 아빠가 할아버지 친구분이라고 하시더라고요."

"알지도 못하는 사람을 집에 들였다고 혼나진 않았어요?"

유진신이 말했다.

"네! 그 할아버지 가고 완전 난리 났잖아요. 근데 그게 그렇게 화낼 일인가? 아니 그럼 어른을 문밖에 세워 둬요?"

정효주가 억울한 얼굴로 말했다.

"그건 아버지 말씀이 맞아. 세상이 얼마나 험한데."

성요한이 말했다.

"그런데 그 할아버지 무슨 일 있어요? 왜 묻는 거예요?"

"돌아가셨어요."

유진신의 말에 정효주가 입을 틀어막았다.

"경찰은 자살로 추정하고 있습니다. 효주 양이 보기에 할아버지는 어때 보였나요?"

유진신이 말했다. 정효주가 잠시 그날의 기억을 떠올려 보다가 입을 열었다.

"글쎄요. 자살할 얼굴은 아니었던 것 같아요. 정작 죽을상 하고 다니는 건 우리 아빠인데."

"그래요? 요즘 스트레스가 많으신가요?"

"요즘뿐 아니라 밝은 얼굴을 본 적이 없어요. 세상 근심 걱정 다 짊어지고 사는 것 같다니까요. 문학 소년 출신이라 그런가. 습작처럼 쓴 글을 제가 몰래 봤거든요. 완전 우울한 내용이에요. 왕따 이야기인데 차마 볼 수가 없더라고요."

"교사시니까 문제의식이 있으셔서 그렇겠지."

성요한이 말했다.

"그런가……."

정효주가 입을 샐쭉거리다 갑자기 주머니에 손을 넣었다. 전화가 왔는지 급히 휴대폰을 꺼냈다. 그때 접힌 전단지 한 장이 딸려 나와 바닥에 떨어졌다. 정효주가 통화를 하는 동안 유진신이 전단지를 주워 펼쳐 보았다.

"어, 아빠. 다 왔어. 집 앞이야. 누구? 아니, 아무도 없어."

성요한이 입술에 손을 대며 자신들에 대해 말하지 말아 달라고 하자 정효주가 웃으며 전화를 끊었다.

"이제 가 봐야겠어요."

"봉사활동 다녀왔다는 곳이 여기인가요?"

유진신이 전단지를 보여 주며 말했다.

"네, 별로 가고 싶진 않은데 거기 대표가 아빠랑 고등학교 동창이거든요."

"왜요? 아버님 친구분이 대표면 잘 챙겨 주지 않나요?"

"그런 거 없어요. 그리고 거기 소문이 별로예요. 무슨 비리 때문에 뉴스도 나오고 했을걸요. 근데 저 이제 진짜 가 봐야겠어요."

정효주를 보내고 유진신이 성요한에게 전단지를 내밀었다.

"형사님은 우연을 믿으세요?"

성요한이 받아 든 전단지에는 행사 안내와 후원 계좌 등이 적혀 있었다. 주최한 단체의 이름은 뷰티풀 서울이었다.

"어르신이 만나려고 했던 사람은 하나가 아니라 둘입니다. 고등학교 교사 정효식과 뷰티풀 서울 대표 윤지호요."

유진신이 성요한에게 휴대폰 화면을 보여 주었다. 검색창에 뷰티풀 서울 대표 윤지호의 얼굴이 떠 있었다. 지적인 외모의 중년 남자였다.

"어르신은 고등학생을 살해했다는 죄목으로 25년 동안이나 교도소에 있었지요. 25년 전 정효식과 윤지호는 고등학생이었어요. 둘은 같은 고등학교를 다녔고요."

"그 사건과 연관이 있다? 가능성이 있는 이야기네요."

성요한이 고개를 들어 유진신을 바라보았다.

"저는 두 사람이 25년 전 살인 사건의 목격자라고 생각합니다."

"그렇다면 왜 정효식과 윤지호를 찾았는지 동기도 분명해지네요."

"동기요?"

"몰라서 물어요? 복수죠. 증언 때문에 중형을 살게 됐으니까요."

유진신이 답답하다는 듯 고개를 저었다.

"형사님은 그 간증을 보고도 어르신이 아무 죄도 없는 고등학생을 죽였다고 생각하십니까? 어르신은 그때 주님을 영접한 상태였습니다."

성요한이 삐딱하게 웃더니 입을 열었다.

"빛의 자녀가 되었다? 범죄자 중에서도 교도소 안에서 회심(悔心)이란 걸 하는 경우가 있죠. 심지어 목사가 되겠다는 놈도 있어요. 하지만 결국은 다시 익숙한 죄의 습관을 따라 범죄자로 돌아오게 마련입니다. 사람은 변하지 않아요."

성요한의 얼굴에 분노가 서렸다. 마치 아는 사람의 이야기를 하는 것 같았다.

"지금 누구 이야기를 하시는 겁니까?"

유진신이 의아한 얼굴로 묻자 성요한이 화제를 돌렸다.

"목사님은 방해되니까 이제 돌아가 계세요. 윤지호는 제가 만나

보겠습니다."

"제가 방해를 했다고요? 제 생각엔 도움이 된 것 같은데요?"

"사냥개라고 불리던 시절이면 도움이 되겠지요."

유진신이 움찔하며 입을 다물었다.

"대한민국에 법의관은 백 명도 되지 않는다죠? 그중에 법의관 때려치우고 목사가 된 사람은 한 명뿐이더군요. 알아보니 명성이 자자하셨던데요. 작은 흔적도 놓치지 않는다고 사냥개라고 불렸다고요."

"좋아하는 별명은 아닙니다."

"지금은 냉철한 법의관이 아니라 물러 터진 목사님이시니까 더는 그렇게 불릴 일이 없겠네요. 가서 목사님 일이나 하세요. 형사가 할 일은 제가 할 테니까."

성요한은 제멋대로 대화를 끝내고는 돌아가 버렸다. 유진신이 멀어지는 성요한을 지켜보다가 나직이 중얼거렸다.

"주님, 저 어린양을 어쩌면 좋습니까."

4.

성요한이 경찰서에서 나오다 기다리고 있던 유진신을 보았다.

"형사님."

유진신이 양손에 테이크아웃 컵을 들고 다가왔다.

"왜 오셨어요?"

"고생하시는 형사님 응원하려고 왔지요."

유진신이 빙긋이 웃으며 테이크아웃 컵을 건넸다.

"혼자 간다고 말씀드렸을 텐데요."

성요한은 컵을 힐끔 보기만 하고 받지 않았다.

"형사님 드리려고 특별히 만든 헤이즐넛 라테입니다. 정말 안 받으실 거예요? 그냥 버릴까요?"

"먹는 걸 왜 버립니까? 아깝게!"

성요한이 낚아채듯이 컵을 받았다.

"저 차가 형사님 차 맞지요? 가게 앞에서 본 것 같은데."

유진신이 답도 듣지 않고 그쪽으로 향했다. 성요한이 어이없다는 듯 따라가다가 커피를 한 모금 마시고는 그 자리에 멈춰 섰다. 성요한의 눈이 커졌다.

"맛있죠?"

유진신이 웃으며 말하자 성요한이 괜히 성질을 냈다.

"빨리 타기나 해요. 바쁘니까."

뷰티풀 서울의 사무실은 강남에 있었다. 성요한과 유진신이 탄차가 빌딩 앞을 통과하는데 1인 시위를 하는 사람이 보였다. 시위 팻말에는 이렇게 적혀 있었다.

공익 재단에서 불법사찰이 웬 말이냐.
윤지호 대표는 사과하고 사퇴하라.

"회계담당자가 뷰티풀 서울의 내부 비리를 폭로했는데 오히려 내부고발자를 해고해 버린 모양입니다. 웃긴 건 뷰티풀 서울이 내부고발자를 보호하는 캠페인을 벌인다는 거예요."

유진신이 사정을 설명해 주자 성요한의 얼굴이 일그러졌다.

"내로남불이 역겹네요."

두 사람은 지하 주차장에 차를 세우고 뷰티풀 서울로 올라갔다. 약속을 잡고 온 터라 남자 직원이 성요한과 유진신을 대표실로 안내했다.

"대표님이 회의 중이시라 잠시 기다려 주시면 감사하겠습니다."

"저희는 괜찮습니다. 그런데 선생님은 괜찮으세요?"

유진신이 말했다.

"네?"

유진신의 시선이 직원의 눈과 피부를 훑고 지나갔다. 흰자가 탁해 보였고, 피부도 누렜다.

"안색이 나쁘셔서요. 최근에 몸무게가 많이 빠지신 것 같은데요."

유진신이 직원의 바지에 주목했다. 바지는 직원의 덩치에 비해 헐렁할 정도로 커 보였다. 벨트가 꽉 조여져 있지 않다면 흘러내릴 것 같았다.

"몸무게가 많이 빠지긴 했습니다."

"그럼 병원에 한번 가 보시는 게 좋겠어요."

"……신경 써 주셔서 감사합니다."

직원은 당황한 눈치였다.

"주로 죽은 사람들을 상대하기는 했지만 의사였어요. 손해 볼 건 없으니 병원 한번 가 보세요."

옆에 있던 성요한이 유진신의 말을 거들었다.

직원이 나가자 성요한이 자리에서 일어나 창가로 갔다. 대표실에 난 창문으로 사무실 직원들이 일하는 모습을 한눈에 볼 수 있었다.

유진신도 자리에서 일어나 대표실 내부를 둘러봤다. 책상엔 서류 뭉치들이 그득했고 정부에서 받은 공로패와 각지에서 보낸 감사 편지가 벽을 채웠다. 유진신이 편지들을 읽고 있는데 문이 열렸다. 윤지호가 사무실로 들어왔다.

"죄송합니다. 회의가 길어져서요."

윤지호는 타이 없는 정장에 스니커즈 차림이었다. 활동적인 사회운동가의 패션 같았다. 윤지호는 성요한, 유진신과 차례로 악수를 나누고 자리에 앉았다.

"기다리게 해 드려서 죄송합니다만 제가 이따가 방송 스케줄이 있어서 시간을 많이 낼 수는 없습니다. 죄송합니다."

"많이 바쁘신가 봅니다."

성요한이 말했다.

"네, 저 같은 사람은 바쁘지 않은 게 좋은 건데 말이죠. 경찰분들도 마찬가지고요. 한가해야 좋을 사람들이 바쁜 세상이라 안타깝네요."

"바쁘시다니 본론으로 넘어가지요. 정효식 씨 아시죠? 고등학교 동창이시던데요."

윤지호가 이름만 들어도 반갑다는 듯 웃어 보였다.

"효식이? 네, 알지요. 같은 반이었습니다. 그런데 왜 그러시죠?"

"대표님, 바쁘신데 시간 낭비하지 마시지요. 재판 기록 열람해 보고 왔습니다. 대표님과 정효식 씨는 25년 전에 벌어졌던 살인 사건의 목격자셨습니다. 얼마 전에 그 사건의 범인이었던 구원준 씨가 대표님을 찾아왔지요? 와서 무슨 이야기를 했습니까?"

윤지호의 입가에서 미소가 사라졌다.

"……무슨 일이 있는 겁니까?"

"구원준 씨가 사망하셨습니다."

성요한이 건조하게 말했다.

"네?"

외마디 비명 같은 대답이었다. 윤지호의 몸이 급정거하는 차에 탄 사람처럼 앞으로 쏠렸다.

"괜찮으십니까?"

윤지호는 한 방 얻어맞은 것처럼 두 손으로 얼굴을 감쌌다. 손 틈 사이로 신음 같은 말이 흘러나왔다.

"제가 실수를 한 것 같습니다……."

"무슨 말입니까? 대표님?"

윤지호가 얼굴을 가렸던 두 손을 내리고 한숨을 내쉬었다.

"25년 전 살인 사건의 피해자는 제 사촌입니다. 윤시병이라는 녀석이죠. 하지만 윤시병은 피해자라고 불려서는 안 되는 놈입니다."

언론에 공개된 윤시병의 얼굴은 곱상한 모범생처럼 보였다. 하지만 윤시병은 또래보다 체격이 크고 어릴 때부터 유도를 배워서 완력도 센 편이었다. 웃는 모습만 보면 귀여운 인상이어서 여학생들에게 인기가 있었지만 남학생들에겐 잔인한 놈으로 정평이 나 있었다.

"패거리들과 복도를 다니면 왕이라도 행차한 것처럼 아이들이 길을 피했어요. 선생님들도 감히 건들지 못했지요."

"교사들한테도 위협을 했나요?"

"윤시병 아버지 때문이에요. 저희 학교는 사립이었는데 삼촌이 내놓은 돈으로 체육관을 세우고 학교 리모델링도 했을 정도로 큰손이었어요. 교장도 함부로 대하기 힘든 학생이었지요. 한 대 피워도 되겠습니까?"

성요한이 고개를 끄덕이자 윤지호가 손을 떨며 담배를 꺼냈다. 윤지호는 깊이 담배를 빨아들이더니 연기를 내뿜었다.

"어른이 어른답지 못한 행동을 하면 아이들은 엇나가기 마련이죠. 윤시병은 학교뿐 아니라 밖에서도 행패를 부리기 시작했어요."

"밖이라 하시면?"

"노숙자들이요. 윤시병이 노숙자들을 건드리기 시작했습니다."

그때까지 한마디도 하지 않고 듣고만 있던 유진신이 눈을 번뜩였다.

"윤시병이 먼저 시비를 걸었다는 말입니까?"

성요한이 유진신을 힐끔 보고 말했다.

"아니요. 노숙자가 먼저 시비를 걸긴 했지요."

학교 근처 역 주변엔 광장과 공원이 있어서 상권이 잘 형성되어 있었다. 좀 논다는 녀석들은 다들 거기서 시간을 보냈다. 그즈음 IMF 사태가 터지며 광장 근처에 노숙자가 늘어났다. 구걸하기에도 좋고, 화장실도 많고, 비바람을 피할 공간을 확보할 수 있었기 때문이다. 얌전한 노숙자도 있었지만 공공시설을 자기 집처럼 쓰면서 행인들에게 행패를 부리는 사람도 있었다.

"보통은 피하고 말겠지만 윤시병은 자신에게 시비를 거는 노숙자를 참아 줄 수가 없었던 거죠. 삼촌이 그 지역의 왕이었다면 자신은 왕자 같은 존재였으니까요. 윤시병 입장에선 버림받은 들개가 왕자의 앞길을 막고 짖어 댄 거였죠."

윤지호가 재떨이에 담배를 비벼 끄고 계속 이야기를 해 나갔다.

"미친개에게는 몽둥이가 약이다. 윤시병은 그렇게 말했습니다. 그날은 어찌 도망친 모양이지만 다음날부터 부하들을 동원해 사냥이 시작되었지요. 노숙자들이 모인 곳을 뒤지며 시비를 건 노숙자를 찾았어요."

윤시병 패거리는 노숙자들이 박스나 합판을 주워 만든 집을 부수고 다녔다. 항의하는 노숙자는 옷을 벗겼다.

"경찰에 신고를 할 수는 없었어요. 애초에 노숙자들이 만든 거처는 불법이었고 철거 대상이었으니까요."

"그것까지 계산한 행동이라면 영리한 놈이었군요."

윤지호가 고개를 끄덕였다.

"윤시병은 사람을 포섭할 줄 알았습니다. 정보를 주는 노숙자들에게는 술을 샀지요. 그리고 결국 잡아냈습니다."

용케 도망 다니던 노숙자는 결국 윤시병이 심어 놓은 첩자 때문에 붙잡히고 말았다.

"그 노숙자는 윤시병 패거리에게 끌려갔고, 며칠 동안 보이지 않다가 시체로 발견되었습니다."

"윤시병이 그 사람을 죽였단 말입니까?"

처음 대화에 끼어든 유진신의 목소리엔 노기가 서려 있었다.

"아니요. 누구를 해친다 해도 자기 손으로 할 만큼 멍청한 놈은 아닙니다. 다만 참을 수 없는 굴욕을 줬을 겁니다. 죽고 싶단 생각이 들 정도로요. 학교에서 했던 것처럼요."

윤시병의 눈에 거슬리면 누구도 무사하지 못했다. 윤시병은 타깃이 된 아이를 앞자리에 앉혀 놓고 종일 괴롭혔다.

윤시병에게 찍힌 아이는 급식 시간이 되면 제일 먼저 뛰어가 밥을 타 놓아야 했다. 맛없는 반찬이 나오면 패거리의 반찬을 전부 모아 찍힌 아이에게 먹였다. 쉬는 시간에 화장실을 못 가게 해서 수업 시간에 손을 들게 하고 면박을 줬다. 입다가 싫증이 난 옷이나 낡은 신발을 말도 안 되는 가격으로 강매했다.

"누구도 말릴 수가 없었어요. 저러다 큰일 나겠다 싶어서 사촌인 저도 나서 봤지만 듣지를 않았어요. 그러다 그 사건이 터지고 말았지요."

"살인 사건 말이군요."

성요한의 말에 윤지호가 고개를 끄덕였다.

5.

검은 머리가 흰 머리보다 훨씬 많았던 시절의 구원준이 교복을 입고 있던 윤지호의 앞에 나타났다.

"저에게 윤시병을 불러 달라고 하셨죠."

"대표님이 누군지 어떻게 알고요?"

유진신이 말했다.

"윤시병이 워낙 유명한 양아치여서요. 덕분에 저도 윤시병의 사촌으로 널리 알려졌지요. 우리 학교 아이에게 물어본다면 저를 찾는 건 쉬운 일이었어요."

"그래서요?"

성요한이 유진신의 눈치를 살피며 말했다.

"아저씨 차림새를 보니 왜 윤시병을 불러 달라는지 알 것 같았어요. 순간 고민을 했지만 저는 윤시병을 부르기로 했습니다. 윤시병이 정신을 차릴 기회가 될지도 모른다고 생각했지요. 멍청한 생각이었어요."

윤지호가 머리를 감싸 쥐었다.

"아저씨는 대화를 하려 했지만 윤시병이 다짜고짜 달려들었어요. 하지만 아저씨도 만만치 않더군요. 그땐 젊고 건장하셨으니까요. 그러자 윤시병이 갑자기 칼을 꺼내 달려들었어요. 두 사람이 뒤엉켜 쓰러졌지요. 윤시병이 큰 사고를 쳤구나 싶었지요. 하지만 칼에 찔린 쪽은 윤시병이었어요."

"그런데 왜 정효식은 어르신이 칼을 갖고 온 것처럼 말했지요? 대표님은요? 대표님도 그 자리에 같이 있었는데 왜 증언하지 않았습니까?"

유진신이 날카롭게 말했다.

"진정해요."

성요한이 손까지 뻗어 가며 유진신을 말렸다.

"그놈이 예뻐서 그랬겠습니까? 저도 증언하고 싶었어요. 하지만 그래도 가족 아닙니까? 고등학생이었던 제가 어떻게 가족 전체의 뜻을 거역할 수가 있었겠어요?"

윤지호가 항변하듯 말했다.

"정효식은 가족도 아닌데 왜 거짓 증언을 한 겁니까?"

성요한이 말했다.

"효식이는 아버지가 일찍 돌아가셔서 형편이 어려웠어요. 어머니는 편찮으셨고, 돌봐야 할 어린 동생이 있었지요."

뷰티풀 서울의 전신은 윤시병의 아버지가 만든 장학 재단이었다. 윤시병의 아버지는 정효식이 거짓 증언을 해 주는 대신 장학 재단을 통해 대학교 졸업 때까지 생활비와 장학금을 지원해 주기로 했다.

"효식이 형편에 거절하기 어려운 제안이었지요."

유진신은 고통스러운 얼굴로 고개를 저었다.

"하지만 지금 저희 재단은 더 이상 범죄나 은폐해 주는 곳이 아닙니다! 삼촌이 물러난 후로 저희는 모범적인 공익 재단으로 거듭났습니다."

"그런 것치곤 시끄러운 뉴스가 많던데요."

성요한이 유진신과 눈을 맞추고 말했다.

"그건 아직도 남아 있는 삼촌 쪽 사람들과의 다툼 때문입니다. 저희는 어두운 과거와 결별하고 이 사회에 보답하는 재단이 되려고 노력하고 있어요. 그렇다고 삼촌이 저지른 일들이 용서받진 못하겠지만요."

윤지호가 코를 훌쩍거리며 말을 이었다.

"아저씨가 찾아오셨을 때 너무 놀랐어요. 백발노인이 되어 버린 모습에 우리가 무슨 짓을 저지른 것인지 생생하게 느껴졌지요. 어떻게 해도 아저씨가 잃어버린 세월은 돌아오지 않겠지요. 그런데도 아저씨는 저를 안아 주셨어요. 그리고 용서한다고 말씀해 주셨지요."

윤지호는 결국 눈물을 쏟고 말았다. 성요한이 윤지호가 진정되기를 기다렸다가 말을 건넸다.

"구원준 씨가 정효식을 찾아간다고 했습니까?"

윤지호가 고개를 끄덕였다.

"네, 아저씨는 다 내려놓은 것처럼 보였어요. 아마 효식이에게도 널 용서한다는 말씀을 하시려고 갔을 겁니다. 그런데 어쩌다……."

윤지호가 성요한의 팔을 덥석 잡으며 계속 말했다.

"형사님, 대체 무슨 일인가요? 효식이가 무슨 짓을 벌인 건가요?"

"조사를 해 봐야 압니다. 협조해 주셔서 감사합니다."

성요한이 일어나자 성요한을 붙들고 있던 윤지호의 팔이 힘없이 떨어졌다. 윤지호는 성요한과 유진신이 사무실을 나갈 때까지 그 자리에서 움직이지 못했다.

"이제 어쩔 겁니까?"

뷰티풀 서울을 나와서 유진신이 말했다.

"정효식을 만나서 이야기를 들어 봐야지요. 부검도 요청하겠습니다."

성요한이 휴대폰을 들었다. 전화를 걸려는데 휴대폰이 울렸다. 성요한은 발신자를 확인하고 눈을 찡그렸다. 정효식에게서 온 전화였다. 성요한이 전화를 받았다.

"도와주세요!"

다급하게 도움을 요청하는 목소리의 주인은 우울한 중년 남성이 아니었다.

"아저씨, 어떡해요? 우리 아빠 좀 살려 줘요!"

6.

응급실 문이 열리고 성요한이 복도로 나왔다. 정효주와 유진신이 초조하게 기다리고 있다가 성요한을 보고 자리에서 일어섰다.

"고비는 넘겼어. 좋아지실 테니까 너무 걱정하지 마라."

성요한이 정효주에게 말했다. 잔뜩 긴장했던 정효주는 안도의 한숨을 내쉬며 훌쩍거렸다.

의식을 잃고 쓰러진 정효식을 발견한 것은 학교에서 돌아온 정효주였다. 정효식의 책상 위에는 텅 빈 약통이 굴러다녔다. 놀란 정효주가 성요한에게 도움을 청했고, 정효식은 즉시 응급실로 옮겨졌다.

"효주 양이 침착하게 대처해서 아버님을 살렸어요. 잘했어요."

유진신이 정효주의 어깨를 손을 올리며 말했다.

"일단 돌아가서 쉬어. 어차피 면회도 안 되고 여기 있는다고 아빠가 빨리 좋아지는 것도 아니야."

성요한과 유진신이 양옆에서 정효주를 챙기며 움직였다. 정효주는 눈물을 글썽이며 고개를 끄덕였다.

세 사람이 함께 병원 복도를 걸었다. 복도 벽면엔 병원의 역사와 의료진, 기부자들, 미래의 청사진 같은 것이 소개되어 있었다.

"왜 그래요?"

성요한이 벽면을 힐끔거리는 유진신을 보고 말했다.

"근데 이 병원, 어르신이 오셨던 병원이 맞지요?"

"네, 하필 여기로 왔네요. 네가 여기로 오자고 했어?"

성요한이 정효주에게 말했다.

"네, 아빠 지갑에 여기 환자 카드가 있어서요."

"그래, 잘했다."

"근데 아저씨, 우리 아빠 뭐 잘못했어요?"

병원 입구를 나와서 정효주가 망설이던 질문을 던졌다.

"아빠 쓰러져 있는 거 발견했을 때 아빠 폰 위에 아저씨 명함이 있었어요. 마치 보라고 그러는 것처럼요. 그 할아버지가 돌아가신 거, 우리 아빠랑 상관있어요?"

질문을 쏟아 내는 정효주의 눈동자엔 두려움이 가득했다. 성요한은 뭐라고 답해야 할지 몰라 머뭇거렸다.

"우리 아빠, 뭐 잘못한 거죠? 그렇죠?"

정효주가 곧 울음이 터질 것 같은 목소리로 말했다.

"아직 아무것도 확실하지 않아요. 지금은 아버님이 건강하게 일어나시는 게 중요해요."

유진신이 차분하게 말했다.

"만약에 아빠가 잘못한 거면 어떡해요?"

"누구나 잘못을 해요. 중요한 건 그다음이죠. 가족이라면 지켜 주어야죠. 무조건 감싸는 게 아니라 다시 올바른 선택을 할 수 있도록요. 그렇게 해 줄 거죠?"

정효주가 눈물이 그렁그렁한 눈으로 고개를 끄덕였다. 그때, 누군가 정효주를 부르는 소리가 들렸다. 정효주가 자신을 부른 사람을 보고 뛰어갔다.

"엄마!"

성요한과 유진신은 모녀가 끌어안는 모습을 지켜보았다.

"별거 중이라고 하더군요."

유진신이 시선을 고정한 채로 말했다. 모녀는 성요한과 유진신에게 고개를 숙여 인사를 건네고 멀어져 갔다.

"마음속에 누구에게도 말 못 할 죄를 숨기고 행복하게 살 수는 없었겠죠. 그 불안함과 죄책감은 같이 사는 가족에게도 전해졌을 거고요."

유진신이 말했다.

"윤시병 같은 놈들은 신경도 안 쓰고 잘만 살걸요."

"고통은 저주가 아닙니다. 오히려 고통을 느끼지 못하는 인간이야말로 저주받은 인생이지요."

성요한이 무슨 뜻이냐는 듯 유진신을 쳐다봤다.

"몸에 문제가 생기면 통증을 느끼지요. 그러니까 병원에 가서 의사를 찾고 치료를 받습니다. 죽을병이 생겼는데도 아무 통증을 느끼지 못한다면 큰일이죠."

구급차가 도착해 성요한과 유진신 옆을 지나쳐 환자를 이송했다. 칼에 찔린 남자 환자였다. 범죄 때문에 생긴 부상인지 의료진에 이어 경찰들도 따라 들어갔다.

"죄는 죽음을 불러오는 병입니다. 양심이 살아 있는 사람은 죄를 지으면 고통을 느끼지요. 그때 주님을 찾으면 살 수 있습니다. 하지만 악한 인간은 자신의 죄를 인정하지 않아요. 그러다 보면 신경이 죽는 것처럼 영혼이 죽어 가지요."

유진신이 깜깜한 밤하늘을 바라보며 말했다.

"결국 윤시병처럼 죄책감을 느끼지 못하는 단계까지 가 버리는 거죠. 죽을병에 걸렸는데도 자신이 환자라는 사실을 모르는 겁니다. 그런 사람한테는 최고의 의사도, 치료 약도 소용이 없지요."

"목사님 아니랄까 봐 이 상황에 설교를 하시네."

성요한이 빈정거리듯 말했다.

"형사님은 윤지호 대표의 말을 믿으세요?"

"왜요? 뭐가 이상해요?"

유진신은 윤지호의 사무실을 방문했던 때를 회상하며 말했다.

"우리를 안내해 준 직원이 특히 나빠 보였지만 다른 직원들도 다들 피곤해 보였어요. 육체적인 피로감만을 말하는 것이 아니라 분위기가 좋지 않았지요."

성요한이 고개를 끄덕였다. 윤지호의 사무실에서 창 너머로 바라본 직원들은 하나 같이 어두워 보였다.

"정작 윤지호 본인은 바빠 죽겠다면서도 에너지가 넘쳤지요. 적당히 헝클어진 머리에 면도기 광고에 나올 것 같은 수염, 타이가 없는 정장에 스니커즈. 물론 바쁜 도시 남자의 스니커즈에는 적당히 때가 묻어 있어야죠. 멋스럽게요."

"다 연출이라는 겁니까?"

"형사님 운동화에 묻어 있는 진짜 얼룩과는 분명 다르죠."

유진신이 성요한의 신발을 내려다보며 말했다.

"우리 목사님, 이제 보니 냉소적이시네."

"목사는 사람이 아니라 하나님을 믿는 직업입니다."

"쓸데없는 소리 하지 말고 정효식이나 빨리 깨어나게 해 달라고 기도해 보세요. 정효식이 깨어나기 전까진 달리 할 것도 없으니까."

* * *

성요한의 말대로 병원에서 연락이 오기 전까진 할 것이 없었다. 하지만 의외로 연락이 빨리 왔다. 바로 다음 날, 성요한은 구내식당에서 점심을 먹다가 병원에서 연락을 받았다. 하지만 그 연락은 정효식이 입원한 병원에서 온 것이 아니었다.

"형사님, 기억하실까요? 형사님 방문하셨을 때 안내해 드렸던 뷰티풀 서울 직원인데요."

성요한은 안색이 나빴던 남자 직원의 얼굴이 떠올랐다.

"저번에 저보고 병원에 가 보라고 하셨잖아요. 제가 그래서 검사를 받았거든요. 방금 결과가 나왔는데 정말 문제가 있었어요."

"그래요? 많이 안 좋으신가요?"

성요한이 반찬을 뒤적거리던 젓가락을 멈췄다.

"네, 일을 관두고 수술을 받아야 할 것 같아요. 그래도 늦지 않게 발견해서 다행이에요. 의사 선생님도 잘 치료받으면 된다고 하시더군요."

"그렇군요, 그래도 다행이네요."

"네, 그래서 감사 인사 드리려고 연락드렸어요. 몇 가지 더 말씀 드리고 싶은 것도 있고요."

성요한은 직감적으로 '몇 가지 더'가 본론이란 것을 알아챘다.

"말씀하시지요."

"……윤지호 대표의 말은 거짓입니다."

"무슨 말이요?"

"윤지호 대표가 사무실을 찾아오신 할아버님께 용서를 구했고 할아버님이 윤지호 대표를 안아 주셨다는 말이요……."

직원이 말끝을 흐렸다.

"그걸 어떻게 아시죠?"

"……녹음기를 숨겨 놓았습니다."

"도청을 했단 말입니까?"

성요한의 말이 끝나기 무섭게 직원이 황급히 말을 붙였다.

"잘못인 거 압니다! 하지만 윤 대표가 먼저 시작한 일입니다!"

직원은 흥분된 목소리로 말을 이어갔다.

"녹음을 해 봐야 불법 도청인 것을 왜 모르겠습니까. 그런데도 왜 위험을 무릅쓰고 녹음을 하는지 아십니까? 윤지호 대표는 방송 에서 대기업의 부정과 갑질을 고발하면서 자신도 똑같은 짓을 하 고 있습니다."

성요한의 머릿속에 피켓을 들고 외로이 시위하던 한 사람이 떠 올랐다.

"윤 대표는 삼촌 쪽 사람들이 문제를 일으킨 거라고 하던데요."

"지금 직원들은 전임 대표와는 아무 상관도 없어요. 윤 대표는 우릴 개혁에 저항하는 세력으로 매도하지만 윤지호 대표야말로 삼촌과 다를 바가 없는 사람입니다. 제가 이곳에서 일하면서 잃어버린 건 건강만이 아닙니다. 저는 인간에 대한 신뢰를 잃어버렸어요."

백 미터 달리기라도 한 것처럼 직원의 호흡이 거칠어졌다.

"괜찮으십니까?"

"죄송합니다. 제가 흥분했네요."

성요한이 잠시 기다렸다가 입을 열었다.

"그럼 할아버님이 오셨을 때의 녹음본도 갖고 계십니까?"

"네, 갖고 있습니다. 원하신다면 당장 보내 드리겠습니다."

성요한이 전화를 끊자 곧바로 녹음 파일이 첨부된 메일이 전송되었다. 파일을 열자 잠깐 잡음이 흐르고 곧 윤지호의 목소리가 들렸다.

7.

"맛있어요! 감동적인 맛이에요!"

정효주가 카푸치노 거품을 잔뜩 묻힌 입술로 말했다. 유진신이 서류 같은 것을 넘겨 보다가 빙긋이 웃었다.

"당연히 형사님인 줄 알았는데 카페 사장님에 목사님이라니."

정효주가 신기하다는 듯 가게 안을 둘러보았다.

"아버님은 언제쯤 일반 병실로 옮기실 것 같아요?"

"아직 의식은 없지만 상태가 안정적이어서 오늘 일반 병실로 갈 것 같아요. 병실이 없어서 일단 1인실로 간다네요."

"불안하겠지만 조금만 더 기다려 봐요."

"네, 그래야죠. 근데 그게 무슨 도움이 돼요?"

정효주가 유진신이 보고 있는 종이 뭉치를 보며 말했다. 그때, 성요한이 가게에 들어왔다.

"넌 왜 여기 있어?"

성요한이 정효주을 보고 말했다.

"목사님이 케이크랑 커피 주신다고 하셔서요. 저번에 병원에서 번호 주고받았거든요."

정효주가 포장된 케이크를 들어 보이며 말했다.

"아, 그래?"

성요한은 건성으로 대답하고 유진신에게 말을 건넸다.

"잠깐 나와 봐요."

성요한은 의아한 얼굴로 따라 나온 유진신에게 이어폰과 휴대폰을 건넸다.

"뭔데요. 이게?"

"일단 들어 봐요."

유진신은 영문을 모르겠다는 얼굴로 재생을 눌렀다.

"언제 출소하셨어요?"

"어, 한 1년쯤 됐어."

"그래요? 건강해 보이시네."

"……."

분명 구원준의 목소리였다.

"여긴 왜 온 거예요?"

"너희들이 잘 지내고 있을지 항상 궁금했다. 입시는 잘 치렀을까, 군대는 어디로 갔을까, 취직이 쉽지 않다는데 직장은 잘 들어갔을까, 지금쯤은 결혼도 했겠지, 잘 살고 있으면 좋겠다고 생각했지."

분명 같은 사람이 하는 말인데 구원준의 말은 윤지호와 유진신에게 전혀 다르게 들렸다. 유진신은 구원준이 교도소에서 보낸 25년의 세월이 눈에 보이는 듯했다.

"출소를 하고 너희들이 어떻게 사는지 보고 싶었지만 한편으론 너희를 찾아선 안 된다고 생각했어."

"근데 왜 찾았어요?"

"찾은 건 아니야. 그냥 보였지. TV를 보는데 내 눈에 너희들이 들어왔어. 내가 변한만큼 너희들도 나이를 먹었지만 금방 알아보았지. 정말 훌륭한 어른이 되었더구나. 방송을 보는 내내 너희들이 자랑스럽고 뿌듯했어."

"그래서 용돈이라도 달라고 오셨어요? 방송에 나오는 유명 인사가 되었으니 지금 슬쩍 찔러보면 한몫 잡을 수도 있겠다 싶었나?"

"오해야. 그런 게 아니고……."

"사람 잘못 봤어. 내가 아직도 고삐리로 보여? 이제 와 진상을 밝힌다고 하면 누가 들어 줄 것 같아? 그것도 당신 같은 전과자 말을?"

"아……."

유진신은 구원준의 탄식을 들으며 눈을 질끈 감았다.

"그리고 진상을 밝히면 뭐가 달라지는데? 내가 무슨 상관이야? 정효식이 찌른 거 아니야! 돈을 뜯으려면 정효식한테 가야지. 어디 사는지 몰라? 내가 가르쳐 줄까?"

유진신이 눈을 뜨며 고개를 들었다. 정효주가 가게를 구경하다가 유진신과 눈이 마주쳤다. 유진신은 아무 일도 아니라는 듯 미소를 지었다. 휴대폰에선 구원준의 목소리가 계속 이어졌다.

"정말 큰 오해를 하고 있는데 어디서부터 풀어야 할지 모르겠구나. 놀라게 해서 미안하지만 정말 그냥 보고 싶어서 온 거야. 아마 네가 요즘 여기저기서 공격을 받다 보니 예민해서 그런 것 같은데……."

"뭐라고?"

"아니……. 방송을 보고 반가운 마음에 검색을 해 봤는데 좋은 이야기가 많았지만 구설수도 좀 보여서. 그걸 믿어서가 아니라……."

"그래, 요즘 감히 내 인생에 흠집을 내려는 놈들이 있어. 거기에 숟가락 얹으면 뭔가 될 것 같아? 꺼져. 당장 안 꺼져!"

윤지호의 일갈에 구원준은 아무 대답도 하지 않았다. 침묵 속에서 문이 열리는 소리가 들렸다. 윤지호가 구원준을 내보낸 것이다. 거기서 끝나는 듯했다가 갑자기 윤지호의 목소리가 나왔다.

"어르신, 효식이가 반가워하겠네요. 그럼 조심히 들어가세요."

유진신은 파일이 끝난 것을 확인하고 평상에서 일어났다.

"병원으로 갑시다."

"지금요? 정효식은 아직 안 깨어났는데?"

"일단 가면서 이야기해요. 효주 학생, 곧 전도사님이 오실 거니까 잠시만 여기 있어 줄래요?"

갑작스러운 상황에도 정효주는 고개를 끄덕였다. 가게 맞은편에 유진신의 차가 주차되어 있었다. 유진신은 운전대를 잡고 성요한에게 자신이 읽던 종이 뭉치를 건넸다.

"가는 동안 읽어 보세요."

성요한이 종이 뭉치를 보았다. 글이 빼곡했다.

"효주 양이 가져다준 겁니다. 기억하세요? 효주 양이 아빠가 쓴 습작 소설이 있다고 했잖아요."

"이게 그 소설이라고요?"

"소설이 아니에요."

"네?"

"그 글의 주인공은 '나'예요. 그리고 글 속의 '나'가 당하는 괴롭 힘은 윤지호가 말해 줬던 것과 일치합니다."

"설마?"

"윤시병에게 괴롭힘을 당했던 사람은 정효식이었어요. 그 글은 관찰자로서 적은 소설이 아니라 당사자가 자기 이야기를 적은 겁 니다. 제가 접어 놓은 곳을 보세요."

성요한이 낱장을 넘겨 보니 접힌 곳이 금방 나왔다.

"윤시병은 내내 정효식을 괴롭혔지만 주변 아이들은 다 못 본 척 했어요. 나섰다가는 자신도 같은 꼴이 될 게 빤하니까요. 하지만 정 효식을 괴롭히지 말라고 한 사람이 있었습니다."

성요한은 믿지 못하겠단 얼굴로 눈앞의 페이지를 읽었다.

"이게 정말이라고요……?"

"네, 이름은 다르게 나오지만 바로 윤지호입니다. 하지만 윤지호 는 정효식을 위해서 나선 게 아니에요."

윤지호는 어딜 가나 늘 '윤시병의 사촌'으로 불렸다. 선생님들이

나 친구들은 하나같이 '아, 네가 그 윤시병 사촌이구나'라고 말했다. 윤지호 아버지인 윤길병의 삶도 마찬가지였다. 윤길병은 형인 윤갑병이 기업을 물려받을 동안 실권도 없는 자리에서 한량처럼 살아야 했다. 모두가 윤갑병에게 머리를 조아리는 동안 누구도 윤길병을 존중하지 않았다.

윤지호는 윤시병이 있는 한 자신의 삶도 아버지와 다를 것이 없다고 생각했다. 윤시병은 윤지호에게 벗어날 수 없는 삶의 굴레였다.

"윤지호가 윤시병에게 맞선 건 열등감 때문이었어요. 장손이라는 이유로 모든 것을 가진 윤시병이 꼴 보기 싫었을 뿐이었죠."

하지만 아무 계획도 없이 벌인 반란은 간단히 제압되었다. 윤지호가 정효식 대신 새로운 장난감이 되지 않은 이유는 윤지호가 '윤시병의 사촌'이었기 때문이다.

"삼촌 얼굴 봐서 봐주는 거야. 훌륭하신 아버지 본받아서 얌전히 쥐 죽은 듯 살아. 알겠냐?"

윤시병이 윤지호의 뺨을 툭툭 치며 말했다. 윤지호의 뺨이 수치심으로 붉게 타올랐다.

"그래도 정효식은 윤지호가 고마웠겠지요. 유일하게 자기편에서 준 사람이니까요. 윤지호는 그 마음을 이용한 거예요."

성요한이 페이지를 넘겼다. '죽여!'라는 글자가 눈에 들어왔다.

"진짜 죽이란 말이 아니야. 그런 각오로 싸워 보란 말이야. 그럼 넌 더 건드리지 못할 거야. 걱정하지 마. 이런 칼로 찌른다고 사람이 쉽게 죽지 않아."

"그래도……."

"이 칼도 윤시병 거라고 하면 돼. 그 새끼가 널 공격했고 넌 방어를 했을 뿐인데 어쩌다 보니 찔러 버린 거라고 하자. 내가 증언해줄게. 누가 그 새끼 편을 들어 주겠어? 넌 영웅이 될 거야."

"난 영웅 같은 건 되고 싶지 않아."

"계속 이렇게 살 거야? 너를 도와주려다가 내가 어떤 일을 겪었는지 몰라? 내가 같이 싸워 주겠다는데 계속 병신처럼 굴 거야?"

유진신과 성요한이 탄 차가 병원 주차장으로 진입했다.

"윤지호는 어르신 부탁을 받고 윤시병을 불러낸 게 아닙니다. 정효식을 무기로 삼아 함정을 파 놓고 윤시병을 유인한 거예요."

유진신이 주차장 빈자리에 차를 주차하고 시동을 껐다. 두 사람은 차에서 내려 병원 안으로 들어갔다.

"그리고 그 자리엔 정효식과 윤지호 말고도 한 명이 더 있었습니다. 어르신은 방송에서 '너희들을' 봤다고 했지요. 하지만 평범한 고등학교 교사인 정효식은 방송을 탄 적이 없어요."

"그건 또 누구……."

순간 성요한의 머리를 스치는 생각이 있었다.

"여기에 있군요. 약을 타러 병원에 온 것이 아니었어요."

"네, 또 다른 목격자를 만나러 온 겁니다."

유진신이 복도를 걷다 멈춰 섰다. 저번에 정효주와 함께 지나갔던 그 복도였다. 벽면에 외과의사 한 명이 소개되어 있었다. 약력과 함께 신문 기사와 방송 화면이 편집되어 걸려 있었다.

흉부외과 명의, 양재익

8.

한 의사가 중환자실 앞에 서 있었다. 간호사들이 중환자실에 있던 정효식을 일반 병실로 이송하고 있었다.

"괜찮을 것 같습니까?"

누군가 의사에게 말을 걸었다. 의사가 돌아보니 두 명의 남성이 옆에 와 있었다.

"방금 가신 분은 제 환자가 아니라서 상태는 잘 모릅니다."

"선생님이 수면제를 처방해 주셨잖아요. 동창이시기도 하고요."

"누구시죠?"

"경찰입니다. 구원준 씨가 찾아와서 만난 적이 있지요?"

성요한이 신분증을 보여 주며 말했다. 그 옆의 유진신이 말을 이었다.

"처음엔 구원준 어르신이 진료를 받으러 병원에 온 줄만 알았습니다. 정효식이 이 병원에 다녔다는 사실을 몰랐다면 선생님과 이 사건을 연결 짓지는 못했을 겁니다."

유진신은 25년 전 살인 사건의 현장에 있던 두 사람이 하필이면 같은 병원에 다녔다는 게 이상했다. 찜찜한 기분이 가시지 않던 찰나, 복도 벽에 양재익이 소개되어 있는 것을 보았다.

"보통 약력엔 대학교 정도만 나올 텐데 전통이 있는 명문고를 나오셔서 고등학교도 적혀 있더군요. 개교 100년 기념으로 선정한 자랑스러운 동문상도 수상하셨고요."

성요한이 유진신의 바통을 이어 말했다.

"이미 다 알아봤습니다. 윤시병이 죽던 날, 선생님도 그곳에 계셨지요?"

양재익은 환자의 상태를 가늠하는 것처럼 한동안 유진신과 성요한을 바라보았다. 그러다 마침내 진단을 내린 듯 입을 열었다.

"네, 저도 거기 있었습니다. 하지만 제가 도착했을 때는 상황이 끝나 있었습니다."

구원준이 윤시병에게 안내해 달라고 부탁한 사람은 윤지호가 아니라 양재익이었다.

"윤시병과 친분은 없었지만 윤시병 패거리가 어디 모이는지는 알고 있었어요. 워낙 유명했으니까요."

광장 근처 공원에 있는 쉼터였다. 배드민턴과 농구 코트 옆에 각종 자판기가 들어선 휴게실까지 있어 나름 쓸 만한 공간이었다.

"차림새를 보니 왜 윤시병을 찾는지는 알 것 같더군요. 윤시병 패거리가 노숙자를 죽였다는 소문을 저도 들었으니까요. 재밌는 구경이 될 것 같다고 생각했지요."

'재밌는 구경'이란 말에 유진신이 꿈틀했지만 양재익은 아무렇지 않게 말을 이어 갔다.

"보통은 따까리 놈들이 앞에 있는데 그날은 아무도 없더군요. 갑자기 휴게소 안에서 비명이 들렸어요. 누가 먼저라 할 것도 없이 들어가 보니 윤시병은 이미 칼에 찔린 상태였어요. 가망이 없어 보였죠. 좋지 않은 곳을 찔렸거든요."

양재익이 자신의 목을 가리키며 말했다.

"윤시병 앞에는 피를 뒤집어쓴 정효식이 있었어요. 정신이 나간 얼굴이었죠. 하긴 갑자기 살인자가 되어 버렸으니 그럴 수밖에요."

윤지호는 쓰러진 윤시병을 가운데 두고 뒤에 있었다. 윤지호는 흥분한 상태로 욕을 해대며 비명 같은 소리를 질러 댔다.

"충격적인 장면이었지만 상황은 뻔했지요. 그 자리에 있던 모두가 윤시병이 어떤 놈인지는 알고 있었고, 피 묻은 칼을 들고 벌벌 떠는 녀석은 누가 봐도 찐따처럼 보였으니까. 한 장면만 봐도 그때까지의 전개를 한눈에 알 법한 드라마 같았지요."

하지만 다음 장면은 누구도 예상하지 못했던 것이었다. 구원준은 윤시병에게 다가가 상태를 확인했다. 윤시병은 고통스럽게 꿈틀거리다 움직임을 멈췄다. 구원준이 정효식을 돌아보았다.

정효식은 초점 없는 눈으로 피 묻은 칼이 생명줄이라도 되는 것처럼 쥐고 있었다. 구원준은 천천히 다가가 칼을 쥔 정효식의 손을 감쌌다. 극도로 조심스러운 움직임이었는데도 정효식은 천둥에 놀란 어린 짐승처럼 울부짖었다.

그 울부짖음엔 사전에 있는 어떤 단어도 들어가 있지 않았다. 하지만 그 자리에 있던 사람들은 거기 담긴 의미를 이해했다. 그 울부짖음은 한 인생이 무너지는 소리였다.

"나는 끝났다. 내 인생은 끝났다."

정효식은 소리 높여 외치고 있었다.

구원준이 소리치며 정효식을 끌어안았다. 구원준의 뜨거운 외침이 정효식의 울부짖음을 집어삼켰다.

"아니야! 끝나지 않았어! 아무것도 끝나지 않았어!"

정효식은 구원준의 품에 기대어 눈물을 흘렸다. 눈물 젖은 눈에 윤시병의 시체가 보였다. 건물이 머리 위로 무너지듯 공포와 절망이 정효식을 덮쳤다. 정효식은 몸부림치며 소리를 질렀다. 하지만 구원준은 정효식의 삶이 무너지는 것을 용납하지 않았다.

"나를 봐! 나를 보고, 내 말만 들어!"

구원준이 양손으로 정효식의 얼굴을 잡고 말했다.

정효식은 그제야 구원준을 보았다. 아버지가 살아 있었다면 비슷한 연배였을 남자. 남자의 얼굴은 삶의 풍파로 곳곳이 패여 있었다. 남자의 계곡 같은 주름을 따라 눈물이 흘러내렸다. 누군지 알지도 못하는 사람이 자신의 얼굴을 붙잡고 울고 있었다.

남자가 왜 우는지 정효식은 알지 못했다. 그저 누군가 자신을 위해 울어 준다는 사실이 위안이 되었다.

"너는 괜찮아. 네가 생각하는 일은 일어나지 않아. 내 말을 믿어."

정효식은 그 말이 무슨 뜻인지도 모르면서 고개를 끄덕였다. 구원준은 정효식을 일으켜 세우고 모두에게 말했다.

"이제부터 내가 시키는 대로 해라."

"나는 그때 그 사람이 정효식 아버지인 줄 알았어요. 노숙자 행세를 했지만 실은 아들이 윤시병에게 괴롭힘을 당하는 것을 알고 찾아온 거라고요. 아버지가 아들의 죄를 덮어쓴다는 이야기는 들어 본 적이 있으니까. 나중에 처음 본 사이란 말을 듣고 많이 놀랐죠."

"찾아와서 무슨 말을 했습니까?"

"훌륭한 의사가 됐구나. 대단하구나. 자랑스럽다. 무슨 친척 어른처럼 말하더라고요. 그게 답니다. 잠깐 짬을 내서 만난 거라 길게

이야기할 시간도 없었어요. 그건 지금도 마찬가지고요. 이제 가 봐
도 될까요?"

성요한이 말없이 길을 비켜 주자 양재익이 지나갔다. 양재익이
사라지자 성요한이 말했다.

"25년 전 사건의 진상은 거의 밝혀졌군요."

"어르신이 어떻게 돌아가셨는지 확인해야 합니다."

"곧 부검이 실시될 겁니다. 정효식도 깨어날 거고요. 윤지호도 가
만히 있지는 못할 거예요."

"윤지호가 왜요? 굳이 나설 이유가 없지 않나요?"

"원한을 좀 많이 샀어야죠."

성요한이 빙긋이 웃었다.

9.

"아악!"

윤지호가 책상 위에 쌓여 있는 서류 더미를 밀어젖혔다.

"진정하세요. 대표님."

"아니, 이 부장님. 내가 지금 진정하게 됐어요? 어떤 새끼가 감
히! 여기가 어디라고 쥐새끼처럼 엿들어!"

"그러니까 제가 직원들하고 자꾸 척을 지지 말라고 말씀드렸잖
아요."

이 부장이 윤지호의 눈치를 보며 조심히 말했다. 윤지호가 잡아
먹을 듯 째려보자 이 부장은 입을 다물었다.

"부장님이 생각해도 외부인 소행은 아니죠? 저 밖에 있는 새끼들
이 날 팔아먹은 거야."

윤지호가 벌떡 일어나 대표실 밖으로 나갔다. 모든 직원이 기부
자들의 항의 전화를 받느라 정신이 없었다. 윤지호는 직원들의 얼
굴을 스캔하듯이 돌아보다가 빈자리 하나에 꽂혔다.

"저긴 뭐야! 왜 없어?"

"민 대리 자리입니다. 저번에 아파서 퇴사했다고 말씀드렸는데."

이 부장이 뒤따라와 말했다.

"아파요? 그걸 믿어? 이렇게 생각이 없어서야! 저 새끼가 범인
아니야!"

윤지호는 잠시 뭔가 생각하더니 곧 사무실 밖으로 나갔다.

"대표님 어디 가세요?"

이 부장의 외침에도 윤지호는 돌아보지 않고 사라졌다.

* * *

"으."

민 대리가 신음을 내며 몸을 돌렸다. 일반 병실로 내려왔지만 통
증이 제법 있었다. 그래도 기분은 좋았다. 수술도 잘 끝났고 좋은
소식이 있었기 때문이다. 민 대리는 종일 스마트폰을 잡고 놓을 줄

을 몰랐다. 포털사이트와 커뮤니티에서 윤지호에 대한 기사와 이야기가 쏟아졌다.

「뷰티풀 서울 윤지호 녹취록」
「윤지호 대표와 살인자와의 대화」
「25년 전 살인 사건의 진상은?」

뉴스에 제보한 것은 민 대리였다. 어차피 관두고 나온 마당에 무서울 것도 없었다. 민 대리는 실시간으로 올라오는 글을 살펴보며 위선자의 가면이 벗겨지는 순간을 즐겼다.

계속 스크롤을 내리는데 누군가 병실에 들어오는 소리가 들렸다. 발소리가 가까워지더니 침대 앞에 쳐 놓은 커튼을 치우며 누군가 안으로 들어왔다.

* * *

의사 가운을 입은 남자가 커텐을 치우고 들어와 침상을 내려다보았다. 그곳에는 민 대리가 아니라 아직 정신을 차리지 못한 정효식이 누워 있었다. 정효식 앞에 선 남자는 멋스럽게 더럽혀진 스니커즈를 신고 있었다.

윤지호가 잠든 것 같은 정효식을 물끄러미 바라보았다.

'기억나? 내가 널 놔두라고 윤시병에게 대들었던 날. 내가 돕지

않았다면 넌 결코 윤시병에게 벗어날 수 없었어. 어쩌면 네가 먼저 죽었을지도 모르지.'

윤지호가 주머니에서 주사기와 약물을 꺼냈다.

'이상주의자들은 날 비난할지도 몰라. 내가 저지른 소소한 잘못을 문제 삼을 수도 있겠지. 하지만 내가 해 온 일들을 부정할 수 있어? 내가 얼마나 많은 감사 편지를 받는지 알아? 너도 나한테 고맙다고 했잖아?'

윤지호가 주사기에 약물을 채우고 정효식의 손등에 연결된 주사줄을 잡았다.

'이번엔 네가 날 도와줘야겠어. 아름다운 세상을 위해서.'

주사기를 줄에 찌르려는 순간 병실 문이 열렸다.

"어, 선생님 계셨네?"

누군가 병실 안으로 거침없이 들어와 안쪽 침대로 다가섰다. 윤지호는 그 자세 그대로 굳어 버렸다. 귀에 익은 목소리가 들렸다.

"선생님, 상태는 어때요?"

"아직 지켜봐야겠습니다."

윤지호가 주사기를 주머니에 넣으며 말했다. 윤지호는 병실을 나가려고 문을 열었다. 하지만 윤지호는 병실 밖으로 나갈 수가 없었다.

"안녕하세요. 대표님. 병문안 오셨어요?"

유진신이 말했다. 윤지호는 한 손을 주머니에 넣은 자세로 머뭇거렸다. 윤지호 뒤에서 말소리가 들렸다.

"근데 의사 가운은 왜 입고 오셨을까?"

돌아보자 성요한이 나타났다. 성요한이 윤지호가 손을 넣고 있는 주머니를 봤다. 누가 봐도 부자연스러웠다.

"설마 해서 병실을 지키기는 했지만 정말 이렇게까지 바닥을 보여 줄줄은 몰랐네."

성요한이 주머니 쪽으로 손을 뻗자 윤지호가 황급히 주사기를 꺼냈다. 윤지호는 주사기를 들고 성요한과 유진신을 번갈아 봤다. 주사기는 하나뿐이었고 도망칠 곳은 없었다. 울상이 된 윤지호는 눈을 질끈 감고 주사기를 자신의 어깨에 찔러 넣었다. 윤지호는 천천히 허물어졌다.

10.

정효식은 다시 눈을 뜬다면 지옥일 거라 생각했다. 하지만 하얀 천장이 보일 뿐이었다. 잠시 눈을 감았다 뜨자 의사와 간호사가 보였고, 다시 눈을 감았다 뜨자 딸의 얼굴이 보였다. 딸은 울고 있었다. 머리가 아팠지만 누군가 이마에 손을 올려주었다. 따뜻했다. 얼굴은 보이지 않았지만 익숙한 손길이었다. 정효식은 아내와 딸에게 미안하다고 말하고 싶었지만 입이 움직이지 않았다.

마침내 말을 할 수 있게 되자 두 남자가 찾아왔다. 두 남자가 정효식이 잠들어 있는 사이 일어났던 일들을 이야기해 주었다.

"너무 늦게 발견된 암 같은 거죠. 온몸에 전이되어 손을 쓸 수가 없는……."

유진신은 윤지호의 상태를 그렇게 설명했다. 직장 내 갑질부터 시작해 노동법 위반, 횡령, 직원 사찰 등 윤지호가 저질렀던 온갖 죄들이 세상에 다 드러났다. 물론 25년 전 살인 사건의 진상과 구원준의 죽음에 대한 의혹도 불거져 있었다.

"윤시병은 저에겐 악몽 같은 존재였지요. 지금의 윤지호는 윤시병보다 더한 악인이 됐네요. 하지만 형사님, 최악의 악인은 접니다."

정효식이 울면서 말했다.

"제가 아저씨를 팔아넘겼어요. 그 돈으로 학교를 다니고 엄마의 약을 사고 동생을 먹였어요."

정효식이 창가 쪽을 바라보았다.

"날씨가 좋으면 억울하게 갇혀 있는 아저씨가 생각났고, 맛있는 것을 먹으면 교도소 밥을 먹고 있을 아저씨가 떠올랐어요."

정효식은 정신과 상담을 받고 신경안정제와 수면제를 달고 살았다.

"아내가 당신 눈에 귀신이라도 보이냐고 묻더군요. 귀신보다 더한 게 보였지요. 매일 거울 속에 내 죗값을 대신 짊어진 은인을 배신한 죄인이 보였어요. 그러고도 아이들에게 시의 아름다움이니 하는 소리를 해 대는 위선자가 보였어요. 결국 제가 저지른 일을 털어놓지 않으면 안 된다는 걸 알았지요."

"그래서 소설을 쓴 겁니까?"

유진신이 말했다. 정효식이 힘없이 고개를 끄덕였다.

"소설인 것처럼 제 이야기를 적기 시작했지요. 하지만 그조차 못 하겠더군요. 윤시병이 절 괴롭힌 내용은 쓰기 쉬웠어요. 하지만 정작 제가 한 짓은 적을 수 없었어요. 전 끝까지 피해자로 남고 싶었던 겁니다."

"어르신이 찾아올 거라는 건 알고 있었나요?"

유진신이 말했다.

"그런 날이 올 수도 있다고 생각했어요. 하지만 오랜 시간이 지나면서 조금 무뎌지기도 했지요. 그런데 갑자기 윤지호에게 연락이 왔습니다. 아저씨가 자기를 찾아와 협박했다면서 저에게도 찾아올지 모른다고 했지요. 그렇다고 야반도주를 할 수도 없고 피할 방법은 없었어요."

정효식은 집에 틀어박혀 답 없는 고민만 하고 있다가 답답한 마음에 담배를 태우러 나갔다. 돌아와서 문을 열었을 때 집은 평소와 똑같았다. 뿔이 달린 악마도, 꺼지지 않는 화염도 보이지 않았다. 정장을 입은 백발의 남자가 딸과 함께 있었을 뿐이다. 하지만 정효식은 지옥의 문을 연 것 같았다.

"왜 효주와 함께 있는 거지? 순간적으로 이해가 가지 않았어요. 뇌가 얼어 버린 느낌이었어요."

정효식은 급한 대로 구원준이 아버지 친구인 것처럼 대했고 구원준도 장단을 맞춰 주었다. 구원준은 그간의 안부를 묻고 양재익과 윤지호에게 했듯이 정효식을 칭찬하고 격려했다. 훌륭한 어른이 되었구나. 성실하게 살았구나. 수고했다.

하지만 정효식에겐 구원준의 말이 다르게 들렸다. 교사가 되었다니 살 만하겠구나. 요즘 아파트가 비싸다는데 돈깨나 벌었구나.

"딸이 참 예쁘게 잘 컸네."

진심이 듬뿍 담긴 그 말이 정효식에겐 세상에서 가장 무서운 협박이었다.

"제가 죽였습니다. 제가⋯⋯."

정효식이 고꾸라지며 말했다.

정효식은 점심을 대접하고 싶다며 구원준을 차에 태워 수면제를 탄 음료를 먹였다. 구원준이 깨어났을 때는 목에 밧줄이 걸려 있었다.

"부검 결과 수면제가 미량 검출되었습니다. 하지만 구원준 씨는 의식이 있는 상태에서 사망했습니다. 맞습니까?"

성요한이 말했다.

"네, 의식이 없는 상태에서 죽는 것과 의식이 있는 상태에서 죽는 것은 다르다고 하더군요. 자살로 보이려면 똑같은 상황을 만들어야 한다고 해서 깨어날 때까지 기다렸습니다."

정효식은 구원준의 입에 재갈을 물리고 접이식 의자를 들게 했다. 정효식은 언제든 구원준의 목을 조를 수 있는 줄을 잡고 구원준을 깊은 산속으로 끌고 갔다.

구원준을 매달 장소에 도착하자 정효식은 줄의 길이를 조절하고 구원준을 의자에 올라가게 했다. 이제 뒤에서 의자를 걷어차면 됐다. 그 전에 재갈을 제거해야 했다. 재갈을 물고 자살을 할 사람은 없으니까. 그때가 마지막 기회였다.

"미안하다."

구원준이 콜록거리며 토해 내듯 말했다. 정효식은 말을 섞지 말아야 한다고 생각했지만 생각보다 빨리 말이 나가 버렸다.

"뭐가요?"
"가족을 지키지 못한 애비의 눈에 아들 또래의 네가 지켜야 할 존재처럼 보였다. 어차피 밑바닥 인생, 교도소에 간다고 달라질 게 있나. 누군가의 삶을 구할 수 있는 기회처럼 느껴졌지. 나는 그냥 너를 돕고 싶었다. 세상이 끝난 것처럼 주저앉은 너를 일으켜 주고 싶었어. 하지만 지금은 후회가 되는구나."

정효식이 무슨 소리냐는 듯 고개를 들었다.

"네가 거짓 증언을 했기 때문이 아니다. 네가 증언할 때 윤시병의 아버지도 와 있었지. 너는 계속 그쪽의 눈치를 봤어. 무슨 일이 있었던 건지는 빤했지."

수풀 사이로 들어온 저녁노을이 구원준의 얼굴을 비추었다.

"애초에 거짓 증언을 시킨 건 나다. 그게 후회돼. 그러면 안 되는 거였어. 잔인한 현실이라도 진실을 이야기하게 해야 했는데 그러질 못했어. 이제 와 보니 나뿐 아니라 너도 보이지 않는 감옥에 갇혀 살았던 것 같구나. 미안하다."

구원준은 등 뒤에 선 정효식이 동요하는 것을 느꼈다. 정효식의 호흡이 거칠어졌다.

"하지만 내게 다시 그날의 진실을 말할 기회를 준다 해도 나는 그 죗값을 너에게 다 묻지 않을 것이다."

구원준은 법정에 선 증인이 선서를 하는 것처럼 허리를 꼿꼿이 세웠다.

"네가 찌른 게 아니다."

구원준의 단호한 말에 정효식의 몸이 휘청거렸다.
그날의 기억이 떠올랐다. 분명 정효식은 윤시병을 향해 칼을 겨눴다. 윤시병은 어디 한번 찔러 보라는 듯 다가오더니 순식간에 정효식을 제압했다. 그때 정효식의 귓가에 음성이 들렸다.

"거짓말이야. 너를 속여서 빠져나가려는 거야. 네가 윤시병을 죽였어. 이 영감도 죽여야 해. 의자를 걷어차. 그럼 모든 게 끝나. 어서!"

구원준은 윤지호의 말을 무시한 채 말을 이었다.

"너는 칼을 쥐고만 있었어. 지금 내 발밑의 의자를 치우지 못하는 것처럼 들고만 있었지. 약해서가 아니야. 남을 해치는 일을 할 수 없었던 것뿐이야. 아무리 너를 충동질해도 그건 해선 안 될 일이었으니까. 지금도 네 뒤에서 너를 조종하려는 녀석이 윤시병을 밀치지 않았다면 윤시병은 죽지 않았어. 그날 내가 한 실수는 너희들이 같은 교복을 입고 윤시병과 싸운다는 것만으로 너희를 친구로 생각한 거였다. 효식아, 그놈은 네 친구가 아니다. 더는 휘둘리지 마!"

윤지호가 계속해 정효식의 등을 떠밀었다. 하지만 정효식은 움직이지 않았다.

"나 못 하겠어……."
"못 해? 못 하면 모든 게 갑자기 없던 일이 될 것 같아? 효주를 생각해!"
"그래, 효주를 생각해라."

구원준이 끼어들자 윤지호가 소리를 질렀다.

"닥쳐! 넌 오늘 여기서 죽어!"
"날 죽이려면 네가 해! 네놈이 직접 하라고! 그렇게는 못 하겠지?"

윤지호가 구원준을 노려보다가 정효식에게 시선을 돌려 말했다.

"누구도 다치지 않는 결말은 없어. 그럼 누가 다칠까? 잃을 거 없는 저 영감? 아니면 너? 나?"

윤지호는 윤시병처럼 정효식의 팔을 움켜잡고 억지로 끌고 갔다. 정효식은 고개를 저으며 울먹거렸지만 정효식의 손은 구원준이 딛고 선 의자와 점점 가까워졌다. 안간힘을 쓰며 저항하는 정효식의 손가락이 의자를 건드리는 순간, 구원준이 벼락처럼 소리를 질렀다.

"윤지호, 이놈! 네놈은 효식이를 살인자로 만들지 못한다! 내가 허락하지 않을 테니까!"

윤지호는 잠시 멍한 표정이었다가 얼굴을 일그러뜨리며 웃었다.

"그냥 받아들여, 이게 네 운명이라고!"
"……운명을 받아들이라고?"

구원준이 잠시 허허거리며 웃더니 아래를 내려다보았다. 옆에
쓰러진 정효식의 얼굴이 보였다. 구원준이 미소를 지으며 말했다.

"효식아. 잘 들어라. 난 이제 주님의 품으로 간다."
"네?"
"명심해라. 너 때문에 죽는 게 아니다. 나는 주님께 가는 것이다."
"무슨 소리세요?"
"마지막으로 소원이 있다."

정효식은 불길한 예감에 고개를 저었다.

"널 뒤에서 조종한 놈에게 말해. 이제 나는 너와 상관없는 사람
이라고. 더 이상 너를 건드리지 말라고 해라. 이게 내 소원이다. 효
식아. 명심해라. 네 인생은 끝난 게 아니다. 너는 다시 시작할 수 있
어. 언젠가 천국에서 다시 만나자."

구원준이 자신의 다리로 의자를 밀쳐 버렸다. 구원준의 다리가
공중에 뜨며 줄이 팽팽히 당겨졌다. 정효식이 달려들어 구원준의
다리를 붙들었다. 윤지호는 믿지 못하겠다는 얼굴로 서 있다가 안

간힘을 쓰는 정효식에게 다가가 목덜미를 낚아챘다. 정효식은 윤지호에게 끌려가며 애타게 손을 뻗었지만 닿을 리가 없었다.

주삿바늘로 멍든 손이 병원 담요 위로 툭 하고 떨어졌다.

"나 때문에……. 다 나 때문입니다."

정효식이 울면서 말했다. 유진신이 입을 열었다.

"언제까지 어르신 말씀을 무시할 겁니까?"

정효식이 눈물 젖은 눈으로 유진신을 보았다.

"죽음이 속죄입니까? 당신은 죄책감에서 도망친 것뿐이에요."

"목사님."

성요한이 말렸지만 유진신은 주머니에서 USB를 꺼내어 담요 위에 던졌다.

"이게 뭡니까?"

정효식이 말했다.

"어르신의 유언입니다. 듣고 어떤 선택을 할지는 당신의 몫입니다."

유진신은 병실 밖으로 나갔다.

11.

로비의 TV에서 윤지호의 범죄를 다룬 뉴스가 나왔다. 양재익은 로비가 내려다보이는 2층 복도에서 재밌는 구경거리라도 있는 것처럼 로비를 기웃거리고 있었다.

"선생님."

양재익이 돌아보자 유진신이 다가왔다.

"사건은 다 해결된 겁니까?"

양재익이 웃으며 말했다.

"경찰이 할 일은 끝난 것 같습니다."

"수고하셨습니다. 그럼 전 이만."

"제 일은 아직 안 끝났습니다."

유진신이 떠나려는 양재익을 불러 세우고 말했다.

"선생님과 정효식 씨가 진술한 내용의 시점이 어긋나더군요. 선생님은 윤시병이 찔리고 난 뒤에 도착했다고 하셨지만, 정효식 씨는 윤시병이 찔리기 직전에 어르신과 선생님이 도착했다고 했습니다."

"긴박한 상황이었으니까요. 약간의 오차가 있을 수 있겠지요."

"약간의 오차가 진실을 가리지요."

유진신이 날카로운 눈으로 양재익을 쏘아보며 말을 이었다.

"정효식 씨는 부검이 실시될 시에 타살 의혹을 피하기 위해 신경을 많이 썼더군요. 그걸 가르쳐 주신 분이 선생님이라고 들었습니다."

"네, 맞습니다. 아, 그것 때문에 물어본 거였군요. 저는 소설에 쓴다고 물어본 줄 알았어요. 충격이네요."

양재익이 과장된 톤으로 말했다.

"윤지호는 주사기와 약물을 숨기고 정효식 씨를 찾아갔습니다.

독극물인 줄 알았는데 진통제더군요. 아픈 친구가 걱정돼서 의사 몰래 진통제라도 놔 주려고 한 걸까요?"

"글쎄요? 저야 모르지요."

양재익이 미소를 지어 보였다.

"정효식 씨는 수면제 과다 복용으로 급성신부전이 온 상태였죠. 차트를 보니 프로라파라는 신약을 처방했더군요. 그런데 윤지호 대표가 주사하려 했던 약은 프리우파였어요. 이름은 비슷하지만 신독성 진통소염제였죠."

프리우파란 약은 급성신부전 환자에게 썼다가는 증상을 급격히 악화시킬 수 있는 약물이었다.

"현장에서 들키지 않는다면 부검을 해도 의료사고로 판정이 나겠지요. 이름이 비슷한 약물 때문에 벌어지는 의료사고는 흔해 빠졌으니까요."

"놀랐습니다. 잘 알고 계시네요."

"법의학을 전공했거든요."

"아, 요즘은 법의관이 경찰과 함께 다닙니까? 재밌네요. 사실 저도 법의학에 관심이 많거든요."

양재익은 같은 취미를 가진 친구라도 만난 것처럼 웃었다.

"선생님과 아무 상관도 없다는 말씀입니까?"

"제가 개입했다고요? 무엇 때문에 그런 짓을 한단 말입니까?"

"재밌을 것 같아서요."

양재익의 얼굴에서 그린 듯한 미소가 조금 희미해졌다.

"어르신을 윤시병에게 데려가셨을 때 재밌는 구경이 될 것 같았다고 하셨지요? 제가 보기에 선생님께는 그 재미가 무엇보다 중요하게 느껴져서요."

하얀 와이셔츠에 핏방울이 번지듯 한동안 굳어 있던 양재익의 얼굴에 다시 미소가 번졌다.

"선생님 생각이 맞는다고 합시다. 그럼 저도 죄인이란 말인데 어떻게 저의 죄를 추궁할 수 있을까요?"

"못 하겠죠. 선생님이 자백을 하지 않으신다면요."

"범인이 눈앞에 있는데도 눠주어야 한다는 말이군요. 참 안타까운 일이네요."

"이 세상 법정에서는 그렇겠지요. 하지만 하늘나라의 법정은 다를 겁니다. 주님 앞에서 숨길 수 있는 죄는 없으니까요."

양재익은 잠시 멀뚱히 있더니 크게 웃었다.

"무슨 목사님 같은 말씀을 하시네요?"

"목사니까요."

유진신은 명함을 꺼내 양재익에게 건넸다. 명함엔 그리스도의 신비 교회 담임 목사 유진신이라고 적혀 있었다.

"죄를 자백하고 싶어지면 언제든 연락 주십시오."

유진신이 인사를 건네고 돌아섰다. 양재익은 멀어지는 유진신을 지켜보며 나직하게 속삭였다.

"재밌네."

잃어버린 양

1.

"안 바빠요?"

성요한이 얼굴을 찌푸렸다.

"서로 돕고 살아야죠. 혼자 이 넓은 곳을 어떻게 다 뒤져요? 그리고 목사는 월요일이 쉬는 날이에요."

유진신은 거대한 테마파크에라도 온 것 같은 얼굴이었다.

"서울 한복판에 이런 곳이 있을 줄이야."

유진신이 주변을 둘러보며 말했다. 성요한과 유진신 앞에는 길게 쭉 뻗은 거리가 보였다. 양옆에는 ○○정밀, ◇◇가공, △△산업, □□철강 등의 이름을 가진 업체들이 줄지어 있었다. 식당들이 몰려 있는 먹자골목처럼 금속 기계 관련 부품을 제조하는 회사들이 모여 있는 거리였다.

특정 산업이 발달하면서 동종업계가 한곳에 모여드는 것은 흔한 현상이었다. 유진신이 놀란 것은 수많은 업체 때문이 아니라 영화 세트장처럼 거리에 사람 한 명 보이지 않았기 때문이었다.

휴무일도 아닌데 모든 업체가 문을 닫았다. 철로 만들어진 문들은 하나 같이 녹슬어 있었다. 녹슨 문틈 사이로 보이는 내부도 마찬가지였다. 언제 마지막으로 가동이 되었는지 모를 기계들이 덩그러니 방치되어 있었다. 길고양이 한 마리가 어슬렁거릴 뿐 그 넓은 거리에서 사람의 기척은 전혀 느껴지지 않았다.

"서부영화에 나오는 쇠락한 마을 같네요."

유진신이 거리를 걸으며 말했다.

"한때는 밤에도 불꽃이 꺼지지 않던 동네였답니다. IMF 사태를 기점으로 제조업이 어려워지면서 다들 문을 닫고 떠난 거죠."

성요한이 씁쓸한 얼굴로 말했다. 유진신이 거리를 걷다가 바닥을 가리켰다.

"보세요. 쇳가루예요."

성요한이 유진신이 가리키는 곳을 보자 은색 쇳가루가 햇빛을 받아 반짝였다.

"요즘은 보호 장비를 잘 갖추고 작업을 하지만 옛날 어른들은 무엇 때문인지도 모르고 병에 걸렸지요. 결국 손을 쓸 수 없는 지경이 되어서야 병원을 찾았고요."

"환경 때문에 생기는 건 질병만이 아닙니다. 슬럼화된 지역은 범죄의 온상이 되기 십상이지요."

성요한이 고개를 들어 주변의 건물을 둘러보았다. 여기저기 깨진 유리창과 버려진 집기들이 보였다.

"창선 씨라고 했지요? 그 실종되었다는 분이요."

유진신의 말에 성요한이 고개를 끄덕였다.

올해 스물아홉이 된 배창선은 경찰서 근처 수산 시장 안에 있는 횟집 '배 들어오는 날' 사장 아들이었다. 허름한 횟집이었지만 정직하게 장사한다는 소문이 나서 단골이 많았다. 강력팀 단골 회식 장소이기도 했다.

지난 금요일, 성요한은 경찰서 앞에서 횟집 사장 배동호와 마주쳤다. 배동호는 성요한을 보자마자 바닥에 엎드렸다.

"형사님, 저 좀 살려 주십시오!"

"왜 이러세요? 일어나세요."

"형사님, 제 아들 좀 찾아 주세요! 아무도 신경을 안 써 줘요!"

성요한이 당황하며 말렸지만 배동호는 성요한의 바짓가랑이를 붙잡고 늘어졌다. 배동호가 울음을 터뜨렸다.

"아는 사이라고 더 잘해 줘야 한다는 건 아닙니다만, 단골집 사장님 아들이 실종됐다는데 수사도 안 하는 건 너무하네요."

유진신이 말했다.

"실종 사건은 교회 십자가만큼이나 흔해요. 물론 범죄와 연관된 경우도 있지만, 개인적인 이유로 잠적하는 사례도 많습니다. 건강한 성인 남성의 실종 신고는 뒷전으로 밀리기에 딱 좋지요. 그래도 된다는 건 아니지만요."

성요한이 말한 대로였다. 사건을 맡은 이동기는 배동호에게 곧 아들을 찾게 될 테니 걱정 말라고 했지만 실은 수사에 착수조차 하지 않았다. 배동호가 눈치채고 항의했지만 돌아온 반응은 상상도 못 한 것이었다.

"아저씨, 솔직한 말로 우리가 이런 사건 한두 번 보는 줄 알아요? 빤하잖아. 아들이 경찰 시험 세 번이나 떨어졌다면서? 하필이면 왜 시험 당일에 사라졌겠어? 이번에도 붙을 자신은 없고 부모 얼굴 볼 면목도 없으니까 그냥 잠수 탄 거지."

배동호는 장사를 하며 수많은 진상을 만났지만 누구와도 싸움을 벌인 적은 없었다. 배동호는 늘 침착하게 경찰을 찾았다. 하지만 경찰이 자신을 진상 손님처럼 취급하자 누구를 찾아야 할지 몰랐다.

"형사님은 창선 씨 실종이 사건이라고 생각하시나요? 정말 부담감에 잠적해 버린 걸 수도 있잖아요."

"……이야기를 나눈 적이 있어요."

"창선 씨하고요?"

성요한이 고개를 끄덕였다.

반년 전쯤의 회식 날이었다. 술을 마시지 않는 성요한은 조용히 틈을 봐서 가게 밖으로 빠져나오다 '형사님'이란 소리에 뒤를 돌아보았다. 배창선이었다.

"고민이 있다며 이야기를 들어 줄 수 없냐고 묻더군요."

겨우 한 번 스쳤을 뿐인 인연이었지만 성요한은 그날 나눈 대화를 잊지 못했다.

2.

"뭐가 문제예요?"

성요한과 배창선은 버스 정류장으로 걸어가며 대화를 나눴다.

"작년에 필기를 잘 치고 실기를 보다가 다리에 부상을 당했어요. 주변에선 운이 없었다고 위로해 줬지요. 올해는 꼭 붙을 거라고요. 솔직히 저도 떨어질 거란 생각은 안 들어요."

"그럼 뭐가 문제예요?"

"막상 올해야말로 붙을 수 있다고 생각하니까 이 길이 정말 맞나 싶어요."

배창선이 걸음을 멈추고 성요한을 보며 계속 말했다.

"솔직히 저는 경찰이 될 생각은 없었어요. 공무원이 되어서 안정적으로 살고 싶다는 마음으로 경찰이 되어도 괜찮을까요? 이래서야 합격한다 해도 무사안일한 경찰이 되지 않을까 걱정이 돼요."

성요한이 고개를 끄덕였다.

"음, 무슨 말인지는 알겠는데 대단한 소명 의식을 갖고 경찰이 된 사람이 얼마나 있겠어요?"

"……."

"창선 씨가 하는 고민이 쓸데없는 건 아니에요. 필요한 고민이죠. 하지만 답 없는 고민이기도 해요. 우리 모두가 사명을 갖고 태어난 영웅은 아니잖아요. 직업일 뿐이면 어때요? 자기 일을 충실하게 해내는 보통의 형사라면 괜찮지 않을까요?"

대단한 생각을 하고 내놓은 대답은 아니었다. 성요한은 말을 하면서도 '내가 이런 말을 할 자격이 있나'라는 생각을 했다. 하지만 성요한의 말은 배창선의 고민을 덜어 주었다.

"좋네요. 보통의 형사, 그 표현이 왜 이렇게 좋지요?"

배창선은 한결 가벼워진 미소를 띠며 말했다. 성요한은 괜히 부끄러워져 시선을 피하다가 사거리에 걸린 현수막을 발견했다.

"저게 아직도 있네."

"뭐가요?"

성요한이 손가락으로 현수막을 가리켰다. 실종 아동을 찾는 현수막이었다.

"저게 10년이나 된 거라면 믿겠어요?"

"10년이요? 그렇게 낡아 보이진 않는데요."

배창선이 말한 대로 현수막은 제법 깨끗해 보였다.

"현수막을 건 부모가 계속 새 걸로 바꾼 거죠. 10년이 지났어도 포기할 수가 없는 거예요."

"그런데 현수막을 걸어 놓는다고 찾을 수가 있을까요?"

"과자 먹다가 포장지 뒤에 실종 아동 광고 실린 거 본 적 있죠? 그걸 보고도 찾는 경우가 있어요."

"정말요? 제가 먹는 과자도 뒷면에 광고가 나오는데……. 근데 저는 하나도 기억 안 나는데요."

배창선이 머리를 긁적이며 말했다.

"잠깐이라도 반복적으로 본 얼굴은 머릿속 어딘가에 남아 있어요. 그러다 마주치면 '어, 그때 그 아이?' 하고 알아채는 거죠."

"놀랍네요."

"제가 경찰 되고 얼마 안 지나서 아이를 찾은 적도 있어요. 제보자가 망설이다가 혹시나 싶어 신고했는데 진짜 실종 아동이었던 거죠. 그 사람이 그냥 지나쳐 버렸으면 아직도 못 찾았을걸요."

"저도 이제부터 주변을 잘 보고 다녀야겠습니다. 과자야 항상 잘 먹고 있으니까요."

* * *

성요한은 웃으며 악수를 나누었던 배창선의 얼굴이 아직까지 선했다.

"창선 씨는 시험 당일 아침에 집을 나가서 돌아오지 않았어요. CCTV에는 근처 마트를 들렀다가 시험 장소인 고등학교에 가기 위해 지하철역으로 가던 모습이 찍혔습니다."

하지만 배창선은 지하철 입구로 들어가지 않고 멈췄다. 배창선은 손목시계를 내려다보더니 입구를 지나쳐 걸어갔다. 시험은 일요일 아침에 실시되었고 배창선은 여유 있게 집을 나선 상태였다.

일요일 이른 아침 거리는 한산했다. 원피스를 입은 여자아이, 점퍼를 입은 중년 남자, 휴가 중인 것 같은 군인, 동네 주민인 듯 편한 옷차림의 할머니와 모자로 보이는 젊은 여성과 남자아이가 배창선 앞을 걷고 있었다. 행인들이 하나둘씩 각자 갈 길로 흩어졌다.

배창선은 길 끝까지 가더니 골목 앞에 멈춰서 다시 시계를 보았다. 잠시 망설이던 배창선은 골목 안으로 사라졌다. 바로 지금 성요한과 유진신이 서 있는 거리였다. 사람의 그림자도 보기 힘든 거리엔 당연히 CCTV도 없었다.

유진신이 주변을 둘러보았다. 폐허가 된 가게들 뒤로 새로 지은 고층 아파트들이 보였다.

"도시 속의 무인도 같네요."

"지하철역 근처만 가도 다른 세상이죠. 나름 교통의 요지라 상권이 굉장히 발달했거든요. 여기만 벗어나면 사방에 CCTV가 깔려 있단 소리입니다."

"여기 들어왔다가 다시 나간 장면이 없다면 불길하긴 하네요."

유진신이 주변을 둘러보며 고개를 끄덕였다.

"저쪽으로 가 보지요."

성요한이 말했다.

두 사람은 직선 도로의 끝이 보이는 지점에서 방향을 틀어 안쪽으로 들어갔다. 거리 안쪽의 풍경도 크게 다르지 않았다. 문을 닫은

업체들 사이에 식당이 하나 보였다. 옛날에 이 동네에서 일했던 사람들이 즐겨 찾았을 것 같은 식당이었다.

"영업은 안 하는 것 같네요."

유진신이 닫힌 유리문 사이로 안을 들여다보며 말했다.

"손님이 다 떠났을 테니까요."

성요한이 말하다 말고 갑자기 사방을 살폈다. 유진신이 의아한 얼굴로 물었다.

"왜요?"

"무슨 소리 안 들려요? 음악 소리 같은데."

성요한이 야외에서 주파수를 잡듯 소리의 출처를 향해 움직였다. 유진신도 덩달아 성요한을 따라가다 외쳤다.

"어!"

"맞죠. 저쪽이에요!"

두 사람이 코너를 돌자 음악 소리의 정체가 드러났다. 폐허 같은 거리 한복판에 카페가 있었다. 음악은 그 카페에서 흘러나온 것이었다.

"이런 곳에 카페가 있을 줄이야."

유진신이 감탄한 얼굴로 말했다. 성요한은 입을 다물었지만 놀라기는 마찬가지였다.

"서부영화에 나오는 시골 마을 술집 같네요"

"거 서부영화 되게 좋아하시네."

"들어가 보지요."

성요한의 핀잔에도 유진신은 빙긋 웃으며 앞장을 섰다.

"오, 멋진데요."

유진신이 내부를 둘러보며 감탄했다. 인테리어의 테마는 스틸이었다. 바깥 거리에 방치된 녹슨 철이 아니라 깨끗한 철제 가구와 소품이 시원한 느낌을 주었다.

"남의 사업장 염탐하러 왔어요?"

성요한이 유진신에게 쏘아붙이곤 데스크 직원에게 다가갔다.

"말씀 좀 묻겠습니다. 혹시 이 사람 보신 적 없나요?"

성요한이 휴대폰을 보여 주며 말했다. 화면에는 배창선의 증명사진과 실종 당일 CCTV 장면이 떠 있었다.

"글쎄요. 잘 모르겠는데요."

남자 직원이 말했다.

"이 동네에 영업 중인 곳은 여기밖에 없는 것 아닌가요? 손님이 아니라도 밖을 돌아다니면 눈에 띄었을 것 같은데."

"생각보단 사람이 꽤 다닙니다. 골목 안쪽에는 아직 여기서 살고 계신 분들도 있고, 저녁엔 미대생들이 와서 작업을 하기도 해요."

"미대생이요?"

"네, 금속공예를 하는 분들이 주로 오신다고 들었어요."

유진신이 손님들을 둘러보았다. 대부분 친구와 연인으로 보이는 손님들 사이에 장발의 남자 한 명이 있었다. 아이패드로 뭔가를 그리는 것 같았다.

"낮 시간에 이 동네를 돌아다녔다면 아이들한테 물어보는 편이 좋을 것 같은데요."

직원이 말했다.

"아이들이요?"

"네, 근처 아파트에 사는 아이들이 자주 놀러 와요. 여기 분위기
가 묘하잖아요. 아이들에게 흥미로운 장소로 느껴지는 거겠죠. 저
기도 지나가네요."

직원이 가게 바깥을 가리켰다. 고개를 돌려 보자 가게 앞으로 한
남자아이가 자전거를 타고 지나갔다.

"감사합니다."

성요한이 인사를 하고 아이를 쫓아 나갔다.

"야, 잠깐 멈춰 봐!"

성요한이 아이를 따라가며 말했다. 한 손에 하드를 들고 자전거
를 타던 아이는 성요한을 힐끔 돌아보더니 갑자기 속도를 올렸다.

"아이 씨! 멈추라고!"

성요한이 달리기 시작했다. 아이는 하드를 입에 물고 음주단속
을 피해 달아나는 운전자마냥 페달을 밟았다.

아이는 이곳 지리에 익숙한 듯 미로 같은 골목으로 들어갔다. 아
이는 몇 차례 코너를 돌더니 은폐물을 찾아 몸을 숨겼다. 성요한이
곧 뒤따라왔지만 아이가 숨은 곳을 보지 못하고 다른 골목으로 가
버렸다. 아이가 미소를 지으며 하드를 베어 먹는 순간.

"맛있니?"

아이는 뒤에서 들린 소리에 깜짝 놀라 하드를 놓치고 말았다.

"아이쿠. 아직 많이 남았는데."

유진신이 바닥에 떨어진 하드를 보며 말했다. 아이가 울기 시작했다.

3.

"주문하신 민트초코 나왔습니다."

성요한이 민트초코를 대령하자 아이는 언제 울었냐는 듯 활짝 웃으며 민트초코를 먹었다. 유진신과 성요한, 그리고 남자아이는 수상한 거리를 빠져나와 역 근처 배스킨라빈스에 들어왔다.

"먹을 게 없어서 민트초코를 먹냐?"

성요한이 말했다.

"마음의 평안이 필요할 때는 민트초코가 최고거든요. 갑자기 쫓아와서 얼마나 놀랐는데요."

"그러니까 왜 도망을 가?"

"무서운 형아들인 줄 알았죠."

"거기에 무서운 형아들이 많아?"

유진신이 웃으며 물었다.

"낮에는 거의 없어요. 밤 되면 나타난대요. 망한 가게 안에 들어가서 술 마시고 논다고요."

"그렇게 무서워하면서 거긴 왜 갔어?"

성요한이 말했다.

"전 탐험가거든요. 무섭다고 모험을 포기할 수 없지요."

"어이구, 그러세요?"

성요한이 말했다. 유진신은 귀엽다는 듯 웃기만 했다. 아이가 민트초코를 한 숟갈 입에 넣고 계속 말했다.

"그리고 진짜 무서운 건 그런 형아들이 아니에요."

"그럼 뭐가 무서운데?"

유진신이 미소를 지으며 물었다. 아이는 갑자기 숟가락을 탁하고 내려놓더니 몸을 부르르 떨었다.

"생각만 해도 몸이 떨리네요."

"갑자기 찬 걸 먹으니까 그렇지."

성요한이 말했다.

"아니에요! 아저씨도 그걸 봤다면 질질 짜면서 도망쳤을걸요!"

"뭘 봤는데?"

유진신이 물었다.

"마법사요."

"마법사?"

"나 바쁘니까 빨리 먹고 가라."

아이의 헛소리를 들어 주기 지친다는 듯 성요한이 인상을 썼다.

"정말이에요! 철가면 마법사가 아이를 가두는 걸 봤어요!"

"아이를 가둬?"

흥미를 보인 건 유진신만이 아니었다. 아이를 타박하던 성요한이 바짝 다가가며 말했다.

"자세히 말해 봐."

아이가 으스대는 얼굴로 메뉴판을 가리켰다.

"포장 하나만 해 주면요."

성요한이 인상을 쓰더니 지갑을 꺼내 테이블 위에 내려놓았다. 그 모습을 본 아이가 의기양양하게 말을 이었다.

"미로 골목을 탐험하다가 어느 집 창문이 열린 걸 봤는데 그 안에 철가면을 쓴 마법사가 어떤 남자아이랑 있는 걸 봤어요."

"왜 마법사라고 부르는 거야?"

유진신이 말했다. 아이는 엄청난 비밀이라도 알려 주는 것처럼 주변을 두리번거리더니 낮게 속삭였다.

"철가면 마법사가 닥터 스트레인지처럼 팔을 휙 돌리니까 불꽃이 막 나면서 문이 막혀 버렸어요. 남자아이가 있던 방의 문이요."

유진신과 성요한이 심각한 얼굴로 서로를 보았다. 성요한이 말했다.

"거기가 어디야?"

* * *

아이가 안내한 집은 미로 같은 골목에서도 가장 안쪽에 자리 잡은 곳이었다. 이런 곳에도 사람이 사나 싶을 정도로 허름한 단층집이었다. 하지만 문은 철판으로 용접이 되어 있었다.

"여기에 창문이 있었는데."

아이가 집 뒤편에 난, 한때는 작은 창이었던 것을 보며 말했다. 원래도 쇠창살이 있던 창이 지금은 철판으로 막혀 있었다.

"그 아이랑 무슨 이야기를 했어?"

유진신이 말했다.

"집에 들어오라고 했어요. 그래서 앞에 갔더니 문처럼 생긴 게 있긴 했는데 잠겨 있는 거예요. 안 열린다고 그랬더니……."

"안에서 열어 주면 되잖아."

"미안해."

"안에선 열 수 없다고? 밖에서만 열 수 있는 문이라는 거야?"

"네, 울면서 미안하다고 했어요."

"밖에 있으면 죽는다고 하면서?"

"무슨 말이야? 왜 죽어? 나 오늘도 계속 밖에 있었는데? 너 괜찮은거야?"

괜히 무서워진 창밖의 아이가 말했다. 창 안의 아이는 시무룩한 얼굴로 고개를 숙였다.

그때, 굳혀 닫혔던 철문이 열리는 소리가 들렸다. 창 안의 아이는 급히 창가에서 떨어졌다. 창밖의 아이도 반사적으로 몸을 숙였다.

"누군지는 못 본 거야?"

성요한이 말했다.

"철가면을 쓴 것만 봤어요."

"목소리는? 무슨 이야기 하는지는 못 들었어?"

"무슨 말을 했는지는 잘 모르겠어요. 조금 있다가 큰 소리가 나서 슬쩍 봤는데 철가면이 마법을 부려서 방문을 막아 버렸어요."

철가면을 쓴 자가 아이를 가두고 문을 용접해 버린 것이다. 아직 산타 할아버지를 믿고 있는 아이의 눈엔 영락없는 마법사처럼 보였다.

"형사님, 여길 봐요."

유진신이 담벼락 위를 가리켰다. 여름 햇볕 아래 남은 수영복 자국처럼 무언가 설치돼 있다가 사라진 흔적이 뚜렷했다.

"여기도 CCTV가 있었네요."

성요한이 담벼락 위를 살피며 말을 이었다.

"문과 창, 단 둘뿐인 출입구에 다 CCTV가 설치되어 있다……."

"게다가 이 창은 성인은 들락거리기도 힘들 크기죠. 애초에 쇠창살이 있었다고도 했고요."

"여긴 감옥이었던 것 같군요."

성요한이 좁은 골목 위로 보이는 조그마한 하늘을 올려다보며 말했다.

"들어가 봐야겠어요."

4.

어둠 속에서 불꽃이 일었다. 곧 문짝이 떨어져 나가며 빛이 어둠 속으로 새어 들어왔다. 용접용 마스크를 쓴 사람이 안으로 들어와 마스크를 벗었다.

"냄새가 지독한데요."

용접사가 말했다.

"감사합니다. 저 창문도 떼 주시겠습니까?"

성요한이 따라 들어와 휴대폰 손전등을 비추며 말했다. 유진신도 손수건으로 코를 막고 내부로 들어왔다.

가운데에 주방 겸 거실 같은 공간이 있고 양옆으로 방이 하나씩 있었다. 성요한이 집 안을 수색하다 누군가를 발견하고 멈췄다. 주방 안쪽에 철가면을 쓴 남자가 쓰러져 있었다. 의자에 앉아 있던 자세 그대로 굳어 버린 것만 같았다.

"뭡니까?"

유진신이 뒤에 와서 말했다.

"동상인 것 같아요."

철가면을 쓴 남자는 사람이 아니라 찰흙으로 만든 동상이었다.

"꽤 무겁네요."

성요한이 동상을 슬쩍 움직이며 말했다.

"뼈대는 철로 만들었을 거예요. 뼈대 무게만 해도 상당하지요."

용접사가 창문을 떼 내고 와서 말했다. 성요한과 유진신이 돌아보자 아저씨가 말을 이었다.

"창을 덮고 있던 철판을 떼 내긴 했는데 원래 창문틀이 다 잘려 있네요."

"창문틀이 잘려요?"

아저씨가 잘려 있는 쇠창살 창문틀을 성요한에게 건네주었다.

"보세요. 원래 이게 이 틀 그대로 박혀 있는 거거든요. 근데 누가 쇠톱 같은 걸로 연결부를 잘라 놨어요. 근처에 찾아보면 있을 것 같은데……. 이 동네는 어딜 가도 쇠톱 같은 게 널려 있거든요."

용접사가 주변을 둘러보며 말했다.

"틀을 빼 버리면 쇠창살도 제거되는 거네요?"

"그렇지요. 녹도 좀 슬어 있고 전문가가 한 용접이 아니라서 생각보다 쉽게 잘랐을 거예요."

"전문가가 아니라고요?"

용접사가 확신에 찬 얼굴로 고개를 끄덕였다.

"네. 문도 그렇고, 창도 그렇고, 대충 이어 붙인 수준이지 전문가 솜씨는 아닙니다."

"그렇군요. 사장님, 이런 건 보신 적이 있으신가요?"

성요한이 동상을 가리키며 말했다.

"미술 하는 친구들이 만든 거 같네요. 요즘 이 동네에 미술 하는 친구들이 많이 들어왔거든요."

"아까 뼈대는 철로 만들었을 거라고 하셨는데 미술 하는 사람들이 직접 용접을 하나요?"

"그럼요. 복잡한 작업이야 저희들한테 맡기지만 손재주가 있는 친구들이니까 이 정도야 할 수 있지요."

성요한이 고개를 끄덕이며 동상의 발목 쪽을 살폈다. 별 모양의 사인 같은 것이 보였다.

"여긴 감옥이라기보다는 무덤 같네요."

유진신이 옆에 와서 말했다.

"갑자기 웬 무덤 타령이에요?"

성요한이 인상을 쓰며 말했다.

"고대 이스라엘에선 동굴 같은 곳에 시체를 넣고 커다란 돌로 입구를 막았거든요. 철판으로 막긴 했지만 비슷한 느낌이라서요."

"목사 티 좀 내지 말라니까."

"꼭 그게 아니라도 여긴 꼭 시간이 멈춘 것 같잖아요. 보세요. 달력이 1991년도 거예요."

유진신이 주변을 둘러보며 말을 이었다.

"이 동상, 진시황릉을 지키는 병마용 같지 않아요? 죽어서도 이동네를 지키는 수호신 같은 거죠."

"공감은 가지 않지만 이걸 만든 놈을 찾아서 물어보지요."

성요한이 동상 발목에 있는 별 모양의 사인을 휴대폰으로 찍었다.

"이 옆의 방문도 용접이 되어 있는데 열까요?"

용접사가 말했다.

"네, 부탁드립니다."

성요한이 말했다. 용접사는 능숙한 솜씨로 문을 열었다. 방 안에서 고약한 냄새가 흘러나왔다. 성요한과 유진신 모두에게 익숙한 냄새였다.

감옥 같다던 성요한의 말도, 무덤 같다던 유진신의 말도 맞았다. 그곳은 한때 감옥이었고, 지금은 무덤이었다. 창고 안에는 간이침대가 펼쳐져 있었고 그 위에 배창선의 시체가 누워 있었다.

* * *

배창선은 녹슨 쇠 냄새가 가득하던 곳에서 차갑게 빛나는 금속성 도구가 가득한 국과수 부검실로 옮겨졌다. 부검 집도의를 도울 보조로 연구사 두 명과 사진사가 와서 부검 준비를 하고 있었다. 성요한과 유진신은 출입증을 목에 걸고 그 모습을 지켜보았다.

"부검실은 처음이신가요?"

"전에 견학을 온 적이 있습니다."

"아, 그렇겠네요."

"목사님이야말로 부검실 처음이에요?"

"네?"

"매일 출근했던 장소였을 텐데 왜 그렇게 긴장한 얼굴이에요? 부검실 처음 와 보는 신참마냥."

"그런가요?"

유진신은 웃어 보였지만 성요한의 말대로 유진신은 긴장을 숨기지 못했다.

부검실 문이 열리고 집도의인 진순호가 들어왔다. 진순호는 성요한과 유진신이 인사를 건넬 겨를도 없이 부검대로 향했다.

"시체 되기 전에 사람 구해 보겠다고 나간 사람이 왜 자꾸 시체를 데리고 와? 국과수 나가서 기껏 한다는 게 탐정 놀이야?"

진순호는 뒤도 돌아보지 않고 말했다. 성요한이 유진신을 살폈다. 유진신은 쓸쓸하게 웃을 뿐이었다.

"누구한테 하는 말입니까?"

성요한이 말했다. 진순호가 연구사가 건넨 차트를 보다 돌아보았다.

"그쪽한테 한 말 아니니까 신경 끄세요."

"그쪽이요? 처음 보는 사람한테 그쪽? 만날 죽은 사람만 상대하다 보니까 살아 있는 사람을 대하는 방법을 잊어버리신 모양이네."

성요한이 발끈하며 나서는데 유진신이 성요한의 팔을 잡았다.

"형사님, 저는 괜찮습니다."

"괜찮아야지. 내가 틀린 말 했어? 생명을 살리는 목사가 되겠다고 하더니 형사 따까리나 하고 있잖아!"

"따까리?"

성요한이 열 받은 얼굴로 말했지만 진순호는 틈을 주지 않고 성요한에게 삿대질을 하며 말을 이었다.

"당신도 그래. 도움이 필요하면 정식으로 요청을 할 일이지 현직도 아닌 사람 데리고 뭐 하는 거야?"

"데리고 다니긴 누가 데리고 다녀! 이 오지랖 넓은 목사가 멋대로 쫓아다니는 거야. 나도 귀찮다고!"

성요한이 말하다 아차 싶었는지 급히 말을 이었다.

"그래도 그쪽 같은 재수 없는 인간이랑 일하느니 이상한 목사가 훨씬 낫긴 하네."

"나가."

진순호가 나직하게 말했다.

"뭐요?"

성요한이 인상을 쓰며 되물었다.

"방해되니까 둘 다 꺼지라고!"

"이 인간이 진짜! 죽은 사람만 상대하다가 겁을 상실했나."

"뭐? 이 새끼가……."

두 사람은 상대를 칠 기세로 달려들었다. 연구사가 진순호를 붙잡는 사이 유진신이 성요한을 데리고 밖으로 나갔다.

"재수가 없으려니까! 시작하기 전에 소금이라도 뿌려!"

진순호는 부정이라도 탄 것처럼 옷을 탈탈 털었다. 그러더니 돌아서서 이름과 나이, 발견 장소 등 기본 사항을 체크하고 부검을 시작했다.

진순호는 똑바로 누운 배창선의 시신을 머리부터 발끝까지 꼼꼼하게 살펴보았다. 그리고 연구사들에게 시신을 뒤집으라고 지시했다. 배창선의 등 하부에 흉측한 상처가 있었다. 총이라도 맞은 것처럼 구멍이 있었다. 구멍 주변의 피부는 녹아내린 상태였다.

"이게 뭐죠?"

사진을 찍던 사진사가 미간을 찌푸리며 말했다.

"등 좌측 하부에 화상."

진순호가 상처를 살피며 말했다.

"이런 화상은 처음 보는데요."

"문림동에서 발견됐다고 했지? 거긴 금속 업체가 모여 있던 곳이 었어. 아마 용접기를 등에다 대고 총처럼 쐈을 거야."

진순호가 배창선의 등 뒤에서 총을 쏘는 시늉을 했다.

"용접기라면 쇠도 녹이는 온도 아닙니까. 누가 이런 짓을……."

차트에 기록을 하던 연구사가 말했다.

5.

유진신과 성요한은 참관실로 자리를 옮겨 부검 과정을 지켜보았 다. 성요한은 아직도 분이 풀리지 않은 상태였다.

"목사님은 화도 안 나요? 왜 가만있어요?"

"내가 화를 낼 입장은 아니라서요. 저 친구는 화를 낼 만도 하고."

유진신이 유리창 너머로 부검을 시작한 진순호를 보며 말했다.

"친구요?"

"네, 하나 남은 동기죠. 저는 동기를 버리고 떠난 배신자고요."

"국과수는 한번 들어오면 뼈를 묻어야 하는 곳이에요? 조폭인 가? 나가려면 손가락이라도 잘라야 해?"

유진신이 희미하게 미소를 짓더니 이내 다시 입을 열었다.

"아버님이 장로님이시라고 들었는데요. 기도원을 운영하신다고."

"갑자기 우리 아버지는 왜요?"

"신학 관두고 경찰 되겠다고 하셨을 때 반응이 어떠셨어요?"

"어떻긴요. 난리가 났죠. 제가 무슨 악마한테 홀리기라도 한 것처럼 화를 내셨어요. 지금은 거의 얼굴도 안 보고 삽니다."

유진신이 고개를 끄덕이며 쓸쓸하게 웃더니 다시 입을 열었다.

"저도 아버지와 관계가 썩 좋지 않아요."

"목사가 돼서요? 저랑 반대네요."

유진신이 고개를 저었다.

"목사 이전에 법의관이 된 것부터 문제였어요. 의대에 합격했을 때는 정말 기뻐하셨죠. 무뚝뚝한 아버지도 표정을 감추지 못할 정도였어요. 자식이 영원한 승리의 면류관이라도 얻은 것처럼 기뻐하셨어요."

유진신이 휴게실 자판기에서 뽑아 온 커피를 한 모금 마시고 계속 말했다.

"제가 나중에 법의관이 되겠다고 했을 때와는 딴판이었죠. 아버지 얼굴이 그렇게 무섭게 보였던 적이 없었어요. '너는 반드시 후회하게 될 거야'라고 하셨어요. 저주라도 하는 것 같았어요."

유진신이 한때는 동고동락했던 부검실 안의 동료들을 지켜보며 말을 이었다.

"여기선 특별한 이야기도 아닙니다. 권력깨나 가진 양반들도 의

사 자식 만들려고 난리인데, 기껏 의대에 입학한 자식이 법의관이
되겠다니 좋아할 부모가 얼마나 있겠어요. 순호를 비롯해서 여기
있는 사람들 다 그런 과정을 거치고 온 거예요. 그만큼 법의학에 애
정이 있고 어려운 길을 간다는 자부심도 있지요."

"그 정도로 대우가 차이 납니까?"

유진신이 고개를 끄덕였다.

"그러니 사람이 없죠. 다들 솜씨는 좋습니다. 남아서 버티는 사람
들은 엄청난 속도로 경험을 쌓게 되니까요. 시체는 이쪽의 사정 같
은 건 봐주지 않고 밀려오거든요."

성요한이 무슨 말인지 알겠다는 듯 고개를 끄덕이더니 조심스레
입을 열었다.

"왜 그만둔 거예요?"

"……."

"부모님 반대도 뿌리치고, 어려운 길인 것도 알고 왔고, 잘 버텨
내서 인정도 받았는데 왜 목사가 된 겁니까?"

유진신이 부검 중인 진순호의 뒷모습을 보았다.

"원래는 순호 말고도 동기가 한 명 더 있었어요. 하연이라고 저
까지 포함해서 국과수 삼총사라고 불릴 정도로 친하게 지냈지요."

"저 싸가지가 혼자 남은 동기라고 하셨으니 그분은 목사님보다
먼저 국과수를 떠난 거군요."

"국과수가 아니라 세상을 떠났어요."

성요한은 생각지도 못한 대답에 입을 다물었다.

"사인은 자창으로 인한 동맥파열. 사망의 종류는 타살. 공격은 단 차례뿐이었지만 찔린 곳이 좋지 않았어요."

"범인은 누구였습니까?"

성요한이 조심스레 물었다.

"전혀 모르는 사이로 묻지마 범죄였답니다. 잘못된 시간에 잘못된 장소에서 잘못된 놈과 마주쳐 죽었다는 거죠. 형사님은 그런 죽음을 받아들일 수 있습니까?"

"……."

"법의관이 가장 싫어하는 게 불명입니다. 부검을 했는데도 사인을 특정할 수 없는 거죠. 경찰은 묻지마 범죄로 정리했지만 저는 받아들일 수 없었어요. 부검을 하듯이 범인의 삶을 파헤치기로 했지요. 그래야 하연이의 죽음을 납득할 수 있을 것 같았습니다."

부검실 안에선 진순호가 배창선의 시신을 정면으로 돌린 후 메스로 몸을 갈랐다. 유진신이 그 모습을 보며 말했다.

"열어 보면 압니다. 죽기 전에 이 사람이 뭘 먹고 살았는지요. 범인이 뭘 먹고 살았는지 압니까?"

"부끄러워서 진짜."

이하연을 죽인 범인 임치수가 부모에게 늘 들었던 말이었다.

"3대에 걸친 의사 집안이었더군요. 할아버지부터 시작해서 아버지와 어머니, 형과 여동생까지요. 의사 가운 대신 환자복을 입고 있는 건 본인뿐이지요."

"환자복이요?"

"교도소가 아니라 정신질환을 가진 범죄자들이 있는 치료감호소에 있어요. 심신미약 상태에서 저지른 범행으로 인정이 됐거든요."

"심신미약은 얼어 죽을."

성요한이 침을 뱉듯 말했다.

"돈 있는 집안이니 비싼 변호사를 썼지요."

"그래도 아들이라고 신경은 써 줬군요."

유진신이 고개를 저었다.

"아들이라서가 아니에요. 살인자의 부모보단 미친놈의 부모가 낫다고 생각한 거지. 정작 임치수를 미치게 만든 것은 부모란 작자들이지만요."

"정말 심신미약이었단 말입니까?"

성요한이 인상을 쓰며 되물었다.

"의대를 가지 못한 임치수는 형제들과 비교당하며 온갖 폭언에 시달렸어요. 유치원 때부터 시작된 의사 만들기는 조기교육의 탈을 쓴 학대나 마찬가지였지요."

"안된 이야기이지만 그렇다고 다 임치수 같은 범죄자가 되지는 않아요."

성요한이 단호하게 말하자 유진신이 부드럽게 웃어 보였다.

"임치수가 저지른 일을 옹호하는 게 아닙니다. 임치수가 태어날 때부터 살인자는 아니었단 말입니다. 임치수도 사람이었어요. 하지만 부모는 임치수를 사람 취급하지 않았습니다."

임치수가 이하연을 찔렀던 날, 임치수는 마트에서 칼을 샀다. 이하연을 찌르기 위해 산 칼은 아니었다. 임치수는 그날 마트에서 이하연을 처음 만났으니까.

"시비가 붙은 것도 아니었어요. 하연이는 통화를 하며 물건을 고르고 있었어요. 연구원이 전날 실수로 데이터를 오염시켜서 나무라던 상황이었어요."

갑자기 임치수가 다가와 이하연의 전화를 낚아채 던져 버렸다. 그날은 임치수의 가족 병원이 개원하는 날이었다. 분당에 올린 6층짜리 건물이었다. 할아버지와 부모, 형과 여동생까지 각자 진료실을 갖고 층마다 나뉘어 환자를 볼 수 있도록 만들어져 있었다. 임치수의 공간은 경비실에 놓인 책상 하나뿐이었다.

"가족들로부터 받아 왔던 모욕과 무시가 그날 폭발해 버린 것이죠. 어쩌면 그날 임치수가 산 칼은 하연이가 아니라 가족들을 해치기 위한 것이었는지도 모릅니다."

임치수는 통화를 엿듣고 하연이 의사라는 것을 알았다. 그 순간 임치수의 눈에는 후배를 나무라는 하연이 자신을 무시해 왔던 가족들처럼 보였다. 임치수는 그 자리에서 포장을 뜯어 칼로 하연을 공격했다.

"임치수는 평생 열등감을 먹고 자라났어요. 열등감이 속에서부터 임치수를 망가뜨린 겁니다."

유진신이 나직이 말했다. 그때, 유리창 너머의 부검실이 갑자기

분주해졌다.

"위에 뭐가 있는데요?"

부검실 안에서 연구사가 말했다. 진순호가 메스로 가른 위 속에서 작은 비닐 봉투 같은 것을 꺼냈다. 성요한과 유진신은 참관실에서 그 광경을 지켜보았다.

"저게 뭐죠?"

성요한이 놀란 얼굴로 말했다.

유진신은 조용히 지켜보기만 했다. 봉투 안에는 종이가 구겨져 있었다. 진순호가 종이를 꺼내자 갈겨쓴 필체로 '식당'이란 글자가 적혀 있었다. 진순호가 증거물 봉투에 담아 연구사에게 건네자 연구사가 사진을 찍었다. 사진 속에 식당이란 글자가 선명하게 보였다.

6.

"창선 씨가 먹은 거겠죠?"

성요한이 숟가락을 들고 말했다.

"일단 밥부터 먹어요. 곧 부검 결과 나올 테니까."

유진신이 국을 떠먹었다. 두 사람은 국과수 구내식당에 와 있었다. 부검은 끝났고, 약독물 검사를 하고 있었다.

"꼭 누가 이야기해 줘야 알아요? 전문가로서 이야기 해 봐요."

"난 이제 목사입니다. 법의관이 아니라."

"그렇지. 목사는 장례식장에서 기도나 해야지."

뒤에서 진순호가 나타나며 말했다.

"부검 결과 나왔습니까?"

성요한이 말했다.

"범행 도구는 매치를 해 봐야 알겠지만 등에 난 상처는 용접기로 인한 화상으로 보입니다. 상처에 세균 감염이 일어나 패혈증으로 사망한 것으로 보이고요. 자기 등에 용접기를 쏠 수는 없으니 공격을 받았다고 보는 것이 타당하지요. 타살입니다."

성요한의 눈빛이 사납게 빛났다.

"위에서 나온 쪽지는요?"

"본인이 삼켰을 겁니다. 소지품 중에 플래너가 있더군요. 플래너 안에 카드를 넣는 비닐 같은 것이 있었는데 그걸 잘라서 종이를 넣고 삼킨 겁니다. 위액의 영향을 거의 받지 않은 것으로 봐선 사망하기 직전이었을 거고요. 사망 추정 시간과 실종된 날짜를 고려해 보면 부상을 입은 상태에서 하루 정도 버티다가 사망한 것 같습니다."

옆에 있던 연구사가 유가족에게 전할 유품 박스를 건넸다. 성요한이 그 안에서 검은색 플래너를 꺼내 보았다. 플래너를 펼치니 첫 장에 반듯하게 써 놓은 문장이 보였다.

보통의 경찰이 되자

성요한은 얼굴을 돌리고 입술을 깨물었다.

* * *

배동호가 아들이 남긴 플래너를 펼쳐 보았다. 공시생들이 주로 사용하는 스터디 플래너 형식이었다. 장마다 공부 계획과 성취도, 반성과 각오 등이 적혀 있었다.

"기록을 꼭 하라고 했지요."

배동호가 혼잣말처럼 말했다.

"네?"

테이블 맞은편에 성요한이 있었다. 성요한이 유품을 가져다주러 횟집에 방문했다. 두 사람은 아무도 없는 식당의 홀에 마주 앉았다.

"저는 장사를 하면서 항상 장부를 작성했습니다. 귀찮을 때도 있었지만 덕분에 새어 나가는 돈을 잡을 수 있었지요."

배동호가 플래너를 덮으며 말을 이었다.

"경찰이 되겠다고 했을 때 처음에는 반대했어요. 가게를 이어 가 주었으면 했지요. 그러다가 조건을 내건 것이 기록이었습니다. 공부한답시고 시간만 날리는 꼴은 못 본다고 엄포를 놓았지요."

배동호가 플래너를 보며 미소를 지었다.

"올해는 정말 자신이 있어 보였습니다. 이렇게 충실한 시간을 보낸 녀석이 시험이 무서워서 도망갔을 리가 있나요? 그 말을 듣고 얼마나 화가 나던지……."

"죄송합니다."

성요한이 동료 대신 고개를 숙여 사과했다. 하지만 배동호는 고개를 저었다.

"지금은 차라리 그 말이 맞았으면 좋겠어요. 이 못난 놈이 시험 치는 게 무서워서 애비한테 말도 못 하고 어디로 도망쳐 버린 거면 좋겠네요."

플래너 위로 배동호의 눈물이 떨어졌다.

"이렇게 열심히 해 놓고 왜 시험도 치지 않고 그런 곳에 간 걸까요?"

죽은 아들이 남긴 치열한 삶의 기록이 아버지의 슬픔을 자석처럼 끌어당겼다. 배동호는 플래너에 얼굴을 묻고 펑펑 울었다. 성요한은 '반드시 범인을 잡겠다'는 말밖에 할 수가 없었다. 하지만 그조차 쉽게 허락되지 않았다.

7.

"손을 떼라고요?"

"이젠 살인 사건이잖아. 이게 너 혼자 수사할 사건이야? 아이까지 엮여 있을 수도 있다며? 이거 큰 사건이다? 수사 팀 새로 꾸릴 거니까 일단 대기하고 있어."

팀장이 어이없어하는 성요한에게 말했다. 성요한은 독단적으로 설강훈 사건을 수사한 후로 주요 사건에서 철저하게 배제되어 왔다. 덕분에 모두가 무시한 배창선 실종 사건을 홀로 수사할 수 있었지만 막상 사건성이 밝혀지자 수사 팀에서 쫓겨나고 말았다.

성요한은 분통이 터졌지만 대대적으로 수사한다는 말이 거짓은 아니었다. 배동호의 최초 신고를 묵살하고 면박까지 준 것이 언론에 알려지면 큰일이었다. 경찰은 총력을 기울여 사건을 마무리 지으려 했다. 마감 시한을 정해 놓은 것 같은 속도전 끝에 경찰은 일주일도 지나지도 않아 용의자를 체포했다.

"문림동 공시생 살인 사건의 용의자가 긴급 체포되었습니다. 경찰은 용의자 현 모 씨의 작업실을 급습해 범행 도구로 보이는 용접기와 함께 다량의 마약도…… 경찰은 살해된 배모 씨가 현 모 씨에게 마약을 구매하려고 했다가 변을 당한 것으로……."

유진신이 카페 카운터에서 휴대폰으로 뉴스를 보고 있었다. 뉴스에서 공개된 용의자는 모자와 마스크를 쓰고 있었지만 문림동 카페에서 보았던 장발의 남자 손님처럼 보였다.

"마약은 얼어 죽을! 시험 보는 날 아침에 마약을 사러 가는 게 말이 됩니까?"

성요한이 분통을 터뜨렸다.

"시험이 끝나고 사용할 목적이었을 것 같다고 나오네요."

"부검에서도 약물 같은 건 나오지 않았잖아요!"

유진신이 차를 내놓았다.

"카모마일입니다. 일단 진정하시지요."

성요한이 머리를 감싸 쥐었다.

"아들이 시체로 돌아온 것만 해도 미칠 노릇일 텐데 약쟁이로 몰리다니……"

"용의자는 누구예요?"

"현재덕이라고 미술작가입니다. 주로 동상을 만드는 작업을 합니다. 용접도 직접 해서 프로파일링과 맞아떨어졌지요……"

"그런 사람이 한두 명은 아니었을 것 같은데요."

"부검할 때 발견된 쪽지가 있었잖아요."

"식당이라고 적힌 쪽지요?"

성요한이 고개를 끄덕였다. 경찰은 탐문수사를 하다가 미대생들과 작가들 상대로 밤샘 영업을 하는 식당이 있다는 것을 알게 됐다.

"창선 씨는 부상을 입고 감금된 상태에서 범인이 식당에 주문하는 소리를 들었던 것 같아요. 식당 주인이 사건 현장에 배달을 갔었다고 진술했어요. 동상도 현재덕이 만든 거라고 확인해 줬습니다."

"아이는요?"

성요한이 한숨을 내쉬었다.

"못 봤답니다. 위쪽에서도 아이 이야기는 뭉개고 있어요. 아이가 원래 존재하지 않았던 것처럼요."

"목격자가 있는데도요?"

"그 목격자가 마법사 운운하는 아이잖아요. 현장검증에서 별다른 흔적도 못 찾았어요. 아이 부모도 엮이기 싫은 눈치고요."

"용의자는 뭐라고 하나요?"

성요한이 답답하다는 듯 고개를 저었다.

"범행 현장에 있던 동상은 누가 훔쳐 간 것이고 자기는 결백하답니다. 마약은 인터넷으로 구매한 거라 판매책이 누군지 모르고 창선 씨와도 모르는 사이라고 해요. 실제로 두 사람 사이의 접점은 밝혀내지 못했고요."

"형사님이 보시기엔 어떤가요?"

"전 보지도 못했어요. 참관도 못 하게 하더군요."

성요한이 소주라도 마시는 것처럼 차를 들이켰다. 유진신이 그모습을 지켜보다가 입을 열었다.

"용의자 작업실에 가 볼 수 있을까요?"

"못 갈 건 없죠. 근데 왜요?"

"제대로 된 부검은 제대로 된 현장 감식부터 시작되지요. 뭔가 놓친 게 있을지도 모릅니다."

성요한은 잠시 유진신을 바라보다 팔짱을 끼며 입을 열었다.

"왜 그렇게까지 하려는 건데요? 저번엔 교회 성도가 연관된 사건이었지만 이번엔 무슨 이유입니까? 사실은 법의관 시절이 그리운 거 아닌가요?"

유진신이 빙긋 웃더니 테이블을 닦았다. 깨끗한 테이블에 자신의 얼굴이 비쳐 보였다. 유진신이 고개를 들었다.

"임치수의 부모는 아들의 인성을 파괴해 버렸죠. 망가진 임치수는 하연이를 죽였고, 하나뿐인 딸을 잃은 어머님은 딸을 따라 세상을 떠나셨습니다. 홀로 된 아버님은 인사불성이 되어 버리셨고요. 그리고 저는……."

유진신은 테이블을 닦은 행주를 옆으로 밀치고 말을 이었다.

"임치수를 죽이려고 했습니다."

성요한의 팔짱이 스르르 풀렸다. 성요한은 자백을 하는 범죄자와 마주한 것처럼 유진신을 보며 물었다.

"어떻게요?"

"범죄에 희생된 시신들은 일종의 오답 노트 같았지요. 이런 방식으로 죽이면 이런 흔적이 남는구나. 부검을 하다 보니 자연스럽게 답이 떠올랐습니다. 아무 흔적도 없이 사람을 죽이는 방법이요."

"그게 뭔데요?"

성요한이 물었다. 유진신이 주변의 눈치를 보더니 성요한에게 다가가 귓가에 속삭였다.

"안 가르쳐 줘요."

"뭐예요? 짜증 나게."

"알아서 뭐 하시게요? 누구 죽이고 싶은 사람이라도 있어요?"

유진신이 웃으며 계속 말했다.

"애초에 이건 함정 문제예요. 완전범죄가 가능하다고 한들 복수를 선택한 시점에서 오답인 겁니다."

"용서해라? 사랑해라? 결국 목사들은 빤한 소리밖에는 못 하지요?"

성요한이 빈정거려 보았지만 유진신은 미소를 잃지 않았다.

"원래 진리란 빤한 겁니다. 그리고 주님이 이 빤한 진리를 가르쳐 주시지 않았다면 저는 살인자가 되었을 겁니다."

"……."

"죄는 일종의 전염병입니다. 피해자뿐 아니라 주변 사람들의 인생까지 망가뜨려요. 이대로 끝난다면 창선 씨 아버님은 평생을 상실감과 분노에 몸부림치며 살게 되겠지요. 그걸 막고 싶습니다."

유진신이 성요한을 바라봤다. 성요한은 괜히 고개를 숙여 시선을 피하고 말았다. 성요한은 남은 차를 들이마셨다. 차의 떫은맛 때문인지 성요한의 얼굴이 떨떠름해졌다.

"영업 끝나면 연락해요. 커피도 한 잔 가져오고요. 긴 밤이 될지도 모르니까."

성요한이 자리에서 일어서며 말했다. 유진신이 만든 커피 한 잔 마시려고 핑계 삼아 한 말이었다. 하지만 그 밤은 정말 길고 길었다.

8.

유진신이 커피를 들고 성요한과 만난 시간은 밤 11시가 다 되었을 때였다. 현재덕의 작업실은 한때 공장으로 사용되던 지하실이었다.

"어두침침한 놈이 일부러 형광등을 쓰지 않았다네요."

성요한이 라이트를 비추며 말했다. 그래도 전기는 들어와서 성요한이 스위치를 켜자 조명에 불이 들어왔다. 작품을 만드는 공간에만 빛이 비쳐 어두컴컴한 공연장 같았다.

조명 아래 한 소녀의 조각상이 있었다. 유치원생 정도의 여자아이. 실물과 비슷한 크기로 슬리퍼에 원피스 차림이었다. 성요한이 아는 사람에게 다가가듯 소녀 조각상 쪽을 향했다. 소녀의 어깨에 손을 올리고 말이라도 걸 것 같은 분위기였다.

"형사님?"

유진신이 의아한 얼굴로 말했다. 성요한은 유진신이 부르는 소리에도 아무런 대꾸도 하지 않았다. 유진신의 말에 반응을 보인 것은 성요한이 아니라 소녀상 뒤편에 숨어 있던 철가면이었다.

어둠 속에서 토치가 불을 뿜었다. 부탄가스를 연결해서 사용하는 휴대용 토치였다. 성요한은 커피를 쏟으며 넘어져 버렸다. 철가면이 쓰러진 성요한 위를 뛰어넘었다.

출구 앞은 유진신이 막고 있었다. 유진신은 긴장된 자세로 주변을 둘러보며 무기가 될 만한 것을 찾았다. 유진신의 눈길을 사로잡는 것이 있었다. 하지만 철가면은 유진신을 향해 달려드는 대신 옆에 있는 쪽문을 열고 도망쳤다.

"나가서 반대로 돌아!"

성요한이 벌떡 일어나 철가면을 쫓았다. 쪽문을 열고 나가자 계단이 아닌 오르막길이 이어졌다. 성요한은 현재덕이 이곳을 작업실로 삼은 이유를 알아챘다. 동상을 지상으로 운반하기 위해 경사로가 필요했던 것이다.

'구조부터 파악했어야 했는데……'

오르막길을 뛰어 올라가니 순식간에 숨이 차올랐다. 철가면이 저 앞에서 뛰고 있었다. 성요한은 배창선이 시험을 준비하며 얼마나 열심히 달렸을지 알았다. 자신도 같은 길을 뛰어봤으니까.

성요한은 배창선의 플래너에 적혀 있던 '보통의 경찰'이란 문장이 떠올랐다. 슈퍼히어로처럼 단번에 날아가 놈을 잡을 순 없었지만 결코 포기할 수 없었다. 성요한은 인생을 걸고 뜀박질을 하는 수험생처럼 팔을 흔들며 뛰었다. 하지만 철가면도 만만치 않았다. 가면을 써서 숨쉬기가 힘들 텐데 속도가 줄지 않았다.

철가면이 경사로 출구에 다다를 무렵 날카로운 브레이크 소리와 함께 차 한 대가 출구를 가로막았다. 유진신이 차를 끌고 반대편으로 돌아온 것이다. 철가면이 깜짝 놀라 뒤를 돌아본 순간 성요한이 코앞까지 닥쳐왔다. 철가면이 토치를 든 팔을 뻗었다.

성요한은 몸을 숙여 철가면의 팔 아래로 파고들었다. 그리고 크로스 카운터를 날리는 것처럼 철가면의 팔을 감고 들어가 목덜미를 잡아챘다. 철가면이 균형을 잃고 비틀거리자 성요한이 그의 발목을 걸어찼다. 철가면이 바닥에 쓰러졌다. 성요한은 일어날 틈도 주지 않고 무릎으로 철가면의 가슴팍을 눌렀다.

"크윽!"

가면 안쪽에서 고통스러운 비명이 튀어나왔다.

"얼굴 한번 보자, 이 새끼야!"

성요한의 손에 철가면이 벗겨졌다. 스물이나 되었을까. 어둠 속에서 불꽃을 내뿜으며 나타났던 철가면 뒤엔 두려움에 떨고 있는 앳된 얼굴이 있었다.

* * *

"진짜예요. 그냥 지나가다가 호기심에 들어가 본 거예요."

"이것도 호기심에 써 본 거고?"

성요한이 철가면을 들며 말했다.

"그거는…… 아무도 없다고 생각했는데 갑자기 누가 들어오니까 겁이 나서……."

"겁이 나서 이런 걸 들이밀었고?"

성요한이 토치를 가리키며 말했다.

"그거는……."

정병칠이 난감한 얼굴로 고개를 숙이는데 테이블 위로 국밥이 세 그릇 놓였다.

"뭔 일인지 몰라도 먹고 해."

카랑카랑한 목소리의 주인공은 문림동에 하나뿐인 식당 주인이었다. 노파라는 단어가 딱 어울리는 사람이었다. 노파는 정병칠의 국밥에 다대기를 넣어 주더니 유진신을 힐끔 보았다.

"아, 저는 괜찮습니다."

성요한은 원래 길바닥에서 바로 취조를 하려 했다. 하지만 철가면이 벗겨지자 겁을 집어먹은 정병칠이 패닉에 빠져 과호흡 증세까지 보였다. 유진신이 나서 일단 뭐라도 먹이면서 이야기를 나누자고 제안을 했다.

식당을 찾기는 어렵지 않았다. 유진신과 성요한이 처음 문림동에 왔을 때 문이 닫혀 있던 식당이었다. 낮에 봤을 때는 폐점한 식당 같았지만 밤에만 문을 여는 것이었다.

"밤 장사 하려면 힘들지 않으세요?"

유진신이 김이 모락모락 나는 국밥을 저으며 말했다.

"늙으면 잠도 없어져. 이게 편해."

주방으로 돌아간 노파가 말했다.

"여긴 오래 계셨어요?"

"그럼, 오래됐지. 한 20년?"

"그래요?"

유진신이 가게를 둘러보았다. 테이블 네 개가 전부에, 이런 식당에 걸려 있기 마련인 주류 회사 달력 하나 없었다. 인테리어라고 할 만한 유일한 것은 벽면에 걸린 손님들의 사진이었다. 최근 사진은 하나도 없었고, 다 빛바랜 필름 사진이었다. 그마저도 사람들이 이곳을 떠나며 떼어 갔는지 듬성듬성 자리가 비어 있었다. 한때 사진이 걸려 있던 흔적이 보기 흉하게 남아 있었다.

정병칠은 처음엔 눈치를 보더니 배가 고팠는지 국밥을 허겁지겁 먹기 시작했다.

"천천히 먹어요. 안 잡아가니까."

유진신이 말했다.

"누구 맘대로 안 잡아가요? 현장에 멋대로 침입해서 경찰을 공격한 놈을!"

성요한의 말에 정병칠이 사레가 들렸는지 콜록거렸다. 유진신이 미소를 지으며 물을 따라 주었다.

"괜찮을 거예요. 다 말해 줄 거니까. 그렇죠?"

정병칠은 유진신이 따라 준 물이 자백제라도 되는 것처럼 떨며 컵을 집었다.

"지금 무슨 생각하는지 알아요. 아마 다 털어놓기엔 켕기는 게 많겠죠. 전부 말하면 귀찮아질 거란 생각도 들겠고요. 하지만 장담하는데 지금 이 상황을 가장 안전하고 빠르게 벗어나는 방법은 정직하게 이야기하는 것뿐이에요."

정병칠이 눈치를 보며 물을 마셨다.

"거긴 왜 갔어?"

성요한이 물었다.

"……내다 팔려고요."

"이런 거?"

성요한이 테이블 위에 올려놓은 철가면과 토치를 가리켰다. 정병칠이 고개를 끄덕였다.

"내다 팔긴 뭘 내다 팔아? 훔치려고 한 거.아니야! 무슨 제 것처럼 이야기하네."

"어차피 그 사람은 감방 갈 거잖아요. 좀 갖다 팔면 안 되나?"

정병칠이 항변하듯 말했다.

"내가 깜빡했다. 너희들은 사고방식이 다르지."

성요한이 고개를 절레절레 흔들었다.

"뉴스에서 본 거예요?"

유진신의 말에 정병칠이 주눅 든 표정으로 고개를 끄덕였다.

"뉴스에서 봤다고 해도 장소를 찾기는 어려웠을 텐데. 이왕 정직하게 말하기로 한 거, 전부 다 털어놓아요. 전에도 가 본 적 있죠?"

"……네, 딱 한 번."

정병칠이 망설이다 말했다.

"전에는 왜? 그때도 훔치려고 간 거야?"

"네, 미술품이 의외로 돈이 된다고 해서……."

"미술품을 훔쳤다고? 그 동상?"

"근데 훔치지는 못했어요! 갑자기 철가면이 나타나서 도망쳤어요!"

"자세히 말해 봐."

성요한이 말했다.

9.

정병칠은 이 동네의 빈집을 아지트로 쓰는 양아치 무리에 속해 있었다.

"주변에서 놀다가 그 사람이 동상을 옮기는 걸 봤어요. 여기엔 팀 단위로 움직이는 사람들이 많은데 그 사람은 늘 혼자 다녔어요."

현재덕은 밤이 되면 항상 일정한 시간에 밥을 먹으러 자리를 비웠다. 정병칠은 그때를 노려 지하실로 연결되는 유리창을 깨고 작업실로 들어갔다. 정병칠은 들어가자마자 곤경에 처했다. 하필 뛰어내린 곳이 레일이 달린 선반 위여서 맨땅에 고꾸라져 버린 것이다. 아프기도 했지만 요란한 소리에 놀라 심장이 마구 뛰었다.

정병칠이 어둠 속에서 몸을 일으켜 휴대폰 라이트를 켰다. 현재덕이 작업한 동상들이 보였다. 진짜 사람도 아닌데 정병칠은 흠칫 놀라 뒤로 물러섰다. 동상들 속에서 눈에 띄는 물건이 있었다.

"딱 봐도 제일 커 보이는 게 용접 마스크 쓴 동상이었어요."

정병칠은 땀을 뻘뻘 흘리며 동상을 이동식 선반 위로 옮겼다. 나가는 문을 찾느라 시간이 걸렸지만 결국 정병칠은 동상을 끌고 밖으로 나가는 데 성공했다.

"오르막길이 생각보다 힘들었어요. 겨우 올라와서 숨을 고르고 있는데 옆에 누군가 있는 것 같아서 고개를 돌렸지요. 그놈이 거기 있었어요."

"그놈?"

"철가면을 쓴 놈이었어요. 손에는 토치를 들고……."

정병칠은 나름 위협적인 목소리로 소리를 질렀지만 철가면은 대답 대신 토치를 들었다고 했다.

"오늘 우리를 공격한 모습이랑 똑같네요."

유진신이 말했다.

"네, 그게…… 그때가 너무 무섭기도 했고 기억에 남아서……. 죄송해요. 누굴 다치게 하려는 건 아니었어요. 그렇게 하면 저처럼 도망칠 줄 알았어요."

"나 경찰이거든?"

성요한이 어이가 없다는 얼굴로 질문을 이어 갔다.

"인상착의는 어땠어?"

정병칠은 고개를 저었다. 철가면과 불꽃만 강렬하게 남아 다른 것이 떠오르지 않는다고 했다. 성요한이 갑갑한 얼굴로 정병칠의 답을 기다리다가 주방으로 시선을 돌렸다.

"어머님, 경찰이 잡아간 놈 있잖아요. 장발에 동상 만드는 단골."

성요한이 주방 쪽을 향해 말했다. 노파는 쭈그리고 앉아 주방 아래쪽을 치우는지 목소리만 들렸다.

"그 총각은 또 왜? 아는 거 다 말했는데."

"항상 여기서 밥을 먹어요?"

"그렇지. 1인분은 배달을 안 하니까."

"그럼 그놈 작업실엔 언제 가 보신 거예요? 조각상에서 똑같은 사인을 보셨다고 하셨잖아요."

"딱 한 번 가 봤어. 친구가 왔는지 2인분을 시킨 적이 있어서."

"친구 얼굴은 보셨어요?"

"아니, 내가 갔을 땐 혼자였어."

"그게 언제인지 기억하세요?"

"어이구, 난 이제 어제 일도 잘 기억이 안 나."

성요한과 노파의 대화를 듣고 있던 유진신이 입 안에 있던 음식을 삼키고 입을 열었다.

"어제 일도 기억이 안 나시는데 한 번 가 본 작업실에 있던 동상은 정확하게 기억을 하셨네요."

정적이 흐르고 주방 아래에 있던 노파가 몸을 일으켰다. 노파가 유진신을 보며 말했다.

"당연히 기억하지. 식구들이니까."

"식구요?"

성요한이 되물었다.

"식구(食口). 내가 제대로 알고 있는지 모르지만 '함께 밥을 먹는 입'이란 뜻이네. 다른 예술 한다는 청년들한테 배달을 가 보면 도무지 알 수 없는 것들을 만들고 있더만. 내가 무식해서 그런지 몰라도 도통 알 수가 없었어. 근데 그 총각이 만들어 낸 사람들은 다 이 동네에서 함께 산 내 식구들이었어."

노파가 식당 벽에 붙은 손님들의 사진을 아련하게 바라보았다. 사진 속의 사람들이 테이블을 꽉 채웠던 시절이 엊그제처럼 느껴졌다. 노파가 코를 훌쩍이더니 등을 돌려 싱크대 쪽으로 갔다.

"내가 아무리 늙고 정신이 없어졌다고 식구를 잊겠는가?"

곧 수도에서 물이 나오는 소리와 그릇이 달그락거리며 부딪히는 소리가 들렸다.

"근데 넌 그 난리를 겪고 다시 간 거야? 너도 참 어지간하다."

성요한이 침묵을 깨고 정병칠에게 말했다.

"돈도 필요하고, 이번에야말로 아무도 없을 거 같아서요."

"집을 나온 거죠?"

유진신이 물었다. 다 털어놓고 조금은 편해 보였던 정병칠의 눈동자가 다시 흔들렸다.

"너 미성년자야? 가출했어?"

"……집에는 안 가요. 차라리 체포해 주세요! 감방에 가는 게 더 나으니까!"

'이놈이'라며 벼락같은 호통을 친 사람은 성요한이 아니라 노파였다. 노파는 어느새 고무장갑까지 벗고 주방 밖으로 나와 정병칠의 등짝을 후려쳤다. 칠십 노인의 팔이었지만 평생 칼을 쥐고 불을 다루며 살아온 상처투성이의 억센 팔이기도 했다.

"아무리 부모가 성에 차지 않는대도 감방에 가는 게 낫다고? 아이구, 이 몹쓸 놈! 부모 속은 하나도 모르고!"

"아, 아파요! 좀 말려 봐요!"

정병칠이 팔을 들어 노파를 막으며 말했다. 유진신을 노파를 붙잡는 사이에 성요한이 정병칠을 데리고 나왔다.

"경찰 양반! 그놈 꼭 집에 데려다줘요! 꼭!"

노파의 날카로운 목소리가 성요한의 귀를 찔렀다.

성요한은 문림동 입구에 있는 지구대에 정병칠을 인계하고 다시 식당으로 돌아왔다. 유진신이 문 앞에 나와 기다리고 있었다.

"좀 괜찮아요?"

성요한이 식당 안을 가리키며 말했다. 노파는 방금 전까지 성요한 일행이 앉아 있던 테이블을 등지고 앉아 있었다.

"아마 가족 생각이 나서 그러신 것 같아요."

"가족이요? 아들이 집이라도 나갔나?"

"아들인지 딸인지 몰라도 여기 살던 사람들은 거의 다 떠나 버렸으니까요."

성요한이 인상을 쓰며 허리를 뒤로 젖혔다.

"아까 넘어진 것 때문에 그래요?"

유진신이 걱정스러운 눈으로 성요한을 보며 말했다.

"괜찮아요. 형사 일이 이런 거지."

"그래도 대단하세요. 용케 거기 숨어 있는 걸 알아차리셨네요."

"몰랐어요."

"네?"

"다시 가서 확인해 봐야겠어요. 그 여자아이 동상 말이에요. 전에 본 적이 있는 것 같아요."

"그 동상이 실존 인물이라고요?"

유진신이 놀란 얼굴로 물었다.

"제 생각대로라면 창선 씨는 마약이 아니라 그 아이 때문에 여기 온 걸 겁니다."

"그 아이가 누군데요?"

"창선 씨가 여기 오는 동안의 모습이 찍힌 CCTV가 있다고 했죠.

거기서 본 것 같아요. 아니, 봤어요. 하얀 원피스를 입은 여자아이가 창선 씨 앞을 걷고 있었어요."

성요한이 상기된 얼굴로 덧붙였다.

"창선 씨는 그 아이를 쫓아서 여기에 온 겁니다."

10.

CCTV 화면 속에서 배창선이 걷고 있었다. 배창선 앞을 걷던 행인들이 하나둘씩 흩어지고 하얀 원피스를 입은 여자아이만 남았다. 여자아이가 배창선보다 먼저 문림동 골목으로 들어갔다.

"보세요."

성요한이 휴대폰에 담아 온 영상을 뒤로 감았다. 성요한은 여자아이의 정면 모습이 제일 잘 보이는 지점에서 영상을 멈췄다. 그리고 눈앞의 동상과 대조해 보았다.

"똑같죠?"

성요한이 말했다.

"화질이 좋지가 않아서 확신하기에는……."

말이 끝나기도 전에 성요한이 인상을 쓰며 말했다.

"아니, 특징을 봐야죠. 옷차림이나 비율이나 몸의 형태가 똑같잖아요!"

성요한과 유진신은 하루가 지나고 다시 현재덕의 작업실을 찾았

다. 성요한은 그 사이에 CCTV를 다시 확인했지만 현재덕과 만나

보지는 못했다.

"식당 할머니도 그랬잖아요. 현재덕은 실제 이 동네 사람들을 테

마로 작업을 한다고요. 틀림없이 이 아이를 보고 만든 겁니다. 현재

덕이 이 아이가 누군지 확인만 해 주면 되는데……."

성요한이 현재덕에게 접근할 방법이 없었다. 팀장에게 슬쩍 말

해 보았지만 다 끝난 사건을 또 들쑤시려는 거냐고 욕만 먹었다.

"이 동네에 어린아이는 없다면서요?"

유진신이 말했다.

"기록상으론 그래요. 하지만 저번에 만난 꼬맹이도 남자아이를

봤다고 했잖아요. 창선 씨를 발견한 집에서요. 기록상으론 그 아이

도 존재하지 않는 아이지요!"

성요한이 열을 올리며 말했다. 유진신은 뭔가를 골똘히 생각하

다 갑자기 입구 쪽으로 걸어갔다.

"어디 가요?"

유진신은 대답 대신 입구와 나란히 세워져 있는 파티션을 치웠

다. 파티션 뒤에는 남자아이 동상이 서 있었다. 여자아이 동상보다

조금 컸지만 또래로 보였다. 유진신이 정병칠과 대치하며 무기를

찾다가 발견한 것이었다.

"이것 봐요! 이 사건은 마약이 아니라 이 아이들이 핵심이라고!"

성요한이 산삼을 발견한 심마니처럼 흥분했다.

"이 좁은 동네에 기록에 존재하지 않는 아이가 둘이나, 그것도

따로 존재할 가능성은 무시해도 될 정도겠죠. 아마 두 아이는 한집에서 지냈을 겁니다. 창선 씨가 발견된 그 집에서요."

유진신이 말했다. 성요한이 두 아이의 동상을 번갈아 보더니 뭔가를 깨달은 듯 주먹을 불끈 쥐었다가 다시 탄식하며 주저앉았다.

"형사님, 괜찮으세요?"

유진신이 놀라 성요한을 부축했다.

"나 때문인 거 같아요. 나 때문에 창선 씨가……."

성요한이 얼굴을 일그러뜨리며 말했다.

"무슨 말이에요?"

"실종된 겁니다. 실종된 아이들이라 기록이 존재하지 않는 거예요!"

성요한이 유진신을 바라보며 계속 말했다.

"창선 씨한테 경찰이 되고 나서 실종된 아이를 찾은 이야기를 해준 적이 있어요."

성요한은 배창선이 웃으면서 한 말이 떠올랐다.

"정말요? 제가 먹는 과자도 뒷면에 광고가 나오는데……. 저도 이제부터 주변을 잘 보고 다녀야겠습니다. 과자야 항상 잘 먹고 있으니까요."

성요한이 자리에서 일어나 작업실을 나갔다.

"어딜 가요?"

유진신이 따라나서며 말했다. 성요한은 대꾸도 하지 않고 차에
탔다. 성요한이 혼자서 가 버릴까 유진신도 냉큼 옆자리에 앉았다.

"창선 씨는 그날 아침 시험을 보러 집에서 나왔습니다. 이곳에
올 계획 같은 건 없었어요."

성요한이 시동을 걸어 빠르게 문림동 골목을 빠져나왔다. 코너
를 돌아 대로로 나오자 얼마 안 가 지하철 입구가 보였다.

"하지만 지하철 입구에서 그 아이를 봐 버린 겁니다."

성요한은 차를 몰고 지하철역을 통과해 배창선의 집 근처 마트
쪽으로 향했다. 주차장에 차를 대고 성요한은 마트로 들어가 과자
코너로 뛰어갔다. 성요한은 콘초가 쌓여 있는 코너에 가서 과자를
집어 하나씩 뒤집었다.

"창선 씨는 마트에 들러 평소 좋아하는 과자를 샀어요. 뒷면에
실종 아동 캠페인이 실린 콘초. 시험 날에도 쉬는 시간에 먹으려고
챙긴 겁니다."

성요한이 과자를 뒤지다 하나를 유심히 보더니 성요한에게 건넸
다. 그곳엔 실종된 이란성 쌍둥이 남매의 사진이 실려 있었다. 유모
차를 타던 시절의 사진이었다.

실종된 여자아이의 이름은 강미아였다. 성모 마리아에서 따온
것이기도 했고, 이탈리아에서는 '나의 사랑하는 사람'이란 의미도
있었다. 조금 먼저 세상에 나온 오빠의 이름은 성경에서 따온 노아
였다. 돌림자가 들어간 한국식 이름 같으면서도 외국에서도 부르
기 편한 이름이었다.

강노아와 강미아가 실종된 것은 7년 전이었다. 실종 장소는 문림동에서 10분 거리인 지하철 환승역. 가까운 곳에서 실종된 아이들이라 배창선은 이 남매를 기억했다. 7년이나 흘러 아기 때의 사진으로는 알아보기 어려웠지만 아이들에게는 남다른 특징이 있었다. 남매는 한국인 어머니와 이탈리아인 아버지 사이에서 태어났다.

오빠인 노아는 어머니를 닮은 듯 동양적인 느낌이 강했지만 동생인 미아는 붉은빛이 도는 갈색 머리에 초록빛이 섞인 회색 눈동자를 갖고 있었다. 그리고 무릎 쪽에 눈에 띌 정도로 커다란 점이 있었다.

보자마자 확신을 했던 것은 아니었다. 배창선은 그저 잠깐 멈춰서서 생각했다. '설마?' 하고.

"중요한 시험을 치러 가는 길이었으니 그냥 가고도 싶었겠지요. 하지만 성실한 친구답게 여유 있게 집을 나와서 확인해 볼 시간이 있었어요. 한편으론 괜한 짓을 하는 건 아닐지 계속 망설이면서요."

성요한이 과자 봉지를 움켜쥐며 말했다.

11.

"안녕."

배창선이 아이에게 말을 건넨 시점은 문림동 안으로 꽤 들어간 후였다. 여자아이는 신비한 색깔의 눈으로 배창선을 바라보았다.

"여기 살아? 이름이 뭐야?"

"……정순."

아이가 고개를 끄덕이며 말했다. 아이는 앙상하다고 표현할 정도로 말랐고 얼굴도 창백했다.

"정순이? 그래, 정순이 괜찮니? 어디 아픈 거 아니야?"

"난 괜찮아. 오빠가 아파."

아이가 고개를 저으며 말했다.

"오빠가 아파? 어디가?"

"오빠 아파서 약 먹어야 해. 근데 약 없어. 약 다 닫혀 있어."

"약국? 약국이 다 닫혀 있어? 집에 어른이 없어?"

아이는 고개를 푹 숙이고 아무 말도 하지 않았다.

배창선이 시계를 보았다. 아직은 시간이 있었지만 점점 여유는 사라지고 있었다. '돌아갈까'라는 생각이 떠오른 순간, 아이의 눈물이 툭 하고 떨어졌다.

"오빠 아파. 오빠 그 안에 갇혀 있으면 죽어."

아이가 울먹거리며 말했다. 배창선이 무릎을 꿇고 아이와 눈을 맞췄다.

"오빠가 갇혀 있다고?"

"응, 못 나와. 나만 나왔어."

아이가 눈을 비비며 말했다. 배창선은 마트에서 산 콘초를 가방에서 꺼냈다. 포장지를 뜯어 콘초 하나를 아이의 입에 넣어 주었다. 아이가 울음을 멈추고 오물거리며 과자를 먹었다.

"아저씨랑 같이 가 볼까?"

"정말?"

"그래, 울지 마. 내가 도와줄게."

배창선이 과자 봉지를 들고 미소를 지으며 말했다.

* * *

성요한이 과자 봉지를 들고 일어섰다.

"가 봐야겠습니다."

"어떻게 하시게요?"

"현재덕을 만나서 입을 열게 해야죠."

"만날 수도 없다면서요!"

유진신이 멀어지는 성요한에게 소리쳤다.

"지금은 상황이 달라요."

마트 밖으로 나간 성요한은 그 길로 경찰서에 돌아가 팀장실로
쳐들어갔다. 성요한은 손에 든 과자 봉지가 장전된 리볼버라도 되
는 것처럼 거침없이 팀장에게 따졌다.

"당장 현재덕을 만나야 합니다."

"너 미쳤냐? 완전 돌아 버렸어?"

팀장이 눈을 치켜뜨며 말했다.

"CCTV에 찍힌 여자아이뿐만이 아니에요! 현재덕의 작업실에 사
건 현장에서 목격된 남자아이와 똑같은 동상이 있었어요. 이래도

우연입니까?"

"……정말이야?"

팀장은 동요한 눈치였다. 성요한은 팀장이 생각할 겨를도 주지 않고 계속 몰아붙였다.

"기록에 존재하지 않는 아이가 그 동네에 둘이나 삽니다. 그리고 현재덕은 그 둘을 모델로 동상을 만들었어요. 배창선 사건을 떠나서 당연히 추궁해야 하는 문제 아닙니까?"

팀장이 골치 아프다는 얼굴로 침묵에 잠겼다.

"왜 아이들이 기록에 잡히지 않을까요? 실종 아동인 겁니다. 이 사건은 마약이 아니라 아동 유괴 납치 사건입니다."

"아이씨, 말이 씨가 돼! 함부로 이야기하지 마."

팀장이 사무실 창밖을 살피며 말했다. 성요한이 바깥에서 안을 볼 수 없게 블라인드를 내려 버렸다.

"너 왜 이래?"

"배창선에게선 약물 반응이 나오지 않았고, 현재덕이 배창선을 죽였다는 물적 증거는 없습니다. 마약은 초범이고 판매책도 아니니 집행유예로 풀려나겠죠. 마약으로 엮으면 이 사건은 풀리지 않아요."

성요한이 팀장의 책상에 양팔을 짚고 말했다.

"현재덕이 풀려나고 아이들 시체라도 발견되면 어쩌실 겁니까? 저야 수사에서 배제된 상태지만 팀장님은요? 그때 가선 수습도 할 수 없을 겁니다."

성요한은 팀장의 책상이 날아갈 수도 있다는 말을 하고 있었다. 팀장이 침을 꿀꺽 삼켰다.

"……너 이거 얼마나 자신 있냐?"

팀장은 거의 넘어온 상태였다. 성요한이 마지막 미끼를 던졌다. 바로 자기 자신이었다.

"만약에 일이 꼬이면 제가 다 지고 가겠습니다. 어차피 저야 제멋대로인 놈으로 유명하잖습니까? 그러니 걱정하실 필요 없습니다. 반대로 사건이 잘 풀려서 아이들을 찾게 되면 팀장님은 영웅이 되는 거지요."

팀장이 멍한 얼굴로 성요한이 토해 내는 열변을 듣더니 함박웃음을 지으며 박수를 쳤다.

"야, 성요한이! 네가 이제야 사회생활을 좀 하는구나. 그래, 내가 잘 풀리면 나 혼자 입 싹 닦겠냐? 우린 다 같은 식구 아니야. 서로 도우면서 사는 거지. 안 그래?"

성요한은 팀장의 말에 적당히 맞장구를 쳐 주고 팀장실을 나왔다. 성요한이 자기 자리로 가는데 이동기가 다가와 말을 걸었다.

"뭐냐?"

"뭐가요?"

"너 나오자마자 팀장님이 전화하셨다. 왜 네가 팀장실에 들어갔다 오니까 갑자기 다시 너한테 수사를 맡긴다는 건데?"

"선배 수사에 미흡한 부분이 있는 모양이죠. 설강훈 때처럼요."

이동기가 눈을 치켜떴다.

"뭐? 이 새끼가 진짜…….'

"선배, 예나 지금이나 저는 그저 경찰로서 잘못된 수사를 바로잡고 싶을 뿐이에요. 오히려 저한테 고마워해야 하는 거 아닙니까?"

"이게 진짜! 말이면 다야!"

이동기가 성요한의 멱살을 잡자 주변의 동료들이 뜯어말렸다.

"뭣들 하는 짓이야? 일들 안 해?"

소란스러운 소리에 팀장이 나와서 소리치자 이동기는 그제야 성요한의 멱살을 잡은 손을 놓았다.

"너는 뭐 다르냐? 너도 방금 저 안에 들어가서 거래 같은 거 한 거 아냐? 뭘 갖다 바치기로 했냐?"

이동기가 눈을 부라리며 말했다.

성요한은 이동기를 무시하고 자리로 돌아갔다. 경멸해 온 인간에게 똑같은 인간으로 취급받는 것은 괴로운 일이었다. 하지만 이동기가 자신을 어떻게 생각하는지는 중요하지 않았다. 공을 누가가져가는지도 중요하지 않았다. 아이들을 찾고, 배창선의 누명을 벗겨 줄 수 있다면 성요한은 그걸로 족했다.

"문림지구대에서 찾으시던데요."

강력팀 막내가 조용히 다가와 눈치를 보며 말했다.

"그래?"

성요한은 지친 얼굴로 지구대 의자에 앉아 있던 정병칠을 떠올렸다. 그렇잖아도 유기견 맡기듯 던져 놓고 온 것 같아서 연락을 해볼 참이었다. 성요한은 지구대에 전화를 걸어 인사를 나누다가 갑자기 소리를 질렀다.

"네? 도주를 했다고요?"

12.

"……성요한."

"아, 네?"

성요한이 멍하니 앉아 있다가 뒤늦게 대답했다.

"왜 그래? 그 문림지구대에서 도망쳤다는 놈 때문에 그래?"

옆에 있던 팀장이 말했다.

"……죄송합니다."

겉으론 지구대 잘못 같았지만 엄밀히 말하면 성요한의 실책이었
다. 정병칠은 현장에서 체포된 도난범이었다. 하지만 성요한은 정
병칠을 가출청소년으로 지구대에 넘겼다. 어린 녀석이 배가 고파
저지른 일이고, 정작 물건은 훔치지도 못했으니 봐주려 했던 것이
었다. 덕분에 정병칠은 수갑도 차지 않은 자유로운 상태로 화장실
을 통해 탈출했다.

"뭐 대단한 일이라고 그래. 그런 놈이 한둘이야? 다시 돌려보내
도 또 뛰쳐나올 놈이야. 그냥 잊어버려."

팀장이 대수롭지 않게 말했다. 팀장의 머릿속엔 현재덕을 만나
자백을 받아 낼 생각밖에 없었다.

성요한과 팀장은 현재덕을 만나기 위해 구치소 접견실에서 대기 중이었다. 접견실은 두세 사람이 들어갈 정도의 작은 부스로 채워져 있었다. 부스는 사방이 유리 벽으로 되어 있어서 대화 소리는 듣지 못해도 바깥에서 안을 들여다볼 수 있었다. 반입이 금지된 물품을 들여온다거나 부적절한 행동을 하지 못하도록 감시하게 만든 공간이었다.

잠시 후에 현재덕이 접견실 부스로 들어왔다. 현재덕은 갈색 수의를 입고 머리를 뒤로 묶어 얼굴을 드러낸 상태였다. 현재덕은 야위어 보였고 낯빛이 어두웠다. 그래도 눈빛만은 정신을 차리고 있는 것처럼 보였다.

현재덕이 자리에 앉자 성요한이 테이블 위에 자료를 펼쳤다. 실종된 남매의 기록, CCTV에 잡힌 강미아, 그리고 배창선, 마지막으로 현재덕의 작업실에서 찍어 온 동상 사진이었다.

"뭡니까?"

현재덕이 입을 열었다.

"배창선 씨는 마약을 사기 위해서 당신을 만난 게 아니에요. 그렇죠?"

성요한이 말했다. 현재덕은 아무런 반응도 하지 않았다.

"배창선 씨는 이 여자아이를 따라서 문림동으로 들어간 겁니다. 아이의 이름은 강미아, 7년 전에 문림역에서 실종된 쌍둥이 남매 중 동생이었지요. 다른 한 명은 오빠 강노아로 배창선 씨가 발견된 집에 있는 모습을 본 목격자가 있습니다."

현재덕은 여전히 말없이 테이블 위의 자료들을 훑어보기만 했다.

"배창선 씨는 그날 지하철역 앞에서 마주친 강미아가 실종 아동인 것을 알아채고 따라갔다가 변을 당한 겁니다. 아마도 강미아와 강노아 남매를 납치한 유괴범에게요."

"그렇군요."

현재덕은 고개를 들어 성요한과 팀장을 번갈아 보며 계속 말했다.

"잘됐네요."

현재덕이 미소를 지었다.

"잘돼? 이 새끼가……."

팀장이 작업실에서 찍어 온 동상 사진을 들이밀었다.

"이거 네가 만든 거 아니야?"

"네, 맞습니다. 제가 만든 아이들이지요."

현재덕이 반갑다는 듯 웃어 보였다.

"이 새끼, 이거 네가 납치한 아이들 보고 따라 만든 거 아니야!"

팀장이 테이블을 내리치며 호통치자 현재덕의 얼굴에서 한순간 미소가 사라졌다. 하지만 잦아드는가 싶다가 더 거세게 쏟아지는 소나기처럼 현재덕은 몸을 뒤로 젖히며 크게 웃기 시작했다.

"이 새끼가 실성을 했나……."

현재덕은 눈물까지 흘리며 웃다가 간신히 호흡을 가다듬고 입을 열었다.

"자백하겠습니다."

성요한과 팀장이 서로를 바라봤다.

"그래, 지금이라도 자백하고 아이들 있는 곳을 말하면 너한테 도움이 될 수 있을 거야."

팀장이 기대감에 들뜬 목소리로 말했다.

"사실 저한테 마약 판 놈을 알고 있었어요. 제가 거짓말을 했어요. 그게 의리라고 생각했거든요. 이제 와 보니 친구에게 약이나 파는 놈한테 지켜야 할 의리 같은 건 없네요."

"그래? 그건 알겠고…….."

"약을 판 건 아니지만 약을 하도록 부추긴 연놈들도 많아요. 아마 검사해 보면 다 양성반응 뜰 겁니다. 다 말씀드릴게요. 그딴 것들을 곁에 둔 게 정말 후회스럽네요."

"그래, 좋아! 반성은 좋은 거지. 그러니까 이제 아이들 이야기를…….."

팀장은 연신 고개를 끄덕이며 이야기를 재촉했다.

"형사님들은 연행 같은 거 당해 본 적 없겠지요?"

"뭐?"

"저도 이번에 처음으로 경험한 거거든요. 약에 취해 있는데 갑자기 경찰이 들이닥쳤지요. 농담이 아니라 지옥에서 온 악마들처럼 보이더군요. 뭐라고 소리를 치는데 제가 누굴 죽여서 저를 지옥에 잡아가는 거라고 들렸어요. 저는 이름조차 들어 본 적이 없는 사람인데 말이죠."

팀장의 얼굴이 불안하게 일그러졌다.

"분명 모르는 사람인데 악마들이 다그치니까 진짜 내가 죽였나 싶더라고요. 약을 너무 해서 기억을 못 하는 건가란 생각까지 했어요."

"그래, 그럴 수도 있어……."

팀장이 어린아이를 달래듯이 말했다.

"그럴 수도 있긴 뭐가 있어!"

현재덕이 소리를 질렀다. 움찔한 팀장이 뒤로 물러섰다.

"……내가 얼마나 무서웠는지 알아? 나는 기억도 안 나는데 정말 내가 사람을 죽였을지도 모른다고 생각했단 말이야. 빌어먹을 약 때문에……."

현재덕이 웃는 건지 우는 건지 모를 얼굴로 계속 말했다.

"누군지 모르지만 배창선 씨는 좋은 사람 같네요. 저는 배창선 씨처럼 좋은 사람은 아닙니다. 저는 멍청한 놈이에요. 이번에 분명히 깨닫게 됐어요."

현재덕의 뺨 위로 눈물이 흘러내렸다. 현재덕이 수갑을 찬 팔을 들어 눈물을 닦고 말했다.

"하지만 누굴 죽이진 않았어요. 배창선 씨도, 그 실종되었다는 아이들도, 저는 모릅니다."

"네가 아니면 누가 했다는 거야!"

팀장이 역정을 내며 소리를 쳤다. 현재덕이 성요한을 보았다.

"형사님이 말씀하셨잖아요. 아이들을 납치한 유괴범이겠지요."

* * *

성요한은 운전대를 잡고 비가 쏟아지는 거리를 질주했다.

"야, 너 분명 말했다. 이 사건 꼬이면 네가 책임진다고……."

옆에 앉은 팀장은 다짐이라도 받으려는 듯 계속 중얼거렸지만 성요한의 귀에는 들리지 않았다. 그저 미친 듯이 뛰는 심장 소리와 현재덕이 마지막으로 남긴 말만이 반복적으로 떠오를 뿐이었다.

"그 동상들의 모델은 실종된 아이들이 아니에요. 실제 사람이 아니라 사진을 보고 만든 겁니다. 작업실에 가면 모델 사진이 있을 겁니다."

성요한은 어떻게든 빠져나갈 궁리에 한창인 팀장을 먼저 내려주고 혼자 현재덕의 작업실로 갔다. 하지만 성요한은 작업실로 들어서자마자 그 자리에 멈춰 서고 말았다.

사진을 보고 작업했다는 동상이 사라져 버렸다.

'설마……'

성요한의 머릿속에 한 사람의 얼굴이 떠올랐다. 현재덕의 작업실을 털려고 했던 어설픈 도둑의 얼굴이었다.

13.

작업실 계단을 내려오는 소리가 들리더니 곧 유진신이 커피를 들고 나타났다.

"배달은 안 하는데요."

"단골이잖아요."

성요한이 유진신을 맞았다.

"형사님만 단골이 아니거든요. 우리 가게 제법 단골이 많아요."

유진신이 커피를 건네며 말을 이었다.

"여긴 왜 이렇게 엉망인가요?"

유진신이 난장판이 된 작업실을 둘러보았다.

"정병칠이 털어 간 것 같습니다."

성요한은 커피를 받아 들고 말했다. 관제 센터에 문의를 해 본 결과, 정병칠은 지구대를 탈출했다가 지난밤에 다시 문림동으로 돌아왔다.

"CCTV 상으론 빈손으로 왔다가 빈손으로 갔지만, 녀석이 위험을 무릅쓰고 이 동네에 다시 올 이유는 없지요. 두 번이나 훔치려 했던 동상 말고는요."

성요한이 유진신에게 가죽으로 된 다이어리를 건넸다.

"현재덕의 자료집입니다. 현재덕은 실종된 아이들이 아니라 예전에 여기 살았던 아이들의 사진을 보고 작업을 했다고 했어요. 여기에 사진이 있을 거라고 했지요."

유진신이 다이어리를 펼쳐 보았다. 30년은 지난 것 같은 옛날 사진들이 나왔다. 전부 이 동네에 살던 사람들이었다.

"그런데 그 동상의 모델이라는 아이들 사진만 없어요."

유진신이 자료집을 덮고 고개를 들었다. 성요한이 난장판인 작업실을 둘러보며 말했다.

"혹시나 해서 검색을 해 봤는데 현재덕이 유명한 작가 같지는 않아요. 차라리 공구를 내다 파는 편이 이득일 것 같은데 왜 동상만 집요하게 노렸을까요?"

"처음부터 동상을 사 줄 사람이 있었던 게 아닐까요?"

성요한의 눈이 커졌다.

"그걸 누가 사는데요?"

"빈손으로 나갔다는 걸 보면 이 동네 사람이겠지요. 창선 씨가 살해된 현장에 있던 동상도 그 사람이 샀을 겁니다."

"정병칠은 철가면한테 동상을 빼앗겼다고 했잖아요?"

성요한이 인상을 쓰며 말했다.

"그렇게 말해야 이 사건과 무관한 가출청소년이 되지요."

"그럼 꼬맹이가 봤다고 했던 마법사 철가면이 정병칠이란 말입니까?"

유진신이 고개를 저었다.

"부검을 하다 보면 신원을 알 수 없는 시신을 자주 만납니다. 아시겠지만 보통 치과 기록과 DNA 데이터베이스와 대조해 보지요. 하지만 신원을 몰라도 직업을 알 수 있는 경우가 있습니다. 어떤 직업들은 몸에 흔적을 남기거든요."

유진신이 바닥에 굴러다니는 철가면을 보며 말했다. 성요한이 정병칠을 지구대에 넘기고 다시 갖다 놓은 것이었다.

"용접하는 사람들의 손과 팔에는 특유의 상처가 있기 마련이지요. 정병칠의 손과 팔은 깨끗했어요."

"정병칠도 용접 토치를 사용했잖아요?"

유진신이 철가면 옆에 있던 토치를 집어 들었다.

"이건 용접용 토치가 아닙니다. 식당에서 요리할 때나 사용할 만한 물건이지요."

"……식당이요?"

* * *

가스레인지 레버를 돌리자 불꽃이 올라왔다. 문림동에서 40년이 넘도록 식당을 해 온 박춘금이 불 위에 국밥 그릇을 올렸다. 오후 늦게 일어난 박춘금은 영업을 하기 전에 먹을 식사를 준비했다. 국밥이 끓자 박춘금은 능숙하게 쟁반에 올려 가게 안쪽에 있는 방으로 옮겼다.

"밥 먹을 준비해라!"

박춘금이 식탁 위에 세 그릇의 국밥을 올려놓고 나오는데 두 명의 손님이 가게 안으로 들어왔다.

"아직 장사 안 하는데……."

박춘금이 말했다.

"저희가 좀 바빠서요. 죄송합니다."

성요한이 말했다.

"응……. 근데 문이 열려 있었나?"

박춘금이 의아한 눈길로 가게 바깥을 살피며 말했다. 잘 보이진
않았지만 가게 밖이 분주해 보였다.

"식사 중이셨나 봐요?"

성요한이 박춘금이 들고 있는 쟁반을 보며 말했다.

"어…….."

박춘금이 방 안을 힐끔 보며 미닫이문을 닫으려 했다. 성요한이
빠르게 다가와 문을 잡았다. 뒤따라온 유진신이 방 안을 들여다보
았다.

"자녀분들이신가요?"

유진신이 방 안을 보며 말했다. 유진신의 말에 박춘금의 얼굴이
환해졌다.

"어, 인사해라. 어른들 봤으면 인사를 해야지."

박춘금이 방 안을 향해 말했다.

방 안에는 식탁과 그 위에 놓인 세 그릇의 국밥, 그리고 남매의
동상이 있었다. 성요한이 탄식 같은 한숨을 내쉬었다. 유진신이 방
한쪽을 가리켰다. 그곳엔 가족사진이 걸려 있었다. 사진 속엔 동상
과 똑같은 아이들과 아버지로 보이는 남자가 있었다. 일을 하다 찍
었는지 아버지는 용접 마스크를 걸치고 있었다.

박춘금이 두 사람의 눈치를 보며 슬금슬금 물러나 식당 밖으로 뛰쳐나갔다. 하지만 문밖은 평소와 전혀 다른 곳으로 변해 있었다. 텅 비었던 공장마다 사람들이 가득했다. 환한 조명 아래 여기저기서 불꽃이 튀었다. 화려했던 문림동의 밤이 되돌아온 것 같았지만 실은 경찰이 실종된 아이들을 찾기 위해 수색 작업을 펼치는 중이었다.

"박춘금 씨, 당신을 강노아, 강미아 유괴, 납치 및 배창선 씨 살해 혐의로 긴급체포합니다."

성요한이 가게 밖으로 나와 박춘금에게 수갑을 채웠다.

"아이들 어디 있어요?"

성요한이 물었지만 박춘금은 넋이 나간 얼굴로 주변을 둘러볼 뿐이었다. 순경이 다가와 수갑을 찬 박춘금을 데리고 갔다. 박춘금은 꿈속을 걷는 것 같은 얼굴로 떠날 수 없었던 거리를 떠나갔다.

"저 사람은 이 동네를 벗어나지 못하는 사람이에요. 아이들도 여기 있을 겁니다."

유진신이 말했다.

"언제부터 알았어요?"

"처음부터 이상은 했지요."

유진신이 식당 안을 보며 말했다.

"창선 씨가 발견된 집엔 1991년도 달력이 있었지요. 이 식당도 그 집과 비슷해요. 박춘금은 여기 온 지 20년이라고 했지만 벽에 걸린 사진은 훨씬 옛날 것들이었죠."

유진신이 성요한을 돌아보며 말을 이었다.

"박춘금의 시간은 1991년에 멈춰 버린 겁니다. 아직 이 동네가 살아 있던 시절, 사랑하는 자녀들과 함께 살던 시절이었지요. 아, 자녀분들은 연락이 닿았나요?"

"둘 다 엮이고 싶지 않답니다. 두 사람 다 연을 끊고 살았던 것 같아요. 아버지가 돌아가신 것도 모르더군요."

90년대 후반, IMF가 터지면서 문림동도 큰 타격을 입었다. 아버지는 술이 늘었고, 화가 많아졌다. 머리가 커진 아이들은 아버지와 같은 식탁에 앉는 것도 싫어했다. 오빠가 먼저 집을 떠났고, 동생도 오래지 않아 오빠의 뒤를 따랐다. 박춘금의 가족에게만 일어난 일은 아니었다. 문림동 식구들은 하나둘씩 이 거리를 떠났다.

"박춘금은 일손이 부족해지자 남편의 일을 돕게 되었을 거예요. 그러면서 용접을 배웠겠지요."

하지만 박춘금은 일을 제대로 해 보지도 못했다. 남편이 쓰러졌기 때문이다. 중금속 중독이었다. 남편 말고도 여럿이 죽어 나갔다. 기계 돌아가는 소리 대신 곡소리가 문림동을 채웠다.

박춘금은 남편을 화장했다. 평생을 불꽃과 함께 살았던 남편은 한 줌 재가 되어 고향 바다에 뿌려졌다. 박춘금도 장례를 마치고 고향으로 가려 했다. 박춘금은 짐을 정리하고 새벽부터 문림역에 나갔다. 하지만 멍하니 앉아 첫차를 보내고 말았다. 박춘금은 두 번째 차도, 세 번째 차도 타지 못했다.

세 개의 노선이 겹치는 문림역은 출퇴근 시간에 엄청난 인파가 몰렸다. 박춘금은 종일 문림역 벤치에 앉아 밀물과 썰물이 오가듯 사람들이 오가는 모습을 지켜보았다. 박춘금은 동상이라도 된 것처럼 역사 의자에 앉아 있다가 마지막 열차가 지나가자 문림동으로 돌아갔다.

박춘금은 역 근처의 식당에 일자리를 얻었다. 문림역을 중심으로 대규모 공사들이 시작되며 식당가는 활기를 띠었다. 박춘금은 쉬는 날이면 문림역에 나가서 종일 파도처럼 오가는 사람들을 지켜보았다. 박춘금은 언젠가 그 파도 속에서 자식들이 나타날 거란 꿈을 꾸었다.

이뤄지지 못한 꿈이 망상으로 변해 갈 무렵, 문림역은 역 옆에 들어설 대형 쇼핑센터와의 연결 공사에 돌입했다. 그렇잖아도 혼잡한 주변 도로가 통제되면서 역 주변은 어른들도 길을 헤맬 정도였다. 박춘금은 그 혼란 속에서 두 아기를 발견했다. 바닷가에 놓인 예쁜 조약돌 같은 남매였다.

'다시 시작할 수 없을까?'

박춘금은 무릎을 꿇고 눈물을 글썽이며 유모차 안의 아기들을 바라보았다. 남매의 엄마인 마리가 보았다면 이상하게 생각했겠지만 마리는 전화 부스에 들어가 있었다. 마리는 그날따라 휴대폰을 놓고 나와 유모차를 부스 옆에 세우고 남편과 통화하고 있었다. 외국에서 살다 온 마리는 자신을 따라 한국에 오는 남편을 마중 나온 참이었다. 마리는 이제 곧 남편을 만날 생각에 설레기만 했다.

세 개 노선의 열차가 약간의 시차를 두고 역에 도착했다. 문이 열리자 차량에서 사람들이 쏟아져 나왔다. 어떻게 저 많은 사람이 저 안에 다 들어갔을까 싶을 정도로 엄청난 인파였다. 출입구가 통제 된 탓에 사람들은 한두 곳의 출구로 몰렸다. 출구에서 사람이 밀려 나오기 시작했다. 땅을 울리는 듯한 발소리에 마리가 뒤를 돌아보 았다. 거대한 해일이 거리를 덮치는 것 같았다. 망상의 파도가 마리 의 일상을 휩쓸고 가 버린 순간이었다.

"아이들은 집 밖에 나가면 죽는다고 생각했어요. 박춘금이 자신 의 망상을 아이들에게도 심어 준 거죠. 그래야 들키지 않을 테니까 요."

유진신이 하늘에 뜬 경찰 헬기를 올려다보며 말했다. 헬기가 문 림동 구석구석을 빛으로 비추었다.

어느 순간부터 예술가들이 문림동에 들어와 버려진 공장을 작업 실로 삼았다. 현재덕이 식당 벽에 붙은 사진들을 모델로 동상을 만 들고 싶다고 했을 때 박춘금은 흔쾌히 허락했다. 단골손님의 부탁 을 들어준 것일 뿐 큰 기대를 했던 것은 아니었다. 하지만 배달을 가서 본 남편의 동상은 처녀 시절 다녔던 성당의 예수상보다 아름 다웠다.

"정병칠이랑 박춘금이 아는 사이라는 건 어떻게 알았어요?"

성요한이 물었다.

"다대기요."

"다대기?"

무슨 뜬금없는 소리냐는 듯 성요한이 인상을 쓰며 되물었다.

"정병칠 국밥에만 묻지도 않고 다대기를 넣었잖아요. 단골 입맛을 안다는 이야기죠. 저도 형사님 커피는 형사님 입맛에 맞춰서 낸답니다."

유진신이 빙긋이 웃었다.

박춘금은 남편의 동상을 집에 모시고 식사 시간마다 동상 몫의 음식까지 만들어 올렸다. 망상으로 만들어 낸 가족을 지켜 달라는, 일종의 제사였다. 하지만 인간이 만들어 낸 동상은 점점 자라나는 아이들을 막지 못했다.

"집 밖을 다니는 아이들을 보고 자신들도 나가 보고 싶다는 생각을 하게 되었겠죠. 그렇게 창틀을 잘라 내고 세상 밖으로 나온 아이를 창선 씨가 발견한 거죠……."

유진신이 말했다.

14.

배창선은 근처 빈 공장에서 가져온 쇠지레로 자물쇠를 내리쳤다. 자물쇠가 부서지자 배창선이 급히 안으로 들어갔다. 노아가 바닥에 쓰러져 있었다.

"오빠."

미아가 옆에 와서 앉았다. 노아는 동생이 온 걸 보고 힘겹게 입을 열었다.

"……안 돼. ……돌아오면, 안 돼……."

오빠의 간절한 바람이 담긴 소리를 쇳소리처럼 카랑카랑한 목소리가 덮었다.

"무슨 일이 있어?"

배창선이 돌아보자 할머니 한 명이 기웃거리며 집 안으로 들어왔다.

"이 동네 주민이세요? 경찰에 연락해 주세요! 빨리요!"

배창선은 다시 아이를 살폈다. 뒤에서 할머니가 통화하는 소리가 들렸다. 경찰에 전화를 거는가 싶었지만 전화를 받은 것이었다.

"네, 식당이에요. 지금 바쁘니까 끊어요."

배창선의 뒤에서 슈욱 하며 뱀이 혀를 날름거리는 것 같은 소리가 들렸다.

* * *

"어떻게 그런 짓을 저지를 수 있는 건지……."

성요한이 말했다.

"전부가 될 수 없는 것을 전부로 생각했기 때문이죠."

"네?"

"가족은 소중한 것이지만 인생의 전부가 되어선 안 돼요. 전부가 되어선 안 될 것을 전부로 삼아 버리면 결국 소중한 것과 함께 망가지게 되어 있지요. 이 땅의 것 중에 영원한 건 없으니까요."

잠시 생각에 잠겼던 성요한이 입을 열었다.

"……처음부터 알았으면 빨리 이야기를 하지 그랬어요."

"제가 알아차린 것은 단편적인 진실들뿐이에요. 창선 씨가 실종된 아이를 구하려 했다고는 생각도 못 했어요. 형사님이 알아채지 못했다면 연결시키지 못했을 겁니다."

유진신이 성요한을 보며 말을 이었다.

"형사님이 찾아낸 겁니다."

근처 상가 건물 옥상에서 수색대원의 목소리가 들렸다.

"찾았다!"

수색대원은 양팔을 휘두르며 목이 터져라 소리쳤다.

"아이들은 무사하다!"

아이들이 발견된 곳은 철거 예정인 상가 건물이었다. 아이들이 탈출한 것도 모자라 배창선을 집에 데리고 온 사건은 박춘금에게 굉장한 충격을 주었다.

박춘금은 자식들이 떠났던 날의 기억을 떠올렸다. 매정하게 자신을 뿌리치고 사라진 자식들. 그들도 한때는 착하고 예쁜 아이들이었다. 똑같은 상처를 또 받을 순 없었다. 박춘금은 유괴를 저지르고, 아이들을 7년이나 감금했고, 배창선을 살해했지만 여전히 자신이 피해자라고 생각했다.

박춘금은 떠나간 자식들이 받은 상처를 헤아리지 못했다. 아이를 유괴당한 마리 부부의 아픔엔 관심이 없었다. 갇혀 살아야 했던 아이들도 불쌍하게 여기지 않았다. 억울하게 죽어 간 배창선도 그저 훼방꾼일 뿐이었다.

자기 상처가 가장 중요한 인간은 언제나 피해자일 뿐이다. 박춘금은 아이들이 자신에게 돌이킬 수 없는 피해를 주기 전에 아이들을 버리기로 했다.

15.

아이들은 병원으로 이송되었다. 노아는 감기가 폐렴으로 발전해한동안 중환자실 신세를 져야 했다. 그래도 얼마 뒤에는 상태가 호전되어 일반 병실로 내려와 미아와 함께 지내게 되었다. 병원 측은 발견될 때도 붙어 있던 쌍둥이 남매를 위해 2인실을 내주었다.

남매는 오후 햇살이 비치는 병실 안에 나란히 누워 잠들었다. 일반 병실로 막 내려온 노아는 링거로 주사약을 맞고 있었지만 미아는 환자복만 입은 상태였다. 세 명의 남자가 열린 병실 문으로 들어왔다.

"자고 있네요."

성요한이 조용히 말했다.

아이들의 침대 가운데서 누군가 불쑥 몸을 일으켰다. 남매의 엄마, 마리였다. 부스스한 머리로 일어난 마리는 피곤해 보였지만 눈빛만은 또렷하고 생기가 있었다. 기적처럼 자식을 되찾은 부모의 눈에는 감출 수 없는 기쁨이 넘쳤다.

그 기쁨에 가득 찬 눈이 방문객들을 훑어보았다. 앞장선 남자는 전에 본 적이 있는 형사였다. 그 옆에 있는 장발의 남자는 왜 경찰과 같이 다니는지 모르겠지만 목사라고 들었다.

그리고 두 사람 뒤에서 덤덤한 미소를 짓고 있는 남자를 보았다. 처음 보는 사람이었다. 하지만 소개는 필요없었다. 자식을 잃어버린 부모의 눈엔 감출 수 없는 슬픔이 서려 있었다. 7년 동안 매일 거울 앞에서 그 눈을 바라보았던 마리는 단숨에 배동호를 알아보았다.

마리는 자리에서 일어나 배동호를 끌어안았다. 배동호는 어정쩡한 자세로 마리에게 안겨 어쩔 줄을 몰랐다. 말로 표현 못 할 감정들이 마리의 흐느낌을 통해 전해져 왔다.

"아, 저기…… . 어떡하지? 난 괜찮아요. 그러니까…… ."

배동호가 난감한 얼굴로 마리를 다독였다. '난 괜찮다.' 배동호는 수백 번도 더 되뇌었다. 아들은 시험이 무서워서 도망친 것도, 마약을 사려 했던 것도 아니었다.

성요한의 표현을 빌리자면 아들은 진짜 경찰이 되고 싶었던 것 같다. 그래서 평화롭게 잠들어 있는 저 아이들을 두고 지나치지 못했다. 세상은 그런 아들을 의인이라고 불렀다. 장한 아들을 두었다고, 존경한다는 말도 들었다. 아들은 짧지만 훌륭한 삶을 살았다.

하지만 실은 조금 못난 자식이어도 좋았다. 세상의 존경 같은 것은 받지 않아도 괜찮았다. 그냥 평범한 삶이어도 상관없었다. 아버지는 자식과 함께 있을 수 있다면 그걸로 충분했다. 배동호는 아들이 보고 싶었다.

"난······ 괜찮은데······. 왜 자꾸······."

배동호는 허물어지듯 주저앉아 울음을 터뜨렸다. 아주 귀하고 소중한 것을 잃어버린 사람처럼 배동호는 서럽게 울었다. 울고 있는 배동호의 등을 누군가 두드렸다. 형사의 손도, 목사의 손도 아니었다. 아주 작고 따뜻한 손이었다.

배동호가 돌아보자 잠에서 깬 미아가 침대에서 내려와 있었다. 배동호는 눈물이 그득한 눈으로 미아를 바라보았다. 미아가 손을 들어 뭔가를 배동호의 입에 넣어 주었다. 달콤한 초콜릿 크림이 입 안에 퍼졌다. 아들이 좋아했던 초코 과자였다.

"울지 마요. 내가 도와줄게요."

미아가 말했다. 배동호는 미아의 눈을 보았다. 미아의 눈은 구슬처럼 맑고 동그랬다. 신비한 색을 가진 미아의 눈동자 속에서 아들의 모습이 보이는 것 같았다.

* * *

성요한과 유진신이 먼저 병실을 나섰다. 침대에 걸터앉아 재롱을 부리는 미아와 그 모습을 애정 어린 눈으로 바라보는 배동호를 보면서 유진신은 그들이 한 식구 같다고 생각했다.

"방송에선 '기적의 아이들'이라고 부르는 것 같더군요."

성요한이 병원 로비로 내려가며 말했다.

"저만한 것이 기적이지요."

유진신은 그곳의 환경 때문에 아이들이 납중독 같은 병에 걸리지 않았을까 걱정했다. 유괴한 아이들을 병원에 데리고 가진 못할 테니 큰 병에라도 걸리면 치명적이었다. 다행히 아이들이 갇혀 있던 곳은 겉으로 보기보단 훨씬 깨끗했다.

박춘금은 남편을 잃은 경험 때문인지 조그만 먼지도 용납하지 않을 정도로 청소에 집착했다. 박춘금은 거리에 깔린 죽음의 가루를 이야기하며 집 밖에 나가면 죽는다고 아이들을 세뇌했다.

용접 마스크만이 죽음의 가루를 막아 줄 수 있는데 아빠는 실수로 마스크를 올렸다가 이렇게 굳어 버렸다고. 하지만 너희들이 말을 잘 들으면 원래대로 돌아올 수도 있다고 말했다.

진실이 섞인 거짓은 효과적으로 아이들을 묶었다. 아이들은 창틀을 빼내고도 함부로 밖에 나가지 못했다. 결국 망설이던 탈출을 감행한 것은 노아 때문이었다.

처음엔 가벼운 감기처럼 보였다. 박춘금이 약국에서 사 온 약으로 좋아지는 것 같았지만 기침과 열이 좀처럼 떨어지지 않았다. 박춘금을 자리를 비운 시간에 노아의 상태가 갑자기 심각하게 나빠지자 미아가 밖에 나가 약을 구해 오기로 한 것이다.

"몸 상태도 기적이지만 아이들의 마음은 더한 기적입니다. 범죄의 피해자는 신체적인 고통뿐 아니라 심적인 상처도 크게 받지요. 그 상처 때문에 마음이 뒤틀리기 쉬운데 남매가 서로를 생각하는 마음이 참 깊습니다."

유진신이 말했다.

"이제부터가 문제죠. 지금까진 박춘금을 부모라고 생각했을 텐데 자신들이 유괴를 당했고 지난 7년간 속아 왔다는 것을 알게 되면……."

남매는 성요한의 말대로 아직 자신들에게 벌어진 일을 파악하지 못한 상태였다. 지금은 가르쳐 준다 해도 온전히 받아들이기 힘든 상황이었다. 하지만 언젠가 진실과 맞닥뜨려야 하는 순간이 온다. 이 어두운 유년의 기억은 평생에 걸쳐 남매를 괴롭힐지도 모른다.

"괜찮을 겁니다."

유진신이 힘주어 말했다.

"창선 씨가 생명을 걸고 구해 낸 아이들입니다. 아이들은 박춘금이 저지른 일을 잊지 못하겠지만 창선 씨가 자신들을 위해 한 일도 잊지 못할 겁니다. 아까 미아가 창선 씨 아버님한테 내민 손을 보셨지요? 누군가의 진심 어린 도움을 받아 본 사람은 또 다른 누군가에게 손을 내밀게 되는 법이지요."

"꼭 그러란 법은 없어요."

성요한이 말했다. 유진신이 당황할 정도로 단호한 말투였다.

"아이들이 잘못될 거란 말은 아닙니다. 세상엔 자신을 희생해 가면서 도울 가치가 없는 사람도 있다는 거예요. 쓰레기 같은 놈들은 어쩔 수 없어요. 사람은 쉽게 변하지 않습니다. 정병칠을 봐요."

정병칠은 박춘금에게 협력한 혐의로 수배되어 결국 체포되었다. 정병칠은 박춘금이 유괴범인 줄은 몰랐고, 그저 돈을 받고 동상을 훔쳤을 뿐이라고 주장했다. 하지만 배창선이 살해된 것을 알고 나

서도 경찰에 알리지 않고 다른 동상까지 훔쳐 박춘금에게 판 행위
는 변명의 여지가 없었다.

결국 유진신의 말이 맞았다. 조금이라도 더 일찍 정직하게 자백
하는 것이 최선의 길이었다. 하지만 정병칠은 자기 발로 기회를 걷
어차 버리고 더 깊은 수렁으로 스스로 걸어 들어갔다.

"도움을 받으면 잠깐은 고마운 마음도 들겠지요. 하지만 근본부
터 썩은 녀석들은 다시 본색을 드러내게 되어 있습니다."

"아, 이건 아니잖아!"

병원 로비가 쩌렁쩌렁하게 울리도록 소리를 지른 사람은 유진신
이 아니었다. 성요한과 유진신이 에스컬레이터 위에서 아래쪽 로
비를 내려다보았다. 한 남자가 로비에 서 있었다. 병원 보안 요원들
이 양옆에서 남자를 잡고 있었다.

"손님을 이렇게 문전박대해도 됩니까?"

남자가 말했다. 남자의 앞에 양재익이 서 있었다.

"저는 기자님과 약속한 적이 없습니다."

양재익이 말했다.

"약속을 잡으려고 해도 전화를 안 받으시니까 그렇잖아요."

"받을 필요가 없는 전화니까요."

"필요가 없다? 하하! 하하하!"

남자가 광인처럼 웃더니 다시 입을 열었다.

"제 마음대로 방송을 할 수 없잖아요. 양심이 있는 기자라면 본인
한테 사실 확인을 해야지요. 그래서 연락을 드린 건데 무시를 하시

면 어떡합니까? 이래 놓고 나중에 기레기니 뭐니 욕하시려고? 선생님, 제가 기회를 드리는 거예요. 도와드리려고요. 아시겠어요?"

누가 들어도 협박이었다. 묵묵히 듣고 있던 양재익이 옅은 미소를 지으며 말했다.

"도움이 필요한 건 기자님 같네요. 정신과는 7층에 있습니다."

양재익은 말을 마치고 몸을 돌려 사라졌다. 남자의 얼굴이 구겨진 신문처럼 일그러졌다. 남자가 양재익의 등을 향해 소리쳤다.

"방송은 다음 주에 나갈 겁니다! 기대하세요!"

남자는 보안 요원의 팔을 뿌리치고 씩씩거리며 병원을 나갔다.

"어유, 똥파리 같은 새끼."

로비로 내려온 성요한이 경멸을 숨기지 않고 말했다.

"누군데요?"

"서오봉이라고 기자 출신 유튜버예요. 말이 기자지, 조그만 흠이라도 잡아서 돈이나 뜯어내는 양아치예요. 말을 안 들어주면 제대로 검증도 안 된 뉴스를 터뜨리고요."

"아, 혹시 형사님 뉴스도……."

성요한이 설강훈 목사를 체포했을 때였다. 서오봉은 신학대에서 퇴학당한 성요한이 앙심을 품고 설강훈 목사에게 누명을 씌웠다는 내용의 방송을 내보냈다.

"퇴학은 얼어 죽을. 내가 내 발로 나왔어요. 말도 꺼내지 말아요. 짜증 나니까. 전 가 볼 데가 있어서 먼저 갑니다."

성요한은 당시의 이야기가 이어지는 것이 싫은지 재빨리 택시를 잡아타고 사라져 버렸다.

이름만 봐도 성요한이 모태 신앙이란 사실을 쉽게 추측할 수 있었다. 유진신은 기독교 가정에서 자라 신학대까지 갔던 성요한이 신앙을 버린 이유가 늘 궁금했다. 하지만 그 순간만큼은 다음 주에 나올 거라는 양재익의 뉴스가 더 궁금했다.

*　*　*

성요한이 도망치듯 사라져 찾아간 곳은 경기도의 한 납골당이었다. 성요한 앞의 납골함에는 '하나님의 사람, 송대범'이라는 명패와 함께 '영원한 것을 얻기 위해 영원하지 않은 것을 버리는 사람은 결코 바보가 아니다'라는 문구가 적혀 있었다. 납골함 옆에는 고인의 사진이 놓여 있었다.

사진 속의 송대범은 스물여섯 청년의 생기 가득한 미소를 짓고 있었다. 보기만 해도 기분이 좋아지는 미소였다. 하지만 송대범의 사진을 보고 있는 성요한의 얼굴은 비통함으로 물들어 갔다.

"……요한이?"

누가 부르는 소리에 성요한이 뒤를 돌아보았다. 성요한 또래로 보이는 단아한 차림의 여자였다.

"지영 누나……."

성요한이 어색하게 인사를 건네다 박지영 뒤로 세 걸음쯤 떨어져 있는 남자를 발견했다. 사진 속의 송대범 나이 정도일까. 남자는 하얀 셔츠를 입고 조금은 경직된 얼굴로 성요한을 보고 있었다. 남자의 손엔 이동식 삼각대에 연결된 카메라가 들려 있었다.

"이 새끼가, 여기가 어디라고 와!"

성요한이 남자에게 소리를 질렀다.

"요한아!"

박지영이 당장이라도 남자에게 달려들 기세인 성요한의 팔을 잡았다.

"누나 뭐야? 왜 저 새끼랑 여길 오는데! 형이 누구 때문에 죽었는데!"

먹이를 앞에 둔 짐승처럼, 성요한이 남자를 보며 울부짖었다.

구원받지
못할 자

1.

"성요한 선배님이신가요?"

셔츠를 입은 남자가 말했다.

"선배? 내가 왜 네 선배야?"

"회성이 지금 신학해."

박지영이 대신 답했다.

"알아. 대범이 형을 죽게 만든 새끼가 신학을 하겠다고 설치고 있는데. 내가 모르고 있을까 봐?"

성요한이 이회성이 들고 있는 카메라를 보며 말을 이었다.

"요즘 많이 나대고 다니더라? 유튜브도 하고, 기독교 방송에도 나온다며? 여긴 왜 왔냐? 뭘 찍어서 이미지 관리하려고?"

"말씀 많이 들었습니다. 대범이 형이 아꼈던 분이시라고……."

이회성은 말을 끝맺지 못했다. 성요한이 달려들어 멱살을 잡았기 때문이다.

"감히 누구 이름을 입에 담아?"

"요한아!"

박지영이 성요한의 팔을 잡았지만 불거진 혈관을 타고 꿈틀거리는 분노는 누그러들지 않았다.

"신학은 대범이 형 같은 사람들이 해야 되는 거야. 너 같은 양아치 새끼가 아니라!"

"권력으로 부하의 아내를 빼앗고 그것을 덮기 위해 살인교사를 저지른 사람은 어떻습니까?"

"뭐?"

"다윗 말입니다. 형사님 말대로라면 다윗도 자격이 없네요?"

"얼씨구, 성경 좀 읽었냐?"

성요한이 이회성의 멱살을 잡은 손에 힘을 주었다. 이회성이 성요한의 팔을 내리치며 풀어 버렸다.

"저를 싫어하는 건 이해합니다. 하지만 제가 대범이 형을 존경하는 마음은 진심입니다. 저 같은 놈을 아껴 준 유일한 사람이니까요. 남은 인생 동안 형이 걸어간 길을 따라갈 겁니다."

"……이젠 새사람이 되셨다?"

"정말이야. 예전에 어울렸던 친구들하곤 관계를 끊었어. 술도, 담배도 끊고 공부만 했어. 내가 옆에서 봐서 잘 알아."

박지영이 애타는 목소리로 말리며 말했다.

"옆에서 봐?"

"처음 회성이가 신학을 하려 한다는 이야기를 들었을 때는 나도 얘가 무슨 말을 하나 싶었어."

박지영 아버지는 목사였다. 아버지가 고생하는 모습이 보기 싫었고, 목사 자녀로 자라며 받은 상처도 많았다. 그래서 박지영은 목사와는 만나지 않겠다고 다짐했었다. 송대범은 그 다짐을 무색하게 만든 사람이었다.

"처음엔 너만 없었으면, 너랑 엮이지 않으면 대범이는 살아 있을 텐데…… 그런 생각만 들었어. 그런데 갑자기 대범이가 입버릇처럼 하던 말이 생각나더라."

박지영이 납골함 쪽을 돌아보며 말을 이었다.

"영원한 것을 얻기 위해 영원하지 못한 것을 버리는 사람은 바보가 아니다. 요한이, 너도 기억하지? 대범이는 늘 영원한 가치를 좇는 삶을 살겠다고 말했지. 그렇게 짧은 삶일 줄 몰랐지만 생각해 보니 회성이야말로 대범이의 삶이 가치 있었다는 걸 보여 줄 증인이었어."

이회성이 고개를 들어 박지영을 바라보았다.

"고등학교도 자퇴했던 회성이가 지금은 신대원에 합격해서 전도사로 일하고 있어. 믿어지니?"

박지영이 미소를 지으며 말했다. 성요한이 알겠다는 듯 고개를 끄덕였다.

"……좋은 이야기네. 전도사였던 남자 친구가 문제아를 도우려다 죽고 말았지만 여자 주인공은 원수도 사랑하라는 말씀을 따라 문제아의 갱생을 돕는다. 마침내 역경과 편견을 이겨 내고 죽은 남자 친구를 뒤따라 전도사가 된 문제아. 주인공은 거듭난 문제아를 보며 미소를 짓는다……. 지금 영화 찍어?"

"요한아, 자꾸 그러지 말고……."

박지영이 애타는 얼굴로 말했지만 성요한은 멈추지 않았다.

"엔딩은 어떻게 되는 거야? 이대로 끝나는 건 진부하지 않아? 이건 어때? 파격 로맨스로 가는 거야. 남자 친구를 죽게 만든 쓰레기를 사랑하게 된 여자. 혹시 정말 그런 거 아니야?"

철썩하는 소리와 함께 성요한의 고개가 돌아갔다.

"사람 안 변한다고? 지금 네 모습을 봐. 얼마나 엉망으로 변해 버렸는지."

박지영은 성요한에게 쏘아붙이고 자리를 떠났다. 이회성도 박지영을 따라갔다. 성요한이 멀어지는 두 사람에게 소리쳤다.

"너 같은 새끼는 또 사고 치게 돼 있어. 그땐 내가 꼭 잡아 줄게!"

"아니요. 다신 볼 일 없을 겁니다."

이회성이 차갑게 대꾸하고 돌아섰다. 하지만 두 사람은 곧 다시 만나게 되었다.

* * *

"팀장님, 저한테 맡겨 주십시오!"

성요한이 말했다.

"너, 내 방 쳐들어오는 거 습관 됐냐?"

팀장이 편두통에 시달리는 사람처럼 인상을 쓰며 말을 이었다.

"이미 배정 끝난 사건이라니까."

"팀장님, 문림동 사건 어떻게 해결했는지 벌써 잊으셨습니까?"

"뭐? 지금 나 협박하는 거야?"

팀장이 발끈하며 소리쳤다.

성요한이 제안한 대로 문림동 사건을 해결한 공은 팀장이 독차지했다. 곧 표창을 받게 될 거란 소문도 있었다.

"협박이라뇨? 저한테 맡겨 주신다면 이번 사건도 반드시 해결해서 팀장님에게 힘이 되어 드리고 싶어서 그러죠."

"하, 이 새끼, 말하는 것 좀 보소. 너 왜 이렇게 변했냐?"

팀장이 피식 웃었다.

"제가 자백시키겠습니다. 자신 있습니다."

"혹시나 해서 묻는 건데, 너 진짜 원한 때문에 이러는 거 아니지? 그 왜, 소문이 있었잖아. 네가 신학대에서 잘려서……."

"안 잘렸어요. 제 발로 나왔지요."

"왜 그만뒀는데?"

"없으니까요. 신 같은 건."

팀장실을 나온 성요한은 약속에 늦은 사람처럼 분주하게 걸었고, 얼굴은 상기되어 있었다.

성요한이 취조실 문을 열고 들어가자 용의자가 기다리고 있었다. 성요한이 용의자를 보며 웃었다.

"내가 말했지? 다시 만나게 될 거라고."

2.

이회성이 테이블 맞은편에서 성요한을 노려봤다. 다시 만난 이회성은 초췌하고 불안해 보였다.

"이회성 전도사, 과거 세탁하고 잘나가시는 것 같던데 어떻게 여기 오셨나?"

성요한이 자리에 앉아 자료를 펼쳤다.

"유튜브 구독자가 10만이 넘네. 채널 이름은 '불량 제자의 브이로그'. 얼마나 벌어요?"

"돈 벌려고 하는 거 아닙니다."

"꼭 돈에 미친 새끼들이 그렇게 말하던데."

"이미 저를 범인으로 정해 놓으신 거 같네요."

성요한의 입가에 걸려 있던 미소가 사라졌다.

"네가 죽인 거 맞잖아. 서오봉."

"전 모르는 일입니다."

"서오봉이 네 과거를 캐서 협박한 거 아니야! 라이브 방송 때도 와서 채팅으로 깽판 치고 압박했잖아. 아니야?"

성요한이 책상을 치며 말했다.

"제가 한때 방황했던 사실은 이미 제 채널에서도 밝힌 부분입니다."

"한때의 방황? 불량 서클 만들어서 아이들 삥 뜯고, 나중에는 퍽치기까지 한 게 한때의 방황이냐?"

"전 누구의 돈도 뺏은 적 없습니다! 퍽치기도 모르는 일이고요!"

"아, 그렇지? 다 친구들이 저지른 일이지? 넌 원래 좋은 놈인데 친구를 잘못 만난 것뿐이지?"

발끈하던 이회성이 입을 다물었다.

"대범이 형이나 지영 누나 같은 사람은 속아도 난 안 속아. 내가 너 같은 놈들 잘 알지. '철없던 시절엔 방황 좀 했지요.' 쓰레기처럼 산 세월을 대단한 인생 경험이라도 한 것처럼 포장하지. 네가 정말 과거를 반성한다면 절대 그런 식으로 말하지 않아."

"제 잘못이 없단 말이 아닙니다. 친구들이 아이들 괴롭히는 거 알면서도 말리지 않았어요. 저도 가해자라고 생각합니다. 하지만 퍽치기는 정말 몰랐어요. 사람이 크게 다쳤다는 걸 알고 자수를 권했습니다. 듣지 않으면 신고하려고 했어요."

"자수를 권하든 신고를 하든 혼자 했어야지. 왜 대범이 형까지 끌어들여서 죽게 만들어!"

이회성은 송대범의 이름이 나오자 고개를 숙였다.

이회성은 기독교계 보육원에서 자랐다. 중학교 때까지만 해도 예배에 잘 참석했지만, 고교에 진학해 새로운 친구들을 사귀며 엇나가기 시작했다.

보육원 후원 교회에 전도사로 부임한 송대범은 이회성에게 관심을 갖고 다가갔다.

"다 제 잘못입니다. 시간을 돌릴 수만 있다면 그러고 싶어요. 모든 걸 바로 잡을 수 있게……."

"시간은 돌릴 수 없으니 서오봉의 입을 막기로 했구나?"

"제가 한 게 아니라고요!"

이회성이 억울하다는 듯 소리쳤다.

"서오봉이 신대원에 찾아간 적 있지? 목격자에 따르면 네가 싹싹 비는 분위기였다고 하던데?"

"학교까지 와서 행패를 부리니 어떻게든 달래려고 했을 뿐입니다. 저 때문에 학우들에게 피해를 끼칠 수 없으니까요."

"그래서 남들한테 피해 안 주려고 혼자 조용히 다시 찾아갔나?"

"네?"

"서오봉이 죽던 날에 서오봉이 살던 빌라에 갔었지?"

이회성은 눈을 피하고 말았다. 성요한이 사진 두 장을 보여 주었다.

"낡은 빌라라 CCTV가 없어서 편했지? 그런데 거긴 CCTV뿐 아니라 주차 공간도 별로 없더라고."

성요한은 빌라 앞의 조그만 주차장에서 다양한 경고문을 보았다. 거주민들이 주차 공간을 확보하기 위해 적어 놓은 것들이었다.

"서오봉이 좀 진상이냐? 이웃하고 잘 지낼 리 만무하지. 분명 주차 문제로도 다툼이 있었을 거 같았어."

성요한은 빌라를 전부 돌아다니며 주차 상태에서 블랙박스를 켜

놓은 차량을 찾았다.

"참 아이러니하지. 서오봉하고 멱살잡이까지 했던 주민 차의 블랙박스에 네 모습이 딱 찍혔네."

성요한이 사진을 두드리며 말했다. 사진 속의 이회성은 모자를 눌러쓰고 있었지만 알아보기가 어렵지 않았다.

"네가 아니라고 할 거냐?"

이회성이 한숨을 쉬더니 입을 열었다.

"······제가 맞습니다."

"오케이! 그럼······."

성요한이 만족스러운 웃음을 지으며 박수를 쳤다.

"돈 주려고 갔습니다!"

이회성이 급하게 말했다.

"돈? 돈으로 무마하려고?"

"네, 천만 원을 요구했어요. 큰돈이었지만 그걸로 끝낼 수 있다면 돈을 주자고 생각했습니다. 그런데······."

끝이 아니라 시작이었다. 서오봉은 미소를 지으며 돈을 받더니 덕담을 건넸다.

"훌륭한 목사라 되라고 하더군요. 유튜브도 더 열심히 하고요."

서오봉은 진심을 담아 말했다. 더 크게 성공하라고, 그래서 다시 찾아왔을 때엔 더 많은 돈을 달라고, 행여나 모른 척해서는 곤란하다고, 하나님은 잊어버려도 자신만은 잊어버려선 안 된다고.

"돈으론 해결이 안 된다는 걸 알고 죽이기로 한 거네."

"안 죽였다니까요! 몸싸움을 하긴 했어요. 하지만 돈만 뺏어서 나왔습니다!"

"그런 말도 안 되는 소리로 빠져나갈 수 있을 것 같아?"

성요한이 호통을 치는데 취조실 문이 열렸다.

"이회성 변호사하고 교단에서 보낸 목사가 찾아왔는데요."

강력팀 막내가 말했다. 성요한이 인상을 쓰며 이회성을 돌아보았다. 이회성은 누가 찾아왔는지 모르는 눈치였다.

성요한이 접견실로 가서 변호사와 목사를 만났다. 둘 다 성요한이 아는 인물이었다. 박지영과 유진신이 성요한을 맞이했다.

"목사님은 여기 왜 왔어요?"

성요한이 자리에 앉으며 말했다.

"요한이랑 아는 사이세요?"

박지영이 놀란 얼굴로 유진신에게 말했다. 유진신이 가볍게 고개를 끄덕이고 입을 열었다.

"우리 교단 신대원의 선량한 학생이 곤경에 처했다는 소식을 듣고 왔지요."

"교단에 도움을 요청했더니 목사님을 추천해 주셨어. 국과수에서 일하셔서 도움이 될 거라고. 너하고 아는 사이인 줄은 몰랐네."

박지영이 말했다.

"아는 사이라고 달라질 것 없어. 이회성이 사람을 죽인 사실은 달라지지 않으니까."

"아는 사이라는 사실이 수사에 영향을 끼치진 않았나요? 이회성

학생하고 형사님 사이 말입니다. 박지영 변호사님께 설명은 들었습니다."

"제가 개인적인 원한으로 증거라도 조작했다는 말씀입니까?"

성요한이 유진신을 노려보며 말했다.

"그런 뜻은 아닙니다. 개인적인 원한을 내려놓고 보면 다른 사람이 범인일 가능성도 있지 않겠냐는 말이지요."

유진신이 빙긋이 웃었다.

"뭐 알고 있는 거라도 있어요?"

성요한이 인상을 쓰며 물었다.

"서오봉이 협박한 사람이 한둘은 아니잖아요. 당장 형사님도 곤란을 겪은 적이 있고요."

"그래서 누구요?"

유진신이 웃음기를 거두고 진지한 얼굴로 말했다.

"양재익 교수는 어떤가요?"

"……."

의외의 이름에 성요한 뿐 아니라 박지영도 놀란 얼굴로 입을 다물었다.

"형사님도 병원에서 같이 보셨잖아요. 분명 서오봉이 다음 주에 양재익 교수에 대한 폭로 방송을 할 거라고 했죠. 하지만 서오봉은 사망했고 폭로 방송은 볼 수 없게 되었죠."

유진신이 말했다. 성요한이 무표정하게 듣고 있다가 갑자기 웃기 시작했다. 박지영이 불안한 눈빛으로 성요한을 보았다. 한참 낄

낄거리고 웃던 성요한이 정색하며 입을 열었다.

"개인적인 감정에 사로잡혀 있는 건 목사님 같은데요."

"무슨 말씀입니까?"

"양재익 교수와 학번은 다르지만 동문이시죠? 그런데 한 사람은 대한민국에서 손꼽히는 의사고, 한 사람은 탐정 놀이에 빠져 애먼 사람이나 의심하는 목사잖아요. 열등감을 가질 만하지요."

"요한아! 그런 실례를⋯⋯."

성요한은 박지영의 말이 끝나기도 전에 다시 쏘아붙였다.

"실례를 누가 먼저 했는데? 목사님 말대로 서오봉은 사람들 앞에서 양재익을 협박했지요. 그런데 내가 그걸 안 알아봤을까 봐? 양재익은 서오봉이 죽던 날에 하루 종일 수술실에 있었어요. 양재익은 그날 사람을 죽이기는커녕 살리고 있었다고요."

"⋯⋯."

"실망한 표정인데? 양재익 교수에게 알리바이가 있다는 게 실망할 일인가요?"

성요한이 자리에서 일어나며 말을 이었다.

"누나, 아니 변호사님. 충고 하나 드리죠. 분명 서오봉이 원한을 산 사람은 많습니다. 하지만 서오봉이 죽던 날, 서오봉의 집에 찾아간 사람은 이회성뿐입니다. 이미 본인도 그 사실은 인정했어요."

"인정했다고?"

"네, 블랙박스에 이회성이 들어갔다 나오는 모습이 찍혔거든요."

박지영의 얼굴이 핏기를 잃고 하얗게 질렸다.

"본인은 몸싸움만 했다고 주장하지만 부검 결과가 나오면 다 드러날 겁니다. 그러니까 결백 같은 소리는 할 생각도 말아요."

박지영이 힘없이 떨어지는 이마를 손으로 짚었다.

"괜찮으세요?"

유진신이 걱정스러운 눈으로 박지영을 바라보았다.

"배신감 느껴요? 그러니까 그런 놈을 믿긴 왜 믿어요? 인정하라고 해요. 부검 결과 나오고 마지못해 인정하는 것보다 그게 낫잖아."

성요한이 달래듯이 말했다. 박지영이 무너지는 모습을 보니 성요한도 마음이 편치 않아 보였다.

"근데 부검을 여태 안 했나요?"

유진신이 말했다.

"국과수 지금 전쟁터잖아요."

성요한이 어리둥절해 뵈는 유진신의 얼굴을 보고 말을 이었다.

"뉴스도 안 보고 사시나. 얼마 전에 쪽방촌에서 대형 화재가 있었잖아요. 그것 때문에 지금 난리예요."

"아, 그래요?"

유진신이 의미심장한 얼굴로 말했다.

3.

"내가 왜 너랑 부검을 해야 되는데?"

진순호가 짜증 섞인 목소리로 말했다.

"사람 없어서 난리라는 말 듣고 왔더니 이러기야?"

유진신이 넉살 좋게 말했다.

"와 준 건 좋아. 근데 왜 너랑 내가 한 팀이냐고?"

"난들 아냐, 빨리 시작하자. 할 일 많잖아."

도와주러 온 것도 고마운데, 유진신은 이 기회에 진순호와의 관계를 회복하고 싶다고 했다. 그 말에 국과수 원장 김필순은 기꺼이 둘을 붙여 주었다.

두 사람 앞의 부검대에는 서오봉의 시신이 올라와 있었다. 부검은 진순호의 주도하에 유진신이 보조하며 진행되었다.

몸싸움을 했다던 이회성의 증언대로 서오봉의 팔엔 긁힌 상처가 있었다. 특히 눈두덩에 멍과 피하출혈의 흔적이 보였다. 하지만 서오봉을 죽음으로 몰고 간 상처는 앞이 아니라 뒤에 있었다.

"망치 같은 둔기는 아니고……. 바닥이나 벽에 부딪힌 것 같네."

진순호가 후두부의 상처를 보고 말했다.

"그냥 부딪힌 게 아니야."

유진신이 현장 자료를 건넸다.

서오봉의 시체가 발견된 바닥과 주변에 물감을 사방에 뿌린 것처럼 핏자국이 퍼져 있었다. 단순히 넘어져 생긴 상처라면 혈흔의 형태가 좀 더 깔끔해야 했다.

"머리를 다쳐 반항하지 못하는 상대의 머리를 잡고 두 번, 세 번 이어서 바닥에 내리쳤다……. 원한이 깊었나 봐."

진순호가 말했다. 이대로라면 우발적인 살인을 주장하기도 힘들었다. 유진신이 차트를 살폈다.

"사망 추정 시간이 용의자가 현장을 나온 시간과 조금 차이가 나는데."

"더는 움직이지 못할 정도로 치명적인 공격이었지만 완전히 신체 기능을 멈출 때까진 시간이 더 걸렸을 거야. 오차범위 내라고 봐. 마무리하자."

진순호의 말에 유진신이 고개를 끄덕였다. 유진신이 검사를 위해 빼놓은 샘플을 정리하는 사이 진순호는 가슴을 열어 놓은 시신을 수습했다.

"근데 혹시 양재익이라고 알아? 우리 동문이라고 하던데."

유진신이 지나가는 말처럼 물었다. 진순호가 서오봉의 시신을 봉합하다가 고개를 들었다.

"진짜 몰라서 묻는 거야? 어떻게 우리 학교에서 배출한 최고 유명 인사를 모를 수가 있어?"

"그 정도야? 아무리 생각해도 양재익이란 이름은 기억이 안 나는데."

"아, 학교 다닐 때는 다른 이름이었어. 나도 그냥 소문을 들은 건데 보육원에서 자랐다고 하더라고. 옛날 이름이 뭐였더라……."

불현듯 이름이 떠올랐다.

"……김인성?"

유진신이 말했다.

"맞아! 김인성! 기억하네."

유진신이 대학에서 사귄 친구라고는 진순호뿐이었다. 삼수를 해서 동기들과 나이 차가 있기도 했지만 그보단 일찌감치 결정한 진로가 남달랐기 때문이었다. 의대에서 법의학을 전공하려는 녀석은 별종 취급을 받았다.

"왜 법의학을 하려고 해?"

한 선배가 별종 후배를 찾아와 물었었다. 수풀 사이에 숨어 있는 뱀의 눈처럼 앞머리 사이로 보이는 선배의 눈이 반짝였다. 대화를 나눠 본 건 그때뿐이었지만 유진신은 그 눈빛을 기억했다.

"김인성 맞아? 얼굴이 다른데?"

"방송 나오고 하니까 성형했나 보지. 눈만 해도 인상이 확 달라지는 사람이 있잖아."

진순호가 대수롭지 않게 말하다가 나갈 채비를 하는 유진신을 보았다.

"너 지금 뭐 하냐?"

"갈 데가 있어. 혼자 할 수 있지?"

"도와주러 왔다며?"

"나랑 하기 싫다며? 수고해."

"야, 유진신! 인마!"

진순호가 밖으로 나가는 유진신에게 소리쳤지만 유진신은 그대

로 사라졌다. 진순호가 부검해야 하는 시신을 돌아보며 한숨을 내
쉬었다.

* * *

"와아!"

아이들의 함성이 운동장에 울려 퍼졌다. 신희망 보육원 운동장
에 유진신이 끌고 온 간식 차가 서 있었다. 아이들이 신난 얼굴로
빵과 코코아를 받아 갔다.

유진신이 간식을 나눠 주며 아이들을 살폈다. 간식을 받아 든 아
이들은 밝은 얼굴이었지만 옷과 신발이 낡아 보였다.

"이거 참, 그냥 오셔도 되는데요. 면목이 없네요."

보육원 원장 정의종이 갈라진 목소리로 말했다.

"아닙니다. 원래 가끔씩 보육원에 간식 차 봉사를 나갔어요. 겸사
겸사 와 봤습니다."

유진신은 정의종의 사무실에 들어왔다.

"힘드시지요?"

원장 앞에 앉은 유진신이 말했다.

정의종이 씁쓸하게 웃어 보였다. 유진신이 앉은 채로 사무실을
둘러보았다. 벽에 걸린 오래된 사진과 상패들이 보육원 역사를 보
여 주었다.

신희망 보육원은 목사였던 정의종의 아버지가 설립해서 오늘날

까지 이어져 왔다. 개인 후원도 받지만 운영자금의 상당 부분은 교계의 지원에 의존했다.

"우리 보육원 출신 전도사가 사람을 살해했다는 소식을 듣고 후원 교회들에까지 항의가 폭주한답니다."

정의종은 후원 교회들에 전화를 돌려 사정을 하느라 목이 쉬어버렸다. 이제 막 오십 줄에 들어선 정의종은 지난 보름 동안 10년은 더 늙은 것 같았다.

"누굴 탓하겠습니까. 제가 사람 보는 눈이 없어서……."

"서오봉에게 무슨 이야기를 해 주셨습니까?"

"다요. 회성이에 대해 제가 아는 건 전부 이야기해 줬습니다. 하지만 저는 폭로가 아니라 자랑을 한 거예요. 그렇게 말썽을 부리던 녀석이 얼마나 훌륭하게 자랐는지 보라고요. 그게 이렇게 될 줄은……."

정의종은 말을 잇지 못하다가 유진신의 눈치를 보고 조심스레 다시 입을 열었다.

"교단 측에서 후원 교회들에 말씀을 좀 해 주시면 안 될까요? 염치없지만 아이들을 위해서라도 부탁드립니다."

"저는 이회성 전도사를 돕기 위해 나선 것뿐, 교단에 영향력이 있는 사람이 아닙니다."

"그래요……?"

정의종은 실망을 감추지 못하는 기색이었다. 유진신이 정의종을 물끄러미 바라보다 입을 열었다.

"이런 방법은 어떨까요?"

정의종이 고개를 들며 관심을 보이자 유진신이 계속 말했다.

"보육원의 이미지가 바닥을 친 게 문제면 다시 이미지를 회복하면 될 거 아닙니까?"

"그렇긴 하지만 무슨 수로요?"

"원래 원장님이 하려던 대로 하면 되지요. 이 보육원에서 자라난 사람 중에 자랑할 만한 사람을 내세우는 겁니다. 이렇게 훌륭한 사람을 배출한 보육원이 문을 닫게 할 거냐고요."

"글쎄요. 무슨 말씀인지는 알겠지만 마땅한 사람이……."

"양재익 교수를 모르십니까?"

유진신이 슬쩍 떠보듯 말했다.

"알다마다요. 명의 아니십니까? 우리 보육원 아이를 수술해 주신 적도 있는걸요."

유진신은 양재익이 보육원에서 자랐다는 이야기를 듣고 국과수를 나서자마자 동문들에게 연락을 돌렸다. 하지만 양재익이 어느 보육원을 나왔는지 아는 사람은 없었다.

유진신은 혹시나 하는 마음으로 '양재익 보육원'을 키워드로 검색을 해 보았다. 6년 전의 기사가 나타났다. 병원이 발행한 웹진에 실린 기사였다. 양재익이 부모를 잃은 한 소년의 심장이식 수술을 집도했다는 기사였다. 기사엔 신희망 보육원 원장 정의종의 감사 인터뷰도 실려 있었다.

"양재익은 개명한 이름입니다. 원래 이름은 김인성이지요. 모르시겠습니까?"

"김인성이요? 아니, 잠시만요."

정의종이 혼란스러운 얼굴로 일어나 원목으로 된 캐비닛을 열었다. 캐비닛 안에는 서류 바인더가 가득했다. 정의종이 바인더 하나를 꺼내 테이블로 가져왔다.

"제가 부임하기 전 자료는 전산화가 되어 있질 않아서요. 김인성이라면 제가 제대할 때 정도까지 있었으니까 여기 있을 겁니다."

정의종이 과거 자료를 넘기다가 흥분한 목소리로 말했다.

"찾았습니다. 여기요!"

유진신은 정의종이 찾아낸 페이지를 보았다. 김인성이란 이름과 앳된 소년의 얼굴이 보였다.

"양재익 선생과는 얼굴이 조금 다른데요."

정의종이 고개를 갸웃거렸다.

"아마 성형을 했을 겁니다."

"이름을 바꾸고 성형까지 했다고요? 보육원에서 자란 걸 숨기고 싶었나……?"

"특별히 기억나시는 건 없습니까?"

"아버지가 자랑하셨던 건 기억납니다. 우리 보육원에서 의사가 나올 거라고 좋아하셨죠."

"부모가 어떤 사람인지 아세요?"

당시엔 미혼모가 갓난아이를 보육원 앞에 두고 가는 경우가 꽤 많았다. 하지만 김인성은 아홉 살에 정신을 잃은 상태로 보육원 앞

196

에서 발견되었다.

"어머니가 다 큰 아이를 떼어 놓기 위해 약물 같은 걸 썼나 봐요. 보육원에 오기 전엔 아버지 없이 어머니와 지냈던 걸로 압니다. 제가 아는 건 이 정도예요."

유진신이 알겠다는 듯 고개를 끄덕였다.

"저기 그런데, 이런 건 왜 물으시는 건가요?"

정의종이 조심스럽게 물었다. 유진신은 정의종의 질문에 질문으로 답했다.

"혹시 서오봉이 이회성 말고 김인성에 대해서도 묻지 않았습니까?"

4.

"웬일이에요?"

성요한이 경찰서 2층에 마련된 실외 휴게실에 나타났다.

"매일 오던 단골이 안 보이니까 걱정이 돼서 왔죠."

유진신이 커피를 들어 보이며 웃었다. 성요한이 못 이기는 척 커피를 받았다.

"요즘 쪽방 사건 때문에 바빠요."

불이 난 곳은 6층 건물 전체를 임대하는 대규모 쪽방이었다. 방은 고시원보다 좁았고 복도는 두 명이 함께 지나가기도 어려웠다.

천장은 기지개도 켜지 못할 정도로 낮았고, 험준한 산에서나 볼 법한 경사의 계단은 거의 기어서 올라가야 했다. 불이 나면 어떤 상황이 펼쳐질지는 불 보듯 빤했다.

불은 4층 입구 쪽에 있는 방에서 시작되었다. 4층 위쪽으로는 생존자가 거의 없었다.

"방 주인이 만취한 상태로 잠든 사이에 라면을 끓이던 불이 옮겨붙은 것 같아요."

"그 좁은 방 안에서 버너를 사용했군요."

"불이 거기서 났을 뿐 다른 방도 다 마찬가지였어요. 언제 터져도 이상하지 않을 사고였죠."

성요한이 커피를 한 모금 마시고 말을 이었다.

"시체가 대부분 훼손된 데다가 원래 불법체류자들도 많은 곳이라 신원 파악이 어려워요."

그냥 신원 불상으로 처리하라는 지시가 내려왔지만 성요한이 반발하며 자원해서 나섰다.

"가족이 있다면 죽었는지 살았는지는 알아야죠. 하는 데까지는 최선을 다할 생각입니다."

"부검으로도 밝히지 못하면 어떻게 조사를 하나요?"

"탐문을 하지요. 같은 건물에 살았던 생존자들이나 혹시 일을 하고 있었다면 동료들을 찾기도 하고요."

유진신이 고개를 끄덕이다 슬쩍 눈치를 보며 입을 열었다.

"이회성이 나온 보육원을 다녀왔습니다."

유진신은 사람의 낯빛이 그토록 짧은 순간에 딴판으로 변해 버릴 수 있다는 것이 놀라웠다. 방금 전까지 망자들의 이름을 찾아 주려 애쓰던 형사의 얼굴은 이회성이란 이름을 듣는 순간 저승사자처럼 돌변했다.

"양재익 교수가 이회성과 같은 보육원 출신인 것을 확인했습니다. 이게 우연일까요?"

"양재익 교수요?"

성요한의 얼굴이 일그러졌다.

"보육원 시절엔 '김인성'이라고 불렸습니다. 양재익은 이름을 바꾸고, 성형까지 했어요. 뭘 숨기려고 했는지 모르지만 서오봉이 양재익의 비밀을 알아내 협박을 한 겁니다."

"원장이 그렇게 말하던가요?"

"원장은 양재익이 김인성인 줄도 몰랐다고 하더군요."

성요한이 어이가 없다는 듯 양손을 치켜들었다.

"결국 다 목사님 추측일 뿐이잖아요. 진짜 양재익 교수한테 원한이라도 있는 거 아니에요?"

"과거의 원한에 묶여 있는 건 제가 아닐 텐데요."

성요한의 눈빛이 사납게 변했다.

"내가 없는 죄라도 만들어 냈다는 겁니까?"

"제대로 수사를 하지 않았다는 겁니다. 이회성 유튜브는 다 보셨습니까?"

"내가 그 새끼 유튜브를 왜 보고 앉아 있어요?"

"보통의 형사라면 봤을 겁니다."

유진신의 단호한 말에 성요한은 입을 다물었다.

"제가 아는 평소의 성요한 형사님이었다면 분명 체크했을 거예요. 그리고 발견했겠지요. 이회성이 이미 자신의 과거를 방송에서 고백한 적이 있다는 걸요."

성요한은 취조실에서 이회성이 했던 말을 기억했다. 이회성도 동일한 주장을 했었다.

"하지만 형사님은 귀담아듣지 않았지요. 이회성은 나쁜 놈이어야만 하니까요."

성요한이 피식 웃더니 반쯤 남은 커피를 재떨이 용도의 항아리에 부어 버렸다.

"목사님 말대로라면 굳이 서오봉에게 돈을 줄 필요도 없었겠죠. 안 그래요? 이미 다 밝힌 내용을 폭로하는데 왜 매수를 합니까?"

"그건……. 서오봉이 어떻게 부풀릴지 모르니까……."

유진신이 더듬거리며 말했다.

"목사님도 당황이란 걸 하시네요? 평상심을 잃어버린 쪽이 대체 누구일까요?"

성요한이 빈 컵을 쓰레기통에 버리며 말했다.

"잘 마셨습니다."

성요한은 휴게실을 나가 버렸다.

남자 순경이 성요한과 교대하듯 들어와 담배를 꺼내 물었다. 유진신은 순경을 바라보며 담배 연기 대신 한숨을 내쉬었다. 순경이 담배를 피우다가 유진신을 보고 말했다.

"불 필요하세요?"

"아, 아니요."

유진신이 웃으며 고개를 저었다.

갑자기 끊었던 담배가 고팠던 것은 사실이었다. 하지만 유진신에게 필요한 것은 담뱃불이 아니라 어둠을 밝힐 횃불이었다. 유진신은 캄캄한 동굴을 걷고 있는 것만 같았다.

5.

이희성은 가벼운 몸싸움만 했던 것처럼 진술했다가 부검 결과가 나오자 서오봉을 밀쳐서 넘어뜨렸다고 시인했다. 다만 넘어진 서오봉에게 추가적인 공격은 하지 않았다고 주장했지만 믿어 줄 사람은 없었다. 변호를 맡은 박지영조차 범행을 인정하는 편이 형량을 낮출 수 있다고 설득할 정도였다.

반면 양재익에겐 완벽한 알리바이가 있었다. 성요한의 말이 맞았다. 누가 봐도 이성적이지 못한 쪽은 유진신이었다. 하지만 유진신은 양재익이 이 사건에 연루되었다는 생각을 떨칠 수가 없었다. 유진신은 기다리는 연락이라도 있는 듯 휴대폰을 살피며 가게로 돌아왔다. 가게에는 뜻밖의 손님이 와 있었다.

"목사님, 이제 오셨군요. 지금은 사장님이라고 불러야 하나?"

양재익이 환하게 웃으며 말했다.

"여긴 어떻게……?"

"커피 마시러 왔지요. 검색을 해 봤더니 평이 좋던데요? 문이 닫혀 있어서 오늘은 장사 안 하시나 했네요."

"……들어가시지요."

유진신이 문을 열고 카운터 안으로 들어갔다. 양재익은 바 중앙 자리에 앉아 가게를 둘러보았다.

"가게가 아담하면서도 예쁘네요."

"감사합니다. 커피는 어떤 걸로 하시겠습니까?"

"그 다방 커피라고 하나요? 달짝지근한 맛 나는. 그런 걸 시키면 실례일까요?"

"전혀요. 아이스로 해 드릴까요?"

양재익이 경쾌하게 고개를 끄덕였다.

유진신이 오래 지나지 않아 커피를 한 잔 내놓았다. 양재익이 기대에 찬 얼굴로 한 모금을 마셨다.

"아, 추억의 맛이네요. 어릴 때 어머니가 자주 타 주셨거든요."

"그래요? 어머니가 커피를 좋아하셨나 봐요. 보통 아이들한테 커피 같은 건 잘 안 줄 텐데요."

"보통 어머니가 아니셨거든요."

양재익이 컵을 가볍게 흔들자 얼음이 부딪히는 소리가 들렸다.

"아홉 살 때였어요. 더운 여름날이었는데 시원한 커피를 타 주셨지요. 마시고 정신을 잃었죠. 일어나 보니 보육원이더군요. 그날 이

후로 오늘까지 커피를 마셔 본 적이 없어요."

"……."

"제가 어느 보육원을 나왔는지 알아보고 계신다면서요? 덕분에 오랜만에 동창들과 연락을 했네요."

"선배님이셨더군요. 전혀 알아보질 못했어요."

"잘됐지요? 눈이랑 코만 건드렸는데 완전히 다른 사람처럼 보여서 저도 놀랐어요."

양재익이 자신의 턱을 매만지며 말을 이었다.

"근데 후배님도 인상이 많이 변했어요. 신앙을 갖게 돼서일까요? 처음엔 몰라봤습니다. 법의관이란 말을 듣고 나서야 혹시 그 친구인가 싶었죠."

"도서관에 찾아오셨었죠."

"선배님은 가장 무서운 병이 뭐라고 생각하십니까?"

유진신이 김인성에게 말했다. 두 사람은 도서관을 나와 대학병원이 보이는 벤치에 앉아 있었다.

"음, 그건 다 다르지 않을까? 종양내과에선 암이라고 할 것 같고, 감염내과에선 바이러스성 질환이겠지. 내 입장에선 심장질환이고."

"저는 '죽음'이라고 생각합니다."

"죽음? 죽음이 병이라고?"

"모든 죽음이 병은 아니지요. 하지만 어떤 죽음은 고통의 끝이 아니라 시작입니다. 그리고 어떤 명의도, 첨단 의학도 죽은 자를 살릴 수는 없지요."

유진신이 학교 정문 옆에 우뚝 솟은 병원을 보며 계속 말했다.

"법의학자는 죽음을 진료하는 유일한 의사입니다."

양재익이 웃으며 말했다.
"그 말 때문에 하마터면 전공을 바꿀 뻔했지요."
유진신은 멋쩍은 얼굴로 테이블을 닦았다.
"서오봉의 죽음은 진료해 보셨습니까?"
유진신이 손을 멈추고 양재익을 보았다.
"그 원인이 저 같나요? 그래서 제 뒷조사를 하시는 겁니까?"
유진신은 손을 닦은 후 주방 아래에서 과도를 꺼냈다.
"같은 흉기를 사용해도 범인이 누구냐에 따라 상흔은 다릅니다."
유진신이 토마토를 꺼내 손질하며 말을 이었다.
"원한에 사로잡혀 사람을 난도질한 경우와 과일을 깎다 말싸움이 격해져 우발적으로 사람을 찌른 경우는 다르다는 겁니다."
유진신이 토마토를 잘라 믹서에 넣었다. 전원 버튼을 누르자 토마토 파편이 벽면에 튀는가 싶더니 곧 불그스름한 액체로 변했다.
"서오봉은 후두부를 수차례 가격당해 사망했습니다. 정확히는 바닥에 머리를 찍혔지요. 경찰은 단독범의 소행이라고 생각하고 있지만 저는 최초의 타격과 이어진 타격의 성격이 다르다고 생각합니다."

유진신이 완성된 토마토주스를 두 개의 컵에 나눠 따랐다.

"그러니까 이회성이 나간 다음에 제가 나타나 서오봉을 죽였다는 겁니까?"

양재익이 토마토주스를 한 모금 마시고 말했다.

"그날 종일 수술방에 계셨다고 들었습니다."

"그걸 알면서도 의심한다는 건 공범이 있다고 생각하는 거겠군요. 청부업자라도 고용했을 것 같나요?"

"그렇게까지 해서라도 막아야 하는 폭로였다면요."

양재익이 남은 주스를 한 번에 들이마셨다. 양재익은 광고라도 찍는 것처럼 소리까지 내며 주스를 마시더니 테이블에 빈 컵을 내려놓았다.

"와, 신선한 과일을 갈아서 바로 마시니 정말 좋네요. 생각해 보면 아들한테는 다방 커피가 아니라 이런 걸 줬어야 했는데……. 그렇죠?"

"……."

"어머니는 술집 여자였습니다. 동네 주정뱅이는 기웃거리지 못할 고급 술집이었지만 하는 일이 크게 다르진 않았을 것 같아요."

양재익이 아련한 추억이라도 회상하는 것처럼 지난날을 풀어 갔다.

"아버지가 누군지는 모르겠습니다. 후보가 몇 명 있겠죠. 상관은 없어요. 암튼 어머니는 날 버리고 그중 한 명과 사랑의 도피 같은 것을 할 생각이었던 것 같습니다. 내가 거추장스러웠겠죠. 컵 하나 닦는 것도 귀찮아하는 여자였으니까."

양재익이 빈 컵을 만지작거리며 계속 말했다.

"서오봉이 어머니가 살아 있다고 하더군요. 아들까지 버리고 갔는데 새로운 인생을 살기는커녕 사기를 치다가 잡혔답니다. 내가 그 여자 아들인 걸 알게 되면 빚쟁이들이 다 나한테 몰려올 거라더군요."

입을 다무는 대가로 일억을 달라. 그게 서오봉의 요구 조건이었다고 했다.

"교수님 어머니인 것은 어떻게 알았답니까?"

"알 수가 없죠. 그래서 상대도 하지 않았던 겁니다. 만에 하나 진짜라 해도 저한테 약을 탄 커피를 먹인 날 모자의 인연은 끝났어요. 개소리하지 말라고 했지요."

양재익은 반쯤 남은 커피를 빈 컵과 같이 두고 일어섰다.

"추억의 맛을 맛보는 건 이 정도면 충분하네요. 잘 마셨습니다."

"교수님."

유진신이 나가려는 양재익을 불러 세웠다. 유진신이 돌아선 양재익에게 말했다.

"흉부외과는 왜 가신 겁니까?"

"네?"

"저한테 법의학을 전공하려는 이유를 물으셨잖아요. 법의학과 정도는 아니라도 흉부외과 역시 기피 과잖아요. 저도 궁금해서요."

양재익이 알겠다는 듯 웃으며 말했다.

"주사위를 던졌어요."

장난 같은 대답에 유진신이 아무런 반응도 하지 않자 양재익이 다시 말했다.

"농담 아니에요. 정말입니다."

양재익은 가볍게 고개를 숙여 인사를 하곤 사라졌다.

유진신은 양재익이 남기고 간 컵 두 개를 바라보았다. 반쯤 남은 커피가 든 컵과 토마토주스가 담겨 있던 빈 컵.

'양재익이 말한 과거 중 진실은 어느 정도일까? 서오봉이 했다는 협박은?'

양재익이 구원준 살인 사건 때 했던 진술은 상당 부분 사실이었다. 하지만 살짝 비튼 시점이 진실을 가려 버렸다. 유진신은 거짓이 섞인 전체보단 조각이라도 온전한 진실이 필요했다.

유진신은 컵을 싱크대로 옮겨 물을 틀려다 멈췄다. 테이블 위에 올려 둔 휴대폰이 울렸다. 유진신이 전화를 받았다.

"목사님, 안녕하세요. 전에 알아봐 달라고 하신 거 때문에 전화 드렸어요. 신희망 보육원이요."

"네, 말씀하시지요."

유진신이 다시 컵을 테이블 위에 올려 두었다.

6.

화면 속의 이회성은 울음을 참고 있었다. 이회성은 말을 하다가 자주 멈추고는 입술을 깨물고 한숨을 내쉬었다.

영상의 제목은 '불량소년이 불량 제자가 된 이유'였다. 이회성의 유튜브 채널에서 가장 많은 조회 수를 기록한 영상이었다. 성요한은 병원 대기실 의자에 앉아 휴대폰으로 이회성의 동영상을 보았다.

"제가 지금 살아 있는 이유, 앞으로 살아갈 이유는 전부 대범이 형입니다. 되는 대로 살아가던 저는 형을 만나고 처음으로 삶의 의미에 대해 고민하게 되었어요. 계속 이렇게 살 수는 없다고, 달라지겠다고 결심하게 되었지요."

이회성은 송대범이 제안한 제자 훈련에 참여하기로 했다. 방학 내내 교회에서 진행되는 프로그램이었다.

"마지막이라 다짐하고 친구들을 만났어요. 바보 같이 들리겠지만 하나님을 믿게 되었다고, 새롭게 살아 보려고 한다고 말하려 했지요."

친구 셋과 저녁 식사를 하며 시작된 술자리는 자정까지 이어졌다. 이회성이 슬슬 눈치를 보며 회심 선언을 하려 했지만 친구들이 딱 한 잔만 더하자며 분위기를 이끌었다. 결국 이회성과 친구들은 자리를 옮기기로 하고 밤거리를 걷다가 돈이 없다는 사실을 알아차렸다. 이회성은 내심 반가워하며 조심스레 말을 꺼냈다.

"내가 할 말이 좀 있는데······."
"야, 잠깐만."

친구 녀석이 지나가는 사람을 보고 다가갔다. 크로스백을 멘 남자였다. 이회성은 불길한 예감이 들었지만 남자가 학생처럼 보이진 않아서 아는 형인가 생각했다. 하지만 친구는 남자의 뒤로 다가가더니 주머니에서 뭔가를 꺼내 남자의 뒤통수를 후려쳤다. 남자는 비명도 지르지 못하고 풀썩 쓰러졌다.

"너무 놀라서 아무 말도 하지 못했어요. 친구들은 이 상황이 익숙한 듯 남자분의 몸을 뒤지더니 멍하니 있던 저를 데리고 자리를 피했어요."

퍽치기를 한 친구는 죄의식도 없이 남자의 지갑에 현금이 별로 없다고 투덜거렸다. 이회성은 머릿속이 하얗게 되어 뭐 하는 짓이냐고 소리를 질렀다. 흥분한 친구들도 쌍욕을 퍼부었다. 이회성과 친구들은 험악한 분위기에서 찢어졌다. 이회성의 계획과는 너무나 달랐던 마지막이었다.

"피해자분이 사경을 헤맨다는 뉴스를 보고 미칠 것 같았어요. 그
상태로 제자 훈련에 참여할 수는 없었어요. 제가 못 하겠다고 하자
대범이 형이 이유를 물었지요. 그때, 말을 말았어야 했는데……."

이회성이 흐느끼기 시작했다.

성요한은 영상을 멈추고 채널에서 나와 버렸다. 그날의 기억이
생생하게 떠올랐다. 성요한이 몸을 쥐어짜듯 웅크렸다.

"괜찮으세요?"

간호사가 다가와 걱정스레 물었다.

"아, 아무것도 아닙니다. 면회 가능한가요?"

성요한이 자리에서 일어나며 말했다.

저층 거주자들은 대부분 무사했지만 1층에서 지내며 총무 역할
을 했던 박태근은 병원에 입원했다. 화재가 발생하자 박태근은 위
층에 올라가서 사람들을 대피시키다 유독가스를 마셨다.

"좀 괜찮으십니까?"

성요한이 조심스레 물었다. 박태근은 산소마스크를 쓰고 있었지
만 의식은 뚜렷해 보였고 말도 잘했다.

"사람들은 괜찮나요?"

"덕분에 여러 사람이 살았습니다."

박태근은 조용히 고개를 끄덕이다가 울음을 터뜨렸다. 성요한이
휴지를 뜯어 박태근에게 건네주었다. 박태근이 호흡을 가다듬고
말했다.

"죄송합니다. 쓸모없는 인생은 아니었단 생각이 들어서……."

"무슨 말씀을요. 총무라고 해도 같은 건물에 사는 사람일 뿐인데 정말 용감한 행동을 하셨어요."

성요한은 박태근이 감정을 추스를 시간을 주고 질문을 이어갔다.

"불은 401호에서 시작된 걸로 파악하고 있습니다. 401호는 어떤 분이신가요?"

"쿠자 아저씨……. 돌아가셨나요?"

"네, 사망하셨습니다. 근데 외국 분입니까?"

"아, 이름이 아니라 별명인데요."

박태근이 망설이다 말을 이었다.

"야쿠자 같은 분이셨어요. 그래서 쿠자 아저씨라고 불렸지요. 본명은 모릅니다. 아무렇게나 부르라고 하더군요. 아시겠지만 돈만 내면 다 받아 주는 곳이라서요."

"야쿠자라고요?"

"실제로 그런지는 모르는데 문신이 몸을 덮고 있었어요. 야쿠자들이 할 법한 문신이요. 교포이신지 일본 분이신지는 모르지만 한국말도 어눌했어요."

"대화를 해 보신 적은 있나요?"

"처음 오실 때 말고는……. 나이도 있으셨지만 분위기가 살벌하셔서요. 들어오실 때도 돈 대신 검을 맡기셨어요."

"검이요? 일본도 같은 거?"

"네, 근데 장검은 아니었어요. 부엌칼보다는 길고요. 딱 봐도 비싸 보였어요. 날에 글자도 새겨져 있고, 주문해서 만든 것 같았어요."

박태근은 오랜만에 사람을 만나 말을 하면서 컨디션이 좋아지는 것 같았다. 하지만 박태근의 진술을 듣는 성요한의 얼굴은 굳어져 갔다.

401호에서 사망한 남자의 시신은 불길이 시작된 곳이었던 만큼 가장 심하게 훼손된 상태였다. 치과 기록으로도 신원을 밝혀내지 못하자 DNA를 추출해 데이터에 돌려 보았다. 그러자 뜻밖의 결과가 나왔다. 401호 남자의 DNA와 30년 전에 벌어진 살인 사건의 현장에서 검출된 DNA와 일치한 것이다.

"요즘 401호를 찾아온 손님은 없었나요? 수상쩍은 사람이라던가."

"요즘은 아니고 몇 달 전에 한 명 있었어요."

한 남자가 사람을 찾고 있다며 총무실에 들어왔었다.

"딱 들어보니까 쿠자 아저씨였어요. 워낙 개성이 강하시니까. 처음엔 경찰인 줄 알고 슬쩍 떠봤는데 그건 아닌 것 같았어요."

"그래서 만나고 갔나요?"

"아니요. 그냥 가던데요."

성요한이 잠시 생각에 잠겼다가 다시 입을 열었다.

"401호와 친하게 지낸 사람은 없었나요?"

"친한지는 모르겠지만 404호하고 방 앞에서 이야기하는 건 본 적 있어요. 불이 났던 날이었어요. 유령처럼 지내시는 분이라 다른 사람과 이야기하는 것도 그때 처음 봤어요."

"404호라고요."

성요한이 휴대폰으로 자료를 훑었다. 4층 거주자는 대부분 사망
했고 탈출한 생존자도 멀쩡한 사람이 몇 없었다. 하지만 404호는
행방불명으로 기록되어 있었다. 시체를 발견하지 못했고 탈출한
것도 확인되지 않았다.

"404호는 뭐 하는 사람입니까?"

"보육원 출신 같았어요."

"보육원이요?"

성요한이 인상을 찡그렸다.

"네, 성인이 되면 자립정착금을 받고 보육원을 나와야 하는데 그
게 월세 보증금도 안 돼요. 직장을 구하거나 진학을 하지 못하면 노
숙자가 되기도 하고 쪽방에 흘러오기도 하지요. 어려 보여서 물어
봤더니 얼버무리더라고요. 아마 맞을 겁니다."

"그렇군요. 404호는 그 사람이 고른 방입니까?"

"네. 2층이랑 4층에 자리가 있었는데 4층을 고르더라고요."

쪽방의 로얄층은 아파트와 달리 저층 구역이었다. 계단이 워낙
불편했고 높은 층이라고 전망이 좋지도 않았기 때문이다. 2층을 두
고 굳이 4층을 고를 이유는 없었다.

성요한이 자리에서 일어나며 말했다.

"나중에 사람이 하나 올 텐데 그때 401호를 찾아왔다는 사람과
404호의 인상착의를 말씀해 주시면 좋겠습니다."

"네, 그러죠."

성요한은 어리둥절한 얼굴의 박태근을 두고 병실을 나왔다.

"네, 접니다. 몽타주를 작성해야 할 것 같습니다. 그리고 건물주는 지금 어디 있습니까?"

성요한은 복도를 걸으며 전화를 하다가 반대편에서 다가오는 양재익과 마주쳤다. 양재익이 가볍게 고개를 숙여 인사를 건넸다. 성요한은 미소로 답하며 통화를 계속했다.

"401호가 돈 대신 칼을 맡겼답니다. 어중간한 길이의 일본도 같다는데 알아봐야 할 것 같습니다."

두 사람이 스쳐 지나간 후 양재익이 뒤를 돌아 멀어지는 성요한을 보았다.

7.

"퇴근 시간이신데 죄송합니다."

유진신이 신희망 보육원 정의종 원장을 찾아와 말했다

"아닙니다. 그런데 어쩐 일로?"

정의종이 떨떠름한 얼굴로 유진신을 맞았다.

"바쁘실 테니 본론부터 말씀드리지요. 김인성, 그러니까 양재익 교수의 정보를 서오봉에게 파셨지요?"

"무슨 말씀이세요? 저는 양재익 선생이 김인성이었는지도 몰랐다고 말씀드렸을 텐데요."

정의종이 정색하며 말했다.

"양재익 교수가 보육원 아이를 수술해 준 적이 있지요? 수술비도 병원 측이 부담한 걸로 압니다. 원장님이 부탁한 거 아닙니까?"

"그냥 우연입니다. 저는 몰랐어요."

"아버님도 같은 병원에서 심장 시술을 받은 적이 있던데요."

"그건……."

정의종은 황당하다는 듯 너털웃음을 짓다가 아버지 이야기가 나오자 얼굴이 굳어졌다.

"아버님이 의대에 들어간 김인성을 자랑스러워했다고 하셨지요? 알아보니 친구 목사님들한테도 말씀을 많이 하셨더군요.

정의종은 옛 기억이 떠올랐다. 지긋지긋한 기억이었다.

"인성이를 양아들 삼고 싶다고 하셨겠지요. 멍청한 아들놈 이야기도 빼놓지 않으셨겠고요."

"알고 계셨단 말로 들어도 되겠지요?"

정의종이 잠깐 망설이다 입을 열었다.

"네, 아버지는 인성이가 대학에 가고 나서도 연락을 주고받았습니다. 나중에 인성이가 교수 양아들이 돼서 개명을 했다는 이야기를 들은 날엔 아들을 잃어버린 것처럼 슬퍼하셨지요."

"김인성이 맘에 들지 않으셨겠군요. 그래서 서오봉에게 정보를 팔아넘겼습니까?"

정의종이 다급히 말했다.

"그런 말은 안 했는데요. 제가 뭣 때문에……."

"예전부터 갖고 있던 악감정과 돈 때문이겠지요."

유진신은 처음 보육원에 봉사를 간 날 꽤나 놀랐다. 상상했던 풍경과는 달랐기 때문이다. 보육원이라 하면 열악한 환경에서 어렵게 자라는 아이들을 떠올리기 마련이다. 하지만 지금은 정부 차원의 혜택과 지원도 커졌고 민간 후원도 늘어났다. 재정 상태가 나쁘지 않은 보육원의 아이들은 헌 옷 수거함에서 나온 옷이 아니라 브랜드 제품의 옷과 신발을 신고 다녔다.

"교단에 자료를 요청해서 받아 봤습니다. 후원 교회들에서 보낸 헌금만 해도 상당하더군요. 그 돈이 다 아이들에게 가고 있습니까?"

정의종이 식은땀을 흘렸다.

"곧 감사가 시작될 겁니다. 숨기셔도 소용없어요."

"빼돌린 게 아니라 투자를 한 겁니다! 불려서 아이들을 위해 쓰려고 했어요. 그런데 그게 잘 풀리질 않아서……."

"보통 그런 걸 횡령이라고 부르지요."

정의종의 얼굴이 새파랗게 질려 버렸다.

"그냥 털어놓으세요. 서오봉에게 어떤 정보를 줬습니까?"

서오봉은 양재익이 아니라 이회성 때문에 보육원을 찾아온 것이었다. 가상화폐에 손을 댔다가 큰 손실을 본 정의종은 서오봉의 의도를 알고 양재익에 대한 이야기를 먼저 꺼냈다.

"인성이가 우리 보육원 출신이란 이야기를 해 줬더니 서오봉이 흥미를 보였지요."

서오봉은 양재익이 숨기고 싶어 할 만한 일은 없었냐고 물었다.

"말을 꺼내긴 했는데 딱히 기억나는 건 없더라고요. 특별히 사고를 친 적도 없고 조용히 지내던 녀석이었으니까요. 그나마 생각난 게……."

김인성의 어머니 친구라며 한 남자가 찾아온 적이 있었다. 정의종이 군대에서 휴가를 나왔을 때였다.

"한눈에 봐도 보통 사람은 아니었어요."

"무슨 뜻입니까?"

"위험한 사람이었단 말입니다. 분명 범죄자였을 거예요."

"그날 한 번 봤을 뿐이잖아요?"

"목사님도 봤더라면 똑같이 이야기했을 겁니다. 얼굴이 험악하게 생겼다거나 양아치처럼 껄렁거렸다거나 하는 게 아니에요."

그날 이십 대 초반의 혈기왕성한 청년 정의종은 라면을 먹으려고 보육원 식당에 들어갔다가 김인성과 마주 앉은 남자를 보았다. 옅은 컬러의 선글라스 너머로 남자의 눈동자가 빛났다. 그 순간 정의종은 저도 모르게 고개를 숙여 버렸다.

"그 남자가 뭘 했나요?"

"주사위를 던졌어요."

"주사위요?"

유진신은 불현듯 카페에 찾아왔던 양재익의 미소가 떠올랐다.

"식당에 있는 컵에 주사위 세 개를 넣고 마구 흔들더니 바닥에 엎었어요. 무슨 내기라도 하는 것처럼."

정의종은 식당 구석에서 김인성과 남자를 살펴봤다. 엎어진 컵을 노려보는 김인성의 얼굴엔 식은땀이 흐르고 있었다. 남자가 엎어진 컵을 들어 올렸다.

김인성은 주사위에서 눈을 떼지 못했다. 선글라스의 남자는 희미하게 웃더니 자리에서 일어나 식당 밖으로 나가 버렸다. 홀로 남은 김인성은 한동안 그대로 있다가 크게 소리 내어 웃기 시작했다.

"미쳐 버린 거 같았어요. 분명히 웃고 있는데 울고 있는 것처럼도 보였지요."

정의종이 지금 생각해도 기분이 나쁘다는 듯 말했다. 그때 원장실 문을 두드리는 소리가 들렸다.

"네, 들어오세요."

정의종이 말하자 문이 열리고 성요한이 들어왔다.

"형사님."

유진신이 놀란 얼굴로 말했다. 유진신을 본 성요한의 얼굴도 다르지 않았다. 형사란 말에 정의종이 몸을 움츠렸다.

"안녕하세요. 여쭤볼 게 있어서 왔습니다."

성요한이 신분증을 보여 준 후 바로 휴대폰 화면을 내밀었다. 화면에 쪽방촌 404호의 몽타주가 떠 있었다.

"아는 얼굴입니까?"

성요한은 완성된 두 장의 몽타주를 확인하고 신희망 보육원으로 달려왔다. 401호를 찾아왔다는 남자의 몽타주가 서오봉 같았기 때문이다.

몇 달이 지난 일이지만 박태근은 401호를 찾아왔던 남자의 인상 착의를 비교적 잘 기억해 냈다. 평소 쪽방촌을 찾는 손님이 없다 보니 유난히 눈에 띄었던 모양이었다. 완성된 몽타주가 서오봉과 비슷해 보이자 경찰은 사진을 보여 주었고 박태근은 동일 인물 같다고 확인해 주었다.

별개의 사건 같았던 서오봉 살인 사건과 쪽방촌 화재 사건은 '서오봉'과 '보육원'이라는 공통의 키워드로 엮여 버렸다. 성요한은 두 사건이 하나로 묶이는 것이 달갑지 않았다. 성요한은 질문을 하면서도 아니라는 답을 듣게 되길 바랐다.

"네, '방우린'이라고 우리 보육원에 있던 아이입니다. 무슨 일입니까?"

정의종의 대답이 성요한의 가슴을 때렸다.

"이회성과 방우린은 아는 사이입니까?"

성요한이 떨리는 목소리로 물었다.

"네, 아마도요. 같은 시기에 생활한 적이 있지요."

유진신이 심상찮은 분위기를 눈치채고 몽타주를 살펴봤다. 낯익은 얼굴이었다.

"원장님, 이 사람 혹시 양재익 교수가 심장 수술 한 아이 아닙니까?"

"네, 맞습니다. 어떻게 아셨지요?"

정의종이 의아한 얼굴로 물었다.

유진신은 대답 대신 성요한을 바라보았다.

8.

유진신과 성요한은 신희망 보육원을 나와 천국에서 온 커피에 들렀다. 유진신이 카페에 들어간 사이에 성요한은 휴대폰을 보며 팀장과 통화를 했다.

"네, 방우린은 양재익에게 수술을 받고 열렬한 팬이 되었다고 합니다."

화면에는 양재익이 방우린을 수술했을 당시의 기사 사진이 띄워져 있었다. 환자복을 입은 방우린은 양재익을 예수를 영접한 제자처럼 바라보고 있었다. 별을 유난히 좋아해서 천문학자를 꿈꾸었던 소년 방우린은 양재익을 만난 후 새로운 꿈을 갖게 됐다.

"방에 양재익 기사 사진을 붙여 놓고 의대에 가겠다고 했답니다. 하지만 방우린은 의대 진학에 실패하고 보육원을 나갔습니다."

"그러니까 그놈이 401호를 죽였단 말이야? 401호가 양재익 아버지인데 서오봉이 아버지 문제로 양재익을 협박해서?"

"정황상 그럴 가능성이 있습니다."

"401호가 양재익 교수 아버지라는 걸 증명할 수 있어?"

성요한이 카페를 나오는 유진신을 보았다.

"네, 할 수 있을 것 같습니다."

유진신이 차 문을 열고 들어왔다.

"이겁니다."

유진신이 지퍼백으로 포장된 컵을 성요한에게 건넸다. 양재익이 카페에 와서 사용했던 컵이었다.

"긴급으로 의뢰하면 24시간 안에 나옵니다."

유진신의 말에 성요한이 차를 출발시켰다.

유진신과 성요한은 퇴근 시간을 넘겨 국과수에 도착했다. 유전자분석과에 미리 말을 해 놓아서 연구사가 기다리고 있었다. 늦은 시간까지 자리를 지키고 있던 사람은 연구사뿐이 아니었다.

"어서 와요."

국과수 원장 김필순이 웃으며 두 사람을 맞았다. 김필순이 자리에 앉아 말을 꺼냈다.

"보여 주시겠습니까?"

성요한이 휴대폰을 테이블 위에 두었다. 화면에는 검의 사진이 띄워져 있었다. 길이는 50센티미터 정도, 손잡이부터 날까지 전체적으로 살짝 휜 형태였다.

"와키자시네요."

김필순이 말했다.

"원장님이 맡으셨던 사건 맞습니까?"

김필순이 고개를 끄덕이며 설명을 해 주었다.

"일본 영화를 보면 긴 검과 짧은 검을 같이 갖고 다니지 않습니까? 와키자시는 짧은 검입니다. 저도 부검을 하면서 배웠지요."

김필순이 계속 법의관을 해야 하는지 고민하던 시기에 벌어졌던 사건이었다.

"사실혼 관계였던 남녀가 거주하던 집에서 살해당했지요. 남자가 침입자를 발견하고 식칼로 공격하려 했지만 예리한 흉기로 손목과 목을 공격당했습니다. 남자는 쇼크와 출혈로 사망했지요. 여자는 무릎을 꿇은 상태에서 처형당하듯이 죽었고요."

김필순은 갖가지 일본도를 구해다 돼지고기와 마네킹에 내리쳤고, 결국 흉기가 와키자시라는 사실을 알아냈다. 경찰은 와키자시를 사용하는 야쿠자를 용의자로 특정했다. 당시 부산에 건너와 도박장을 주력으로 세력을 확장하던 조직의 칼잡이였다.

"오래전 사건이지만 경찰에도 기억하는 분들이 계실 거예요. 국내에서 일본도로 살인을 저지른 사건이 흔치 않으니까요."

"네, 그것도 용의자를 특정하고, DNA까지 확보하고도 체포에 실패한 사건이죠. 국제 공조수사의 필요성을 배울 때 대표적인 케이스로 언급될 정도입니다."

"오래도록 잊지 못했던 사건인데 범인을 이렇게 만나게 될 줄은 몰랐네요."

김필순이 허망한 웃음을 짓더니 성요한에게 물었다.

"경찰은 타살이라고 생각합니까?"

부검에선 타살의 흔적을 찾지 못했기에 던진 질문이었다.

"부검 결과를 의심하는 건 아닙니다. 가능성이 있다고만 생각합니다. 불을 질러서 죽였을 수도 있고요."

"방우린이 폭로를 막기 위해 쪽방촌 화재를 일으켰다면, 서오봉 사건도 다시 살펴봐야 하지 않을까요?"

조용히 있던 유진신이 성요한에게 말했다. 성요한이 유진신을 보았다.

"이회성이 범인이 아니란 말이 아닙니다. 방우린이 범인일 가능성도 있으니 다시 살펴보자는 거죠."

예전이었다면 펄펄 뛰었을 말이었지만 성요한은 담담히 고개를 끄덕였다.

"같이 확인해 보시지요."

성요한이 주머니에서 뭔가를 꺼내며 말했다. 마이크로 SD 카드였다.

* * *

유진신이 성요한을 영상분석실로 안내했다. 다들 퇴근한 상태라 불이 꺼져 있었다.

"불이…… 여기네요."

오랜만의 방문이라 유진신도 낯설어 보였다.

"앉으시죠."

성요한이 자리에 앉아 기다리는 동안 유진신은 기기를 살펴보았다.

"대범이 형을 만나기 전에도 자퇴하려 했던 적이 있습니다."

성요한이 불쑥 입을 열었다. 기기를 만지던 유진신이 고개를 돌려 성요한을 보았다.

"성요한이란 이름은 늘 족쇄 같았어요. 저는 목사로 살아야만 하

223

는 팔자 같았지요. 그래서 신학대에 들어갔어요."

"오히려 신학대에 가서 많이들 방황하지요."

유진신이 안다는 듯 말했다. 성요한이 고개를 끄덕였다.

"이름값 하려고 노력했어요. 사도 요한처럼 예수 그리스도의 증인으로 살려고요. 하지만 아무리 애써도 성경 말씀대로 살 수는 없더군요."

아이러니하게도 성요한은 노력하면 할수록 죄책감에 괴롭기만 했다. 성요한은 이런 상태로 목사가 돼도 되는 건지 고민이 깊어져 갔다.

방학이 끝나 가는 여름날, 성요한은 자퇴서를 뽑아 놓고 교정 벤치에 앉아 있었다. 그런 성요한 앞에 송대범이 불쑥 나타났다.

"그만하게?"

성요한은 큰 잘못이라도 하다 들킨 사람처럼 자퇴서를 숨겼지만 이내 송대범에게 속내를 털어놓았다.

"대범이 형은 형사가 됐어도 잘했을 거예요. 그렇게 친한 사이도 아니었는데 누구한테도 못 했던 이야기를 술술 하게 되더라고요. 자백이라도 하는 것처럼요."

유진신이 빙긋이 웃더니 의자를 끌어 앉았다.

"내가 그랬잖아요. 형사랑 목사는 비슷한 점이 많다고요."

성요한이 피식 웃었다.

"송대범 전도사가 뭐라고 하시던가요?"

유진신이 말했다.

"……잘하고 있다고요. 그렇게 말했습니다. 너는 아주 잘하고 있다고."

송대범이 사람 좋은 얼굴을 하고 계속 말했다.

"바로 너 같은 사람이 목사가 되어야 하는 거야."

"그게 무슨 말이에요?"

"목사가 되면 가장 위험한 부류의 사람이 누군지 아니?"

"누군데요?"

"항상 자기가 올바르고 선하다고 확신하는 사람들. 그런 사람이 목사가 되면 가장 위험해."

"……."

"진짜로 선한 사람은 자기 안에도 악이 있다는 것을 알아. 그래서 괴로워해. 너처럼."

송대범이 성요한의 어깨를 잡으며 계속 말했다.

"요한아, 주님은 이미 네 마음에 와 계신다. 지금 내가 느끼는 괴로움이 그 증거야. 빛 되신 주님이 네 어두운 마음을 밝히셔서 보이진 않던 마음속의 작은 허물들까지 보이게 된 거야. 그래서 괴로운 거야."

성요한은 송대범을 따라 구름 하나 없는 푸른 하늘을 올려다보았다.

"주님은 네 허물을 들춰서 심판하러 오신 분이 아니야. 너 혼자서는 결코 해결할 수 없는 죄의 문제로부터 너를 자유하게 해 주려고 오신 분이지. 지금 너는 그 과정에 있을 뿐이다. 그러니까 포기하면 안 돼. 주님도 포기하지 않으실 테니까."

침묵이 흐르고 종이가 구겨지는 소리가 들렸다. 구겨진 자퇴서 위로 눈물이 떨어졌다.

"너는 좋은 목사가 될 거야."

"결국 형이 틀렸지요. 저는 학교를 그만뒀으니까요."
"대신 좋은 형사가 됐잖아요."
성요한이 고개를 저었다.
"아니요. 저는 좋은 형사도 되지 못했습니다."
성요한이 주머니에서 마이크로 SD 카드를 꺼내 보였다. 이회성이 서오봉의 집을 나서는 모습이 찍힌 블랙박스 영상이었다.
"저는 여기에 이회성 말고는 아무도 나오지 않았으면 좋겠다고 생각했습니다."
"……형사님."

"이회성만 보고 범인이라고 확신해 뒤는 확인도 하지 않았지요. 솔직히 지금도 이회성이 범인이었으면 좋겠어요."

성요한이 마이크로 SD 카드를 유진신에게 건네주었다.

"압박을 받아서 사건을 은폐하거나 기본적인 수사도 제대로 하지 않는 무능한 경찰의 이야기가 들려올 때마다 저는 그들을 경멸했어요. 하지만 저야말로 형편없는 경찰입니다."

성요한이 유죄 판결을 받은 죄인처럼 고개를 떨구었다. 유진신이 괴로워하는 성요한을 보다 입을 열었다.

"이걸 왜 저하고 보자고 했어요?"

"네?"

성요한이 고개를 들었다. 유진신이 마이크로 SD 카드를 들고 말했다.

"방우린이 범인일 가능성이 생긴 순간에 형사님은 여기 담긴 영상을 확인하고 싶었을 겁니다."

유진신이 몸을 돌려 마이크로 SD 카드를 포트에 넣었다.

"굳이 국과수 영상분석실에서 봐야 하는 영상이 아니죠. 포트만 있다면 휴대폰으로도 볼 수 있습니다. 하지만 형사님은 저와 함께 보려고 하셨지요. 이유가 뭡니까?"

유진신이 말하면서 영상 분석기 전원을 켜자 화면에 암호를 넣으라는 문구가 떠올랐다. 유진신이 얼굴을 찡그리더니 원장에게 문자로 암호를 물었다.

"이 영상에 방우린이 나온다면 서오봉을 죽인 것은 방우린일 가능성이 큽니다. 하지만 이 영상만 없다면 아무도 모르죠."

유진신이 성요한 쪽으로 몸을 돌렸다.

"혼자 보면 나쁜 마음이 들까 봐 그런 거 아닙니까? 찰나의 순간
이라도 그런 생각이 들었다는 사실이 괴로우신 거고요."

성요한이 고개를 끄덕였다.

"……지영 누나가 그랬어요. 제가 엉망으로 변해 버렸다고요. 그
말이 맞았어요."

"아니요. 박지영 변호사는 틀렸습니다."

성요한이 유진신을 보았다.

"형사님은 변하지 않았어요. 형사님이 느끼는 괴로움이 그 증거
입니다."

"……."

"주님도 구원하지 못할 사람들이 있습니다. 자신이 죄인임을 인
정하지 않는 사람들이지요. 심지어 죄를 죄가 아니라고 하고 스스
로 정의롭다고 주장하는 사람들이요."

휴대폰이 울렸다. 유진신이 문자를 확인하고 암호를 넣으며 계
속 말했다.

"형사님은 마음속에 스쳐 간 악한 생각조차 죄로 여기고 가슴 아
파해요. 형사님은 주님을 떠났다고 말하지만, 주님은 여전히 형사
님 마음속에 계신 것 같네요."

영상 분석기에 블랙박스 영상이 떴다. 유진신이 성요한을 보았다.

"이 영상에 누가 나오건 송대범 전도사는 틀리지 않았어요. 목사

가 아니라 형사가 됐을 뿐, 형사님은 지금도 잘하고 있습니다."

"……말씀 잘하시네요."

성요한이 시선을 피하며 말했다.

"목사니까요."

유진신이 미소를 지으며 영상을 재생시켰다. 조그 셔틀 다이얼을 돌리자 영상이 빠르게 지나갔다. 그리고 이회성이 등장했다. 화면 속에서 이회성이 서오봉의 집에 들어갔다 나왔다. 성요한이 화면 가까이 다가갔다. 이회성이 사라지고 얼마 지나지 않아 한 사람이 가방을 들고 서오봉의 빌라를 나섰다.

유진신이 영상을 확대했다.

"방우린 맞지요?"

"네, 그런데 왜 나오는 모습만 찍혔지요?"

성요한의 말에 유진신이 영상을 앞으로 돌렸다. 몇 번을 봐도 이회성이 나온 후로 방우린이 들어가는 장면은 없었다.

"잠시만요."

유진신이 이회성이 등장하기 전으로 영상을 돌렸다.

"보세요. 방우린이 이회성보다 먼저 왔어요."

유진신은 방우린이 빌라에 들어가는 장면에서 영상을 멈추고 계속 말했다.

"먼저 도착해서 늦게 나갔다? 복도에 숨어 있었던 걸까요?"

"이회성이 언제 올지도 모르고 마냥 기다릴 수는 없죠. 설사 안다고 해도 서오봉이 크게 다칠 거란 건 서오봉 자신도 몰랐을 일이지요."

"그렇다면 방우린이 이회성보다 먼저 서오봉을 만나고 있었다고 생각하는 게 맞겠네요."

유진신이 고개를 끄덕이며 말했다.

"방우린이 양재익을 협박한 서오봉을 죽일 생각으로 갔다면 좀 이상한데요. 서오봉은 적이 많은 인간이에요. 아무나 집에 들이지 않았을 겁니다."

"이회성은 서오봉 집에서 다른 사람을 보지 못했지요? 이회성이 집에 들어오자 방우린은 어딘가에 숨었다는 말이죠."

유진신이 몸을 돌려 화면 속의 방우린을 보며 계속 말했다.

"방우린은 서오봉과 협력하는 관계였어요. 방우린이 이회성을 팔아넘긴 겁니다."

방우린은 어려서부터 몸이 약했다. 아이들과 조금만 뛰어놀면 터지기 직전의 폭탄처럼 얼굴이 붉어졌다. 방우린은 중학생이 되고 나서야 심장에 문제가 있다는 사실을 알게 되었다. 또래들이 교복을 입고 봄을 만끽할 때 방우린은 별이 보이지 않는 병원 침대에서 스스로를 저주받은 인생이라고 생각했다.

방우린의 고장 난 심장에 절망이 피어날 때, 고등학생이 된 이회성의 심장은 어느 때보다 빠르고 격렬하게 뛰었다.

"이 새끼 에미도 없나?"

그 말을 듣는 순간, 이회성은 3학년 선배의 얼굴에 주먹을 날렸다. 폭력으로 가득했던 고교 생활의 서막이었다.

　방우린과 이회성은 같은 시기에 신희망 보육원에 있었지만 친하게 지내지는 않았다. 이회성의 기억 속에 방우린은 몇 살 아래의 몸이 아팠던 녀석 정도로 남아 있을 뿐이었다. 하지만 방우린은 이회성에게 특별한 감정을 품고 있었다. 영혼을 좀먹는 열등감이었다.

　"방우린은 의대 입시에 실패하고 크게 좌절했을 겁니다. 양재익처럼 되고 싶은 꿈이 있었으니까요. 아마 보육원을 나가서도 포기하지 않고 또 도전했을 거예요."

　유진신이 말했다.

　"또 실패했을 거고요."

　"얼마 안 되는 자립정착금도 수험 생활을 하며 날려 버렸겠지요. 그러다 유튜브 스타가 된 이회성을 본 겁니다."

　"이회성이 어떤 사고를 치고 다녔는지는 빤히 다 알고 있을 테니 서오봉에게 찔러서 돈을 벌려고 했겠네요."

　"……차라리 돈 때문에 저지른 일이면 좋겠네요."

　유진신이 한숨을 쉬며 말을 이었다.

　"바닥에 떨어져 나아질 수 있다는 희망을 잃어버린 인간에게는 다른 이를 바닥까지 끌어내리는 것만이 유일한 기쁨이 되죠."

　성요한이 쓸쓸한 얼굴로 자리에서 일어났다.

　"어디 가시나요?"

　"방우린 잡으러 가야죠."

"어디 있는 줄 알고요?"

"어디든 있겠죠. 한국이란 나라는 정체가 밝혀진 범인이 도망 다니기에 어려운 나라랍니다. 대단한 백이라도 있지 않으면요."

"백이 있을지도 모릅니다."

"누구요? 양재익 교수요? 양재익 교수가 이 사건에 엮이게 된 건 방우린도 예상 못 한 일 아닙니까?"

"방우린을 잡아 보면 알겠지요. 그러니까 잡아 주세요. 형사님."

유진신이 웃으며 말했다.

"네!"

9.

성요한은 시원하게 답했지만 생각보다 쉬운 문제가 아니었다. 보육원을 나간 후로 방우린의 흔적은 찾기가 힘들었다. 보육원 시절에 사용했던 휴대폰은 해지되었고 인터넷이나 집을 계약한 기록도 없었다. 의료기록도 보육원에서 나간 후의 것은 찾을 수 없었다.

결국 경찰은 방우린을 공개수배했다. 저녁 뉴스에 방우린의 얼굴이 공개된 다음 날, 한 사람이 경찰서에 찾아왔다.

"양재익 교수님."

성요한이 어정쩡한 자세로 양재익을 맞이했다.

"경찰서가 이렇게 생겼군요. 처음 와 봅니다."

"어떻게 오셨나요?"

"신고하러 왔습니다. 뉴스에서 봤는데요. 방우린이요."

양재익은 방송을 보고 찾아온 맛집에서 주문을 하는 것처럼 말했다.

"방우린을 어떻게 아십니까?"

성요한이 물었다.

원래는 성요한이 양재익을 찾아가려 했었다. 하지만 의외의 소식이 성요한의 발걸음을 멈췄다. 국과수 테스트 결과 401호와 양재익의 DNA는 일치하지 않았다. 갑자기 사건과 양재익과의 연결고리가 희미해져 버렸다. 그런데 갑자기 양재익이 자기 발로 와서 방우린을 신고하니 성요한은 혼란스럽기만 했다.

"방우린이 여기 있습니다."

양재익이 책상 위의 메모지를 한 장 집더니 주소를 적어 주었다. 강원도에 있는 별장이었다. 진짜냐고 물어볼 필요도 없었다. 양재익의 얼굴에 앞으로 벌어질 일에 대한 기대감이 서려 있었다. 잘 차려진 밥상을 앞에 둔 것처럼.

* * *

팀장이 직접 체포 팀을 구성해 출동했다. 그쪽 관할서에 지원은 요청하지 않았다. 온전히 공을 차지해야 하니까.

팀장은 방우린의 손목에 수갑을 채우는 상상이라도 하는지 가는 내내 얼굴에 웃음이 가득했다. 하지만 승합차 뒷좌석에 앉은 성요한은 방우린이 아니라 양재익을 생각했다.

"모든 환자를 기억하진 못하지요. 하지만 방우린에겐 수술 이후에도 관심을 가져 왔습니다."

"방우린이 신희망 보육원에서 자라서요?"

"알고 계시네요. 네, 저도 같은 보육원에 자라서 도와주고 싶은 마음이 있었어요. 보육원을 나오면 어떤 환경에 처하게 될지 알았기 때문에 제가 제안을 했습니다."

양재익은 방우린이 별장을 관리하면서 수험 공부를 할 수 있도록 도왔다고 했다.

"휴대폰을 교수님 명의로 개통했다고요?"

"어차피 공부할 건데 방해만 될 테니까요. 연락만 가능하도록 제가 마련해 줬습니다. 문제가 될까요?"

양재익이 웃으며 말했다. 성요한이 정색을 하고 물었다.

"······뭐가 그렇게 재밌습니까?"

"아, 제가 실례를 했네요. 죄송합니다. 제가 어릴 때부터 이렇게 교육을 받아서요. 두려운 순간일수록 웃으라고요."

양재익이 환하게 웃으며 말을 이었다.

"제가 먹이고 재운 녀석이 사람을 죽였다니. 정말 무섭네요."
"……방우린이 범행에 대해 이야기한 적은 없습니까?"
"갑자기 연락을 해서 요즘 무슨 문제가 없냐고 물었던 적은 있네요. 별일 없다고 했지요."
"서오봉에게 협박을 받고 있지 않았습니까?"

양재익이 피식 웃더니 고개를 저었다.

"형사님, 진짜 죽음과 대면해 본 사람은 그딴 양아치의 협박 따위는 신경도 쓰지 않습니다."

성요한은 차창 밖을 보며 생각했다.
'죽음과 대면해 보았다는 양재익의 말은 무슨 의미일까? 매일 죽어 가는 환자의 가슴을 가르는 의사로서 한 말일까? 아니면…….'
"야, 저기다!"
호들갑스러운 팀장의 목소리가 성요한을 생각에서 빠져나오게 했다. 차창 밖으로 멀리 2층짜리 집 한 채가 보였다.
"뭔 허허벌판에 있네."
팀장 말대로 별장은 벌판에 덩그러니 서 있었다.
"차 세우고, 불부터 끄죠. 우리가 잘 보이는 만큼 저기서도 우리가 보일 겁니다."

성요한의 말에 팀장이 인상을 쓰며 손짓을 했다. 차가 어둠 속에 멈췄다. 별장엔 불이 켜져 있었다.

"주변이 너무 휑해서 들키지 않고 접근하기가 어렵겠네요. 지금이라도 지원을 요청하는 것이……."

"야, 숫자 셀 줄 몰라? 우리 저 핏덩이 하나 잡겠다고 여섯 명이나 왔어. 무슨 연쇄살인범 잡냐?"

이동기가 괜히 나서서 면박을 줬다.

"두 명 죽였을 수도 있으니까 연쇄살인범이라고 할 수도 있지요."

둘 사이의 분위기가 험악해지자 팀장이 상황을 정리했다.

"둘 다 시끄러워! 넓게 퍼져서 포위해 들어간다. 칼이라도 들고 있을 수 있으니까 조심하고."

경찰 승합차 문이 열리고 팀원들이 저마다 가스총, 테이저건, 경찰봉 등 무기를 챙겨 나왔다. 마지막으로 차에서 내린 성요한이 불안한 눈빛으로 별장을 바라보았다.

10.

방우린은 별장 2층에서 창밖을 보고 있었다. 멀리 자동차 불빛이 나타났다 사라졌다. 방우린이 유리창에 비친 자신의 얼굴을 보았다.

"잘생겼어."

이회성이 지나가면 수군거리는 소리가 들렸다. 이회성은 런웨이에 서도 좋을 정도로 키가 컸고, 학교 배구부에서도 탐낼 정도로 운동신경이 뛰어났다. 얼굴도 잘생겨서 보육원 여자아이들뿐 아니라 봉사를 오는 대학생 누나들까지도 이회성을 마음에 들어 했다. 반면 방우린이 들었던 말은 '이 아이는 아파요'라는 것뿐이었다. 방우린은 심장뿐 아니라 마음도 망가져 갔다.

"낫고 싶니?"

병실에서 만날 날, 양재익이 말했다. 방우린은 고개를 끄덕였다.

"네가 나으려면 심장이식 수술을 받아야 해. 그게 어떤 의미인지 아니?"
"아픈 건 참을 수 있어요."

양재익이 고개를 저었다.

"네가 나으려면 누군가 죽어야 한다는 말이야."

양재익이 방우린의 어깨를 잡고 다시 말했다.

"아직도 낫고 싶니?"

방우린의 입술이 얼어붙었다. 양재익은 방우린이 대답을 망설이자 방우린의 어깨를 놓고 돌아섰다.

"낫고 싶어요!"

방우린이 병실 밖으로 나가려는 양재익에게 소리쳤다. 양재익이 미소를 지으며 돌아봤다. 방우린의 심장이 마구 뛰었다.

창 앞에 선 방우린은 입고 있던 니트의 넥홀을 끌어내렸다. 수술이 남긴 흉터가 선명하게 보였다. 수술은 큰 흉터와 함께 새로운 심장, 그리고 새로운 소망까지 주었다. 방우린은 심장뿐 아니라 마음까지 치유받은 느낌이었다.

의사가 되어 양재익처럼 되겠다는 소망은 이회성을 향한 열등감을 제어해 주었다. 방우린은 밤늦게까지 공부를 하다가 흥청망청 놀던 이회성이 보육원으로 들어오는 모습을 보면 미소가 지어지기까지 했다. '그래, 지금을 즐겨라. 넌 어차피 양아치 인생일 뿐이니까.'

삼수에 실패하고 방우린은 별장에 처박혀 살았다. 양재익도 더는 신경을 쓰지 않는지 나타나질 않았다.

스스로가 쓸모없는 인생처럼 느껴지던 날, 방우린은 유튜브에서 이회성을 보게 되었다. 그때 즈음엔 보잘것없는 인생을 살고 있었어야 할 이회성은 신학생이 되어 있었다. 봉사 온 대학생 누나의 가슴이 어쩌고 떠들어 대던 녀석이, 걸핏하면 폭력을 휘두르고 범죄에 휘말려 학교도 때려치웠던 양아치가.

심장이 미친 듯이 뛰었다. 흉터가 갈라지는 것처럼 가슴이 아팠다. 방우린은 죽어 버릴 것만 같은 공포에 휩싸였다. 수술을 받기 전 느꼈던 그 공포였다. 양재익이 해 줬던 말이 떠올랐다.

"누군가 죽어야 네가 산다."

방우린은 고개를 돌려 별장 벽면에 걸려 있는 사슴 머리 장식을 보았다.

* * *

강력팀 팀원들이 흩어진 상태로 벌판을 가로질러 별장에 접근했다. 다행히 날이 어둑해지고 있었고 주변에 인가가 없다 보니 불빛도 없었다.

"좋아."

팀장이 나직하게 웃으며 전진했다.

"탕!"

고요한 들판을 꽉 채우는 총성이 들렸다. 팀장이 기겁을 하며 몸을 숙이고 팀원들을 돌아봤다.

"뭐야? 누가 총 들고 왔어? 우리 왔다고 광고하냐!"

팀원들이 서로를 돌아봤지만 권총을 가져온 사람은 없었다.

"뭐야, 그럼?"

팀장이 멍한 얼굴로 별장 쪽을 돌아봤다. 별장 창문 쪽에서 불빛이 번쩍였다.

"탕!"

팀장을 시작으로 모두 바닥에 납작 엎드렸다.

"저 새끼가 쏘는 거야?"

팀장이 말했다.

"엽총인 것 같습니다!"

이동기가 말했다.

"누구 총 가져온 놈 없어? 왜 총 가져온 새끼가 하나도 없어!"

팀장이 울상이 돼서 주변을 둘러보았다. 성요한이 들판 옆으로 난 배수구를 타고 빠르게 별장에 접근했다.

11.

성요한은 별장 뒤로 돌아 담을 넘었다. 총성은 아까부터 멈춘 상태였다.

'총알이 떨어졌나?'

성요한이 권총을 쥔 손에 긴장을 풀고 별장 안으로 진입했다. 거실을 확인하자마자 총알이 떨어졌을지도 모른다는 희망이 사라졌다. 거실 벽면에 박제된 동물이 여럿이었다.

성요한은 신중하게 별장 안을 수색해 나갔다. 1층과 2층을 합해 방이 세 개에 욕실이 두 개, 2층엔 넓은 야외 베란다가 있었다. 그리고 방우린은 어디에도 없었다.

"팀장님, 방우린이 도주한 것 같습니다!"

성요한이 전화로 상황을 보고하며 베란다에 나가 주변을 둘러봤다. 측면에서 물이 첨벙거리는 소리가 들렸다.

"용의자 발견! 방우린이 별장 좌측 개울을 건너 산길로 올라갑니다. 추격하겠습니다!"

성요한은 계단을 내려가는 시간도 아까워 베란다에서 벽에 난 구조물을 잡고 뛰어내렸다. 성요한이 바닥에 떨어지며 요란한 소리가 나자 방우린이 성요한 쪽을 보았다.

"탕!"

방우린이 들고 있던 엽총을 성요한 쪽으로 발사했다. 쫓아오지 말라고 대충 쏜 것이었지만 위협적이었다. 하지만 성요한은 오히려 더 빠른 속도로 방우린을 향해 뛰어갔다.

"미친 새끼 아니야?"

방우린은 겁을 먹기는커녕 전력을 다해 달려오는 성요한을 어이없다는 듯 바라봤다.

엽총의 위력은 분명 권총보다 강하다. 하지만 쏠 때마다 장전을 다시 해야 했다. 그 틈에 거리를 좁혀 다가갈 수 있다면 승산이 있었다.

방우린이 산길을 올라가며 계속 총을 쏴 댔지만 성요한은 '무궁화 꽃이 피었습니다'라도 하는 것처럼 집요하게 방우린을 추격했다. 걸리면 술래가 되는 게 아니라 목숨이 날아갈 상황이었지만, 두렵기는 방우린도 마찬가지일 것이었다. 성요한의 손에도 권총이 있었으니까.

"탕!"

성요한의 총구가 불을 뿜었다. 첫 발은 공포탄이었지만 그 이름만큼의 효과는 확실했다. 방우린은 총에 맞을 수도 있다는 생각에 몸이 굳어 버렸다. 게다가 더 도망갈 곳도 없었다. 방우린은 계속 쫓기다 낭떠러지 계곡에 몰렸다.

방우린은 바위에 몸을 숨기고 성요한 쪽으로 엽총을 겨눴다. 몰아넣긴 했지만 성요한도 방우린 앞에 모습을 드러낼 상황은 아니었다.

"방우린, 다 끝났어. 쉽게 가자."

"닥쳐! 죽여 버린다!"

"두 명 죽이고 나니까 이젠 사람 죽이는 게 아무것도 아니야?"

"죽이긴 누가 죽여! 난 안 죽였어!"

"그럼 네가 쪽방촌에 간 게 우연이야? 401호 때문에 간 거 아니야!"

잠시 침묵이 흘렀다. 방우린 뒤쪽에서 계곡물이 흐르는 소리가 들렸다.

"……401호 때문에 간 건 맞아요. 근데 내가 불 지른 거 아니에요!"

방우린이 떨리는 목소리로 말했다.

"그래? 근데 하필이면 401호에서 재수 없게 불이 난 거야? 그럼 왜 도망쳤는데?"

"봐요! 안 믿잖아! 그러니까 도망치지!"

"좋아. 그렇다고 치자. 그럼 서오봉은?"

"서오봉이 뭐? 그 새끼는 이회성이 죽였잖아!"

"네가 이회성보다 먼저 서오봉 집에 가 있었잖아! 네가 들어가고 나오는 모습이 다 찍혔어, 인마!"

성요한은 이제 방우린이 더 이상 발뺌하지 못할 거라고 생각했다. 하지만 방우린은 조금도 동요하지 않고 바로 반박했다.

"그래, 내가 거기 있었다! 그러니까 알지! 이회성이 죽였다고!"

방우린은 서오봉이 이회성뿐 아니라 양재익까지 건드리려 하자 크게 당황해 서오봉을 찾아갔다. 하지만 서오봉은 이회성보다 양재익을 더 큰 먹잇감으로 생각하고 있었다.

"이회성은 아무 때나 꺼내 먹을 수 있는 아이스크림 같은 거야. 짜증 날 때마다 꺼내서 한 입씩 먹는 거지. 근데 양재익은 냉장고를 통째로 바꾸는 거라고. 무슨 말인지 알겠냐?"

"그 아저씨가 양재익 교수 아버지인 건 확실해요?"

"알 게 뭐야? 팔리는 건 사실이 아니야. 재미지. 딱 봐도 재밌는 이야기잖아."

그때, 초인종이 울렸다. 방우린은 급하게 방에 들어가서 숨었다. 밖에서 다투는 소리가 들렸다. 곧 말싸움이 몸싸움으로 변했다. 우당탕하더니 뭔가 크게 쓰러지는 소리가 났다. 잠시 침묵이 흐르고 누군가 현관문을 열고 나갔다.

방우린이 조심스레 방에서 나왔다. 서오봉이 피를 흘리며 쓰러져 있었다. 방우린이 서오봉을 불러 보았지만 서오봉은 아무런 반응을 하지 않았다.

"무섭기도 하고 거기 있다가 다 뒤집어쓸 것 같아서 나왔어요. 그게 다예요!"

"서오봉은 후두부에 수차례 가격을 당하고 사망했어. 네 말은 이회성 진술과 크게 다르지 않아. 이회성은 서오봉을 넘어뜨려서 머리를 다치게 했고 바로 도망쳤다고. 그럼 그다음에 움직이지 못하는 서오봉의 머리를 바닥에 찍어 버린 사람은 누굴까?"

방우린이 답답하다는 듯 소리를 질렀다.

"그걸 내가 어떻게 알아? 이회성이 다시 돌아가서 죽였나 보지!"

"뭐하러?"

"이왕 그렇게 된 거 확실하게 죽이려고!"

"……"

방우린이 총을 쏴 댈 때도 침착하던 성요한의 심장이 방우린의 말 한마디에 마구 뛰었다. 성요한이 방우린 앞에 모습을 드러냈다.

"방우린. 너, 이회성의 뭘 폭로하려고 한 거야?"

방우린이 긴장한 상태로 성요한에게 총구를 겨눴다. 성요한이 들고 있던 총을 천천히 허리춤에 찼다.

"자 봐. 총 집어넣었다. 우리 차분하게 이야기해 보자."

"가까이 오지 마!"

총구를 겨눈 방우린의 호흡이 거칠어졌다.

"말해 줘. 이회성이 뭘 했지? 뭣 때문에 다시 돌아와서까지 죽여야 했던 거야?"

성요한이 손을 들고 천천히 다가가며 말했다. 방우린은 덜덜 떨며 총을 들고 있었지만 성요한이 가까워질수록 점점 총구가 내려갔다.

"봤어."

방우린이 말했다.

"뭘?"

"보육원⋯⋯."

방우린의 목소리가 바람을 가르는 요란한 풍절음에 묻혔다. 팀장의 지원 요청을 받아 산악 수색을 위해 헬기가 출동한 것이었다. 헬기에서 뿜어져 나온 불빛이 방우린을 비췄다. 방우린은 반사적으로 총구를 헬기 쪽으로 향했다.

"탕!"

총성이 울렸다.

성요한이 몸을 웅크리며 뒤를 돌아봤다. 관할서의 무장 지원 병력과 함께 팀장이 와 있었다. 성요한이 급히 다시 방우린 쪽을 돌아봤지만 방우린의 모습은 보이지 않았다.

"방우린!"

성요한이 낭떠러지 끝에 가서 아래를 보며 소리쳤다. 커다란 입을 벌리고 선 어두운 계곡은 아무런 대답도 해 주지 않았다.

12.

"방우린은 찾지 못했어. 핏자국이 있는 걸 봐서는 총을 맞고 떨어진 거라 사망했을 가능성이 커."

성요한이 담담하게 말했다. 구치소 접견실 맞은편엔 이회성이 앉아 있었다.

"방우린은 떨어지기 전에 '자기는 아무도 죽이지 않았고 네가 서오봉을 죽였다'고 했어."

"당신이 원하던 답이네."

이회성의 부르터진 입술이 뱀처럼 꿈틀거렸다.

"억울하나?"

"그걸 말이라고 해!"

이회성이 수갑을 찬 손목을 테이블에 내리쳤다.

"……너 왜 서오봉한테 돈을 줬어?"

"무슨 말이야?"

"내가 네 유튜브 다 봤거든. 정말 쓰레기처럼 산 거 다 이야기했던데? 물론 최대한 아름답게 포장을 했지만 이야기하긴 했잖아?

근데 왜 돈을 줘서 입을 막으려고 했냐고?"

"그거야 서오봉이 그걸 어떻게 부풀릴지 모르니까……."

방금 전까진 분노에 가득 찬 눈으로 성요한을 노려보던 이회성이 성요한의 눈을 피했다.

"서오봉이 폭로하려고 했던 건 다른 거였지? 그래서 돈을 준 거지?"

"……."

"아직도 억울하냐!"

성요한이 테이블을 내리치며 말했다. 이회성이 수갑 뒤로 숨듯 몸을 웅크렸다.

성요한이 접견실을 나와 복도를 걷다가 박지영과 마주쳤다.

"회성이 만나고 오는 거야?"

성요한이 아무런 말도 않자 박지영이 계속 말했다.

"변호사 동석하에만 만날 수 있다고 이야기했을 텐데."

"이회성하곤 이야기 끝났어."

"……사과라도 한 거야? 범인은 죽었다며?"

"살아 있는데."

"정말? 방우린을 찾았어?"

박지영의 눈이 커졌다.

"지금 내 눈앞에 뻔뻔하게 살아 있잖아."

성요한이 박지영을 쏘아보며 말했다.

"무슨 말 하는 거야?"

"이회성, 난 오래전에 학교 때려치웠고 넌 지금 전도사니까 확인 좀 해 주라."

"뭘요?"

"내가 기억하기론 다윗은 충직한 부하였던 우리야가 전쟁터에 나간 사이에 우리야의 아내를 임신시켰어. 그리고 그걸 은폐하려 고 우리야를 위험한 격전지로 내보내 적의 손을 빌려 죽였다. 맞 아?"

"누나가 형 여자 친구였으니까 확인 좀 해 줘. 내가 기억하기론 형이 선교사님을 도우러 아프리카에 간다고 한 달 정도 한국을 떠 난 적이 있어. 맞아?"

박지영의 눈빛이 흔들렸다.

"그때가 맞지? 그때부터 이회성하고 놀아난 거지?"

성요한이 고개를 들지 못하는 이회성에게 말했다.

"밤늦게 공부를 하던 방우린은 바람을 쐬러 나왔다가 보육원 뒷 골목에서 너희 연놈들을 본 거야. 그리고 알아본 거지. 너랑 엉켜 있던 여자가 송대범 전도사님 여자 친구란 걸."

"내가 대답을 듣기도 무서워서 이 질문은 하기 싫은데 그래도 해야겠어. 형은 정말 이회성을 도우려다 죽은 거야? 아니면 너희 연놈들이 작당해서 사지로 몰아넣은 거야?"

"그게 무슨······."

"이회성은 뭐라고 대답했게?"

박지영이 발끈해서 소리를 치려다 입을 다물었다. 박지영은 표독스러운 얼굴로 성요한을 바라보다 다시 입을 열었다.

"뭐라고 대답했건 나랑은 상관없는 일이야."

"상관이 없어? 누나, 이회성 변호사 아니야? 아, 하긴 이젠 이회성이 아니라 스스로를 변호해야 하지. 근데 이걸 보고도 변호를 할 수 있을까?"

성요한이 휴대폰을 박지영의 얼굴 앞에 들었다. 휴대폰 화면에 블랙박스 영상이 재생되었다.

"방우린이 제일 먼저 들어갔고, 이회성이 들어왔다 나갔지. 그리고 방우린이 나간 후에······."

화면 속에 한 여자가 등장해 빌라 안으로 사라졌다.

"서오봉을 죽인 범인이 나타나."

잠시 후, 박지영이 얼굴을 드러내며 빌라 밖으로 나왔다.

"이회성은 서오봉의 집을 나와서 바로 누나한테 연락을 했어. 큰일 났다고, 자기가 서오봉을 밀쳤는데 죽었을지도 모르겠다고."

박지영은 전화를 끊고 현장에 가 보았다. 낡은 빌라라 전자키 대신 열쇠를 사용하는 덕분에 문은 잠겨 있지 않았다. 박지영은 안에 들어가 피바다 속에 쓰러져 있는 서오봉을 발견했다. 한눈에 봐도 서오봉의 부상은 심각해 보였다. 하지만 서오봉은 눈을 뜨고 박지영을 보고 있었다.

"이왕 그렇게 된 거 확실하게 하고 싶었던 거지. 대범이 형이 죽기 전부터 이회성이랑 놀아난 사실이 밝혀지면 두 사람은 죽일 놈, 죽일 년이 될 테니까. 서오봉만 확실히 처리하면 죄는 죽일 놈이 뒤집어쓸 거고, 죽일 년은 빠져나갈 수 있는 거지."

"내가 갔을 땐 이미 죽어 있었어! 내가 죽인 게 아니야!"

"이회성은 서오봉을 넘어뜨렸을 뿐 다른 공격은 하지 않았어. 방우린도 추가적인 공격은 그 이후에 이뤄졌다고 증언했어."

성요한이 어림도 없다는 듯 고개를 저으며 말했다.

"지금 살았는지 죽었는지 모를 사람의 증언으론 안 돼. 그걸로 내가 죽였다는 걸 입증할 수 있어?"

성요한이 박지영의 얼굴을 빤히 쳐다보다 입을 열었다.

"입증 못 하면 누나가 저지른 죄가 사라져?"

"……."

"좋아, 계속 그렇게 해. 절대 회개 같은 건 하지 마. 제발 끝까지 죄를 인정하지 마. 영원히 구원받지 못할 자로 살아 줘."

성요한이 박지영을 지나쳐 갔다. 박지영은 못이라도 박힌 듯 그 자리에 서 있었다.

*　*　*

양재익이 별장 앞 들판에 서 있었다. 양재익 앞의 드럼통에서 뭔가가 활활 타고 있었다. 양재익이 타오르는 불을 바라보다가 저 멀리 다가오는 사람을 발견했다.

"목사님, 정말 오셨군요."

양재익이 반갑게 말했다.

"뭘 하시는 겁니까?"

유진신이 인사도 생략하고 말했다.

"쓰레기를 태우는 중이죠."

양재익이 옆에 쌓여 있는 방우린의 물건들을 하나씩 드럼통 안에 넣었다. 수험 서적들과 옷 등이었다.

"수거함에 버리면 되지 않나요?"

"쓰레기가 타는 모습을 좋아하거든요."

양재익이 싱긋 웃었다.

"불에 탄 남자는 누구였습니까?"

유진신이 차가운 말투로 물었다.

"아버진 아니었죠. 감사합니다. 덕분에 알게 되었네요. 사실 저도 궁금하긴 했거든요."

"일부러 카페에 와서 DNA를 넘겨주고 간 거였습니까?"

"제가 직접 검사해 달라고 할 입장은 아니라서요."

"다시 묻겠습니다. 그 사람은 누굽니까?"

양재익이 불 속에서 타들어 가는 옷을 보며 말했다.

"쓰레기죠."

13.

"크아!"

성요한이 오만상을 찡그리며 작고 예쁜 잔을 바 테이블에 내려놓았다. 유진신이 미소를 머금고 말했다.

"누가 보면 독주라도 마신 줄 알겠어요."

"에스프레소가 이런 맛이었어요?"

유진신이 물을 내놓자 성요한이 단숨에 들이마셨다.

"좀 괜찮아요?"

"괜찮아 보여요? 바로 뿜을 뻔했어요."

성요한은 혀를 내밀며 호들갑을 떨었다.

"커피 말고요."

성요한은 아직 충격이 가시지 않은 얼굴로 입을 열었다.

"둘이 입을 맞춰서 방우린이 한 걸로 몰아가고 있어요."

방우린은 경찰에 총까지 쏘며 저항하다 계곡에 떨어져 사라졌다. 죄를 떠넘기기에 좋은 상황이었다.

"그래도 살인미수에 사체유기, 범인은닉까지 떠넘기진 못하지요."

법적인 처벌 이전에도 이회성과 박지영은 대가를 치르고 있었다. 이회성의 유튜브 채널엔 욕설이 가득했고 구독자도 반토막이 났다. 여전히 이회성과 박지영을 옹호하는 골수팬들도 있었지만 나락으로 간 이미지를 회복하진 못할 터였다. 하지만 성요한은 여전히 쓰디쓴 기운에서 벗어나지 못한 것처럼 보였다. 에스프레소 때문만은 아니었다.

"그 사람들 말고요. 형사님은 괜찮냐고 묻는 겁니다."

유진신이 말했다.

"저야 뭐……."

성요한이 잠시 머뭇거리다 말을 이었다.

"박지영이 이런 말을 했어요. 이회성이야말로 대범이 형이 얼마나 가치 있는 삶을 살았는지 증언해 줄 증인이라고요."

성요한이 빈 컵을 만지작거리며 계속 말했다.

"물론 개소리라고 생각했지요. 전 항상 그놈이 형을 속였다고 믿었으니까요. 하지만 이회성이 정말 실체를 드러내고 나니 형의 삶은 대체 뭐가 되나 싶어요."

유진신은 물끄러미 성요한을 보다가 불쑥 손을 뻗어 성요한이 쥐고 있던 빈 컵을 빼앗았다.

"유다가 예수님을 팔아넘겼다고 예수님의 삶이 의미 없어지나요?"

"그건 아니지만……."

"그리고 송대범 전도사의 수제자는 이회성이 아니잖아요. 형사님이죠."

"내가요? 다시 신학이라도 하라고요?"

"꼭 목사가 될 필요는 없어요."

유진신이 싱크대에서 컵을 씻고 돌아섰다.

"저번에 송대범 전도사가 형사를 했어도 잘했을 거라고 했지요? 형사님이 송대범 전도사 같은 형사가 되면 되지요. 제가 볼 땐 이미 잘하고 계시지만요."

칭찬이 낯간지러운지 성요한이 말을 돌렸다.

"지난 주말엔 왜 가게 문을 닫았어요? 개인 사정이라고 적혀 있던데."

그저 화제를 바꾸려고 한 말이었는데 유진신의 얼굴이 굳어졌다.

"그냥 물어본 거예요. 말하기 곤란하면 안 해도 돼요."

"양재익 교수를 만나고 왔습니다. 방우린이 지냈던 별장에서요."

"네? 거기 가서 뭘 하셨어요?"

"불에 타 죽은 남자가 누구인지 물어봤지요."

* * *

양재익이 불타는 드럼통에 장작을 넣으며 말했다.

"도박장에 가 보신 적 있나요?"

"아니요."

"목사님한테 멍청한 질문이었나요? 혹시라도 가지 마세요. 도박

254

장은 절대 돈을 잃지 않습니다. 돈을 잃는 건 항상 손님 쪽이죠."

양재익이 장작을 하나 더 집어 불 속을 헤집었다.

"저는 지겹도록 봤답니다. 입고 있던 옷가지까지 털리고 쫓겨나는 인간들을요. 그런데 놀라운 게 뭔지 알아요?"

유진신은 불길을 사이에 두고 양재익을 말없이 보기만 했다.

"그 쫓겨났던 인간이 제 발로 다시 기어들어 와 불구덩이에 들어간다는 겁니다. 하나뿐인 목숨을 걸고요."

양재익이 불 속을 헤집던 장작을 그대로 던지고 주머니 속에서 뭔가를 꺼냈다.

"그 남자는 주사위의 신이라고 불렸습니다."

양재익이 손을 펼치자 주사위 세 개가 보였다. 나무로 만든, 꽤 고급스러운 느낌의 주사위였다.

"일본엔 주사위를 갖고 하는 도박이 있답니다. 아마 영화 같은 데서 보신 적이 있을 거예요."

양재익이 한 손으로 주사위를 달각거리며 계속 말했다.

"사발 같은 것에 주사위를 넣고 돌리다가 바닥에 엎죠. 그렇게 나온 패를 확인해서 승부를 가립니다."

"주사위 도박을 잘해서 주사위의 신인가요?"

"아니요. 주사위의 신은 도박을 하지 않아요. 그냥 주사위를 굴릴 뿐이죠. 그리고 그 결과에 따라 처분을 내립니다."

"처분이요?"

"가진 돈도, 갚을 능력도 없는 사람이 내놓을 게 몸뚱어리 말고 뭐가 있겠어요?"

"……장기를 꺼내 팔았다는 겁니까?"

유진신이 인상을 쓰며 되물었다. 양재익이 웃으며 고개를 끄덕였다.

"의외로 가장 비싼 건 신장입니다. 워낙 수요가 많거든요. 경제법칙은 어디서든 통하게 마련이지요."

주사위의 신은 더는 내놓을 게 없는 사람들 앞에서 주사위를 던졌다. 도박에 응하지 않으면 갚을 돈 만큼의 장기를 꺼내 팔아야 했다. 반면 도박에 응해 이기면 모든 빚을 탕감받고 멀쩡히 집에 갈 수 있었다. 하지만 지게 되면 신장이 아니라 심장을 내놓아야 했다.

"불나방 같은 어리석은 인간들 앞에서 신이라도 된 기분이었겠죠."

양재익이 검게 타들어 가는 장작을 보며 말했다.

"정말 안됐네요."

유진신의 말에 양재익이 고개를 들었다.

"안되긴요. 자기가 토한 걸 주워 먹는 개 같은 놈들인걸요."

"도박꾼들 말고요. 교수님 말입니다."

"……"

"어머니한테 버림받은 것만 해도 평생 남을 상처일 텐데 아버지일 거라고 생각했던 남자가 찾아와 주사위를 내려놓았을 때 교수님이 느꼈을 감정은 상상하기도 어렵네요."

양재익이 주사위를 쥔 상태로 주먹을 쥐자 이를 가는 것 같은 소리가 흘러나왔다.

소년 김인성은 이를 악물었지만 턱이 덜덜 떨렸다. 김인성은 자신 앞에 놓인 주사위가 무엇을 뜻하는지 알았다. 김인성이 양재익이 된 지금도 싸구려 플라스틱 컵 안에서 주사위가 돌아가던 소리를 잊지 못했다.

"지금 생각해 보면 심장마비 직전의 상태였던 것 같아요. 그 자리에서 실신해도 이상하지 않았지요."

양재익이 유진신을 보며 말을 이었다.

"목사님이라면 받아들일 수 있었겠어요? 주사위에 내 목숨이 달려 있다는 걸요. 나는 부모를 잘못 만난 죄 밖에 없었어요. 하지만 부모는 내가 선택한 것이 아니잖아요?"

"……."

"그때 알았습니다. 인간은 우연히 태어나서 우연히 죽는 덧없는 존재구나. 그게 인간의 운명이구나."

플라스틱 컵이 허공에 들리고 바닥에 남은 주사위를 확인했을 때, 소년 김인성의 세상은 그전과 완전히 달라졌다.

"다시 태어난 기분이었죠. 그 순간 느꼈던 희열은 말로 표현할 수가 없습니다."

양재익이 일렁이는 불꽃 너머로 웃어 보였다. 유진신이 양재익의 미소를 보며 입을 열었다.

"그래서 흉부외과로 가셨군요. 사람의 생명을 그 손으로 결정짓는 세계에 살고 싶었던 겁니까?"

양재익이 고개를 끄덕였다.

"다들 부담스러워 기피하는 과이지만 저에게는 신의 직장이었죠. 특히 심장이식은 그 쓰레기가 했던 짓과 정확히 반대되는 일이어서 제겐 더욱 의미가 있었습니다."

"좋은 이야기네요. 거기서 만족하고 멈췄더라면요."

"무슨 뜻입니까?"

"교수님은 교수님이 쓰레기라고 부른 사람과 다르지 않습니다. 방식이 다를 뿐 똑같은 짓을 하고 있지요."

유진신이 양재익의 손에 들린 주사위 세 개를 보며 말을 이었다.

"윤지호, 정효식, 그리고 방우린까지. 교수님은 사람의 인생을 주사위 삼아 불구덩이에 던지고 있어요."

"또 그 소립니까? 내가 범죄에 연루되어 있다고요? 자기 인생을 주사위처럼 던져 버린 건 내가 아니라 그 친구들이에요."

"선악과를 따먹은 것은 아담과 하와지요. 하지만 그들이 하나님을 배신하게 만든 건 뱀입니다. 교수님이 부추기지 않았다면 방우린은 절벽에서 떨어지지 않았을 겁니다."

양재익이 멀뚱히 유진신을 보다가 피식 웃으며 마지막 장작을 집어 불 속에 던졌다.

"전에도 말했지만 그렇다고 칩시다. 어쩔 겁니까? 어떻게 내 죄를 입증하고 책임을 물을 겁니까?"

"……."

"방법이 없죠? 제가 한 가지 방법을 가르쳐 드릴까요?"

양재익이 손바닥 위에 놓인 주사위를 공기라도 하듯 가볍게 던졌다가 잡았다.

"저하고 도박을 하지요. 목사님이 이기면 자백하겠습니다. 내가 윤지호와 정효식에게 범행에 대한 힌트를 주고 약까지 구해다 주었다고요. 또 날 떠받드는 방우린을 교묘히 사주해 살인을 저질렀다고 말입니다."

"제가 지면요?"

"말했잖아요. 이건 목숨을 건 도박이라고요. 그래서 희열이 있는 거랍니다. 어쩌시겠습니까?"

잠시 침묵이 흐르고 장작이 타닥거리는 소리만이 들렸다. 유진신과 양재익은 불꽃 같은 눈으로 서로를 노려보았다.

"……아까 절대 도박을 하지 말라고 하셨잖아요."

유진신의 대답에 양재익이 환하게 웃었다.

"역시 10분 전에 한 경고도 잊어버리는 붕어 같은 놈들하곤 다르다니까. 맞아요. 도박은 하면 안 됩니다. 하지만 목사님은 결국 도박을 하게 될 거예요."

"왜죠?"

"도박을 하지 않을 선택권이 없을 테니까요. 내가 그랬던 것처럼."

"무슨 짓을 꾸미고 있는 겁니까?"

"걱정하지 마요. 양아치들은 주사위에 장난질을 치기도 하지만 전 그런 짓 안 합니다."

양재익이 들고 있던 주사위들을 불 속에 던졌다.

'타당- 탕!'

주사위가 드럼통에 부딪혀 총소리 같은 것을 내면서 불길 속으로 사라졌다.

"주사위에서 어떤 패가 뜰지는 저도 모릅니다. 목사님이 어떤 패를 택할지도 모르고요. 분명한 건……."

양재익이 불 속에서 녹아내리는 주사위를 보며 말을 이었다.

"재밌을 거란 거죠."

양재익이 붉게 물든 얼굴로 웃었다.

* * *

"그래서 그 불에 탄 남자가 누군데요? 왜 말을 꺼내 놓고 뜸만 들여요."

성요한이 보채듯이 말했다. 유진신은 성요한에게 어디까지 이야기를 해야 할지 고민하다가 입을 열었다.

"양재익 교수의 아버지더군요."

"네? DNA 검사에서 불일치 뜨지 않았어요?"

"낳은 사람만 부모는 아니죠. 양재익을 자신과 꼭 닮은 사람으로 키워 냈으니 아버지라고 할 만합니다."

"뜬구름 잡는 말만 하고 계시네."

성요한이 불만스러운 얼굴로 다시 물으려다 전화가 와서 휴대폰을 집었다.

"네, 네, 앞에 있는데요."

성요한이 통화를 하다가 유진신을 보았다.

"네? 왜요? 아니, 무슨 사건인데……. 네?"

유진신을 보는 성요한의 얼굴이 일그러졌다. 불안은 쉽게 전염되는 법이다. 유진신은 곧 듣게 될 소식이 두려워졌다.

"목사님, 같이 좀 가 주시면 좋겠는데요."

성요한이 전화를 끊고 말했다.

"무슨 일입니까?"

"그게……."

성요한이 쉽게 말을 꺼내지 못하고 휴대폰 화면을 보여 주었다. 포털 메인 화면은 속보로 도배되어 있었다. 각 방송사들은 경찰서에 기자를 급파해 경쟁하듯 보도를 쏟아 냈다. 정신병력이 있는 살인마가 탈옥했다는 뉴스를 놓칠 정신 나간 방송사는 없었으니까. 유진신이 속보로 뜬 영상을 눌러 보았다.

"대형마트에서 현직 법의관이 살해당한 사건, 기억하십니까? 일명 '법의관 살인 사건'의 범인 임치수가 어제저녁 치료감호소에서 탈출했습니다. 경찰 수사본부에 나가 있는 예수아 기자가 자세한 소식 전해 드립니다. 예수아 기자!"

화면이 바뀌고 아직은 앳되어 보이지만 야무진 얼굴의 기자가 나타났다.

"네, 경찰 수사본부에 나와 있는 예수아 기자입니다."

"예수아 기자, 도대체 어쩌다 이런 일이 벌어진 겁니까?"

"임치수는 현직 법의관을 살해하고도 정신병력을 인정받아 치료감호소에 수감되어 있었는데요. 외래 진료차 대학병원에 방문한 틈을 타서 탈출한 것으로 파악하고 있습니다."

"탈출 과정에서 피해자가 발생했다고요?"

"네, 임치수는 탈출하던 중에 병문안을 와 있던 경찰과 마주쳐 격투 끝에 경찰을 살해하고 도주한 것으로 보입니다. 사망한 경찰은 정년퇴직을 앞두고 인수인계 중이었던 것으로 알려져 안타까움을 더하고 있습니다."

"임치수에게 인질이 되었다가 풀려난 의사도 있지요?"

"네, 시청자 여러분도 많이 아실 분입니다. 각종 프로그램에 명의로 소개되기도 한 심장전문의 양재익 교수입니다. 인터뷰 장면 보시죠."

유진신이 휴대폰 화면을 무섭게 노려보았다. 화면이 바뀌고 양재익이 등장해 카메라 정면을 바라보았다. 마치 유진신이 화면 속의 자신을 보고 있다는 것을 아는 것처럼.

낙원으로 간
죄인

1.

"아니, 감시하는 교도관이 세 명이나 있었다면서 어떻게 이런 일이 생겨?"

서장이 호통을 쳤다. 사망한 경찰 이본형은 공수부대 출신의 강력계 형사로 평생을 현장에서 뛰어다녔다. 정년이 얼마 남지 않았는데도 매일 아침 유도장에서 하루를 시작하는 강골이었다. 실력뿐 아니라 인품도 좋아 후배들에게 신망이 두터웠다.

"MRI 검사라 쇠붙이를 제거해야 한다고 해서 수갑을 풀어 주었는데 그 찰나에 공격을 해서 교도관을 제압한 것 같습니다."

팀장이 말했다.

"왜 교도관 한 명만 들어간 건데? 같이 들어갔으면 아무 일도 없었을 것 아니야? 나머지 둘은 밖에서 뭐 한 거야?"

"그게…… 의사가 한 명만 들어오라고 했고, 선임자도 자기가 들어갈 테니까 나머지 둘은 간단히 요기나 하고 오라고 했다고……."

서장이 어이가 없다는 듯 팀장을 노려봤다. 팀장은 자기가 잘못한 것도 아닌데 고개를 숙였다. 서장이 잡아먹을 듯 노려보다가 서류를 뒤적이며 입을 열었다.

"흉기가 수술용 메스야? 병원에서 구한 건가? 촬영실 내부에 쇠붙이는 없다며?"

"흉기는 날과 몸통이 일체형인 메스입니다. 요즘 병원에선 다 분리형을 사용하는데 감호소 의무실은 환경이 낙후되고 사실상 외과 수술을 할 일도 없다 보니 구색이나 맞추는 차원에서 일체형을 갖고 있었답니다."

"아니, 그럼 감호소 의무실에서 메스를 훔쳐서 그걸 숨기고 밖으로 나왔단 말이야? 거긴 보안 절차라는 게 없나?"

서장의 불호령에 팀장이 땀을 뻘뻘 흘리며 말했다.

"당직은 놓치고 인수인계한 의사가 알아차린 모양입니다. 조금 늦긴 했지만 건물을 싹 다 뒤졌는데 결국 찾지는 못했답니다. 어떻게 숨기고 나왔는지는 모르지만 그걸 사용한 것 같습니다."

"잘들 하는 짓이다. 제대로 일하는 놈들이 하나도 없구만!"

수사본부 모두가 서장의 눈치를 보며 고개를 숙였다. 무거운 침묵이 바닥에 깔렸다.

"검사를 의사가 직접 했습니까?"

침묵을 깬 사람은 서장이 아니었다. 모두가 목소리의 주인공을 보았다. 딱 봐도 경찰 같이 보이지 않았다.

"누구신가? 경찰은 아니신 것 같은데."

서장이 유진신에게 말했다. 유진신 옆에 있던 성요한이 나섰다.

"예전에 임치수 사건을 담당했던 유진신 법의관입니다. 부검뿐 아니라 임치수의 배경에 대해서도 법의학 프로파일링을 진행한 바 있어서 자문을 구하기로 했습니다."

"그래요? 선생님 생각은 어떻습니까? 임치수가 앞으로 어떻게 행동할 것 같나요?"

그때, 회의실 문이 조용히 열리고 한 여자가 슬며시 들어왔다. 다들 서장과 유진신에 집중하느라 특별히 신경 쓰는 사람은 없었다.

"임치수는 제 동료였던 이하연 법의관을 단 한 번의 공격으로 살해했습니다. 칼을 다루는 데 숙련된 범죄자가 아니라면 쉽지 않은 일입니다. 하지만 임치수는 초범이었죠."

"그게 무슨 말인가요? 이하연 법의관을 살해한 것이 계획범죄란 말입니까?"

"아니요. 우발적인 범죄였지요. 하지만 임치수는 단번에 사람을 죽일 수 있는 급소를 파악하고 있었던 겁니다. 아마도 임치수는 사람을 죽이는 이미지 트레이닝을 해 왔을 겁니다. 그 대상은 가족이었을 거고요."

당시 상황을 말하는 유진신의 머릿속엔 이하연의 몸에 깊숙이 새겨진 상처가 떠올랐다. 마치 자신의 몸이 찔린 것 같던 상처가.

"임치수는 평생을 가족으로부터 무시당하며 살았습니다. 꾹꾹

눌려 있던 분노가 엉뚱한 상대를 대상으로 폭발해 버린 것이지요."

"그렇다면 이번에야말로 가족을 공격할지도 모르겠군요."

서장이 심각한 얼굴로 말하자 유진신이 고개를 끄덕였다.

"임치수가 경찰을 살해했다면 그 공격성은 유지되고 있다고 봐야겠지요. 임치수의 가족을 보호할 필요가 있습니다."

"지극히 개인적인 편견과 원한으로 가득한 분석이네요."

회의실 뒤편에서 한 여자가 말했다. 아나운서처럼 또렷하고 정확한 발성이었다. 모두가 그쪽을 바라보았다. 중간에 문을 열고 조용히 들어왔던 여자였다.

"이분은 또 누구신가?"

서장이 말했다.

"치료감호소에서 일하는 정신과전문의 이새록입니다."

이새록이 유진신을 노려보았다.

* * *

회의가 끝나고 경찰은 임치수 가족의 소재 파악을 위해 분주하게 움직였다. 하지만 성요한은 이새록에게 붙들렸다.

"저 사람, 이 사건에서 손 떼게 하세요."

이새록이 손가락으로 유진신을 가리키며 말했다. 유진신은 복도 끝에서 휴대폰을 들고 있었다.

"그건 저희가 알아서 할 문제고요. 제가 지금 바쁘거든요."

성요한이 바쁘게 움직이는 주변을 보며 초조한 얼굴로 말했다.

"제가 있는데 왜 저 사람한테 자문을 구해요?"

"저분은 당시 사건을 조사하셨던 법의관이잖아요."

"임치수 수감자에게 동료를 잃은 법의관이시지요. 그런 분이 객관적으로 상황을 볼 수 있겠어요?"

"동료를 잃은 건 우리도 마찬가지입니다. 그러면 경찰도 수사하지 말까요?"

"돌아가신 분은 정말 안타깝습니다. 하지만 그래서 더 문제예요. 아까 회의실 분위기만 해도 살기가 돌더군요. 임치수는 정신질환을 앓고 있는 위험한 살인자다, 발포해야 한다, 이러지 않겠냐고요?"

"저 양반이 그럴 사람도 아니고, 그런다고 한국 경찰이 함부로 총질하지도 않아요. 이분, 영화를 너무 많이 보셨네."

"뭐라고요?"

이새록의 발성 좋은 목소리가 복도를 쩌렁쩌렁하게 울렸다.

복도 끝에 있던 유진신이 힐끗 이새록과 성요한 쪽을 보았다. 들고 있던 휴대폰에서 통화 연결음이 끊어지고 부드럽고 축축한 목소리가 인사를 건넸다.

"목사님, 제가 걱정돼서 연락을 해 주신 건가요?"

양재익이 천연덕스럽게 말했다.

"임치수한테 무슨 짓을 한 겁니까?"

"봉사를 했지요. 아시겠지만 정신질환을 가진 환자들은 심장에도 문제가 생길 확률이 높은 편이잖아요. 그렇다고 치료감호소에 심장전문의까지 두긴 어려울 테고, 사회적인 책임감을 갖고 꾸준히 봉사를 해 오고 있습니다."

"그래서 애매한 저녁 시간대로 예약을 잡아 주고 MRI 촬영까지 직접 해 주셨나요?"

"유난히 신경이 쓰여서요. 목사님과 엮여 있는 환자라 그런가?"

"……."

"목사님도 제 뒷조사를 하셨잖아요. 저도 목사님께 관심이 많아서 좀 알아봤지요. 같이 다니는 형사님은 아시나요? 목사님이 임치수를 죽이려고 했다는 걸."

유진신이 복도 중앙에서 아직도 이새록과 옥신각신하고 있는 성요한을 보았다.

"법의관이었던 경력을 숨기고 임치수가 있던 치료감호소에 들어가려고 하셨더군요. 윤지호야 자기 똥도 스스로 닦지 못하는 머저리이지만 목사님이라면 은밀하게 임치수를 죽일 수 있었겠지요. 그런데 왜 포기하신 건가요?"

유진신이 지켜보는 가운데 강력팀 막내가 성요한에게 다가와 뭐라고 말했다. 무슨 말이었는지 이새록과 성요한 모두 크게 놀란 눈치였다. 성요한이 유진신을 돌아봤다.

"끊어야겠습니다."

유진신이 말했다.

"목사님. 임치수를 죽일 기회가 생기면 이번엔 놓치지 마시길 바랍니다."

성요한이 유진신을 향해 다가오자 유진신은 전화를 끊어 버렸다. 이새록도 성요한을 뒤따라 다가왔다.

"임치수 형이 임치수에게 공격을 받았답니다."

성요한이 유진신에게 말했다.

"어디서요? 괜찮답니까?"

"형이 자주 가는 골프장에 나타났다고 하네요. 조금 다치긴 한 모양인데 큰 문제는 없는 것 같습니다. 같이 가 보죠."

"저도 같이 가요!"

뒤따라온 이새록이 말했다.

"이 사람이 진짜! 어디 놀러 가는 줄 알아요!"

성요한이 소리를 질렀지만 이새록은 조금도 물러서지 않았다.

"지금 임치수 환자에 대해 가장 잘 아는 사람은 나예요! 근데 날 두고 임치수를 원수처럼 생각하는 사람과 같이 다닌다고요?"

이새록이 뒤를 돌아보았다. 바깥엔 기자들이 겹겹이 진을 치고 있었다.

"끝까지 나 떼어 놓고 가려고 하면 저기 있는 기자들 전부하고 인터뷰할 거예요. 개인적인 원한으로 수사를 한다고 다 까발릴 거라고요!"

성요한이 난감해하는 얼굴로 바깥을 보았다. 이새록은 당장이라도 기자들에게 달려갈 기세였다.

"저는 괜찮습니다. 제 생각에도 선생님이 도움이 될 것 같기도 하고요. 뒤로 나가서 제 차로 이동하죠."

유진신의 말에 성요한이 어쩔 수 없이 고개를 끄덕였다. 이새록은 항복 선언이라도 들은 장군처럼 의기양양하게 나섰다.

"빨리 가요! 바쁘다면서요?"

2.

"그 미친 새끼가!"

임치수의 형 임치훈은 이마가 시뻘겋게 부어올라 있었다.

"선생님, 많이 놀라셨겠지만 진정하시고요."

성요한이 말했다.

"내가 진정하게 됐어요? 그 미친 새끼가 나한테 골프채를 휘둘렀다니까! 대가리가 깨질 뻔했다고요!"

임치훈이 분통을 터뜨렸다.

막상 가 보니 보고와 달리 골프장이 아니라 연습장이었다. 길게 쭉 뻗은 언덕을 자연스럽게 활용해 골프장의 일부를 떼어 놓은 것 같은 분위기였다. 워낙 사이즈가 커서인지 양 사이드만 그물 벽으로 막아 놓았을 뿐 천장은 뚫려 있었다.

임치수는 사이드의 그물 벽을 타고 넘어와 언덕 위쪽에서 내려왔다. 임치훈이 쳐올린 작고 하얀 공만이 내려와야 하는 언덕 위에서 크고 검은 사내가 다가왔다.

임치훈은 불현듯 어린 시절의 기억이 떠올랐다. 아버지가 치훈

272

과 치수를 데리고 골프장에 갔던 날이었다. 골프채를 잡을 수 있었던 사람은 임치훈뿐이었다. 임치수는 임치훈이 친 공을 달려가서 주워야 했다. 아버지는 임치수가 숨을 헐떡이며 가져온 공을 받아 들고 말했다.

"치수야, 주변을 봐라. 참 아름답지 않니? 이 아름다운 세상을 누려 보지도 못하고 공만 따라다니며 살래?"

임치수는 주눅 든 얼굴로 고개를 저었다. 임치훈은 그런 동생을 지켜보기만 했다. 아버지에게 동생도 한번 공을 쳐 보게 해 달라고 말하지 않았다. 대신 더 힘차게, 더 멀리, 더 가기 힘든 곳으로 공을 보냈다.

자신에게 다가오는 사내가 동생이란 사실을 알아챈 순간, 임치훈은 동생의 손을 보았다. 골프공을 쥐고 헐레벌떡 내려오던 동생은 더 이상 없었다. 동생이 쥐고 있는 주먹엔 공 대신 분노가 서려 있었다. 그 주먹은 사람을 죽인 손이었다.

"그 미친놈이 다짜고짜 와서 골프채를 빼앗더니 공격했어요. 다행히 비껴 맞고 옆 라인에 있던 사람들이 바로 도와줘서 다행이지."

임치훈이 연습장 의자에 앉아 이마의 상처를 어루만졌다.

"이건가요?"

유진신이 바닥에 있는 골프채를 가리키며 말했다.

"네."

유진신이 장갑을 낀 손으로 골프채를 들어 보았다. 피가 나진 않아서인지 헤드 부분은 깨끗해 보였다.

"이건 국과수로 보내죠."

유진신이 성요한에게 말하자 임치훈이 급히 끼어들었다.

"가져가야 됩니까? 비싼 건데."

"범행 도구인데 가져가야죠."

성요한이 답했다.

"아이씨, 관리를 어떻게 하는 거예요? 사람 죽인 미친 새끼가 왜 바깥을 돌아다녀!"

잠자코 듣고 있던 이새록이 앞으로 나섰다.

"말씀이 심하시네. 그래도 가족이잖아요."

"가족? 방금 내 말 못 들었어요? 그 새끼, 나 죽이러 온 거라고! 나뿐 아니라 우리 가족 다 죽이겠다고 난리 쳤다니까!"

"임치수가 그런 말을 했습니까?"

성요한이 말했다.

"네, 전부 다 죽을 거라고 그랬어요. 저도, 여동생도 전부 다."

성요한이 심각한 얼굴로 유진신을 돌아보았다.

"말도 안 돼! 임치수 환자의 최근 상태는 안정적이었어요. 감정 기복은 있었지만 폭력성은 거의 보이지 않았고요."

이새록이 항변하듯 성요한과 유진신을 보며 말했다.

"내가 거짓말한다는 겁니까?"

임치훈이 발끈하며 일어섰지만 성요한이 이새록과 사이를 가로 막았다.

"여동생분 성함이 임보라 씨 맞지요? 임보라 씨는 지금 어디 계신가요?"

임치훈은 여동생 이야기가 나오자 갑자기 기세가 죽어 버렸다.

"그게…… 집을 나갔어요. 독립을 해 가지고……."

"연락이 안 된다는 말입니까?"

"그것도 다 임치수 때문이에요! 원래 부모님 말씀 잘 듣는 착한 아이인데 결혼 앞두고 임치수가 사람을 죽여서 파혼을 당했어요. 충격이 컸는지 그때부터 엇나가더니 결국 병원도 관두고 집을 나가 버렸어요."

"연을 끊어 버린 건가요?"

"그렇게까지 말할 건 아니고요. 아무튼 지금 연락은 안 됩니다."

성요한이 한숨을 내쉬며 고개를 저었다.

"제가 알아요. 임보라 씨가 어디서 뭐 하는지."

이새록이 불쑥 말했다. 성요한뿐 아니라 유진신과 임치훈까지 놀란 눈으로 이새록을 바라보았다.

"그걸 선생님이 어떻게 아세요?"

성요한이 의아한 얼굴로 물었다.

"임보라 씨가 임치수 환자에게 편지를 보내셨거든요. 치료감호소 특성상 모든 편지는 검열을 하고요."

"그 녀석, 지금 어디서 뭘 해요?"

임치훈이 황급히 끼어들었다.

"그건 말씀 못 드리겠는데요."

"뭐요? 내가 보라 오빠예요!"

"선생님께는 말없이 집을 나갔지만 임치수 환자한테는 연락을 한 걸 보면 임보라 씨가 오빠로 생각하는 건 임치수 환자 쪽 같은데요."

이새록이 새침하게 쏘아붙이더니 유진신과 성요한에게 말했다.

"데려오길 잘했죠? 빨리 가요."

이새록이 먼저 나가 버렸다. 유진신과 성요한은 어정쩡한 자세로 임치훈에게 인사를 건네고 이새록을 따랐다. 임치훈은 멍한 얼굴로 서 있다가 애먼 골프공을 걷어찼다.

* * *

"주소 좀 말해 봐요."

조수석에 앉은 성요한이 네비게이션에 손을 뻗으며 뒷자리의 이새록에게 말했다.

"주소는 모르죠."

"네?"

성요한의 손가락이 허공에서 길을 잃었다.

"편지에 주소까지 적진 않았고요. 병원 관두고 'BAM 스쿨'이란 곳에서 공부를 할 거라고 했어요."

"BAM 스쿨? 그게 뭔데요?"

276

"모르죠. 나도 처음 들어 보는데."

"그럼 아는 게 없잖아요!"

성요한이 손가락의 방향을 이새록 쪽으로 바꾸고 말했다.

"어디서 삿대질이에요!"

이새록이 성요한의 손등을 철썩 쳤다.

"제가 압니다."

유진신이 시동을 걸며 말했다.

"'Business As Mission'의 약자예요. 말 그대로 비즈니스 선교죠. 목사가 되어 교회를 세우는 것이 아니라 사업체를 운영하면서 복음을 전하는 겁니다."

"아, 목사님이 지금 카페를 운영하는 것처럼요?"

성요한이 말했다.

"목사님? 목사님이라고요?"

이새록이 손가락으로 운전석에 앉은 유진신을 가리켰다.

"어디서 삿대질이에요!"

성요한이 이새록의 손등을 철썩 치고 계속 말했다.

"전직 법의관, 현직 목사님이십니다. 목사님한테 개인적인 원한으로 수사를 하니 마니 하신 거라고요."

"목사면 다 원수도 사랑하고 그래요? 돈 사랑하지 말고, 간음하지 말라고 하면서 뉴스 보면 횡령도 하고, 성추행도 하고 다 하더만."

등 뒤에서 벌어지는 소란에도 묵묵히 운전대만 잡고 있던 유진신이 입을 열었다.

"의사는 어떤가요?"

"네?"

"뉴스를 보면 의사는 다 돈만 밝히는 존재죠. 대리 수술을 시키고 환자를 성폭행하는 의사도 있고요. 그런데 이새록 선생님 주변의 의사들은 정말 다 그런가요?"

"……."

"물론 뉴스에 나오는 나쁜 의사도 있지요. 하지만 저는 존경스러운 동료들을 많이 알고 있어요."

도로를 달리는데 응급차가 사이렌을 울리며 나타났다. 유진신은 다른 차량들과 함께 길을 비켜 주었다.

"응급환자를 위해 병원 앞에 방을 얻고 매일 네 시간도 못 자며 수술을 하는 외과의사, 보장된 미래를 버리고 케냐로 떠나 의술을 펼치는 내과의사 부부, 오늘도 시체에 코를 박고 죽음의 원인을 규명하려 애쓰는 법의관도 있습니다."

구급차를 먼저 보내고 유진신이 계속 말했다.

"그리고 환자를 잃지 않기 위해 경찰서까지 쳐들어와 필사적으로 환자를 찾는 정신과 의사도 있지요."

잠자코 듣고 있던 이새록이 유진신을 보았다.

"감호소에서 선생님께 수사에 참여하라고 하진 않았겠지요. 오히려 말렸을 겁니다. 선생님 잘못 아니라고요."

고개를 숙인 이새록의 입술이 움찔거렸다.

"하지만 선생님은 기어이 여기까지 오셨지요. 그 과정에서 다소

과격한 언행이 있었지만 그건 그만큼 환자를 생각해서일 겁니다.
맞지요?"

유진신이 부드러운 미소를 지었다.

"죄송합니다."

이새록이 자세를 바로잡고 우렁차게 말했다.

"놀래라, 조용히 좀 말해요."

귀에 꽂히는 이새록의 사과에 성요한이 몸서리를 쳤다.

"발성 연습을 많이 했나 봐요."

유진신이 웃으며 말했다.

"네, 아무래도 환자들이랑 상담을 해야 하니까, 정확한 발음으로
전달하고 싶어서……."

유진신은 멋쩍게 웃는 이새록을 백미러로 보며 계속 말했다.

"임치수 환자는 감호소에서 어떻게 지냈나요?"

"아까도 말했지만 정말 잘 지냈어요. 우울증에 자신을 비하하는
경향도 강했지만, 폭력성은 없었어요. 특히 최근엔 종교 활동에 참
여했어요. 늘 조그만 성경을 들고 다녔어요."

상담 시간에 임치수가 말했다.

"천국이 정말 있을까요?"

"글쎄요. 있으면 좋겠어요?"

이새록의 질문에 임치수가 고개를 끄덕였다.

"천국 타령은……. 염치도 없네."

성요한이 말했다. 분위기가 무거워지자 유진신이 화제를 돌렸다.

"동생이 보낸 편지는 어떤 내용이었나요?"

"솔직한 편지였어요. 이렇게 솔직해도 되는 건가 싶을 정도로……."

오빠, 기억나? 오빠가 6학년이고 난 3학년이었을 거야. 초등학교 운동회 날에 내가 달리기 대회에 나가서 넘어졌잖아. 사람들이 웃고 떠들고 난리가 났지. 무릎이 깨져서 피가 났는데 난 창피해서 아픈 것도 잊고 눈물만 흘리고 있었어. 그런데 갑자기 오빠 목소리가 들렸지. 보라야, 임보라.

임보라가 고개를 들자 눈앞에 임치수가 서 있었다. 임보라가 넘어지는 것을 보고 응원을 하던 임치수가 운동장에 들어온 것이었다. 임치수는 임보라를 일으켜 업어 주었다.

난 오빠가 나를 데리고 양호실로 갈 줄 알았어. 하지만 오빠는 나를 업고 달리기 시작했지. 그러자 사람들이 환호하기 시작했어. 하지만 나는 창피해서 오빠 등에 얼굴을 묻었지. 그때 오빠가 말했어.

"괜찮아, 보라야, 같이 가면 돼."

임치수는 동생을 업고 뛰느라 숨이 턱까지 찬 목소리로 말했다.

남매는 결국 함께 결승선을 통과했고 사람들은 1등보다 남매에게 더 많은 박수를 보냈다. 임보라는 오빠의 등에 업혀 챔피언처럼 두 손을 번쩍 들었다. 아름다운 유년의 기억이었다.

하지만 나는 넘어진 오빠를 버리고 가 버렸어. 오빠가 입시에 실패했을 때 나는 솔직히 마음이 편해졌어. 나도 한 번쯤 떨어져도 괜찮겠구나 싶어서. 오빠가 연이어 떨어졌을 땐 나도 오빠처럼 될까 봐 불안했어. 겉으론 오빠를 위로했지만 실은 이기적인 생각만 하고 있었어.

임보라가 의대에 합격한 날, 가족은 근사한 식당에서 축하 파티를 하기로 했다. 또 한 번 입시에 실패한 임치수만 남겨 놓고. 슬픈 눈으로 힘겹게 웃고 있는 임치수에게 임보라는 같이 가자는 말을 건네지 못했다.

법정에서 우리 가족은 오빠가 그렇게 아픈 줄 몰랐다며 선처해 달라고 말했지. 거짓말이야. 나는 오빠의 다친 마음을 알았어. 하지만 오빠의 손을 잡아 주지 못했어. 난 나 혼자라도 결승선을 넘어서 다행이라고 생각했어. 오빠, 나를 용서하지 마.

"자신은 의사가 될 자격이 없는 인간이라며, 앞으론 속죄하는 마음으로 살 생각이라고 편지를 마무리했죠."

"편지를 보고 임치수의 반응은 어땠나요?"

성요한이 말했다.

"……구겨서 버렸어요. 답장은 쓰지 않았고요."

"도착했습니다. 여기예요."

유진신이 차를 골목 안으로 몰았다. 한 건물 앞에 BAM 스쿨이라는 안내 표지판이 서 있었다.

"건물이 있는 건 아니고 교육 기간 동안 빌려서 사용해요. 제가 할 때도 여기서 했는데 그대로네요."

유진신이 차를 세우며 말했다. 스태프도 그대로인지 건물 밖으로 나오던 간사 한 명이 유진신을 알아보았다.

"목사님!"

"오랜만입니다."

유진신이 반갑게 인사를 나눈 후 일행인 성요한과 이새록을 소개하고 방문한 이유를 밝혔다.

"지금 보라 자매는 수업 듣는 중인데요. 같이 올라가시죠."

"아니요. 교육 중인데 방해가 될지도 모르고 보라 자매도 불편할 수 있으니 수업이 끝나면 불러 주시죠."

간사는 알았다며 다시 들어갔다.

"자매란 소리, 오랜만에 듣네요."

성요한이 건물을 보며 말했다.

"주님 안에서 다 형제이고 자매다, 그런 뜻인 거죠?"

이새록이 물었다.

"뭐 그런 거죠. 근데 저는 교회 다닐 때도 입에 붙질 않았어요."

성요한이 고개를 흔들었다. 유진신은 교회 용어에 알레르기 반응을 보이는 성요한을 보며 웃었다.

얼마 지나지 않아 건물 안에서 여자 두 명이 나왔다. 친구 사이인지 팔짱을 끼고 있었다.

"저기 오는 것 같아요."

이새록이 두 사람을 발견하고 말했다.

"왜 여자들은 팔짱을 끼고 다닐까? 남자들은 아무리 친해도 상상도 못 할 일인데……."

성요한이 말했다.

"왜요? 형제, 자매끼리 이 정도 스킨십은 할 수 있지요."

유진신이 웃으며 성요한과 어깨동무를 했다.

"에이, 건들지 마요."

성요한이 질색을 하며 뿌리쳤다.

"안녕하세요."

임보라와 친구가 다가와 인사를 했다. 성요한이 앞으로 나섰다.

"안녕하세요. 경찰입니다."

성요한이 신분증을 보여 주는데 임보라의 친구가 불쑥 말을 꺼냈다.

"스토커 때문에 오신 거예요?"

"스토커요?"

성요한이 얼굴을 찡그리며 되물었다.

유진신 일행과 임보라는 근처 카페로 자리를 옮겼다. 민감한 이
야기이니만큼 임보라의 친구는 먼저 보냈다. 심상찮은 분위기를
읽었는지 친구는 걱정스러운 눈으로 임보라를 돌아보다 떠났다.

"오빠가 또 사람을 죽였다고요?"

저녁 시간 내내 수업 중이었던 임보라는 아직 소식을 듣지 못한
상태였다.

"네, 경찰을 살해한 혐의를 받고 있습니다. 탈출 후에는 임치훈
씨를 찾아가 폭행하기도 했습니다. 현재 부모님과 임치훈 씨 댁 근
처에 순찰을 강화하고 있습니다."

임보라는 어지러운지 손으로 이마를 짚었다.

"저도 보호 대상이 되는 건가요?"

"불편하시겠지만 그래야 할 것 같습니다. 지금 어디서 지내십니
까?"

"아까 같이 있던 친구 집이요."

"같이 사세요?"

"원래는 아닌데……."

"스토커 때문인가요?"

유진신이 말했다. 고개를 끄덕이는 임보라의 얼굴이 한층 더 어
두워졌다.

"경찰에 신고는 하셨어요?"

이새록이 물었다.

"네, 근데 지금 단계에서 수사를 하긴 어렵다고 하셨어요."

스토커는 공중전화로 연락해서 말없이 거친 숨소리만 낸다거나 잡지 글자를 오려 쓴 편지를 집에 두고 갔다.

너와 나의 영혼은 연결되어 있다. 우리는 진정한 소울메이트다. 너도 곧 이 사실을 알게 될 것이다.

임보라가 휴대폰으로 찍어 놓은 편지의 내용이었다.
"지나치게 고전적이네요."
성요한이 스토커의 편지를 보고 말했다.
"신고를 받아 주신 경찰분도 그러셨어요. 어린애가 영화 보고 장난친 것 같다고요. 녹음된 숨소리도 어린 남자 같았어요. 지문 감식을 했는데 아무것도 안 나왔다고 들었어요."
"전화나 편지는 계속 옵니까?"
"어떻게 알아내는지 번호를 바꿔도 전화는 종종 오는데 친구 집에서 산 이후로 편지는 못 받았어요."
"친구 집은 아파트인가요?"
"아니요. 빌라예요. 주택가라 사람이 많이 다녀요."
성요한이 알겠다는 듯 고개를 끄덕였다.
"친구 집에서 나와야겠네요. 더 폐를 끼칠 순 없으니."
임보라가 한숨을 내뱉으며 말했다. 이새록이 임보라를 보다 입을 열었다.
"일단 저하고 같이 지낼까요?"

"네?"

"전 아파트 살거든요. 같은 동에 감호소 직원들도 살아서 보안이 나쁘지 않아요."

"그거 묘안인데요."

성요한의 얼굴이 밝아졌다. 경찰이 보호한다고 해서 대통령 경호하듯이 붙어 있을 수는 없었다. 감호소 직원들이 사는 아파트라면 임치수에겐 가장 접근하기 싫은 곳일 터였다.

"감호소라면……."

임보라가 이새록에게 말하자 이새록이 명함을 내밀었다.

"치료감호소에서 일하는 정신과전문의 이새록입니다. 임치수 환자를 담당했었어요."

임보라가 명함을 만지작거리다 입을 열었다.

"선생님이 보시기엔 어때요? 정말 오빠가 저를 공격할 것 같나요?"

이새록이 잠시 성요한과 유진신의 눈치를 보더니 이내 당당하게 말했다.

"아니요. 저는 경찰 입장과 다릅니다. 누가 뭐래도 최근 임치수 환자와 가장 많은 대화를 나눈 사람은 저예요. 저는 오해가 있다고 생각해요. 임치수 환자가 나타난다면 제가 설득할 생각이에요."

이새록의 말에 믿음이 갔는지 임보라가 고개를 끄덕이며 자리에서 일어났다.

"그럼 죄송하지만 신세를 지겠습니다. 지금 바로 친구 집에 가서 간단한 짐만 빼 올게요."

"지금요? 네, 그러시죠."

이새록은 바로 온다는 말에 조금 당황한 것 같았지만 자기가 제안한 일이니 흔쾌히 답했다.

"낮 동안엔 계속 여기서 수업을 들으시나요?"

성요한이 말했다.

"아니요. 이제부턴 실습 기간이라 매장에 나가요. 근데 아직 실습 나갈 매장이 결정되지 않았어요."

"그래요?"

성요한이 잠시 고민하다가 옆에 있던 유진신을 보고 씩 웃었다.

"최고의 실습 장소가 있네요."

3.

"어서 오세요!"

카페에 첫 출근 한 임보라가 손님에게 인사를 건넸다.

천국에서 온 커피가 있는 동네는 경찰서와 고등학교가 근처에 있어 유흥가와 거리가 멀었다. 주변에 큰 회사도 없고 아파트 단지라 손님 대부분이 인근 주민이었다.

"잡일만 시켜서 죄송해요. 갑자기 맛이 달라지면 손님들이 당황할 수 있어서요."

가게를 정리할 시간이 되자 유진신이 말했다.

"아니에요. 당연하지요. 전 초보자인데요. 근데 똑같이 해도 왜 맛이 다를까요?"

임보라가 어렵다는 듯 말했다.

"음료는 만들면 늘어요. 걱정 마시고 연습하시면 돼요. 그것보단 경영자 입장에서 고민을 해 보셔야 해요. 입지가 중요해요. 어떤 손님들이 오느냐가 결정되니까요. 보라 자매는 어디서 장사를 하고 싶으세요?"

"아직은 모르겠어요. 일단 어디든 한국은 벗어나고 싶어요."

임보라가 잠시 고민하다가 말했다.

"어디든 가도 좋지만 도망치는 건 곤란합니다."

"왜 그런 말씀을 하시죠?"

"한창 바쁠 때는 오히려 생기가 있더니 여유가 좀 생기니까 얼굴이 어두워서요. 쫓기고 있는 사람처럼요."

"쫓기고 있죠. 정체 모를 스토커에 친오빠한테까지요."

"너무 걱정하지 마세요. 요한 형사님이 잘 해결해 주실 거예요."

"두 분은 어떻게 아시는 거예요?"

"단골이세요. 골목 나가면 바로 경찰서잖아요. 보라 자매님이 BAM을 하고 있다는데 그게 뭔지 모르겠다고 하셔서 제가 안내해 드린 거죠."

유진신은 미리 두 사람과 입을 맞춰 법의관이었던 사실을 숨기기로 했다. 유진신이 이하연의 친구였다는 사실을 임보라가 알면 불편해할 것이 빤했기 때문이다.

"원래 요한 형사님이 새록 선생님 댁으로 바래다드려야 하는데 오늘은 바쁘다고 하셔서 제가 모셔다드릴게요."

"보라야!"

유진신의 말이 끝나기 무섭게 한 남자가 가게 안으로 들어오며 소리쳤다.

"강영균! 나가!"

임보라가 정색하며 소리쳤다. 강영균이라 불린 남자가 기세 좋게 들어오다 움찔하며 멈춰 섰다.

"나가라고!"

임보라가 재차 말하자 남자는 꽁무니를 빼고 밖으로 나갔다.

"죄송해요. 잠시 갔다 오겠습니다."

임보라가 양해를 구하고 밖에 있는 강영균에게 다가갔다. 유진신은 임보라의 뒷모습밖에는 볼 수 없었지만 임보라의 얼굴이 어떨지 상상이 갔다. 강영균이 움츠린 자세로 뭐라고 변명을 하는 것 같았지만 씨알도 먹히지 않는 분위기였다.

"네가 왜 나를 지켜 줘? 쓸데없는 소리 하지 말고 가!"

문을 닫아야 되나 싶을 정도로 임보라의 목소리가 잘 들렸다.

곧 정리가 됐는지 임보라가 가게로 돌아왔다. 강영균은 멀어지는 임보라를 원망스럽게 보다가 유진신과 눈이 마주쳤다. 강영균은 적의를 담은 눈으로 유진신을 노려보았다. 임보라가 밖을 돌아보자 강영균은 재빨리 자신의 벤츠를 타고 사라졌다.

"죄송해요. 친구가 철이 없어요."

"여긴 어떻게 알고 오셨대요?"

"같이 살던 친구 집에 쳐들어갔나 봐요. 이제 가시죠."

임보라는 강영균에 대해 말하고 싶지 않은 눈치였다. 하지만 말을 꺼낼 수밖에 없는 상황이 이어졌다. 유진신이 임보라를 태우고 골목 밖 사거리로 나오자마자 벤츠 한 대가 따라붙었다.

"저 뒤의 차, 아까 그 친구분 차 같은데요."

"네?"

임보라가 뒤를 돌아보았다. 강영균의 벤츠가 확실했다. 임보라가 성난 얼굴로 전화를 걸었다.

"야, 너 지금 당장 차 세워."

임보라의 분노는 다음 사거리에서 강영균의 벤츠가 반대 방향으로 가고 나서야 가라앉았다.

"죄송해요."

임보라가 말했다.

"친구분이 보라 자매를 많이 걱정하시나 봐요."

"……결혼할 뻔했던 친구예요."

"아……."

유진신은 임치훈이 해 줬던 말이 떠올랐다.

"순정파시군요."

"네?"

"제가 듣기론 부모님 반대로 원치 않던 파혼을 하셨다고……. 근데도 아직 보라 자매를 잊지 못해서 저러는 거 아닌가요?"

유진신이 조심스레 말했다.

"아, 그건 대외적인 이유고요. 진짜 헤어진 이유는 따로 있어요."

임보라가 씁쓸한 미소를 지으며 말을 이었다.

"순정파는커녕 바람둥이예요. 결혼 날짜까지 잡아 둔 상태에서 동기랑 잤어요. 술김에 한 실수라는데 믿을 수가 없더라고요."

"그런데 왜 엉뚱한 소문이 나도록 내버려 두셨죠?"

"인생이 불쌍해서요. 그리고……."

임보라가 차창 밖을 보며 말을 이었다.

"치수 오빠가 우리 가족에게 받았던 모욕에 비하면 그 정도 오해는 아무것도 아니니까요."

"……."

분위기가 딱딱해지자 임보라가 말을 돌렸다.

"목사님은 결혼하셨어요?"

"결혼하고 싶었던 사람은 있었죠."

"과거형이네요. 목사님이야말로 그분을 못 잊고 계시는 건 아니죠? 순정파가 멋있어 보이는 건 영화 속뿐이에요."

유진신은 미소를 지을 뿐 아무 말도 하지 않았다.

* * *

이새록이 사는 아파트는 복도식에 일곱 개의 동으로 이뤄진 소규모 단지였다. 이새록의 집은 3층이었다. 이새록이 잠시 들어왔다가라고 했지만 유진신은 임보라를 데려다주고 바로 떠났다.

"첫날이라 힘들었겠어요."

이새록이 씻고 나온 임보라에게 말했다.

"아니에요. 잘 가르쳐 주셔서 많이 배웠어요."

"배고프진 않아요? 근처에 식당은 없는데 주문하면 돼요."

"……음, 글쎄요."

"고민이 될 때는 일단 고!"

임보라가 망설이자 이새록이 거침없이 결정을 내렸다. 임보라와
이새록은 주문을 끝내고 거실에서 수다를 떨며 배달을 기다렸다.

"감호소에서 일하는 거 힘들지 않으세요?"

"힘들죠. 근데 제가 선택한 거니까요."

이새록이 씩씩하게 답하더니 조심스럽게 임보라에게 물었다.

"근데 카페를 창업하기보단 의사로서의 능력을 활용하는 편이
좋지 않나요? 아깝잖아요."

"……의사는 제가 선택한 길이 아니라서요."

"아……."

"저는 부모님이 세운 계획대로 살았어요. 입고, 먹고, 자는 것까
지 아무 생각을 할 필요가 없었어요. 그대로 따르면 됐지요."

"힘들었겠어요."

"힘들었죠. 하지만 좋은 면도 있었어요."

"그래요?"

이새록이 의외라는 얼굴로 말했다.

"스스로 고민하고 선택할 필요가 없는 삶이라는 게 편하기도 하더라고요. 그리고 방식이 다를 뿐 다른 사람들도 크게 다르지 않게 사는 것 같았어요."

임보라가 물을 한 모금 마시고 말을 이었다.

"갑자기 회의가 든 건 오히려 의대에 들어가고 나서였죠."

"맞아요. 의대 입학이 결승선인 줄 알고 달려왔는데 입학하면 더 힘들게 뛰어야 하니까요."

이새록이 고개를 끄덕이며 말했다.

"정신과 전공이라고 하면 상담해 달라는 친구 많지요?"

이새록이 말도 말라는 듯 손을 흔들었다.

"그럼요. 남자 친구 정신 상태를 분석해 달라는 부탁을 얼마나 받았는지……. 혹시 만나는 분 계세요?"

"아니요."

"에이, 하고 싶은 말이 있는 것 같은데? 그래서 상담 이야기 꺼낸 거 아니에요?"

"……음, 제 이야기는 아니고, 친구 이야기인데요."

"너무 고전적인 시작이다!"

이새록이 웃으며 말하는데 밑에서 오토바이 소리가 들렸다.

"어, 배달 왔나 봐요. 우리 먹으면서 이야기해요."

이새록이 신나게 자리에서 일어나는데 뭔가가 거실 창문에 날아와서 '쿵' 하고 부딪혔다.

"뭐야?"

이새록이 조금 놀란 눈으로 창을 바라보는데 곧이어 '쾅' 하는 소리와 함께 돌이 창문에 부딪혔다. 이새록이 비명을 지르며 주저앉았다. 임보라가 창문으로 달려가 아래를 내다보았다. 검은 헬멧을 쓴 남자가 오토바이를 타고 임보라를 보고 있었다.

4.

"오빠는 아니었어요."

헬멧을 쓴 남자는 돌을 던지고 바로 도주했다. 유진신은 소식을 듣고 하루 쉬라고 했지만 임보라가 고집을 부려 출근을 했다.

"네, 뭐, 누가 봐도……."

성요한이 아파트 CCTV에 찍힌 헬멧 남자를 보며 말했다. 임치수보다는 덩치가 확실히 작았다.

"스토커라고 해도 이상하네요."

유진신이 성요한에게 커피를 내놓으며 말했다.

"왜요?"

임보라가 말했다.

"이때까진 스토커가 모습을 드러내지 않았잖아요. 그렇게 신중하던 스토커가 직접 나타나서 공격까지 감행한 게 이상해서요."

"그러게요. 잡히려고 환장한 놈 같네요."

성요한이 화면 속의 용의자를 툭툭 두드렸다.

"잡을 수 있어요? 얼굴도 안 보이는데요?"

임보라가 말했다.

"얼굴만 가린다고 되나요? 아파트 CCTV뿐 아니라 도로 감시 카메라에도 다 찍혔어요. 차량이 많은 시간대도 아니라 이동 경로도 대략 파악이 됐습니다. 우리나라가 죄짓고 도망 다니기 쉬운 나라가 아니에요."

임보라가 고개를 끄덕이며 잠시 망설이다가 입을 열었다.

"……혹시 오빠 소식은 있나요?"

"아, 아니요. 아직은…….''

"네……. 어서 오세요!"

임보라가 힘없이 말하다가 가게에 들어오는 손님을 보고 밝게 인사하며 다가갔다.

"숙소가 바뀌자마자 찾은 걸 보면 우리가 보라 자매를 찾아갔던 순간부터 보고 있었을지도 모르겠네요."

성요한이 동의하듯 고개를 끄덕였다.

"여기서 일하는 것도 알고 있다고 생각해야 할 것 같아요. 어쩌면 손님으로 들어와 있을지도 모르죠."

성요한이 임보라에게 주문을 하는 손님을 보며 말하다가 갑자기 유진신을 돌아보았다.

"목사님도 조심하세요."

"내가 왜요?"

"스토커 입장에서 목사님이 제일 짜증 나지 않겠어요? 갑자기 나타나서 일자리도 주고, 집에도 데려다주고……."

"음, 그럼 제가 다치면 형사님 잘못이네요. 형사님이 보라 자매를 여기로 보냈으니까요."

"왜 재수 없는 이야기를 해요? 말이 씨가 돼요."

성요한이 정색을 하자 유진신이 웃으며 화제를 돌렸다.

"숙소는 어떻게 하기로 했어요?"

"노출이 된 데다 공격까지 받았으니 옮겨야겠지요. 보라 씨 친구 집으로 가기로 했어요."

"원래 지내던 집이요?"

"아니요. 그 친구 말고 다른 친구."

* * *

마감할 시간이 되어 강영균이 가게 앞에 나타났다. 강영균은 의기양양한 얼굴로 유진신을 보며 웃었다.

"영균이가 보안이 좋은 데 살아요. 전에도 오라고 했지만 내키지 않아서 거절했는데 새록 선생님 집에 더 머무는 건 민폐인 것 같아서요."

임보라가 유진신에게 말했다.

"네, 안전이 가장 중요하지요. 같이 오신 분은 은숙 씨라고 했지요? 은숙 씨하고 같이 지내는 건가요?"

유진신이 강영균과 함께 온 서은숙을 보며 말했다. 숙소를 옮기기 전에 같이 살던 서은숙이 쇼핑백을 들고 인사를 했다.

"아니요. 은숙이는 제가 놓고 온 짐 챙겨 주려고 온 거고요. 새록 선생님이 같이 가 주시기로 하셨어요."

"뭐? 그건 처음 듣는 소린데?"

강영균이 급하게 끼어들었다.

"당연하지. 그럼 너랑 둘이 있을 줄 알았어? 너는 있을 곳 따로 있다며?"

"있긴 하지. 그래도 우리 집인데 나도 편하게 왔다 갔다 하면서 지내야지. 모르는 사람이 있으면 불편하잖아. 혼자 있기 그러면 여기 은숙 씨랑 같이 있으면 되잖아. 그럼 나도 가끔 들러서 셋이서 술도 한잔하고……."

강영균이 임보라의 친구를 보며 말했다.

"은숙이 핑계 댈 생각하지 말고! 내가 네 속셈 모를 줄 아니?"

임보라가 짜증스러운 얼굴로 말하고 유진신을 돌아봤다.

"목사님, 저 여기서 살면 안 되나요? 간이침대 같은 거 하나 놓고요. 경찰서도 가깝고 가게 보안업체도 있고요."

"그렇긴 하지만……."

"뭐가 그렇긴 하지만이야!"

강영균이 유진신을 보고 소리를 질렀다. 임보라가 돌아서 째려보자 강영균은 항복한다는 듯 두 손을 들었다.

"아, 알았어. 나는 얼씬거리지 않을 테니까 그 새록인지 뭐시기인지 하는 사람이랑 지내. 일단 가자. 바래다줄게."

"은숙이나 바래다줘. 새록 선생님 오실 테니까."

임보라가 서은숙이 건넨 쇼핑백을 살피더니 뭔가를 꺼내 다시 서은숙에게 주었다. 스토커 대비용으로 갖고 있던 전기충격기였다.

"이건 이제 됐어."

"직접 나타나서 돌까지 던졌다며? 갖고 있는 게 좋지 않아?"

서은숙이 걱정스러운 얼굴로 말했다.

"낮에는 목사님이랑 같이 여기 있을 거고 영균이 집은 보안이 워낙 좋으니까 괜찮을 거야. 혼자 있지도 않을 거고."

임보라가 웃으며 말했다.

강영균은 거의 절망에 빠진 얼굴이었다. 약이라도 올리듯 그 타이밍에 이새록이 차를 타고 나타났다.

"거기 뷰가 죽인다면서요? 그런 데는 누가 사나 했는데 덕분에 호강하네요. 감사해요!"

이새록은 등장하자마자 시원시원한 성량으로 강영균의 속을 뒤집어 놓고 임보라와 함께 떠나 버렸다.

"그럼 저도 이만······."

유진신도 눈치를 보며 자리를 피하려는데 강영균이 앞을 막았다.

"잠깐 이야기 좀 하죠."

"은숙 씨, 미안한데 오늘은 혼자 가요."

강영균이 서은숙을 보지도 않고 말했다. 서은숙은 다가오는 태풍을 피하는 어부처럼 재빨리 자리를 피했다.

"무슨 일이시죠?"

유진신이 말했다.

"목사가 왜 카페를 해요? 카페 차려 놓고 사장입네 하면서 누구 하나 꼬셔 보려고?"

"밑도 끝도 없이 시비를 걸려는 거면 이만 가 보겠습니다."

유진신은 무시하고 갈 길을 가려 했지만 강영균이 가로 막았다.

"보라는 이런 데서 썩을 애가 아니야. 미친 오빠 때문에 잠깐 방황 하고 있지만 곧 정신 차릴 거야. 그러니까 엉뚱한 생각하지 마요."

"보라 자매는 지금도 정신 똑바로 차리고 일하고 있어요. 스토커에 오빠 문제까지 있는데도 일을 할 때만큼은 집중하고 있지요."

강영균의 얼굴이 구겨졌다.

"뭐라는 거야? 짜증 나게."

"선생님은 보라 자매가 왜 여기서 일을 하는지, 앞으로 뭘 하려 는지 전혀 이해를 못 하고 있어요. 이해할 생각조차 없지요."

"너는 이해한다는 소리야? 네가 보라를 나보다 더 잘 이해한다 고?"

강영균이 유진신의 멱살을 잡았다.

"당신이 조금이라도 보라 자매를 생각했다면 당신이 받아야 했던 창피를 보라 자매가 당하게 두지 않았을 겁니다. 당신은 자기밖에 몰라요. 보라 자매를 위하는 척하지만 실은 다 자기를 위한 것뿐이지요."

"이 새끼가!"

강영균이 유진신에게 주먹을 날렸지만 그 주먹은 유진신에게 닿

지 못했다. 강영균의 팔은 앞으로 나가지 못하고 등 뒤로 접혀 버렸
다. 강영균이 비명을 지르며 무릎을 꿇었다.

"선생님, 폭력을 휘두르시면 안 되지요."

성요한이 강영균의 팔을 꺾고 말했다.

"이거 안…… 아악!"

강영균이 소리를 치다 비명을 질렀다.

"이 상태로 경찰서까지 가실래요? 여기서 멀지도 않은데."

"……."

"그냥 여기서 정리를 하시려면 꼭 해 주셔야 하는 말씀이 있어
요. 기회는 한 번뿐이니까 잘 생각하고 말씀하세요."

강영균이 성요한과 유진신을 째려보더니 내키지 않는 얼굴로 입
을 열었다.

"죄송합니다. 제가 흥분했습니다."

"그렇다네요. 선생님은요?"

성요한이 유진신에게 말했다. 유진신이 고개를 끄덕이자 성요한
이 팔을 풀어 주었다. 강영균은 팔을 부여잡고 도망치듯 사라졌다.

"내가 아침에 조심하라고 했죠? 멱살이나 잡히고 뭐 하는 거예
요?"

성요한이 생색을 내며 말했다.

"어떻게 온 거예요?"

유진신이 웃으며 물었다.

"아, 그 돌 던진 놈 알아봤는데요."

"찾았어요?"

"아니요. 근데 스토커가 아니라 배달하는 녀석 같아요."

"배달이요?"

"네, 어떻게 숙소 옮기고 하루 만에 정확한 호수까지 알아냈겠어요? 배달하는 녀석을 매수한 거예요. 이새록 선생님이 평소 배달을 많이 시켰다고 하더라고요."

유진신이 이해가 가지 않는다는 얼굴로 입을 열었다.

"호수를 알아낸 건 그렇다 치고 돌까지 던지게 했다고요? 돈 준다고 그런 짓까지 해 줘요?"

"내일을 생각 안 하고 사는 녀석들 있잖아요. 배달하다 배고프다고 닭 다리 훔쳐 먹는 놈도 있는데 놀랄 일은 아니죠."

성요한은 관할서의 협력을 받아 일대의 배달 업체를 뒤져 보았다.

"업체에 속한 건 아니고 프리로 뛰는 녀석 같아요. 스쿠터도 흔한 모델이 아닌 데다 튜닝이 된 거라 식별이 된답니다. 번호판도 없이 다니는 양아치인 것 같은데, 수사망을 좁히고 있으니까 곧 잡힐 겁니다."

유진신이 미간을 찌푸리며 생각에 잠겼다.

"왜 또 심각해졌어요?"

"형사님, 강영균을 쫓아가 보시죠."

"강영균이 스토커라고 생각하는 거예요? 멱살 한 번 잡혔다고 오버예요. 음성 분석 결과 이십 대 초반의 어린 남자라고 했잖아요."

"사람을 매수해서 돌을 던지게 할 정도면 대신 음성을 녹음시키는 정도는 쉽겠죠. 사람을 고용해서 추적하는 것도 가능하고요. 강영균에게는 그만한 재력이 있으니까요."

"……."

"애초에 돌은 왜 던졌을까요? 배달을 가 본 경험이 있다면 웬만한 돌로는 거실 창을 깰 수 없다는 걸 알았을 겁니다. 위해를 가하기엔 턱없는 수준이었죠."

"그냥 겁을 준 거겠죠."

"그렇죠. 겁을 준 겁니다. 거긴 안전하지 않다. 그러니 거기 있지 말고 더 안전한 곳으로 가라."

"보라 씨가 이새록 선생 집을 나와서 자기 집으로 들어오게 만드는 것이 목적이었다?"

성요한의 얼굴이 점점 굳어졌다.

"형사님이 그러셨잖아요? 잡지 글자를 오려 붙인 편지 같은 것은 너무 고전적인 방식이라고요."

"그런 거야 옛날 영화에서나 나오는 거지 요즘 방식은 아니죠."

"그겁니다. 옛날 영화에서나 나올 법한 방식. 옛날에는 깡패를 고용해 여자를 위협하게 한 후에 남자가 멋지게 등장해 해결을 해 주는 장면이 종종 나왔지요."

"강영균이 스토커를 만들어 냈단 말이에요?"

"두 사람은 결혼할 뻔했던 사이지만 강영균의 잘못으로 갈라서고 말았지요. 가상의 스토커를 등장시키고 스스로 기사를 자처해서 관계를 회복하려고 한다면요? 고전적인 방식을 사용해서요."

성요한이 심각한 얼굴로 입을 열었다.

"목사님 생각대로라면 보라 씨는 안전한 곳은커녕 제 발로 함정
에 들어간 셈이네요."

"이새록 선생님이 함께 계시니 당장 무슨 일이 있진 않을 겁니
다. 그래도 조사를 해 보시지요."

성요한이 고개를 끄덕이다가 질문을 던졌다.

"근데 강영균이 무슨 잘못을 해서 결혼이 깨진 거예요?"

* * *

"정말이에요?"

이새록이 경악하며 말했다.

"네, 술김에 한 실수라는데……."

"실수 좋아하시네. 술에 취해 튀어나온 본심이겠죠."

두 사람은 강영균 집에 들어와 거실 소파에서 대화를 나누었다.
이새록이 임보라의 손을 잡았다.

"힘들었겠어요."

"지금처럼 어정쩡하게 친구로 지내는 게 맞는지 모르겠어요."

"보라 씨, 너무 지나치게 착해요."

"한때는 소중했던 친구니까요."

"우선 보라 씨 자신부터 소중하게 여겨야지요. 스스로를 상처 입
히면서 지속해야 할 관계는 없어요."

임보라가 머리 아프다는 듯 얼굴을 무릎 위의 쿠션에 파묻었다. 이새록이 안쓰러운 눈으로 임보라를 보다가 술병이 든 진열장을 발견했다.

"에이, 지랄 맞은 술! 다 마셔 치워 버립시다!"

이새록이 소파에서 벌떡 일어났다.

"죄송해요. 전 이제 술이라면 지긋지긋해서요."

임보라가 고개를 저으며 말했다.

"괜찮아요. 혼자서도 충분하니까."

이새록이 웃으며 진열장을 열다가 갑자기 표정이 굳었다. 술병 사이로 진열장에 있기엔 어울리지 않는 것이 보였다. 이새록이 가는 줄을 잡아당기자 작은 카메라가 끌려 나왔다.

"이게 뭐야?"

갑자기 현관문이 열리는 소리가 들렸다. 현관문은 지문으로 열렸다. 지문이 등록된 사람은 오늘 들어온 임보라와 이새록, 그리고 집주인인 강영균뿐이었다.

5.

"보라 씨는 괜찮아요?"

성요한이 말했다. 성요한은 거리를 걸으며 유진신과 통화 중이었다.

"겉으로 보기엔요."

유진신이 가게 앞을 청소하는 임보라를 보며 말했다.

지난밤, 강영균은 제 버릇을 못 버리고 술에 취해 임보라를 만나러 쳐들어갔다. 강영균은 자기 집에 들어간 것이 무슨 잘못이냐며 항변했지만 진열장 뒤에 숨겨진 카메라에 당시 상황이 고스란히 찍혀 있었다. 만취한 강영균은 임보라를 붙잡고 행패를 부렸고, 말리던 이새록을 밀쳐 상처까지 냈다. 성요한이 순찰을 요청하지 않았다면 큰 사고가 생길 수도 있었다.

"그놈의 술김에를 시전하고 있지만 이번엔 소용없을 겁니다."

성요한이 말했다.

"카메라는 본인이 설치한 게 아니라고 주장한다면서요? 사람을 시켜서 돌을 던지게 한 적도 없다고 했고요."

"CCTV를 돌려 봤다는데 강영균이 술에 취해서 여자를 데리고 온 적은 있어도 다른 침입자는 없답니다."

성요한이 길을 걷다가 사무실 앞에서 쉬는 배달 기사들을 보았다.

"돌 던진 놈도 곧 찾아낼 거니까 더는 발뺌 못 할 거예요. 그렇게 전해 주세요."

성요한이 전화를 끊고 무리에게 다가가 신분증을 보여 주었다.

"경찰입니다. 제보할 게 있다고 해서 왔는데요."

맏형처럼 보이는 배달 기사가 앞으로 나섰다.

"그 사이코 새끼가 어디서 노는지 압니다. 꼭 좀 잡아 주세요. 그런 놈 때문에 괜히 우리도 피해를 본다니까요."

"네, 신속하게 경찰서로 배달해 버리겠습니다."

성요한이 웃으며 말했다.

* * *

"바닥이 다 패이겠어요."

유진신이 하염없이 바닥을 쓰는 임보라에게 다가가 말했다. 임보라가 이미 쓸고 지나온 길을 돌아보았다.

"방금 청소했는데 벌써 다시 쓰레기가 보이네요."

"사람이 계속 다니니까요."

"……오빠는 지금 어떤 길을 가려고 하는 걸까요?"

임보라가 죄인처럼 고개를 숙였다.

"보라 자매는 오빠가 가족을 해치려 한다고 생각합니까?"

임보라가 고개를 들어 유진신을 보았다.

"복수할 생각이었다면 첫째 오빠를 왜 가만두고 도망쳤을까요? 탈출을 하다가 경찰까지 죽여 놓고, 정작 복수의 대상을 만나서는 피 한 방울 흘리지 않았다는 것이 이상하지 않나요?"

"치훈 오빠를 찾아가 골프채를 휘둘렀다고 했잖아요. 잘못 맞았으면 죽을 수도 있었을 텐데요?"

유진신이 임보라가 들고 있는 빗자루를 가리켰다.

"그걸 골프채라고 가정하고 제 머리를 공격해 보세요."

"네?"

"천천히 시늉만 해 보라는 겁니다."

임보라가 영문을 모르겠단 얼굴로 빗자루를 들어 유진신의 머리를 향해 스윙하듯 자세를 잡았다. 유진신이 빗자루를 덥석 잡았다.

"국과수 감식 결과, 임치훈 씨가 폭행 도구라고 주장한 골프채에서 임치수 씨의 지문이 나왔습니다. 하지만 이마에 상처를 낸 부위는 헤드가 아니라 손잡이였어요."

유진신이 임보라가 잡고 있는 손잡이 쪽을 보며 말을 이었다.

"임치수 씨의 피부조직이 손잡이 쪽에서 검출되었죠. 왜 헤드가 아니라 손잡이 쪽이었을까요?"

유진신이 빗자루를 뺏으려고 힘을 주자 임보라가 손잡이를 놓쳤다.

"공격을 한 건 임치훈 씨입니다. 임치수 씨는 그 공격을 지금 저처럼 막고 골프채를 뺏으려다가 관성을 이기지 못하고 밀어 버린 겁니다."

유진신이 빗자루를 앞으로 밀자 손잡이가 임보라의 이마를 향했다.

"의도적인 공격이 아니라 방어를 하다가 일어난 사고였어요."

"치훈 오빠가 거짓말을 했다는 건가요? 치수 오빠가 우리 가족을 죽일 거라고도 말했잖아요."

"임치훈 씨는 극도의 흥분 상태였을 겁니다. 동생이 자신을 죽이러 왔다고 생각했으니까요. 몇몇 단어만 듣고 멋대로 조합해 버린 걸 수도 있습니다."

"그럼 대체 치수 오빠는 왜…… 아니, 그보다 목사님은 어떻게 국과수 감식 결과까지 다 아시죠?"

임보라가 의문스러운 얼굴로 말했다. 유진신은 잠시 고민하는 것 같더니 이내 결심을 굳히고 입을 열었다.

"목사가 되기 전에 법의관으로 일했습니다. 저는 임치수 씨에게 살해당한 이하연 법의관의 친구였고, 지금은 경찰의 자문 역할을 하고 있습니다."

"……저를 속이신 건가요?"

임보라의 목소리가 떨렸다.

"불편해하실 것 같아 숨겼습니다. 말씀드리지 못해 죄송합니다."

"그럼 지금 말씀해 주시는 건 어떤 의미인가요?"

"끝까지 가 버리면 정말 속이는 게 되어 버릴 것 같아서요. 지금 이 밝혀야 하는 때란 생각이 들었습니다."

임보라는 혼란스러운 얼굴로 입을 다물었다.

"제가 보라 자매를 미끼로 삼아서 복수라도 꾀하는 것 같습니까?"

"……아닌가요? 오빠가 밉지 않으세요?"

"아니라고 하면 믿어 주실 건가요?"

임보라가 힘겹게 고개를 저으며 말했다.

"잘 모르겠어요. 사람을 믿기가 힘들어요. 제가 믿음을 준 사람들은 하나같이 딴생각을 품고 있었으니까요."

빗자루를 잡고 있는 임보라의 손이 파르르 떨렸다. 유진신이 무슨 말을 하려던 찰나, 손님이 말을 걸었다.

"사장님, 여기……."

유진신이 가게에 들어갔다. 임보라도 따라 들어가려다 골목 입구에 선 한 남자와 눈이 마주쳤다. 노란 후드를 뒤집어쓴 남자는 부자연스럽게 시선을 돌리더니 곧 골목 밖으로 사라져 버렸다.

6.

"어서 오세요."

피시방 알바가 말했다. 성요한이 신분증을 내민 후 휴대폰 화면 속의 사진을 보여 주었다.

"여기 자주 온다고 들었는데? 안 왔어요?"

알바가 눈치를 보더니 좌석을 가리켰다. 성요한이 조용히 그쪽을 향했다. 하지만 자리에는 아무도 없었다. 성요한의 눈에 좌석 뒤편 비상구가 들어왔다. 성요한이 소리를 죽여 비상구를 열고 밖으로 나왔다.

비상구 계단 아래에서 두 남자가 이야기를 나누고 있었다. 제보자가 말해 준 것처럼 빨갛게 머리를 염색한 남자가 눈에 들어왔다. 빨간 머리 녀석은 앞에 선 남자에게 인상을 쓰며 뭐라 말을 하고 있었다. 하지만 성요한은 빨간 머리가 아닌 그 앞의 남자에게 시선을 빼앗겼다.

"임치수!"

성요한이 계단에서 뛰어내리자 빨간 머리와 임치수가 골목 밖으로 달아났다. 성요한은 맹렬한 속도로 추격하며 빨간 머리와 임치수를 따라잡았다. 하지만 도로 끝에서 Y자 형태로 길이 갈라져 있었다.

'제발!'

성요한이 속으로 외쳤지만 빨간 머리와 임치수는 양쪽으로 갈라져 버렸다. 성요한은 순간 고민하다가 임치수가 간 길을 쫓아 들어갔다. 코너를 돌자마자 성요한의 입에서 비명이 터져 나왔다.

* * *

"임치수랑 만나고 있었다고요?"

유진신이 한 손에 휴대폰을 들고 가게 문을 닫았다.

"망할 킥보드를 왜 아무 데나 처놓고 가는지……. 그것만 아니었어도 잡는 건데, 어유……."

"괜찮아요? 다치진 않았어요?"

"그냥 넘어진 거예요. 보라 씨는 어쩌고 있어요?"

"오늘은 일찍 퇴근했어요. 다시 새록 선생님 집에서 지내기로 했고 카페 일은 이제 안 할 것 같습니다."

"아니 왜요?"

성요한이 놀라서 물었다.

"제가 옛날 일을 이야기했어요. 아무래도 같이 있긴 껄끄럽겠죠. 멋대로 해서 죄송합니다."

"그래요? 어쩔 수 없지요. 저는 돌 던진 놈은 관할서에 맡기고 임치수 행방을 쫓고 있어요. 나중에 또 연락드릴게요."

유진신은 전화를 끊고 집으로 향했다. 유진신은 성요한이 전해 준 소식을 좀처럼 이해하기 힘들었다. 돌을 던진 녀석과 임치수가 같이 있었던 것을 어떻게 해석해야 할지 알 수가 없었다.

'차라리 만나서 물어보고 싶네.'

유진신이 집 앞 골목에 들어섰다. 오래된 단독주택이 줄지어 선 골목이었다. 유진신은 골목 중간쯤 위치한 주택 2층에 살았다. 대문을 열고 2층으로 올라가자 옆집 2층 난간에서 길고양이가 경계의 눈빛으로 유진신을 보았다. 집들이 붙어 있어 쉽게 뛰어넘을 수 있는 거리였다.

유진신이 문을 반쯤 연 순간, 옆집의 난간에서 뭔가가 유진신 뒤편으로 넘어왔다.

쿵!

고양이에게선 나올 수 없는 둔중한 소리였다. 유진신은 뒤도 보지 않고 고개를 숙였다. 덕분에 상대의 첫 번째 공격은 허공을 갈랐다. 하지만 상대는 유진신을 집 안으로 밀어붙였다. 뒤에서 떠밀린 유진신은 앞으로 쓰러졌다. 유진신이 재빨리 몸을 돌렸지만 상대는 코앞까지 와 있었다. 유진신이 양팔로 상대의 팔을 막았다. 상대의 손에는 메스가 들려 있었다.

"임치수…….."

유진신이 안간힘을 쓰며 말했다. 임치수가 팔에 체중을 실었다. 칼이 조금씩 유진신을 향해 내려왔다. 유진신은 몸을 비틀어 보았지만 깔린 상태에서 벗어날 수가 없었다. 마침내 칼이 유진신의 셔츠에 도달했다. 칼이 천을 헤치고 피부에 닿자 셔츠가 빨갛게 물들었다.

점점 힘이 빠지고 공포가 밀려오는 순간, 유진신은 이하연이 죽기 전 마지막으로 본 얼굴을 자기도 보고 있다는 사실을 깨달았다. 유진신을 내려다보는 임치수의 얼굴은 광기에 물든 살인자의 얼굴이 아니었다. 임치수는 울고 있었다.

"임치수…….."

유진신이 다시 임치수를 부르자 임치수의 팔에서 힘이 빠졌다. 임치수가 한순간에 유진신에게서 떨어져 물러났다. 유진신은 누운 상태로 천장을 보며 거친 숨을 내쉬었다. 천장에 빔프로젝터라도 쏜 것처럼 지워지지 않는 영상 하나가 머릿속에서 재생되었다.

CCTV 영상이었다. 이하연의 마지막 순간이 담겨 있는 영상. 임치수는 도망치는 이하연을 밀어서 넘어뜨렸다. 이하연은 몸을 돌려 반항하려 했지만 분노에 몸을 맡긴 임치수는 단번에 이하연의 가슴팍에 칼을 꽂았다. 하지만 이하연을 찌르고 나자 임치수는 고장이라도 난 것처럼 멈춰 버렸다.

분노에 사로잡힌 범죄자들은 멈추지 않는다. 이미 시체가 된 상대를 분이 풀릴 때까지 수십 번이고 찌르기도 한다. 하지만 임치수는 공격을 멈추고 주변을 둘러보며 어쩔 줄 몰라 했다.

"······살려 줘요. 제발······."

임치수가 그때처럼 현관문에 기대어 울먹였다. 유진신은 알겠다는 듯 고개를 끄덕였다.

"바로 정신이 돌아왔구나."

* * *

유진신이 BAM 스쿨을 수료할 때 의사 출신인 선배가 설교를 했었다. 선배는 한국에서 손꼽히는 병원에서 일하다가 하나님의 부르심을 받아 아프리카로 떠났다.

"충동적인 거 아니냐는 말을 많이 들었죠. 그러다 후회한다고요. 하지만 하나님은 결코 사람을 충동하지 않으세요. 평안함 가운데 확신을 주시죠. 악마가 주는 충동과는 다릅니다."

유진신이 그날 객석에 앉아 들었던 선배의 마지막 말을 잊지 못했다.

"악마는 늘 그렇게 말하죠. 뭐 어때, 저질러 버려."

임치수가 돌이킬 수 없는 죄를 저지르는 데 10초도 걸리지 않았다. 그리고 자신이 어떤 짓을 했는지 깨닫는 데도 10초도 걸리지 않았다. 임치수는 이하연의 상처에서 쏟아지는 피를 보고 감전이라도 된 것처럼 물러났다.

'내가 뭘 한 거지? 사람을 찔렀어? 내가?'

임치수는 다른 의미로 정신이 나가 버렸다. 방금 전까진 누군가를 죽여야 한다는 충동에 사로잡혀 있었다면, 범행 후엔 자신이 저지른 죄에 대한 두려움에 정신이 나가 버렸다.

임치수는 지혈을 하려 했지만 화산이 폭발하듯 상처에서 피가 뿜어졌다. 임치수는 피를 뒤집어쓰고 벌벌 떨었다. 다른 손님들이 임치수를 보고 비명을 지르자 임치수는 자리를 박차고 도망쳤다. 임치수는 도망치면서도 현실을 믿을 수가 없었다.

임치수는 도망치면서 119에 연락해 사람이 죽어 간다고 신고를 했다. 임치수는 울부짖었다.

"살려 주세요! 제발!"

임치수는 그날처럼 겁에 질려 있었다. 유진신이 서서히 몸을 일으켜 임치수를 안정시키려 했다.

그때, 갑자기 경찰 순찰차의 사이렌이 울렸다. 누군가 신고를 하지 않았다면 이렇게 빨리 올 수는 없었다. 임치수가 놀란 얼굴로 일어나 밖으로 뛰쳐나갔다. 하지만 유진신은 임치수를 따라갈 힘이 없었다. 칼에 찔린 상처에서 날카로운 통증이 느껴졌다.

"괜찮으세요?"

곧 문을 열고 나타나 유진신을 살핀 사람은 강력팀 막내였다. 유진신이 고개를 끄덕이는데 바깥에서 이동기의 목소리가 들렸다.

"임치수! 이 새끼야!"

"전 괜찮습니다. 가 보세요."

유진신이 말했다.

"혼자 괜찮겠어요? 제가 보고는 하겠습니다."

"네, 걱정 마세요."

막내 형사는 초조한 얼굴로 목례를 하고 임치수를 추격하는 선배를 따라갔다.

유진신은 간단히 지혈을 한 후 홀로 응급실로 향했다. 유진신이 응급조치를 받고 쉬는 사이, 성요한이 누가 죽기라도 한 것 같은 얼굴로 뛰어 들어왔다. 성요한은 유진신을 발견하고 그 자리에 멈춰 섰다. 유진신은 가슴에 붕대를 감고 있었지만 꽤 멀쩡해 보였다.

"놀랐잖아요!"

성요한이 짜증을 내며 소리쳤다. 하지만 재빨리 뒤돌아선 성요한의 눈에는 눈물이 그렁그렁했다.

"망할, 전달을 하려면 제대로 해야지! 그냥 칼에 찔렸다고만 하면 어떡해!"

무전으로 유진신이 칼에 찔렸다는 소식을 전해 들었을 때 성요

한은 악몽 같던 밤의 기억이 되살아났다. 송대범이 퍽치기에 당해
위독하다는 소식을 들었던 밤, 성요한은 병원으로 뛰어갔지만 송
대범은 하얀 천에 덮여 있었다. 사이렌을 울리며 달리는 내내 성요
한의 머릿속엔 그 끔찍했던 밤의 광경이 떠올랐다.

"저도 많이 놀랐습니다. 오늘 천국에 가는 줄 알았어요."

유진신이 미소를 지으며 말했다.

"지금 웃음이 나와요? 방금 죽을 뻔했어요!"

"임치수는 날 죽이려고 온 게 아닙니다."

성요한이 유진신을 상처를 가리켰다.

"그 상처는 뭔데요? 자해했어요?"

유진신이 자신의 가슴팍에 난 상처를 보고 말을 이었다.

"죽이려면 얼마든지 죽일 수 있는 상황이었어요. 하지만 임치수
는 스스로 멈췄습니다. 이유가 뭘까요?"

"미친놈이 무슨 생각을 하는지 어떻게 압니까?"

"미친 사람은 미친 사람 나름의 논리가 있습니다."

유진신이 자리에서 일어나며 계속 말했다.

"임치수는 가족을 해치려는 것이 아니라 지키려는 겁니다."

"……누구한테서요?"

성요한이 황당하다는 듯 말했다.

"복수에 눈먼 전직 법의관에게서요."

상처가 욱신거리는지 유진신이 인상을 썼다.

"제가 임치수를 죽이려고 했었다는 말 기억해요?"

성요한이 불안한 얼굴로 고개를 끄덕였다.

"형사님이 어떻게 받아들였는지 모르지만 저는 진지하게 임치수를 죽일 계획을 세웠습니다. 그리고 실행에 옮기려고 했어요."

"……어떻게요?"

"시간이 지나면 검출이 되지 않는 독극물을 사용한 범죄를 본 적이 있습니다."

"검출이 안 되는데 어떻게 알았어요?"

"피해자의 체내에선 나오지 않았지만 용의자의 집에선 발견이 되었거든요. 정황증거라는 거죠."

"그래서 임치수를 독살하려고 했다고요? 임치수는 치료감호소 안에 있는데요?"

"경력을 숨기고 치료감호소에 자리를 구하려고 했습니다. 실제로 성공했어요. 일단 들어가고 나면 그때부턴 시간문제일 뿐이죠. 진료 중에 자연스럽게 주사 한 번만 놓으면 되는 겁니다."

"……."

"그렇게 충격받은 얼굴 하지 마세요. 말했잖아요. 주님이 아니었다면 살인자가 되었을 거라고요."

"결국 실행하진 않았잖아요. 근데 임치수는 왜 목사님이 자기 가족을 해칠 거라고 생각한 거죠?"

"그렇게 믿도록 만든 거죠."

유진신이 성요한의 뒤편을 보며 말했다.

"임치수를 찾아가 제 기록을 보여 주며 말했을 겁니다. 이 사람이 널 죽이려고 했다고."

성요한의 뒤편에서 누군가 뚜벅뚜벅 걸어왔다.

"결국 감호소에 들어오지 못해 실패했지만 이젠 밖에 있는 네 가족을 노리고 있다고요."

성요한이 유진신의 시선을 따라 뒤를 돌아보았다.

"그리고 말했겠죠. 막고 싶다면 여기서 나갈 수 있도록 내가 도와주겠다. 그리고 거짓으로 진단으로 내려 외래를 나오게 했지요."

수술 가운을 입은 양재익이 유진신과 성요한에게 다가와 말을 걸었다.

"아이고, 목사님, 이게 무슨 일입니까?"

양재익이 유진신의 상처를 보며 안타까운 표정을 지었다.

"임치수가 경찰을 죽인 걸 보셨습니까?"

유진신이 다짜고짜 물었다.

"……제 앞에서 벌어진 일이니까요."

"부검 결과를 보니 등 뒤에서 목을 그었더군요."

"네, 임치수가 메스로 저를 위협하며 주차장으로 가고 있던 길이었죠."

주차장으로 가는 복도 맞은편에서 사망한 경찰이 걸어왔다.

"사모님이 입원 중이셔서 얼굴은 알고 있었지요. 저한테 인사를 건네시는데 제가 얼굴을 찡그리며 신호를 보냈죠. 눈치가 빠른 분이어서 지나가는 척하다가 임치수에게 달려드셨어요. 하지만 임치수에게 밀려 넘어지며 등을 보이고 마셨지요."

양재익이 고개를 저으며 말을 이었다.

"형사라지만 은퇴하실 나이였는데요. 멀쩡히 풀려날 줄 알았으면 지나가게 두실 걸 그랬어요."

"곧 은퇴할 나이셨지만 공수부대 출신의 강골이셨지요. 유도 유단자였고요. 그런데 병약한 노인처럼 아무것도 해 보지 못하고 등을 내주었다고요?"

"누구나 실수는 하는 법이죠."

양재익이 무표정한 얼굴로 말했다.

"네, 실수하지요. 선생님 같은 사람도 말입니다."

유진신은 챙겨 온 후드집업을 걸쳐 입고는 양재익을 지나쳐 응급실을 나갔다. 성요한이 급히 유진신을 따랐다.

"무슨 말이에요? 양재익 선생이 공범이라도 된다는 말입니까?"

"공범이 아니라 임치수를 조종해서 탈출하도록 몰아세운 겁니다."

"뭣 때문에요? 양재익 선생이 왜 그런 짓을 한다는 거예요?"

"저 사람이야말로 미쳤으니까요."

유진신이 걸음을 멈추고 성요한을 보며 말을 이었다.

"신고를 한 사람은 누굽니까?"

"젊은 남자라는 것 말고는 몰라요. 깡통 폰으로 긴급 전화를 한 것 같습니다."

유진신은 잠시 생각에 잠기더니 이내 다시 입을 열었다.

"형사님이 보시기에 돌을 던진 녀석과 임치수는 어떤 분위기였나요?"

성요한이 비상계단에서 보았던 장면을 떠올려 보았다.

"훈훈한 분위기는 아니었는데……."

"아마 돌을 던진 녀석과 임치수는 상관없을 거예요."

"그럼 왜 같이 있었는데요?"

성요한이 이해가 가지 않는다는 얼굴로 물었다.

"임치수는 동생 주변을 맴돌고 있어요. 동생을 지키려고요. 그러다 동생이 들어간 집에 돌을 던진 녀석을 보고 추적에 나선 겁니다. 아마 임치수는 BAM 수료식에도 올 겁니다. 동생을 지켜야 하니까요. 그때 오해를 풀 수만 있다면 임치수는 자수할 거예요."

"수료식에 온다면 어쩔 건데요? 어떻게 만나서 이야기를 하겠다는 거예요?"

"대화는 하기 힘들겠지만 제 이야기를 전할 방법은 있습니다."

7.

수료식 날, 한 달간의 교육을 마친 수료생이 하나둘씩 모였다.

"보라 씨, 축하해요!"

이새록이 웃으며 다가왔다.

"감사해요."

임보라가 밝은 얼굴로 이새록을 맞았다.

"근데 친구는 안 왔나 봐요?"

이새록이 주변을 둘러보며 말했다.

"네, 연락이 안 되네요."

"그래요. 저는 뒤에 있을게요. 수료식 끝나고 봐요!"

이새록이 떠나고 임보라가 자리에 앉다가 회장 옆쪽에 선 성요한과 눈이 마주쳤다. 성요한이 눈인사를 건넸다. 임보라가 긴장된 얼굴로 주변을 살폈다. 성요한뿐 아니라 사복 경찰들이 회장 내부에 배치되어 있었다.

수료식이 시작되고 사회자가 단상에 나와 개회를 선포했다. 기도와 찬양 시간을 지나 전통에 따라 BAM 스쿨을 수료한 선배의 설교 시간이 되었다.

"오늘도 귀한 선배님 한 분을 모셨습니다. 카페 천국에서 온 커피의 사장이자 그리스도의 신비 교회 담임이신 유진신 목사님이십니다. 박수로 환영해 주십시오."

객석에서 박수가 쏟아지는 가운데 캐주얼한 정장 차림의 유진신이 단상에 올라갔다. 임보라는 유진신을 여기서 볼 줄 몰랐던 듯 당황한 기색이었다.

"안녕하세요. 유진신입니다. 설교는 짧을수록 좋겠지요?"

유진신이 웃으며 말하자 객석에서 열렬한 환호가 터졌다.

"사랑하는 사람이 있었습니다."

유진신의 난데없는 말에 객석이 술렁거렸다. 임보라 옆에 있던 수료생이 웃으며 말했다.

"갑자기?"

설교 같지 않은 시작에 다들 신기해하는 중에 임보라의 얼굴이 굳어졌다.

"같은 의대를 졸업한 친구이자 함께 법의관으로 일했던 동료였지요. 저는 그 친구의 모든 것이 마음에 들었습니다. 딱 두 가지만 빼고요."

유진신이 손가락을 들어 하나를 꼽아 보이며 말했다.

"하나는 그 친구가 커피를 좋아했다는 겁니다. 저는 그때만 해도 커피는 그저 카페인이라고 생각했거든요. 지금은 커피를 팔고 있지만 말이죠."

유진신이 빙긋 웃으며 손가락 하나를 더 꼽았다.

"또 하나는 그 친구가 예수를 하나님의 아들로 믿었다는 겁니다. 의사란 사람이 죽은 자가 다시 살아났다는 허무맹랑한 이야기를 믿는 것이 이해가 되질 않았어요."

유진신이 한 호흡을 쉬고 객석을 둘러보았다.

"하지만 커피와 예수가 제가 그 친구를 사랑하는 데 큰 장벽이 되진 않았습니다. 우리를 갈라놓을 것은 없어 보였죠. 하지만 지금 저는 그 친구를 만날 수 없습니다."

유진신이 객석에 있는 임보라를 보았다. 임보라는 유진신이 무슨 생각을 하고 있는지 알 수가 없었다.

'설마 여기서 밝힐 생각인가? 저기 앉아 있는 저 사람이 살인자의 동생이라고? 그렇게 복수를 할 셈인가?'

322

임보라는 가슴이 마구 뛰었다.

"제가 사랑하는 친구는 살해당했습니다."

유진신의 말에 객석은 침묵에 빠졌다. 카메라맨도 당황했는지 대형 화면에 비친 유진신의 얼굴이 순간 흔들렸다.

"범인은……."

모두의 눈이 유진신의 입으로 쏠렸다. 임보라의 얼굴이 시뻘겋게 달아올랐다. 귀에선 심장박동이 들렸다. 임보라는 자신이 시한폭탄이라도 된 것 같았다. 폭탄이 터지는 시간은 유진신의 입에서 범인의 정체가 밝혀지는 순간일 것이었다.

"중요하지 않습니다."

유진신의 말에 임보라가 한숨을 내쉬었다. 머리에 쏠려 있던 피가 한순간에 빠져나가는 느낌이었다.

"이건 범인이 아니라 제 이야기니까요."

카메라맨이 흔들린 화면의 초점을 다시 잡았다.

"어쩌면 여기도 사랑하는 가족과 친구를 불의의 사건, 사고로 잃어버린 분이 계실지 모르겠습니다."

성요한이 회장 한쪽에서 유진신을 보았다.

"부검을 하면 시신의 가슴을 열게 됩니다. 법의관이었던 저는 가슴을 찢는다는 것이 어떤 감각인지 잘 알고 있어요."

유진신이 가슴에 손을 올리며 말을 이었다.

"생살이 찢기는 것처럼 느껴졌습니다. 살아서 부검대에 오른 기분이었죠. 과장이라고 생각할 수도 있겠지만 저는 적절한 표현이라고 생각합니다. 그때의 저는 시체나 다름없었으니까요."

유진신은 술독에 빠져 살았다. 그러면서도 괴로움을 잊으려는 듯 국과수에 간이침대를 두고 일에 몰두했다. 하루는 꿈속에서 이하연을 만났다. 유진신과 이하연은 부검을 하고 있었다.

"시신을 부검대 위에 올리고 부검을 시작하는데 갑자기 눈앞에서 친구가 사라졌어요. 주변을 두리번거리다 부검대를 내려다봤죠. 방금 전까지 앞에 있던 친구가 싸늘한 시체가 되어 부검대에 있더군요."

유진신은 비명을 지르며 일어났다. 땀에 흠뻑 젖은 유진신은 비틀거리며 부검실로 달려갔다. 물론 부검실은 텅 비어 있었다. 유진신은 부검실에서 무릎을 꿇었다.

"처음으로 기도란 걸 했지요. 당신은 죽은 자도 살리는 부활의 하나님이라고 들었다고, 그러니까 친구를 살아나게 해 달라고, 그러면 나도 당신을 믿겠다고요."

유진신이 물 한 모금을 마신 후에 이야기를 해 나갔다.

"성스러운 음성도, 환영도 없었습니다. 부검실은 무서울 정도로 조용했지요. 저는 미친 사람처럼 웃었습니다. 다 끝났다고 생각했어요. 친구는 죽었고, 이제 다시는 친구를 볼 수 없다고요."

이새록이 심각한 얼굴로 유진신을 보았다.

"제가 BAM 스쿨을 수료할 때도 선배 한 분이 오셔서 축사를 하셨지요. 그분이 이런 말씀을 하셨습니다. 악마는 인간을 충동한다고요. 네, 사실입니다. 악마는 저를 충동했습니다. 너도 죽으라고요.

단, 죽기 전에 친구를 죽인 범인도 죽이라고요."

임보라가 입술을 깨물었다.

"저는 범인을 죽일 계획을 세웠습니다. 어떤 계획이었는지는 말씀드리지 않겠습니다. 이 자리에 계신 분들께도 죽이고 싶은 사람이 있을지도 모르니까요. 힌트를 드릴 수는 없지요."

유진신이 미소를 지으며 말했다. 농담 같은 말에 경직되었던 객석의 분위기가 조금은 누그러졌다. 하지만 임보라는 입 안이 바짝 말라 갔다.

"사도 바울은 예수를 믿는 자들을 죽이려고 다메섹으로 가다가 예수를 만나서 회심을 했지요. 저는 복수를 앞두고 서울역에서 예수를 만났습니다. 저는 그렇게 믿고 있습니다."

유진신이 청중을 둘러보며 말했다.

사도 바울은 눈이 멀 만큼 강렬한 빛 속에서 예수의 음성을 들었다. 그러나 유진신이 그날 보고 들은 것은 환하게 빛나는 한 여자의 얼굴과 목소리였다. 유진신은 식당에서 밥을 먹다가 옆자리의 여자가 통화하는 소리를 들었다.

"딱히 엿들으려고 한 건 아닙니다. 굳이 들으려고 하지 않아도 들을 수밖에 없었어요. 도저히 감출 수 없는 기쁨이 가득한 목소리였거든요."

유진신이 오해하지 말라는 듯 웃으며 말을 이었다.

"아마도 결혼을 앞둔 장거리 커플이었던 것 같아요. 자세한 사정은 모르겠지만 오랫동안 어려운 시간을 보낸 것 같더군요. 부모님의 반대도 있었던 것 같고, 실제로 거의 헤어질 뻔했던 것 같아요."

여자는 '그땐 다신 보지 못하는 줄 알았어'라고 말했다. 감정이 복받쳐 오르는지 여자의 눈이 젖어 들었다. 하지만 그 눈물은 슬픔의 눈물이 아니었다. 드디어 사랑의 결실을 맺는 사람에게 지나간 어려운 시간들은 그만큼의 기쁨을 더할 뿐이었다.

"그분은 그토록 그리던 연인을 만나러 가는 길이었습니다. 다신 보지 못할 거라고 여겼던 사람을 만나러 가는 길이었죠."

여자가 자리에서 일어서다 유진신과 눈이 마주쳤다. 세상이 아름다워 보였을 여자가 웃으며 말을 건넸다.

"죄송해요. 너무 시끄러웠죠?"

"아닙니다. 결혼하실 분이 외국에 계신가 봐요?"

"네, 참 신기해요. 외국이 아니라 아예 다른 세상에 가 있는 것 같았을 때도 있었는데, 지금은 아무리 먼 곳에 있어도 같은 하늘 아래 있다는 생각이 드네요."

"저는 축하한다고 했지요. 그리고 별생각 없이 어디로 가시냐고 물었습니다."

여자는 낯선 도시의 이름을 말했다. 유진신은 처음 들어 본 곳이었지만 인사조로 물었던 거라 굳이 캐묻진 않았다. 하지만 여자가 눈치채고 한마디를 덧붙였다.

"천국 같은 곳이래요."

"그 순간, 친구와 천국의 이야기를 했던 기억이 떠올랐습니다. 저는 친구가 천국 이야기를 할 때마다 정색을 하며 핀잔을 줬었죠. 그런 저에게 친구가 말했습니다."

"우린 결국 헤어지겠네."
"무슨 소리야? 이야기가 왜 그렇게 가?"
"그렇잖아. 우리도 결국 죽을 때가 올 텐데 그럼 다 끝이잖아. 다신 만날 수 없는 거지. 너의 세계에선."
"나의 세계에선?"
"나의 세계에서 죽음은 끝이 아니야. 우린 지금 같은 길을 걷고 있지만 서로 다른 세계를 살고 있어. 내가 갈 곳에 너는 올 수가 없어."

"당시엔 그저 화가 났었습니다. 왜 바보 같은 말을 하는지 이해가 되지 않았죠. 하지만 그날의 대화를 다시 떠올린 순간, 무서운 생각이 같이 떠올랐어요. 정말 천국이 있으면 어떡하지? 정말 천국이 있다면? 거기에 친구가 있다면? 친구는 제가 범인을 죽이는 것도, 스스로 죽는 것도 원치 않을 것이 분명했지요. 친구가 원하는 건 딱 하나뿐일 겁니다. 저와 천국에서 다시 만나는 거겠죠."

유진신이 객석에 있는 임보라를 보았다.

"누가 묻더군요. 범인이 밉지 않냐고요. 네, 밉지요. 죽이고 싶을 만큼 미웠어요. 마음에 불이 붙는 것 같았어요. 하지만 제가 친구의 세계를 받아들인 순간 물이 바다를 덮는 것처럼 그리움이 미움을 삼켰습니다."

유진신은 복수를 포기하고 법의관도 관두었다. 그리고 신학을 공부하기로 했다. 아버지와 진순호는 크게 화를 냈다.

"제가 미쳤다고 하더군요. 천국에서 다시 만날 거라는 거짓말로 스스로를 세뇌하는 거라고요."

유진신이 회장의 천장을 올려다보았다. 마치 보이지 않는 세계를 보고 있는 것처럼.

"하지만 보세요. 그날 제가 천국을 받아들이지 않았다면 저는 알코올중독자에 살인자로 살다가 결국 스스로 목숨을 끊었을 겁니다."

유진신이 청중을 보며 계속 말했다.

"저는 매일 그리움을 담아 커피를 내놓습니다. 다신 만나지 못한다는, 슬픔에 찬 그리움이 아닙니다. 반드시 다시 만나게 될 친구에 대한 그리움입니다. 저는 이제야 하연이의 모든 것을 사랑하게 되었고……."

유진신은 저도 모르게 이하연의 이름을 말해 버리고 질끈 눈을 감았다. 국과수의 간이침대에 누울 때마다 유진신은 부검대에 올라 있는 이하연을 볼까 봐 쉽사리 눈을 감지 못했다. 하지만 지금 눈을 감은 유진신은 천국에 있는 이하연이 보였다. 이하연은 유진신을 바라보며 환하게 웃고 있었다.

"우리는 지금 같은 세계에 있습니다."

임보라는 웅크린 몸을 떨었다. 두려워서가 아니었다. 추운 겨울 날, 집에 돌아와 따뜻한 이불 속에 몸을 뉘었을 때처럼 유진신이 던진 말이 임보라의 마음을 덮어 주었기 때문이었다.

그런데 곧 조금 다른 떨림이 느껴졌다. 임보라가 휴대폰을 꺼냈다. 임보라는 문자를 확인하고 조심스레 주변을 살폈다. 성요한과 이새록은 단상 위 유진신을 주목하고 있었다.

"이 자리에 어울리지 않는 이야기였다면 죄송합니다. 하지만 꼭 해야 하는 이야기였습니다. 결국 우리가 해야 할 일은 천국의 이야기를 전하는 것이니까요. 여러분들을 응원하겠습니다."

유진신이 인사를 하고 내려가자 객석에서 박수가 터졌다. 사회자가 다시 올라와 다음 순서를 진행했다.

"이제 세상에 나가서 천국의 이야기를 전할 우리 수료생분들을 위해 축복하며 기도하는 시간을 갖고 싶습니다. 괜찮으시면 자리에서 일어나 주시겠습니까?"

수료생들이 자리에서 일어나자 조명이 꺼지고 사회자를 시작으로 통성기도가 시작되었다. 기도 시간은 5분 정도 이어졌다가 다시 불이 켜지고 사회자가 다음 순서를 진행했다.

"이제 수료증을 수여하는 시간을 갖겠습니다."

흥겨운 찬양과 함께 이름이 호명되자 수료생들이 환호 속에 단상으로 연이어 올라갔다.

"서은숙."

중간에 참석을 못 한 수료생의 이름이 드문드문 나왔다. 얼마 지나지 않아 임보라의 차례가 다가왔다.

"임보라."

같이 수업을 들었던 동기들이 환호하며 박수를 치다가 어리둥절한 표정을 지었다. 이새록과 유진신 역시 마찬가지였다. 성요한이 심각한 얼굴로 주변을 살폈다. 방금 전까지 임보라가 앉아 있던 자리에는 아무도 없었다.

8.

성요한이 3층에 있는 방송실로 뛰어 올라갔다. 성요한이 신분증을 보이며 소리쳤다.

"이거 녹화되고 있는 겁니까?"

"네⋯⋯."

스태프가 놀란 얼굴로 말했다.

"기도하기 전 화면으로 돌릴 수 있어요?"

스태프가 화면을 뒤로 돌렸다. 성요한은 여러 대의 카메라가 잡은 다양한 화면을 둘러보았다.

"아, 저기요! 저기 멈춰 주세요."

성요한이 한 화면을 가리켰다. 한창 기도하던 중의 화면이었다.

서서 기도하는 사람들 가운데 몸을 숙이고 나오는 임보라가 보였다. 극장도 아니고 다들 눈을 감고 기도하는데 저런 자세로 나올 필요는 없었다. 경찰의 눈을 피해 밖으로 나가려는 것이 분명했다.

"건물 CCTV는 여기서 볼 수 없지요?"

"네, 그건 경비실에 가셔야죠."

"알겠습니다."

성요한이 바로 방송실을 나가려다 갑자기 멈춰 섰다.

"근데 왜 저 카메라는 계속 고정되어 있지요?"

"아, 그게 저희도 잘……. 실수를 한 것 같아요."

"저기 어딥니까?"

성요한이 심각한 얼굴로 물었다.

"2층 카메라실이에요."

스태프가 전면 유리로 보이는 카메라실을 가리켰다. 2층 벽면에 튀어나와 회장을 내려다볼 수 있는 곳이었다. 십여 명의 사복 경찰이 회장을 지키고 있어도 들키지 않을 장소이기도 했다.

성요한은 당장 2층 카메라실로 뛰어갔다. 카메라실의 문을 열자 카메라맨이 구석에 결박되어 있었다. 테이프로 손과 발이 묶이고 입이 막힌 상태였다. 그 앞 바닥에 범인이 카메라맨을 위협하고 결박하는 데 사용한 도구가 놓여 있었다. 의료용 메스였다.

* * *

"잘 들어!"

팀장은 패배를 눈앞에 둔 감독마냥 소리를 질렀다.

"관제 센터에서 실시간으로 협조받을 거니까 채널 다 열어 놓고 일대를 전부 수색한다. 알겠어?"

"네!"

수사본부 인원들이 한목소리로 대답하는데 이동기가 손을 들었다.

"임치수를 찾았는데 임보라를 위협하는 상황이면 어떻게 합니까?"

"뭘 어떻게 해? 지원 요청해야지."

"기다릴 시간이 없으면요."

팀장이 잠시 고민하다 말했다.

"사람을 둘이나 죽인 놈이야. 위험하다고 판단되면 발포해도 좋다."

팀장의 말이 떨어지자마자 대원들이 뛰쳐나갔다. 이새록이 어떻게 좀 해 보라는 듯 성요한을 보았다.

"우리가 먼저 찾으면 돼요. 우리도 갑시다."

성요한이 달래듯 말하고 앞장을 섰다.

수색에 나선 후 처음으로 입수된 정보는 임보라가 도로 건너 반대편 구역으로 이동했다는 것이었다. 목격자는 횡단보도 앞 꽃가게의 점원이었다.

건너편은 연극의 메카로 알려진 곳이었다. 구역 전체에 다양한 규모의 극장들이 들어서 있었고, 그 주변으로 음식점과 카페 등 상권이 형성되어 있었다. 토요일 낮이라 유동 인구가 상당했다.

"벌써 만났을지도 모르겠어요."

이새록이 인파를 헤치며 초조한 얼굴로 말했다. 제일 앞에서 가
던 성요한이 갑자기 멈춰 유진신과 이새록을 돌아보았다.

"아직도 두 분의 생각은 변함없나요? 임치수가 보라 씨를 해칠
가능성은 정말 없습니까? 잘못된 판단이라면 큰일이 날 겁니다."

유진신이 잠시 생각하다 입을 열었다.

"임치수가 메스를 두고 갔다고 했지요? 정말 보라 자매를 해칠
생각이라면 그걸 두고 갔을까요?"

"맞아요. 자수하기 전에 동생을 만나려는 게 아닐까요?"

이새록이 유진신의 말을 거들었다.

"그럼 다행이지만……."

성요한이 어두운 얼굴로 말했다. 이새록이 주변을 살피다 전신
주에 설치된 CCTV를 보았다.

"아니 CCTV가 이렇게 많은데 왜 빨리 못 찾는 거예요?"

"그게 영화처럼 얼굴 사진 넣으면 알아서 다 찾아 주는 게 아니
에요. 시간이 필요해요."

성요한이 말을 하다가 전화가 왔는지 휴대폰을 꺼냈다. 성요한
이 번호를 확인하고 전화를 받았다.

"네, 접니다. 네, 네? 잡았다고요?"

"찾았대요? 어디서요?"

이새록이 놀란 눈으로 말했다.

9.

임보라가 향한 곳은 극장가 변두리에 있는 소극장이었다. 한때는 공연 때마다 객석이 가득 찼던 곳이었지만 2년 전쯤 큰 화재가 일어나 폐쇄된 극장이었다.

임보라가 2층에 있는 극장의 문을 열고 들어가자 반쯤 무너져 내린 무대가 보였다. 무대 위엔 한 여자가 결박된 상태로 쓰러져 있었다. 여자가 임보라를 알아보고 테이프로 봉해진 입으로 '윽윽'거렸다.

"은숙아!"

임보라가 무대로 내려가 서은숙의 입을 막고 있던 테이프를 뜯어냈다.

"보라야!"

서은숙이 울음을 터뜨렸다.

"오빠는……?"

임보라가 주변을 살피며 말했다.

수료식 중에 임보라가 받은 문자는 서은숙의 번호로 온 것이었다. 소중한 친구를 인질로 잡고 있으니 혼자 오라는 내용이었다.

"보라야, 고마워……."

결박이 풀리자 서은숙이 임보라를 끌어안았다.

"은숙아, 오빠는 어딨어?"

임보라가 서은숙을 떼어 내며 말했다.

* * *

"임치수 환자를 찾은 거예요?"

이새록이 급하게 물었다. 성요한이 전화를 끊고 고개를 저었다.

"아니요. 돌을 던진 놈이요."

"아……."

이새록은 실망을 감추지 못했다.

"근데 돌을 던지라고 시킨 게 강영균이 아니랍니다."

성요한이 당혹스러운 얼굴로 유진신을 보며 말했다.

"그럼 누구인데요? 정말 임치수가 시켰다는 겁니까?"

"아니요. 처음 보는 여자였답니다."

처음 보는 여자란 말에 유진신은 문득 임보라를 처음 만났던 날이 떠올랐다. 신부처럼 임보라와 팔짱을 끼고 나타났던 여자. 성요한이 경찰임을 밝히자 먼저 나서서 스토커 때문이냐고 물었던 여자. 임보라를 두고 떠나며 불안한 얼굴로 몇 번이고 돌아봤던 여자.

"저…… 드릴 말씀이 있어요."

뒤에서 이새록의 목소리가 들렸다. 유진신과 성요한이 돌아보자 이새록이 하얗게 질린 얼굴로 말했다.

"보라 씨가 친구 문제로 상담을 요청한 적이 있어요."

남성 간의 성범죄는 위계에 의한 강압적인 범죄가 많다. 군대의 선후임 관계에서 벌어지는 성적 가혹 행위가 대표적이다. 하지만 여성 간의 성범죄는 다른 양상을 보이는 경우가 많다.

335

"보라 씨는 친구 사이라고만 생각했대요. 여자끼리는 스킨십에 거부감이 덜하니까 편하게 손도 잡고, 팔짱도 끼고……."

서로의 집에 놀러 가서 같은 침대에서 잠도 잤다. 임보라가 한창 힘들었을 시기였다. 서은숙은 임보라의 이야기를 잘 들어 주고 공감해 주었다. 두 사람은 짧은 시간에 서로를 베프라고 소개할 정도로 가까워졌다.

"이단의 포교 방식이네요. 끊어 내기 어려운 관계를 만들어 놓고 서서히 본색을 드러내는……."

유진신의 말대로 서은숙은 조금씩 선을 넘었다. 위로의 토닥거림인 줄만 알았던 손길이 미묘하게 변해 갔다. 임보라는 조금씩 불편함을 느꼈지만 쉽사리 표현하지 못했다.

그러던 어느 날, 서은숙은 속상한 일이 생겼다며 술을 마시고 들어와 임보라의 품을 파고들었다. 내가 그랬던 것처럼 너도 나를 위로해 달라는 듯이. 하지만 그 손길엔 임보라가 지키고 싶었던 우정이 담겨 있지 않았다.

* * *

"보라야, 사랑해!"

서은숙이 임보라를 다시 안았다. 서은숙이 제멋대로 감동에 젖어 떠들어 댔다.

"결국 나한테 올 줄 알았어!"

"오빠는 여기에 없는 거지?"

임보라가 서은숙에 안긴 상태로 말했다. 서은숙은 흠칫하며 입을 다물었다.

"오빠가 널 납치한 게 아니야. 그렇지?"

"……."

임보라가 다시 서은숙을 떼어 냈다.

"스토커는 없었어. 다 네가 꾸며 낸 거야. 맞아?"

서은숙이 몸을 틀어 눈을 피하자 임보라가 서은숙의 손을 거칠게 잡아챘다.

"그래서 너희 집에 들어가자 스토커가 사라진 거야. 새록 선생님 집에 들어가니까 다시 나타났고!"

이새록의 이름을 듣자 서은숙의 눈빛이 돌변했다.

* * *

"그래서 숙소를 바꿔야 한다는 말에 곤란한 기색도 없이 응한 거군요. 자연스럽게 거리를 두고 싶었는데 좋은 명분이 생긴 거였네요."

성요한이 이제야 이해가 간다는 듯 말했다. 유진신이 고개를 끄덕이며 이새록을 보았다.

"이새록 선생님이 눈엣가시였겠군요. 테러까지 사주해서 둘을 떨어뜨리려 했는데 강영균 집에 함께 들어간 건 자신이 아닌 이새록 선생님이었으니……."

* * *

서은숙이 눈에 핏발이 선 채로 말했다.

"정신 차려. 보라야, 그년 직업이 뭔지 몰라? 그년한텐 진심이 없어. 이해하는 척, 널 위하는 척하는 것뿐이야!"

임보라가 흠칫하며 물러섰다.

"네가 어떻게 알아?"

"응?"

"내가 이새록 선생님한테 상담받은 걸 어떻게 아냐고?"

"……."

"그 카메라, 네가 설치한 거니?"

서은숙은 고장 난 인형마냥 고개를 저었다. 하지만 임보라는 이제 서은숙을 조금도 믿지 않았다.

"너, 강영균하고 잤니?"

"널 위해서 한 거야! 널 지키려고 내 몸을 희생한 거야!"

서은숙이 고개를 들며 버럭 소리를 질렀다.

"너 정말 단단히 미쳤구나."

임보라가 어이없다는 듯 바라보며 계속 말했다.

"너와 만난 모든 순간들이 끔찍하다. 이제 끝내자."

임보라가 차갑게 돌아서 무대를 내려갔다. 하지만 서은숙이 자신이 써낸 끔찍한 이야기를 끝낼 생각이 없었다. 파란 스파크가 일어나며 임보라가 바닥에 쓰러졌다. 서은숙이 전기충격기를 들고 임보라 앞에 서 있었다.

"이거 기억해? 내가 널 위해서 준 선물이야. 근데 이걸 두고 그년하고 사라져? 감히 내 눈앞에서?"

서은숙이 연극 무대에 선 배우처럼 소리쳤다.

서은숙은 극단에 들어온 초기부터 몰입이 좋다는 평을 들었다. 스스로도 재능이 있다고 믿었다. 하지만 중요한 배역은 늘 입단 동기의 차지였다. 서은숙은 단장이 동기를 편애한다고 생각하고 소문을 퍼뜨렸다. 결국 소문이 단장에게까지 흘러 들어가 단장이 서은숙을 불렀다.

"내가 널 불공평하게 대한다고 생각해?"

"그럼 아닌가요?"

"연기는 호흡이야! 동료와 호흡하고, 관객과 호흡해야지! 근데 넌 자신한테만 빠져 있잖아! 상대 배우가 언제 나오는지도 모르고 대사를 뱉고, 소품이라도 위험하다고 몇 번을 말했는데 멋대로 칼을 휘둘러서 동료를 다치게 만들고!"

"그건 너무 몰입해서…….

"그건 몰입이 아니야! 네 감정에 취한 거지! 지금도 봐. 너는 뭐든 다 네가 보고 싶은 대로 보고 판단해 버리잖아! 내 아내한테 내가 지은이랑 호텔에 갔다고 문자 보낸 것도 너지?"

서은숙은 움찔하며 시선을 피했다.

"넌 내가 지은이랑 호텔에 가는 걸 본 적이 없어. 그런 일은 없었으니까. 그런데도 넌 거짓말을 퍼뜨렸어. 내가 지은이랑 불륜을 저지른다고. 그래서 실력도 없는 지은이가 배역을 따내는 거라고."

"지은이를 싸고돈 건 사실이잖아요!"

"지은이를 아끼는 건 사실이지. 성실하고 노력하는 친구니까. 나뿐 아니라 극단 식구들, 그리고 관객들도 다 알아. 하지만 넌 보려고도 않지. 그걸 인정해 버리면 비참한 기분이 들 테니까. 넌 대신 네 기분을 달랠 수 있는 다른 이유를 만들어 내."

서은숙이 단장을 보며 눈물을 흘렸다. 하지만 참회의 눈물은 아니었다.

"넌 남의 가정을 파탄 낼 거짓말을 해 놓고 미안하단 말도 하지 않아. 지금도 오히려 내가 널 괴롭히는 것처럼 굴고 있어. 넌 오로지 네 감정만이 진짜거든. 넌 연기를 할 게 아니라 치료를 받아야 해."

"난 미치지 않았어! 미친 건 네 오빠지!"

서은숙이 아무도 없는 객석을 바라보며 소리쳤다. 연기였다면 대단한 열연이었지만 단장의 말처럼 서은숙은 자기감정에 빠져 있을 뿐이었다. 자기감정에 도취된 서은숙은 예전에 했던 실수를 반복했다. 새로운 등장인물이 나타난 것을 알아채지 못한 것이다.

임치수가 성난 황소처럼 서은숙에게 달려들었다. 서은숙의 몸이 임치수와 함께 붕 떠올랐다가 무너져 내린 바닥 사이로 떨어져 버렸다. 둘은 1층 로비로 추락했다.

"커헉."

로비 바닥에 떨어진 서은숙이 피를 토하는 소리를 내며 고개를 들었다. 로비 벽면엔 극단 소속 배우들의 소개가 붙어 있었다. 서은숙 사진 위에 단장의 사진이 보였다.

* * *

수색에 나선 형사들이 의식을 잃은 서은숙을 발견한 것은 그로부터 10분쯤 후였다. 강력팀 막내가 서은숙의 상태를 살피는 동안 이동기가 총을 들고 2층으로 올라갔다. 하지만 그곳엔 아무도 없었다. 이동기가 1층에 내려오자 막내가 무전으로 보고를 하려고 했다. 이동기가 달려들어 무전을 빼앗아 던졌다.

"뭐 하는 짓이야!"

"그래도 보고는 해야……."

"본형이 형님을 죽인 놈이야. 그 새끼를 편하게 보내 줄 거야?"

"……."

"자신 없으면 넌 여기서 대기해. 내가 할 테니까."

이동기가 극장 밖으로 뛰쳐나갔다.

10.

임보라는 몸이 들썩거리는 걸 느끼며 눈을 떴다. 분명 어두운 극
장에서 쓰러졌는데 눈을 뜨니 대낮의 대로변이었다. 길가에 선 사
람들이 임보라를 보며 웅성거렸다. 몇몇은 어디론가 전화를 하고,
영상을 찍기도 했다. 임보라는 몽롱한 상태에서 운동회에서 넘어
졌던 날이 떠올랐다. 임보라는 부끄러운 듯 고개를 파묻었다.

"괜찮아. 보라야. 같이 가면 돼."

기억 속의 목소리가 들려왔다. 조금은 지치고 떨리는 목소리였
지만 그리운 목소리였다.

"오빠……?"

임보라는 그제야 자신이 임치수에게 업혀 있다는 것을 알았다.
그리고 말과는 달리 오빠가 괜찮지 않다는 사실을 알아챘다. 쩔뚝
거리는 임치수의 다리에서 피가 흘렀다.

"오빠!"

임보라는 정신이 번쩍 들어 임치수의 등에서 내려왔다. 임치수
가 다리를 다친 말처럼 바닥에 풀썩 쓰러졌다. 임보라가 상처를 살
폈다. 로비에 추락하며 뭔가에 찔린 것 같았다. 임보라가 옷을 찢어
지혈을 했다.

"미안해, 보라야. 나 때문에……."

임보라가 지혈하던 손을 멈췄다. 상처에서 흐르는 피가 멈춘 대
신 임보라의 눈에서 눈물이 쏟아졌다.

"오빠가 뭐가 미안해? 다 우리 잘못이야. 우리가 오빠를 이렇게 만들었어……."

임보라가 어린아이처럼 엉엉 울었다. 임치수가 임보라의 뺨에 흐르는 눈물을 닦아 주었다.

"그래, 내 인생이 이렇게 망가진 게 내 잘못만은 아니겠지."

임보라가 울음을 삼키며 고개를 끄덕였다.

"하지만 내가 사람을 죽인 건 내 잘못이야."

임보라는 결국 다시 울음을 터뜨렸다.

"왜? 왜 또 그랬어? 뭣 때문에 사람을 또 죽였어?"

임치수의 눈빛이 흔들렸다. 임치수가 고개를 저으며 절박하게 말했다.

"내가 안 죽였어. 보라야. 정말이야."

임보라는 너무 놀라 눈물이 쏙 들어가 버렸다.

"무슨 말이야? 그럼 어떻게 된 건데?"

"말해도 아무도 믿어 주지 않을 거야. 난 이미 살인자니까."

임치수가 절망에 빠진 얼굴로 고개를 숙였다. 임보라는 임치수가 무슨 말을 하는지 알 수 없었지만 갑자기 희망이 생겼다. 임보라가 고개 숙인 임치수의 얼굴을 두 손으로 잡았다.

"오빠, 정신 차려. 이럴 게 아니라 일단 일어나."

임보라가 임치수를 부축해 일으켜 세웠다.

"괜찮아. 오빠, 같이 가면 돼. 그렇지?"

임보라가 미소를 지으며 말하자 임치수가 고개를 끄덕였다.

"내 어깨를 잡아."

임보라가 말하자 임치수가 뒤에서 업히듯 임보라의 어깨에 팔을 걸치고 섰다.

"걱정하지 마. 도와줄 사람들이 있어. 좋은 사람들이야. 오빠 말을 들어 줄 거야."

때마침 시민들의 신고로 근처의 경찰들이 이곳으로 몰려오고 있었다. 성요한이 선두에 있었고 유진신과 이새록이 뒤를 따랐다.

"여기요!"

임보라가 소리쳤다. 임보라가 임치수를 부축하는 모습을 보고 성요한은 안심한 듯 얼굴이 펴졌다. 유진신과 이새록도 마찬가지였다. 하지만 한순간, 제일 앞서 뛰어오던 성요한의 표정이 미묘하게 바뀌었다. 순식간에 굳어 버린 성요한의 얼굴은 당혹감과 긴장감에 물들었다.

"안 돼!"

성요한이 외쳤다. 하지만 살의를 담은 소리가 성요한의 외침보다 빨랐다. 총성이 귓가를 스치고 임치수가 임보라에게 기대며 허물어졌다. 임보라는 임치수의 무게를 견디지 못하고 같이 바닥에 쓰러졌다. 쓰러진 남매의 뒤편에 이동기가 서 있었다.

성요한은 성난 얼굴로 남매를 지나쳐 이동기에게 달려들었다. 이동기는 각오를 하고 저지른 일인 듯 별다른 반항 없이 성요한에게 제압되었다. 유진신과 이새록이 임치수에게 다가가 상태를 살폈다. 임보라가 두 사람을 붙잡고 소리쳤다.

"살려 주세요! 목사님! 선생님! 어떻게 좀 해 주세요!"

이새록이 즉시 119를 불렀지만 수많은 죽음을 봐 온 유진신은 가망이 없다는 사실을 알아챘다. 유진신이 임보라의 어깨를 잡고 고개를 저었다.

"인사를……."

임보라가 세차게 고개를 저었다.

"안 돼요! 못 보내요! 이제야 다시 같이 있으려고 하는데! 이제 야……."

임보라가 절규하듯 소리를 질렀다. 이새록이 뒤에서 임보라를 안아 주었지만 임보라는 눈물만 흘렸다.

"목사님……."

임치수가 나직한 목소리로 유진신을 불렀다. 유진신이 임치수 곁으로 다가갔다.

"목사님……. 그분은 정말 천국에 계신가요?"

임치수가 붉게 충혈된 눈으로 물었다.

"네."

짧은 대답이었지만 믿음이 담긴 목소리였다. 임치수가 다행이라는 듯 고개를 끄덕였다.

"저는…… 천국에 가지 못하겠지요? 저는 살인자니까요……."

임치수가 숨을 헐떡였다.

"천국에 가고 싶습니까?"

유진신이 담담히 물었다. 임치수는 고통스러운 듯 힘겹게 호흡을 이어 갔다.

"가서…… 잠깐이라도 그분을 만나, 용서를 구하고…… 지옥에 가서 죗값을 받으면 안 되는 건가요……?"

유진신이 물끄러미 임치수를 바라보다 입을 열었다.

"네, 그건 안 됩니다."

매정하다 싶은 말에 임치수는 울음을 터뜨렸다. 이새록이 꼭 그렇게 말해야 하냐는 듯 원망스러운 눈으로 유진신을 보았다. 하지만 유진신이 임치수를 보며 계속 말했다.

"천국에 갔다가 다시 지옥에 갈 수는 없어요. 그러니까 천국에 가서 거기 계속 있으면 됩니다."

임치수가 믿을 수 없다는 눈으로 헐떡거렸다.

"난…… 사람을 죽인 죄인인데요……."

"나도 사람을 죽였습니다. 마음속으로 당신을 수없이 죽였지요. 나도 당신과 같은 죄인이에요."

유진신이 임치수의 눈을 보며 계속 말했다.

"그리고 주님은 회개한 죄인의 영혼을 반드시 기억하십니다."

임치수가 놀라운 소식을 들은 듯 눈을 크게 뜨고 손을 뻗었다.

"주님……. 나를 기억해 주세요……."

곧 숨을 거둘 것 같은 모습에 임보라가 임치수의 손을 잡으며 소리쳤다.

"오빠!"

임치수가 마지막 숨을 모아 동생을 보며 웃어 보였다.

"보라야, 우리 다시 만나자……."

임치수가 이 세상에 마지막으로 남긴 말이었다.

11.

장례식에 임치수의 부모와 형은 나타나지 않았다. 유진신과 이새록이 임보라와 빈소를 지켰다. 조문객은 그리스도의 신비 교회의 교인들과 성요한, 그리고 임보라의 친구 몇 사람뿐이었다.

"예수님이 십자가에 달리실 때 두 명의 죄인이 같이 십자가에 달렸습니다. 십자가형은 다양한 사형 방식 중에서도 가장 잔인한 형벌이었습니다. 그들의 죄명을 알 수는 없지만 분명 극형에 처할 만한 죄를 지었을 겁니다."

유진신이 입관 예배에 모인 조문객들을 둘러보며 말을 이었다.

"두 사람의 죄인 중 한 명은 옆에서 죽어 가는 예수님을 보며 조롱했습니다. 네가 그리스도라면 너와 우리를 구원해 보라고요. 하지만 다른 죄인은 달랐습니다."

무명의 죄인은 자신은 십자가에 달려 마땅한 자이지만 예수는 아무런 죄가 없다며 조롱을 멈추라고 했다. 그리고 예수에게 자신을 기억해 달라고 말했다.

"예수님은 무명의 죄인에게 이렇게 말씀하셨습니다. 네가 오늘 나와 함께 낙원에 있으리라."

유진신이 임치수의 영정 사진을 보았다. 영정 사진 앞에 '성도 임치수'라는 명패가 있었다.

"임치수 형제는 사람을 죽인 죄인이었습니다. 사람들은 어떻게 그와 같은 죄인이 천국에 갈 수 있느냐고 묻습니다. 하지만 천국은 스스로 의롭다고 믿는 자들이 아니라 용서받은 죄인들이 가는 곳입니다."

상복을 입은 임보라는 입관 예배 내내 눈물을 훔쳤다.

* * *

깊은 밤이 되어 조문객들이 하나둘씩 돌아간 시각에 의외의 인물이 장례식장에 나타났다.

"삼가 고인의 명복을 빕니다."

양재익이 말했다. 하지만 임보라는 양재익을 노려볼 뿐이었다. 양재익이 조문을 하고 돌아가려 하자 임보라가 붙잡았다.

"정말 오빠가 사람을 죽였어요?"

"네……."

"오빠는 아니라고 하던데요?"

"죄송하지만 보통 다 그렇게 말하지요. 내가 하지 않았다고요."

"오빠는……."

유진신이 거의 달려들 기세인 임보라를 막아 세웠다. 유진신이 임보라를 안정시키고 양재익에게 말했다.

"가시죠. 배웅해 드리겠습니다."

양재익은 고개를 숙여 인사를 하고 유진신과 함께 빈소를 나갔다. 아무도 없는 복도로 나오자 유진신이 입을 열었다.

"여긴 왜 온 겁니까? 당신 때문에 오빠를 잃은 사람이 얼마나 슬퍼하는지 보려고 왔나요?"

"저 때문이라뇨? 임치수는 경찰의 총에 맞아 죽었다고 들었는데요."

이동기는 뒤에서 보면 임치수가 경찰과 대치한 상태에서 임보라를 위협하는 것처럼 보였다고 주장했다. 복수를 위한 핑계였는지 정말 그리 보였던 것인지는 알 수 없었다.

"목사님이야말로 여기 즐기러 오신 것 아닙니까?"

"무슨 말입니까?"

"사랑했던 사람을 죽인 원수가 죽었잖아요. 기쁘지 않습니까?"

유진신이 걸음을 멈추고 양재익을 보았다.

"기쁩니다. 완전히 망가진 것 같던 한 영혼이 결국은 주님의 품으로 돌아왔으니까요. 기쁠 수밖에요."

"직업 정신이 투철하시네요. 기독교는 참 편한 것 같아요. 아무렇게나 살다가 마지막 순간에 하나님을 믿겠다, 용서해 달라고 말하면 구원받잖아요? 나도 마지막 때에 그러면 되겠어요."

"그걸로 되겠습니까?"

"네?"

"저 같은 사람도 당신이 진심 어린 회개 같은 건 하지 않는다는 걸 압니다. 하물며 하나님이 당신한테 속을 거라 생각합니까? 당신은 마지막 때에도 하나님을 찾기는커녕 조롱하며 죽을 사람입니다."

"너무하시네. 사랑하는 사람을 죽인 원수도 따뜻하게 바라봐 주시는 분이 왜 저는 이렇게 차가운 시선으로 보실까요?"

양재익이 이죽거리며 말했다.

"당신에게도 연민을 갖고 있습니다. 당신이 이렇게 망가져 버린 게 당신 책임만은 아니지요. 하지만 당신이 저지른 죄는 당신을 버린 엄마 때문도, 당신을 죽이려 했던 남자 때문도 아니에요. 당신 책임이지요."

"너무 서운한데요. 전 아무것도 한 게 없는데 완전히 죄인 취급하시네요."

"죄송하지만 보통 다들 그렇게 말하지요. 내가 하지 않았다고요."

양재익이 유진신을 빤히 보다가 웃음을 터뜨렸다.

"목사님은 참 재밌어요. 전 목사님 같은 사람을 좋아합니다. 목사님은 제가 마음에 들지 않는 것 같지만요. 또 봅시다."

양재익은 친구와 즐거운 시간을 보내다 헤어지는 것처럼 인사를 건네고 주차장으로 갔다. 유진신이 멀어지는 양재익을 보고 있는데 성요한이 뒤에서 다가왔다.

"보라 씨한테 이야기 들었어요. 임치수가 죽기 전에 자긴 아무도 죽이지 않았다고 했다더군요. 목사님은 임치수가 한 말을 믿습니까?"

"방우린도 그런 말을 했었죠? 나는 아무도 죽이지도 않았다고요. 형사님 보시기엔 거짓말 같았나요?"

"그럼 범인이 양재익이란 말이잖아요. 양재익은 존경받는 의사예요."

"형사님이 잡아넣은 설강훈도 존경받는 목사였습니다. 아닌가요?"

"갑자기 그 인간 이야기는 왜…….."

성요한이 인상을 쓰며 말했다.

"흉악한 범죄자라도 가족이나 친구에는 좋은 사람일 수 있지요. 반대로 의인처럼 보여도 막상 겪어 보면 형편없는 인간도 있다는 겁니다."

유진신이 빈소로 걸음을 옮겼다. 성요한이 유진신을 따르며 말했다.

"만약 양재익이 범인이라면 완전범죄네요. 양재익의 죄는 방우린과 임치수가 짊어지고 죽어 버렸으니까요. 범인이 죽었으니 수사는 종결되었고요."

유진신이 고개를 저었다.

"아니요. 감춰진 것은 결국 드러나고 숨겨진 것은 알려지기 마련입니다. 인간은 불완전한 존재니까요."

유진신은 확고하게 말했지만 양재익의 죄를 밝히기는 확실히 어려웠다. 장례 일정이 끝나고 집에 돌아오는 길, 유진신은 양재익의 불완전함이 남겼을 죄의 흔적을 알아내려 노력했지만 결국 스스로의 불완전함을 고백할 수밖에 없었다.

'주여, 우리를 불쌍히 여기소서.'

유진신이 지친 몸으로 문을 열고 집 안으로 들어갔다. 얼마 전에 문 앞에서 임치수에게 공격을 받아 쓰러졌던 일이 꿈처럼 느껴졌다. 임치수가 조금만 늦게 정신을 차렸더라면 장례를 치를 사람은 유진신이었을 것이다.

'그건 그렇고 대체 누가 신고를 했던 걸까?'

주변 이웃일까 싶어 물어봤지만 유진신이 위험에 빠진 걸 알아챈 사람은 아무도 없었다.

유진신이 신발을 벗고 올라가는데 누군가 문을 두드리는 소리가 들렸다. 뒤를 돌아보자 현관문 간유리 너머에 노란색 옷을 입은 사람이 서 있었다.

"누구세요?"

"……."

유진신은 물어도 대답이 없자 조심히 문을 열었다. 노란색 후드를 입은 남자가 불안한 눈빛으로 서 있었다.

"도와주세요."

방우린이 말했다.

광명의 천사

1.

"일단 씻고 옷은 이거 입어요."

유진신이 편한 옷을 건넸다. 방우린이 쭈뼛거리며 옷을 받아 들었다.

"밥은 먹었어요? 치킨이라도 시킬까요?"

방우린은 말없이 애꿎은 옷만 구기며 서 있었다.

"왜요? 씻고 나오면 치킨이 아니라 경찰이라도 와 있을 것 같아요?"

유진신이 미소를 지어 보였다.

"전 서오봉을 죽이지 않았습니다."

방우린이 말라붙은 입술을 떼어서 말했다.

"저도 그럴 거라고 생각해요."

"불도 지르지 않았어요!"

"그럼 누가 한 짓이죠?"

"……."

방우린은 말을 못 하고 고개를 숙였다.

"일단 씻어요. 씻으면서 왜 양재익 교수가 아니라 저를 찾아왔는 지 다시 한번 생각해 봐요."

방우린은 고개를 끄덕이고 욕실로 들어갔다.

옷을 벗고 샤워기 레버를 돌리자 따뜻한 물이 쏟아져 나왔다. 방 우린은 따뜻한 물줄기 아래에 노곤한 몸을 세웠다. 계곡 아래로 떨 어져 어둡고 차가운 물속에서 버둥거리던 기억이 떠올랐다. 뜨거 운 눈물이 뺨 위를 흘러내렸다.

유진신은 방우린이 샤워를 마치자 몸 상태부터 확인했다. 도피 생활 중에 약해지긴 했지만 팔팔한 청춘이라서인지 생각보단 상태 가 나쁘지 않았다. 총에 맞은 어깨도 스친 정도라 잘 아물어 있었 다. 잘 먹고 잘 자면 몸은 회복될 터였다.

"드세요. 입에 맞을지 모르겠네요."

유진신이 배달시킨 치킨을 권했다. 방우린은 잠시 눈치를 봤지 만 곧 배고픔을 이기지 못하고 허겁지겁 치킨을 먹었다. 긴장과 허 기가 누그러지자 유진신이 입을 열었다.

"난 우린 씨와 만난 적이 없는데 여긴 어떻게 알고 왔어요?"

"목사님을 따라다니며 조사했습니다. 죄송합니다."

방우린이 고개를 숙이며 말했다.

"언제부터요?"

"뷰티풀 서울 대표라는 사람이 붙잡히고 나서였습니다."

"양재익 교수가 시켰군요?"

방우린은 순순히 인정했다.

"전에 수술을 하다가 잘못된 환자가 있는데, 목사님이 그 환자의 가족이라고 하셨어요. 그것 때문에 선생님에게 원한을 갖고 있다고 하셨지요."

방우린에게 양재익은 신과 같은 존재였다. 방우린은 자신에게 생명을 준 양재익을 지킨다는 일념으로 유진신을 감시했다.

"그래서 뭘 알아냈죠? 양재익 교수한테 무슨 정보를 줬습니까?"

방우린이 고개를 저었다.

"목사님이 더 잘 아시잖아요. 걸릴 만한 게 없다는 거."

방우린은 연예부 기자마냥 유진신을 쫓아다녔다. 하지만 유진신은 집과 카페를 오갈 뿐이었다. 가끔 교인들 심방을 가거나 산책로를 걷기도 했지만 어디에서도 문제될 행동은 하지 않았다.

"저는 목사님을 신뢰하지 않았습니다. 누구나 다른 사람 앞에선 연기를 하니까요. 이회성 같은 위선자일 거라고 생각했지요."

방우린이 양재익의 말에 의문을 품게 된 것은 아무도 보지 않을 때의 유진신을 보았을 때였다.

"늦은 시간에 혼자 산책을 하시다가 집으로 돌아가시던 길이었죠. 산책로가 끝나면 터널이 나오고 바로 앞에 짧은 횡단보도가 나오지요."

신호등이 있긴 했지만 몇 걸음이면 건널 수 있는 횡단보도라 그냥 지나가는 사람들이 많았다. 하지만 유진신은 차 한 대, 사람 한 명 보이지 않는 시간에도 신호등이 바뀔 때까지 움직이지 않았다.

"목사님이 횡단보도를 건너 사라진 후 저는 그 자리에서 멍하니 서 있었어요. 근데 갑자기 목사님이 다시 나타나셨지요. 전 당황한 나머지 터널로 돌아가 버렸어요."

하지만 유진신은 방우린에겐 관심이 없었다. 뒤에서 빗자루로 뭔가를 쓰는 소리가 들렸다. 방우린이 뒤를 돌아보자 유진신이 빗자루로 횡단보도 앞을 쓸고 있었다.

"아, 기억나네요. 누가 깨진 유리병을 그대로 두고 갔더라고요. 위험할 것 같아 치우러 나왔지요."

세상엔 다른 사람이 다치든 말든 깨진 유리병을 버리고 가는 사람이 있다. 또 그것을 보고 욕을 하는 사람도 있다. 하지만 다른 사람이 다칠까 싶어 자기가 버리지도 않은 쓰레기를 치우는 사람은 흔치 않다. 그 광경을 보고 칭찬해 줄 사람이 없을 때는 더욱 그렇다.

"아무리 생각해도 목사님이 누군가를 다치게 할 사람처럼 보이진 않았어요."

하지만 양재익에게 그렇게 말할 수는 없었다.

"결국 형사와 친하게 지낸다는 게 제가 보고한 전부였어요. 그러자 그 형사를 조사해 보라고 하더군요."

하지만 성요한도 유진신과 다를 게 없었다. 집과 경찰서를 오가다 시간이 나면 천국에서 온 커피에 들러 커피를 마시는 게 성요한의 일상이었다.

"굳이 목사님과 차이를 찾자면 산책 대신 달리기를 한다는 것 정도였습니다."

방우린은 입시에 연달아 실패해 적잖이 눈치가 보이는 상황이었다. 딱히 보고할 내용이 없자 방우린은 초조해졌다.

"솔직히 말씀드리면 없는 일이라도 만들어 내고 싶었어요. 그래서라도 제가 쓸모 있는 존재라는 것을 보여 주고 싶었지요."

다행히 사건을 조작할 필요는 없었다. 양재익이 새로운 사람을 감시하라고 했기 때문이었다.

"목사님과 연관이 있는 사람이라며 조사해 보라고 했어요."

"누군데요?"

유진신이 인상을 쓰며 물었다.

"치료감호소 교도관이요."

이승칠은 재소자가 재판이나 외래 진료 때문에 외부로 나갈 때 호송과 감시를 하는 출정과 소속 교도관이었다.

영화나 드라마의 영향으로 교도관 하면 재소자를 괴롭히는 악독한 캐릭터를 떠올리지만 요즘에는 어림없는 이야기였다. 재소자들이 인권을 지켜 주지 않는다며 교도관을 신고하면 불이익을 받기 때문이다.

이웃이나 직장에 진상을 부리는 인간이 한 명만 있어도 마음이 어려운데, 범죄자들과 지내며 받는 스트레스는 어마어마했다. 정신과 상담을 받는 교도관도 있을 정도였다.

"이승칠은 경마에 미쳐 있었어요."

친구가 스트레스를 풀 곳이 있다며 데려간 것이 시작이었다. 친구의 말이 틀리진 않았다. 시원하게 질주하는 말을 보고 있으면 상쾌한 기분까지 들었다. 게다가 만 원을 걸어 사십만 원을 벌기까지 했다.

"그날부터 경마장에 출근 도장을 찍었지요. 아마 버는 족족 다 썼을 겁니다."

처음에는 월급을, 그다음엔 적금을, 마지막엔 딸의 결혼자금까지 경마장에 바쳤다. 양재익의 말대로 이승칠은 자신의 인생을 주사위처럼 던져 버린 것이다.

유진신은 어떻게 일이 진행된 것인지 알 것 같았다. MRI 촬영실에 교도관이 한 명만 더 들어갔어도 양재익의 계획은 물거품이 될 것이었다. 내부의 조력자가 필요했던 양재익은 이승칠이라는 주사위를 주워 자신이 설계한 도박판에 사용한 것이다.

"선생님께 보고했더니 흡족해하셨어요. 그렇게 밝은 표정은 오랜만에 봤지요."

방우린은 양재익에게 도움이 되었다는 사실이 기뻤지만 그게 끝이었다. 겨울이 지나면 장에 처박히는 두꺼운 이불처럼 방우린은 별장에 수납되었다.

"선생님을 다시 보게 된 건 서오봉이 죽고 나서였어요."

방우린은 양재익을 실망시키는 것이 죽을 만큼 두려웠지만 그간 숨겨 왔던 사정을 이야기하고 도움을 구했다. 양재익은 화를 내기는커녕 오히려 방우린을 위로했다.

"선생님은 걱정 말라며 별장에 숨어 있으면 자신이 다 해결할 거라고 하셨지요."

방우린이 유진신의 눈을 보며 계속 말했다.

"정말입니다. 전 경찰이 절 잡으러 오기 전까지 쭉 별장에 있었어요. 쪽방에는 가지도 않았어요."

"쪽방 총무가 불이 나기 전에 우린 씨를 봤다고 증언했습니다."

"그건 제가 아닙니다!"

"그럼 누군가요?"

방우린이 입을 다물었다. 몰라서가 아니었다. 방우린은 신성모독이라도 되는 것처럼 그 이름을 입에 담지 못했다.

"선생님이 별장을 나가실 때 제 옷을 입고 가신 것 같아요."

"무슨 옷이었어요?"

"검은 모자하고 바람막이, 아래는 청바지에 운동화요."

유진신은 드럼통에서 타고 있던 방우린의 옷을 떠올렸다.

"이해가 안 돼요. 선생님은 제게 생명을 주신 분인데……."

방우린은 머리론 양재익을 의심하면서도 상황을 온전히 받아들이지는 못하는 것 같았다.

"양재익 교수의 별장에 비하면 누추한 곳이지만 당분간 여기서 지내요. 나머진 저한테 맡기시고요."

"어쩌시게요?"

"제 생각엔 양재익 교수와 이승칠이 내통했을 가능성이 있어요.

둘 사이의 관계를 밝혀낼 수 있다면 우린 씨의 누명을 벗는 데도 도움이 될 겁니다."

"혼자서 하실 수 있나요?"

"혼자 아닙니다. 저랑 친한 형사님이 도와주실 거예요."

유진신이 걱정 말라는 듯 웃어 보였다.

하지만 유진신은 다음날 교단에서 받은 문자를 보고 성요한이 자신을 도울 상황이 아니란 것을 알게 됐다. 돕기는커녕 성요한은 누군가의 도움이 필요한 수렁으로 빠져들고 있었다.

기쁜 소식입니다! 설강훈 목사가 증거불충분으로 풀려났습니다. 하나님께서 우리 기도를 들으시고 옥문을 여신 것입니다. 우리는 여기서 멈추지 않을 것입니다. 아무 죄 없는 설강훈 목사를 체포한 악독한 경찰 성요한에게 책임을 물을 것입니다. 여러분들의 기도와 응원에 감사드리며 앞으로도 관심을 가져 주시길 부탁드립니다.

2.

"어디서 외압이 들어온 겁니까?"

성요한이 팀장을 찾아가 소리쳤다.

"진정 좀 해."

팀장이 성요한을 달래며 누가 볼까 싶어 블라인드를 내렸다.

"검찰에서 뭉개 버린 거예요?"

"담당 검사 누군지 몰라? 이한호 검사가 그럴 사람이냐?"

"그런데요? 연락해도 받지도 않던데요."

"지금 지방 내려가는 중일 거다."

"네?"

"쫓겨났다고. 무슨 말인지 모르겠어? 어디서부터 내려온 건지 몰라도 덮으라는 지시를 거부하니까 찍어 버린 거 아니야."

"……."

"남 걱정할 때가 아니야. 너도 까닥하면 어디로 처박힐지 몰라."

"엉뚱한 사람 잡아넣은 사건 바로 잡았다고 좌천을 시킵니까? 설 강훈이 결백하다고 믿으시는 거예요?"

"나도 잘못된 거 알아!"

"……."

"네가 날 어떻게 생각하는지도 알아. 잘못된 거 빤히 알면서 바로 잡지 못하는 한심한 놈으로 보이겠지. 나처럼은 되지 않겠다고 생각할 거야. 맞아. 나처럼은 되지 마."

"팀장님……."

"나도 첨부터 이러진 않았어. 나도 너 같은 시절이 있었다. 그래서 멋모르고 설치는 네가 짜증났다. 결국 너도 변할 거라고 생각했지. 하지만 넌 그렇지 않더라."

방우린이 숨어 있던 별장을 급습하던 날, 팀장은 방우린이 총을 쏴 대는데도 앞으로 나아가는 성요한을 보며 생각했다.

"너를 후배가 아닌 선배로 만났더라면, 너 같은 선배가 나아갈 길을 보여 주었더라면, 그럼 나도 네 옆에서 함께 달리고 있지 않았을까란 생각이 들었어."

팀장은 결국 이루지 못한 꿈을 돌아보는 사람처럼 쓸쓸하게 웃더니 성요한의 어깨를 잡았다.

"요한아, 못난 선배 말, 딱 한 번만 들어줘라. 부탁이다. 네가 부서지는 게 싫어서 그래! 이번 한 번만 구부리자."

"……뭘 어떻게 하라는 겁니까?"

팀장이 망설이다가 입을 열었다.

"설강훈이 곧 방송에 나갈 건데 거기 와서 사과를 하면 없던 일로 하겠대. 기자들 앞에서 공개적으로 항복 선언하라는 거야."

"안 하면요?"

다른 선택지는 없다는 듯 팀장이 고개를 저었다.

3.

치료감호소 곽한진 소장이 커피를 마시고 갸웃거렸다.

"취향에 안 맞으시나요?"

맞은편에 앉은 유진신이 말했다.

"아뇨. 전문가가 타 주신 커피를 마시니 신기해서요. 이게 콜드브

루라고요?"

"네, 만들어 오기에 적당한 커피라서 준비해 봤습니다."

"진하면서도 부드럽네요. 생각보다 쓰지도 않고요. 손님한테 대접을 받아서 어쩌죠?"

두 사람이 담소를 나누는 곳은 곽한진의 사무실이었다.

"별말씀을요. 바쁘실 텐데 시간 내주셔서 감사할 따름입니다."

"정신없지만 생각만큼 바쁘진 않습니다."

곽한진은 애써 웃어 보였지만 쓰디쓴 커피라도 마신 것처럼 씁쓸한 미소였다. 임치수 사건은 곽한진의 경력에 치명상을 입혔다. 그간 성실하게 일해 왔기에 자리는 지켜 냈지만 감호소가 곽한진의 마지막 일터가 될 터였다.

"감호소에 부임하시기 전에 한국에서 집행된 마지막 사형을 주관하셨다고 들었습니다."

유진신이 분위기를 바꿔 물었다.

"역시 그 부분이 궁금하시군요."

곽한진이 빙긋이 웃었다. 유진신은 소설을 쓰기 위해 인터뷰를 하고 싶다는 핑계를 대고 곽한진과 만났다. 주선자는 이새록이었다.

"사형 집행 장면을 보면 통쾌할 거라고 생각하지만, 사람이 죽어 가는 모습을 지켜보는 게 유쾌하진 않습니다. 집행에 참여했다가 악몽에 시달리는 교도관도 많지요."

"교수형으로 집행을 했지요?"

"네, 다만 지금도 사형이 집행되는 미국 같은 곳에선 이제 대부분 독극물을 사용합니다. 심장마비를 일으키는 약물이지요."

"안락사가 허용된 나라에서도 사용하는 약물이라고 들었습니다."

"맞습니다. 조사를 많이 하셨네요. 안락사나 사형 집행이나 바로 독극물을 쓰진 않습니다. 먼저 근육을 이완시키고 진정시키는 약물을 투여한 후에 최대한 고통 없이 보내 주지요. 집행을 보는 쪽에서도 그편이 충격이 덜할 겁니다."

곽한진의 말대로 유진신이 이미 다 조사한 내용이었다. 소설을 쓰기 위해서가 아니라 임치수를 죽이기 위해서. 유진신이 과거에 임치수를 죽일 방법으로 택했던 것이 바로 사형 집행에 사용되는 독극물이었다.

"꼭 사형 집행이 아니더라도 스트레스를 많이 받으시겠지요? 새록 선생님께 들기론 상담을 요청하는 분도 있다고 들었습니다."

"그럴 만하죠. 근무 환경도 빡빡하고 인식도 썩 좋지 않고요. 그래도 자부심을 갖고 일해 왔는데 이번에 큰 사건이 터져서……."

"호송을 담당하신 분들도 많이 힘드시겠네요."

유진신이 슬며시 이야기를 꺼냈다.

"네, 남은 두 사람이 자책을 많이 하지요."

"남은 사람이요?"

"선임자였던 교도관이 자기가 책임을 지겠다면서 나갔거든요."

선임자라면 이승칠이 분명했다.

"그랬군요. 만나 뵙고 싶을 정도로 멋진 분이네요."

"……만나긴 어렵겠습니다."

곽한진의 얼굴이 어두워졌다. 유진신이 의아한 얼굴로 물었다.

"어디 외국이라도 가셨나요?"

"죽었답니다. 오시기 직전에 연락을 받았어요. 아직 아무도 모르는데 어떻게 소식을 전해야 할지 모르겠습니다."

유진신의 심장이 크게 뛰었다.

"……어떻게 돌아가신 건가요?"

"심장마비였답니다."

* * *

유진신은 소장실을 나와 화장실을 찾았다. 이승칠은 양재익의 범행을 밝혀 줄 연결 고리였다. 이승칠이 사망하면서 양재익의 죄를 추궁하긴 더 어려워졌다.

'심장마비라니……'

유진신은 속이 좋지 않았다. 유진신은 비어 있는 칸에 들어가 변기 커버를 열고 헛구역질을 했다.

"괜찮으세요?"

뒤에서 누군가 말을 걸었다. 유진신이 돌아보자 백발의 남자가 걱정스러운 눈빛으로 서 있었다. 유니폼을 보니 청소원 같았다.

"사람을 불러 드릴까요?"

"괜찮습니다. 감사합니다."

유진신은 세면대로 가서 찬물로 얼굴을 씻었다. 청소원은 여전히 유진신을 살피고 있었다. 유진신은 청소원에게 다시 감사를 표하려다가 화장실 제일 끝 칸을 보았다.

"저기 계셨던 건가요?"

"아, 네, 부끄럽네요."

청소원이 얼굴을 붉혔다. 청소원이 있던 칸은 휴게실이었다. 말이 휴게실이지 화장실의 한 칸을 개조한 것이었다. 그나마 바로 옆칸은 고장이 났는지 폐쇄되어 있었지만 냄새를 피할 수 있는 거리는 아니었다.

"부끄러워해야 할 쪽은 선생님이 아니라 이런 곳을 휴게실이라고 내준 감호소지요."

청소원은 당황한 듯 두 손을 흔들었다.

"소장님은 잘해 주세요. 만날 때마다 불편하게 해서 죄송하다고 하시고요. 시설이 낡고 예산은 부족해서 자꾸 우선순위에서 밀렸는데, 곧 여기도 공사 들어갈 겁니다. 휴게실도 따로 만들어 주실 거라고 했어요."

"다행이네요."

유진신이 웃으며 말했다.

"이 녀석들도 오래 고생했으니 쉴 때가 됐지요."

청소원이 화장실을 둘러보며 말했다.

"사람처럼 말씀하시네요."

"매일 쓸고 닦다 보니 정이 들었나 봅니다. 그리고 정말 고마운 녀석들이잖아요. 인간들의 더러운 것을 묵묵히 받아 내서 흘려 보내 주니까."

청소원이 빙긋이 웃어 보였다.

"탈이 난 친구도 있네요."

유진신이 막혀 있는 칸을 보며 말하자 청소원이 너털웃음을 지었다.

"특별히 고생을 많이 했나 봐요. 몇 번을 고쳐도 소용이 없어서 그냥 막아 놓았습니다."

"특별히 수고하신 건 선생님이시죠. 감사합니다."

"의무실 한번 가 보세요. 선생님이 잘 봐 주세요."

그렇잖아도 이새록을 보고 갈 예정이었다. 유진신은 인사를 나누고 화장실을 떠났다.

* * *

"들어오실 때 힘들었죠?"

이새록이 말했다.

임치수 사건이 터지고 나서 감호소 보안은 더욱 엄격해졌다. 수감자와 만날 일이 없는 유진신조차 소지품 검사를 철저히 받고 나서야 들어올 수 있었다.

"매일 이러려면 직원분들은 정말 힘드시겠어요."

"어쩔 수 없지요. 저희 잘못도 크니까요."

이새록이 한숨을 쉬며 잘 정돈된 메스들을 보았다.

"혼자 일하시는 건가요?"

"내과 선생님이 한 분 더 계셨는데 이번 일로 관두셨어요. 그분이 당직일 때 메스가 사라졌거든요. 제가 인수인계할 때 발견했어요."

"그렇군요……. 교도관 중에도 관두신 분이 계시죠?"

"네, 이승칠 교도관님이요."

"그분이 상담을 받은 적은 없나요? 지병이 있었다거나……."

"그건 왜 물으시는데요?"

이새록이 눈이 동그래져 물었다.

"아직 소식을 모르시겠지만 돌아가셨습니다."

"네?"

이새록이 놀란 나머지 잠시 굳어 버렸다.

"심장마비랍니다. 소장님께 연락이 갔다는데 직원분들한테 아직 전하지 않은 것 같아요. 원래 지병이 있으셨나요?"

"글쎄요. 제가 알기론 딱히……."

"이따가 조문을 가시면 유가족분들에게 돌아가신 상황을 좀 자세히 여쭤봐 주실래요?"

"심장마비라면서요? 뭐가 더 있어요?"

유진신은 잠시 고민하다가 이새록에게 왜 이승칠을 쫓는지를 털어놓았다.

"양재익 교수와 이승칠 교도관님이 공범이라고요?"

"그냥 가설입니다. 이제는 증명하기도 힘든 가설이지요."

"……."

이새록은 혼자 생각을 정리하는 것 같더니 다시 입을 열었다.

"그렇네요. 임치수 환자가 아무도 죽이지 않았다고 한 말을 믿는다면 범인은 양재익 교수겠지요. 내부자의 협력이 필요했다면 교도관이 딱이고요."

이새록이 유진신을 보며 말을 이었다.

"그런데 이게 사실이라면 우리끼리 조사할 일은 아니지 않아요? 성요한 형사님한테 도움을 구해야죠."

"형사님은 지금 누굴 도울 처지가 아닙니다."

"왜요?"

이새록이 이해가 안 간다는 듯 말했다.

4.

방송국을 향하는 성요한의 머릿속엔 '왜'라는 글자가 계속 떠올랐다. 성요한은 왜 설강훈에게 고개를 숙여야 하는지 이해할 수 없었다.

"검사님? 지금 어디세요?"

성요한이 이한호에게 걸려 온 전화를 보고 급히 받았다.

"여기 좋은 곳입니다. 바다도 보이고, 숲도 있고, 공기도 좋고⋯⋯."

마음을 내려놓은 것 같은 나른한 목소리였다.

"어떻게 된 겁니까? 검사님이 쉽게 밀려나실 분은 아니잖아요."

"제가 뭐라고요. 명령이 내려오면 어디든 가는 공무원일 뿐인 걸요."

"전 지금 설강훈을 만나러 갑니다. 기자들 앞에서 사과를 하라네요."

"⋯⋯."

"설강훈 어떻게 풀려난 겁니까? 누가 힘을 쓴 거예요?"

"누구겠어요. 이정의 의원이 뒤에 있는 게 빤하지요."

이정의는 장애인의 인권을 위한 시민 단체를 이끌며 국회에 입성한 인물이었다. 장애인 사역에 매진하며 이름을 알린 설강훈 목사와는 오랜 동지 사이였다.

"이정의 의원한테 그 정도의 힘이 있습니까? 대중적으로 알려진 인물이라지만 검사를 쫓아낼 정도예요?"

"힘을 가진 자들과 거래를 했겠지요. 이정의 의원 정도면 많은 표를 움직일 수 있는 인물이니까요. 캐스팅보트의 역할은 충분합니다."

"정치적인 빚까지 져 가면서 설강훈을 빼낸다고요?"

"설강훈한테도 갚을 빚이 있나 보지요. 하지만 돌려막기도 한계가 있지 않겠습니까? 결국 대가를 치를 날이 올 겁니다. 그러니까 이해되지 않는 오늘을 버티세요. 내일은 어떻게 될지 모르니까요."

성요한은 담담히 알았다고 말하고 전화를 끊었다.

부정과 부패는 항상 존재했지만 예전엔 죄가 드러나면 고개를 숙이는 시늉이라도 했다. 하지만 이젠 죄인이 뻔뻔하게 고개를 쳐들고 오히려 죄를 밝혀낸 이들에게 사과를 요구하는 시대였다. 성요한은 시대의 어둠이 캄캄한 도로보다 위태롭게 느껴졌다.

방송국에 도착한 성요한은 설강훈의 대기실을 향했다. 대기실이 어디인지는 알고 있었지만 성요한은 괜히 복도를 서성였다.

"성요한 형사님?"

성요한이 돌아보니 젊은 여자가 서 있었다. 여자의 목에는 기자증이 걸려 있었다.

"안녕하세요. '예수아'라고 합니다. 설강훈 목사와 만나려고 오신 거죠? 잠시 인터뷰 가능할까요?"

"방송 후에 공식적인 자리를 진행할 예정입니다. 그때 하시죠."

성요한이 떨떠름한 얼굴로 말했다.

"진심이신가요?"

"네?"

"정말 사과하려고 오신 거예요? 정말 무리한 수사였습니까? 설강훈 목사는 정말 죄가 없나요?"

예수아가 세 번이나 '정말'이란 표현을 써 가며 물었다. 성요한은 짜증이 났다.

"정말 몰라서 묻는 겁니까? 다 아시지 않아요?"

성요한은 말을 뱉자마자 후회했다. 기자를 공격해서 얻을 수 있는 것은 없었다. 하지만 예수아는 정말 모르겠다는 얼굴로 말했다.

"제가 알고 있는 대로라면 형사님은 사과하실 이유가 없습니다."

성요한은 예수아의 얼굴을 살폈다. 처음엔 기사가 될 만한 멘트를 유도하려는 것인가 싶었다. 하지만 예수아는 아직 세상에 찌들지 않은 얼굴로 성요한을 바라볼 뿐이었다. 이제 막 기자가 된 듯한, 아직은 초심을 잃지 않았을 것 같은 얼굴이었다.

이한호 검사는 후일을 도모하라고 했지만 그게 옳은 것일까. 뻔뻔하게 죄를 죄가 아니라고 주장하는 이들에게 고개를 숙여도 되는 걸까. 그래서야 그 죄를 추궁할 수 있는 때가 오더라도 떳떳하게 나설 수나 있을까.

'가만, 결국 이한호 검사도 외압을 거부하다 쫓겨난 거잖아. 누가 누구보고 참으래. 자기도 안 참아 놓고.'

성요한은 피식 웃어 버렸다.

"형사님?"

예수아가 의아한 얼굴로 말했다.

성요한은 똘똘해 보이는 풋내기 기자를 보고 생각했다. 어떤 후배는 쫓겨난 선배를 보고 나는 대들지 말아야겠다고 생각할 것이다. 하지만 어떤 후배는 선배가 쫓겨나면서까지 지키려 했던 가치를 간직할 것이다. 선배로서 어떤 행동을 해야 할지는 명확했다.

"예수아 기자님."

"네?"

"기자는 사실을 전하는 직업 맞지요? 진영 논리에 휘둘리거나 신념으로 포장된 편견이 아니라 오로지 사실을 전해야 하는 거죠?"

"……네, 저는 그렇게 배웠습니다."

"좋은 선배가 계신 모양이네요."

"네, 여러 분이요."

예수아가 미소를 지으며 답했다.

"그럼 사실을 말씀드리지요."

성요한이 진지한 얼굴로 분명하게 말했다.

"수사에 문제는 없었습니다."

* * *

성요한은 설강훈의 대기실로 걸어가며 생각했다. 설강훈은 뉴스에 나와 결백을 주장하겠지만 끝까지 죄를 숨기지 못할 거라고. 당장 다시 설강훈을 체포할 수는 없지만 살아서건 죽어서건 반드시 죄의 대가를 치르게 될 거라고. 성요한은 범인을 잡으러 온 것처럼 힘차게 대기실 문을 열고 들어갔다.

"설강훈!"

성요한이 설강훈을 보고 바로 달려들었다. 설강훈이 대기실 바닥에 쓰러져 있었다. 성요한의 생각이 맞았다. 설강훈은 죽어서 죄의 대가를 치르게 되었다.

5.

"제가 들어갔을 때는 괜찮아 보였어요."

예수아가 상기된 얼굴로 말했다.

성요한은 설강훈의 사망을 확인하고 대기실 내부를 살폈다. 대기실은 안쪽에 메이크업을 위한 방이 따로 있을 정도로 널찍했다. 대기실에는 아무도 없었지만 수상쩍은 하얀 가루가 바닥에 떨어져 있었다. 테이블 위엔 설강훈이 마신 것으로 보이는 음료수 컵이 있었다.

성요한은 감식반을 부르고 CCTV를 확보했다. 설강훈의 대기실을 가장 먼저 방문한 사람은 예수아였다.

"어차피 곧 뉴스에 출연할 예정이었는데 왜 인터뷰를 진행한 거죠?"

성요한은 방송국에 협조를 요청해 비어 있는 대기실을 확보했다. 성요한은 설강훈을 방문한 사람들을 차례대로 조사할 생각이었다.

"전 탐사보도팀 소속입니다."

"탐사보도라면 '굿뉴스'인가요?"

굿뉴스는 정치부 기자 출신인 강수미가 이끄는 탐사보도팀이다. 최근에 거물 정치인들의 스캔들을 연이어 밝혀내 명성이 높았다.

"굿뉴스가 설강훈 목사를 취재하고 있었군요?"

"정식으로 인터뷰를 요청했지만 만나 주지를 않아서 오늘 사전

인터뷰인 척하고 접근을 했어요."

"그런 자리에 신입을 보내나요?"

"마침 얼마 전까지 제가 메인뉴스팀 소속이었거든요. 선배들은 얼굴도 노출되어 있고요."

"인터뷰 분위기가 좋지는 않았던 것 같은데요."

CCTV에는 설강훈이 거의 쫓아내다시피 예수아를 대기실 밖으로 내보내는 장면이 찍혀 있었다. 예수아는 밀려나는 와중에도 뭔가 질문을 하는 것 같았다.

"불편한 질문을 던졌으니까요."

"어떤 질문이었죠?"

"취재 중이라 구체적인 내용을 밝힐 수는 없습니다만…… 형사님도 아실 텐데요."

* * *

처음 언론이 이 사건을 다룬 제목은 '장애인 학대 사건'이었다. 성요한은 설강훈이 절뚝거리며 경찰서에 들어오던 날을 기억했다.

"제 잘못입니다. 제 책임이에요."

설강훈은 그렇게 말했지만 자수하려고 온 것이 아니라 신고를 하러 온 것이었다. 피의자 백성결은 초창기부터 설강훈과 장애인 사역을 함께해 온 교회 청년이었다.

"저도 몸이 불편해서 알지만 장애인을 돌본다는 것이 쉬운 일은 아니지요. 그렇다고 이런 짓을 저지를 줄은……. 늘 처음 마음을 지켜야 한다고 그렇게 말했는데…….."

설강훈이 고개를 처박고 말했다. 하지만 백성결의 주장은 달랐다. 백성결은 얼마나 억울했던지 몸을 부들부들 떨었다.

"초심을 잃은 건 목사님이세요! 처음엔 교회 청년을 중심으로 한 작은 사역이었습니다. 거동이 불편한 장애인들을 찾아가 말벗이 되어 주고 생필품을 챙겨 주었죠. 지역에서 환영을 받으며 사역은 순조롭게 커나갔습니다. 그때만 해도 오늘 같은 날이 올 줄은 몰랐죠."

장애인 사역은 구청을 시작으로 서울시와 보건복지부에서도 표창을 받았다. 각종 방송에 사역이 소개되며 리더였던 설강훈 목사는 유명 인사가 되었다. 당시 대형 교회 목사들의 스캔들과 대비되며 설강훈은 깨끗한 목사라는 이미지를 얻었다.

"규모가 커지면서 사역이 사업화되었어요. 단체 이사는 전부 목사님과 친분이 있는 사람들이었죠. 처음부터 작정하고 비리를 저

지르려 했던 건 아니었을 겁니다. 아는 사람들이 믿을 만하고 편했
던 거겠죠. 저도 그중 하나였고요."

쏟아지는 후원금에 더해 정치권에서도 지원에 나섰다. 특히 이
정의 의원이 앞장서 예산을 따냈다. 당시에도 특정 단체에 대한 지
원이 과하다는 의견이 있었지만, 장애인의 인권에 반대하냐는 공
격에 입을 다물고 말았다.

"해마다 예산은 늘어났지요. 단체는 그만큼 더 많은 장애인 가구
를 확보했습니다. 당연히 더 많은 인력이 필요했지요. 하지만 설강
훈 목사는 직원을 고용해 인력을 충원하기보다 무상으로 도와줄
자원봉사자만 모집했어요. 현장 상황은 갈수록 악화되었습니다."

두 번 방문할 것을 한 번 가고, 나중에는 자원봉사자끼리만 방문
해서 생필품만 주고 돌아오는 일도 생겼다. 그러다 사고가 터졌다.

"처음 사역을 시작했던 날부터 방문했던 할아버지셨어요. 저희
가 찾아가면 참 반가워하셨죠. 몸이 불편하신데도 음료수라도 내
놓으려고 하셨어요."

백성결이 울음을 삼키며 말했다. 점점 뜸해지며 건성으로 살피
는 방문 속에서 할아버지는 욕창에 걸려 사망했다.

"들어가서 그간 어떻게 지냈는지, 필요한 건 없는지, 불편한 곳은 없는지, 이야기를 듣고 기본적인 것만 제때 체크했더라도 그런 일은 없었을 겁니다. 우리가 초심을 잃었다는 증거였지요. 근데 목사님이 그 소식을 듣고 어떻게 했는지 아시나요?"

설강훈은 방송에 출연했다. 그리고 충분히 막을 수 있었던 비극적인 죽음을 소개하며 더 많은 예산이 필요하다고 주장했다.

"목사님은 반성하기는커녕 할아버지의 죽음을 이용했어요. 그때 목사님이 완전히 다른 사람이 되었다는 것을 알았습니다. 저는 고발을 하기로 결심했습니다."

백성결은 이정의 의원에게 연락해, 당신이 애써 타낸 지원금이 누구 주머니에 들어가고 있는지 밝혀야 한다고 호소했다. 하지만 체포된 쪽은 설강훈이 아니라 백성결이었다.

"이정의 의원도 한패인 겁니다. 제가 고발을 하니까 저한테 뒤집어씌운 거예요. 지금도 기록상으로는 단체의 돌봄 아래 있지만 사실상 방치된 분들이 많습니다. 부모가 장애를 가진 자녀와 동반자살 하는 경우도 있어요."

하지만 경찰은 백성결의 진술이 아니라 설강훈의 진술에 따라

수사했다. 언론도 마찬가지였다. 설강훈은 장애인의 대부 같은 존재였기에 언론은 의혹 제기를 주저했다. 오히려 설강훈을 옹호하며 백성결을 공격하는 언론까지 있었다.

"굿뉴스도 전에 설강훈 사건을 다룬 적이 없지요?"

성요한이 말했다.

"굿뉴스의 장점이자 단점이죠. 특종을 내기보다 오보를 내지 않는 것을 우선하다 보니 다른 곳보다 느린 감이 있습니다."

"그렇다면 지금은 보도를 준비할 만한 새로운 정보가 있다는 말이네요? 그게 뭔가요?"

"……"

성요한의 지적은 정확했지만 그에 대한 대답은 예수아의 권한을 넘어선 것이었다. 예수아가 난감한 얼굴로 서 있는데 대기실 문이 열렸다. 예수아가 대기실에 들어오는 사람들을 보고 반갑게 말했다.

"팀장님!"

성요한이 돌아보자 한 쌍의 남녀가 다가왔다. 굿뉴스의 팀장인 강수미와 강수미의 남편이자 동료인 맹준영이었다.

"안녕하세요. 저희 막내가 신세를 지고 있다고 해서 왔습니다."

맹준영이 사람 좋게 웃으며 손을 내밀었다. 악수가 끝나자마자 강수미가 치고 들어왔다.

"설강훈 사인은 뭡니까?"

"두 분이 호흡이 잘 맞으시네. 정보를 받기 전에 먼저 주실 건 없나요?"

강수미가 잠시 맹준영과 눈을 맞추더니 입을 열었다.

"이한호 검사가 쫓겨난 것 아시죠? 저희가 파악하기론 범행 입증은 시간문제인 상황이었어요. 그만큼 설강훈 목사의 혐의가 명백했다는 말입니다. 그런데도 노골적으로 무리수를 둬 가며 쳐내 버렸죠."

강수미에 이어 맹준영이 덧붙였다.

"이정의 의원이 설강훈 목사를 빼내기 위해 어떤 거래를 했는지는 모르지만 분명 상당한 대가를 치렀을 겁니다. 왜 그렇게까지 했을까요?"

"그만큼 친밀한 사이 아닙니까? 국회 입성 전부터 오랜 친구 사이로 알고 있는데요."

성요한의 말에 강수미가 고개를 저었다.

"선한 사람들은 우정을 쌓아 나가지만 악한 사람들은 서로의 약점을 잡고 신뢰를 쌓지요. 설강훈 목사가 이정의 의원을 압박한 겁니다. 내가 죽으면 너도 죽는다고요."

"설강훈이 무슨 약점을 잡고 있기에요?"

성요한이 인상을 쓰며 물었다.

"그걸 취재 중이었습니다. 그래서 설강훈 목사의 사인이 궁금한 거고요."

"설마 이정의 의원이 설강훈 목사를 제거하기라도 했다고 생각하는 겁니까?"

"사람이 얼마나 말 같잖은 이유로 다른 사람의 생명을 빼앗는지 형사님도 아실 텐데요. '권력을 유지하기 위해서' 정도면 차고 넘치는 동기죠."

성요한은 바닥에 떨어져 있던 하얀 가루가 떠올랐다.

"정확한 사인은 부검을 해 봐야 압니다."

"제가 방금 드린 말씀이 얼마나 민감한 내용인지는 이해하고 계실 텐데요. 부검해 봐야 안다는 말이나 들으려고 해 드린 이야기가 아닙니다."

강수미가 성요한을 째려보며 말했다. 성요한은 고민하다 입을 열었다.

"외상은 없지만 타살 가능성도 있다고 봅니다. 확실한 건 부검을 해 봐야죠. 더는 말씀 못 드립니다."

"외상이 없는데 타살 가능성을 말씀하시는 건 방금 저희가 드린 정보 때문인가요?"

"아니요. 기자님께서 여기 오시기 전부터 생각하던 겁니다. 정직하게 말씀드리는 건데 기자님 말씀을 들으니 오히려 헷갈리네요."

강수미가 성요한을 빤히 보다가 말했다.

"이미 용의자가 있군요? 근데 이정의 의원과는 상관이 없어 보이는 사람이고요? 누구지요?"

"당연히 대기실을 방문했던 사람이지요."

강수미와 맹준영이 반사적으로 예수아를 보았다. 예수아는 무슨 말이냐는 듯 당황한 얼굴로 성요한을 보았다.

"기자님 말고요. 기자님이 나온 후에 대기실에 간 사람입니다. 저

보다는 먼저 들어간 사람이고요."

*　*　*

선글라스를 낀 남자가 명함과 함께 인사를 건넸다.

"안녕하세요. 김시관입니다."

김시관은 시각장애를 가진 변호사였다. 김시관 옆에는 불안한 얼굴을 한 여자가 서 있었다.

"박사영 대표님이십니다. '설케어 피해 가족 모임'의 대표이시죠."

김시관이 여자를 소개했다.

'설케어'는 설강훈의 성을 따서 만든 단체의 이름이었다. 백성결이 폭로한 대로 설케어의 방만한 운영으로 인한 피해자는 욕창으로 사망한 할아버지만이 아니었다.

"돌보기는커녕 대표님 딸의 장애를 악화시켰지요. 눈만 제대로 뜨고 보고 있었어도 일어날 수 없는 일이었습니다. 하나님은 그런 사람들한테 왜 눈을 주셨는지 모르겠어요. 나한테나 주시지."

김시관은 스스로를 '눈에 뵈는 게 없는 변호사'라고 소개할 정도로 언변이 과격했다.

"변호사님은 설강훈 목사와 친구 사이라고 들었습니다. 설케어를 만들 때도 도움을 주셨다고……."

"옛날이야기입니다. 저는 눈이 보이지 않지만 설강훈이 변해 가는 모습이 보였어요. 그 위선자와는 갈라선 지 오래입니다."

"그럼 오늘은 무슨 일로 설강훈 목사를 만나신 건가요?"

"제가 같이 와 달라고 말씀드렸어요."

조용히 있던 박사영이 입을 열었다.

"제안을 받아서요……."

박사영은 위축된 얼굴로 말끝을 흐렸다.

"제안이라 하시면?"

"……."

박사영이 답을 않자 김시관이 나섰다.

"대표님이 충격을 좀 받으신 것 같아요. 제가 말씀드리지요. 설강
훈이 제안할 게 있다며 만나자고 연락을 해 왔습니다."

"무슨 제안이었나요?"

"빤하죠. 돈으로 해결하고 기자들 앞에서 오해를 풀었다고 사진
한번 찍자는 거예요. 설강훈은 창조주를 버린 지 오래입니다. 대신
스스로 강남의 건물주가 되려고 했지요. 하나님이 그전에 불러 가
셨지만요."

"하나님이 불러 가요?"

"……심장마비 아닙니까?"

"누구한테 그런 말을 들으셨나요?"

성요한이 미간을 찌푸렸다.

"보이질 않아서 누군지는 모르지만, 화장실에 갔다가 이야기하
는 걸 들었습니다. 화장실만큼 진실한 공간이 없다고 하잖아요."

"……두 분과 함께 있을 때는 괜찮아 보였습니까?"

"저야 보이는 게 없지만 불편한 기색은 안 느껴졌습니다."

"……저도요."

박사영이 김시관에 이어 말했다. 성요한이 김시관과 박사영을 번갈아 보다가 질문을 던졌다.

"제안은 받아들이셨습니까?"

"아니요. 거절했지요."

김시관이 말했다.

"거절하셨으면 집에 돌아가시지 않고 왜 남아 계셨나요?"

"설강훈 목사가 방송 후에 기자회견을 하면 바로 맞대응하는 기자회견을 하려고 했습니다."

"두 분이 대기실을 나오는 시점까지도 설강훈 목사는 멀쩡했고요?"

"네, 멀쩡했습니다. 그런데 왜 그런 질문을 하시죠? 심장마비가 아닙니까?"

"정확한 사인은 부검을 해 봐야 압니다만 타살의 가능성도 염두에 두고 있습니다."

성요한의 말에 박사영이 놀라 눈을 치켜떴다.

"지금 이 자리가 취조를 하는 자리였습니까? 대표님과 제가 용의자라도 되나요?"

"아니요. 현재 두 분은 참고인입니다."

두 사람을 안심시키기 위해서 하는 말이 아니었다. 성요한이 용의자로 생각하는 사람은 김시관과 박사영 다음으로 대기실을 방문한 사람이었다. 김시관과 박사영이 나가고 잠시 후에 다시 문이 열리며 한 남자가 들어왔다.

"형사님. 여기서 또 뵙네요."

양재익이 웃으며 말했다.

6.

"설강훈 목사와 아는 사이셨나요?"

성요한이 말했다.

"아니요. 저도 오늘 녹화가 있어서 촬영 중이었는데 쉬는 시간에 설강훈 목사가 절 만나고 싶어 한다고 전해 주시더군요."

"무슨 이유였죠?"

"최근에 심장이 조금 불편하셨다고 해요. 제가 와 있다는 이야기를 듣고 만나 보고 싶으셨나 봐요."

"설강훈 목사한테 지병이 있었나요?"

"최근에 억울하게 고초를 당하신 뒤로 가슴이 답답하다고 하시더군요."

"억울이요?"

성요한이 인상을 쓰며 되물었다.

"네, 심장에는 심리적인 영향도 크게 작용하거든요. 형사님도 억울한 일을 겪어 보면 아실 겁니다."

양재익이 미소를 지었다. 성요한은 상대하기 싫다는 듯 화제를
돌렸다.

"상태가 어떻게 보이던가요?"

"당장 큰 문제는 없어 보였지만 자세한 건 검사를 해 봐야 아니
까 병원에 오시라고 했지요."

"대기실을 나갈 때까지 설강훈 목사는 괜찮아 보였고요?"

"네, 멀쩡했습니다."

성요한이 잠시 양재익의 얼굴을 살피다 다시 입을 열었다.

"제가 대기실을 방문했을 때 설강훈 목사는 사망한 상태였어요.
그렇다면 한 시간도 지나지 않아 갑자기 상태가 악화돼 죽었다는
말인데요."

"본인도 불편함을 호소했으니 심장 문제일 수 있지요. 당장 문제
가 있어 보이진 않았지만 급성이란 말 그대로 갑자기 벌어지는 일
이니까요."

양재익은 TV 의학 프로그램에 나가 설명하는 것처럼 편안하게
말했다.

"인위적으로 심장마비를 일으키는 약물이 있습니까?"

"네, 안락사에도 사용되는 약물입니다. 미국에선 사형 집행에도
쓴다고 하더군요."

"그런 약물은 어디서 구할 수 있을까요? 병원에 있습니까?"

"네, 치료 목적으로 소량 사용하기도 하거든요. 병원이 아니라도

구할 수는 있을 겁니다. 불법 마약도 어디선가 유통이 되니까요."

양재익은 기분 좋은 일이라도 생긴 사람처럼 웃는 얼굴이었다.

"사람이 죽어서 참고인으로 조사를 받는데 즐거워 보이시네요."

"용의자 아닙니까?"

"……."

"맞지요? 아무리 들어 봐도 취조받는 기분이 들어서요."

양재익이 미소를 잃지 않고 말했다.

"살아 있는 설강훈의 모습을 마지막으로 보셨기 때문에 조사하는 것뿐입니다."

"빤한 말은 집어치우죠. 약물 이야기를 하는 거 보니 독살을 의심하는 것 같은데……. 그럼 동기는 뭘까요?"

"네?"

"내가 용의자라면 동기가 있을 거 아닙니까? 나는 오늘 설강훈 목사와 처음 만났습니다. 내가 무슨 이유로 설강훈 목사를 죽였을까요?"

양재익이 여유 있는 얼굴로 물었다. 성요한은 말없이 양재익을 보다 입을 열었다.

"주사위의 신이라고 불렸던 유명한 야쿠자가 있습니다."

양재익은 성요한과 대면한 후 처음으로 인상을 구겼다.

"주사위를 던져서 그 결과에 따라 사람을 죽이고 살렸던 인간이었어요. 사람 목숨을 갖고 노는 걸 즐겼던 거예요. 말 같잖은 이유였죠."

"……."

"살인 사건이 원래 그래요. 가족의 원수 같은, 그래서야 안 되지만 나라도 죽였겠다 싶은 경우는 거의 없지요. 대부분은 들어 보면 고작 그런 이유로 사람을 죽였단 게 믿기지가 않아요."

양재익이 굳은 얼굴로 듣고 있다가 피식 웃으며 입을 열었다.

"이건 어때요? 정의감에 넘치는 한 사람이 부패한 목사의 범죄를 밝혀냈지만 목사는 권력자를 이용해 무사히 빠져나왔지요. 결국 그 사람은 법이 단죄하지 못한 범죄자를 자신의 손으로 처단하기로 했습니다. 이 정도면 말이 되는 이유인가요?"

성요한이 조용히 양재익을 노려보았다.

"따지고 보면 형사님이야말로 그럴듯한 동기가 있는데, 형사라는 이유로 저를 취조하고 있는 상황이 저는 이해가 되지 않네요."

그때, 대기실 문이 열리고 팀장이 들어왔다.

"오셨어요? 사정 청취 중이었습니다."

성요한이 일어나며 말했다.

"저는 이만 가 봐도 되겠지요?"

양재익은 팀장에게 인사를 하고 대기실 밖으로 나갔다.

"이게 어떻게 된 거야?"

팀장이 양재익이 나가자마자 득달같이 물었다.

"부검을 해 봐야 알겠지만 살인 사건일 가능성도 있습니다."

팀장이 골치 아프게 되었다는 듯 한숨을 쉬었다.

"양재익 교수는 왜 여기 있었는데? 뭘 조사했어?"

"유력한 용의자입니다."

"양재익 교수가 설강훈 목사를 왜 죽여? 동기가 뭔데?"

성요한은 난감했다. 그간의 이야기를 그대로 해 주자니 번거로운 것은 둘째 치고 도무지 받아들여질 것 같지가 않았다.

"아, 됐어. 의심할 만한 구석이 있다는 거지?"

팀장이 손을 흔들며 말했다.

"……네."

"당장 설명하기 힘들면 나중에 보고서 작성해서 올려."

"그러면 되겠습니까?"

성요한이 당황한 얼굴로 말했다.

"언제부터 네가 다 일일이 말하고 수사했다고? 생각하는 게 있으면 일단 해 봐. 내가 책임질 테니까."

툴툴거리며 내뱉은 말 속에 성요한을 향한 신뢰가 느껴졌다.

"알겠습니다."

성요한이 힘차게 답했다.

"청취는 끝난 거야? 또 올 사람 있어?"

"아니요. 끝났습니다."

밖에서 엿듣고 있었던 것처럼 성요한의 말이 떨어지자마자 대기실 문이 열렸다. 정장 차림의 한 여자가 대기실로 들어왔다. 여자는 염색을 하지 않아 하얀 머리를 하고 있었지만 환갑이 되지 않은 나이였다.

"의원님, 오셨습니까?"

팀장이 고개를 숙이며 말했다. 대기실에 나타난 여자는 국회의원 이정의였다. 이정의 뒤로 안경을 쓴 남자 보좌관이 따라붙었다.

"어떻게 된 거예요? 살인 사건일 수도 있다는 소리가 들리던데?"

이정의가 날카로운 말투로 물었다. 팀장이 움찔했다.

"부검을 해 봐야 알 것 같습니다."

"설강훈 목사 대기실에 하얀 가루가 떨어져 있었다면서요? 독약이라도 쓴 거 아니에요?"

이정의가 구체적인 정황까지 이야기하자 팀장뿐 아니라 성요한도 놀란 기색을 숨기지 못했다.

"모든 가능성을 열어 두고 수사 중입니다. 지금은 대기실을 방문했던 사람들을 조사하던 중이었습니다."

"누가요? 이 사람이?"

이정의가 턱짓으로 성요한을 가리켰다.

"아, 네. 성요한 경위가 현장에서 발견을 해서 바로…….''

"지금 정신이 있는 거예요?"

"네?"

"이 사람이 누군지 몰라요? 설강훈 목사를 잡아넣은 사람이잖아요! 살인 사건이라면 용의자가 돼야 마땅할 사람이 수사를 하고 있어요? 이게 말이 됩니까?"

"의원님, 설강훈 목사와 악연이 있긴 합니다만 성요한 경위는 사사로운 감정으로 수사하는 사람이 아닙니다."

"지금 뭐라는 거야? 날 가르치는 거예요!"

이정의가 버럭 소리를 질렀다.

"가르치긴요. 그저 의원님이 오해하시는 부분이 있어서 풀어 드리려고……."

팀장이 머리를 조아리며 말했다. 팀장의 비굴한 자세가 마음에 들었는지 이정의는 누그러진 태도로 말을 이었다.

"길게 말할 거 없고, 이 사람은 손 떼게 하고 돌려보내요. 혹시 살인 사건이라고 판명 나면 철저하게 수사하고! 제 식구라고 감싸 주면 가만 안 있습니다!"

"……."

"왜 말이 없어요!"

팀장은 입술을 깨물었다. 할 말이 없어서가 아니었다. 하고 싶은 말은 많았는데 뒷감당이 되지 않을 것 같아 어떻게든 입을 틀어막고 있을 뿐이었다.

"팀장님, 의원님 말씀대로 저는 들어가 보겠습니다."

성요한이 팀장의 입장을 생각해 먼저 나섰다. 성요한은 팀장에게 꾸벅 인사를 하고 이정의를 지나쳐 밖으로 나갔다.

"저 예의 없는 놈이……."

"의원님, 참으시지요."

이정의가 떠나는 성요한을 보며 역정을 내자 보좌관이 이정의를 말렸다. 외국에서 살다 온 사람인지 억양이 독특했다.

7.

성요한은 돌아가는 차 안에서 정황을 정리해 보았다. 대기실에서 발견된 하얀 가루는 외부에 공표되지 않았다. 경찰 내부의 누군가가 이정의에게 정보를 넘겼다는 의미였다. 성요한은 강수미가 했던 말을 떠올렸다.

"설강훈 목사가 이정의 의원을 압박한 겁니다. 내가 죽으면 너도 죽는다고요."

그 말대로라면 이정의에게 설강훈의 죽음은 가뭄 끝에 찾아온 태풍 같은 소식이었으리라. 하지만 방송국에 온 이정의는 당황하고 분노한 것처럼 보였다. 정치인이란 어지간한 배우보다 뛰어난 연기자지만, 태풍에 흔들리는 깃발처럼 떨리던 이정의의 눈빛이 가짜 같진 않았다.

'이정의는 아니다.'

양재익이 들어갔을 때 설강훈은 살아 있었다. 그리고 양재익과 성요한 사이에 대기실에 들어간 사람은 없었다. 살인 사건이라면 양재익이 유력한 용의자였다. 양재익이 이정의의 하수인일 가능성은 없으니 이정의는 이번 사건과 무관할 것이었다.

'방송국에 비밀 통로라도 있어서 범인이 몰래 들어간 것이 아니면……'

성요한은 문득 어린 시절의 기억이 떠올라 피식 웃어 버렸다. 성요한의 아버지는 기도원 원장이었다. 이 기도원엔 역대 원장들만 아는 비밀 통로가 있었다. 원장실 밑에서 지하 기도실로 통하는 통로는 기도원 바깥까지 이어졌다. 역대 원장을 제외하고 이를 아는 사람은 차기 원장이 될 것으로 여겨졌던 성요한뿐이었다.

성요한이 경찰서 근처에 얻은 빌라에 도착했다. 문을 열고 들어가는데 주방에서 인기척이 느껴졌다. 성요한은 신학대를 자퇴하며 아버지와 사이가 틀어져 기도원은커녕 본가에도 가지 않게 되었다. 대신 어머니가 종종 반찬을 들고 성요한의 빌라를 방문하곤 했다.

"엄마?"

성요한이 주방으로 가다 우뚝 멈췄다. 그곳엔 어머니가 아니라 이동기가 있었다. 이동기는 화장품 샘플 정도 크기의 통을 들고 있었다. 통 안에는 하얀 가루가 들어 있었다.

"뭡니까?"

성요한이 묻자 이동기가 하얀 가루가 든 통을 흔들어 보였다.

"내가 물을 말인데, 이거 뭐야?"

처음 보는 물건이었지만 성요한의 머릿속엔 정확한 답이 떠올랐다.

'함정이다.'

성요한은 마음을 다잡고 침착하게 물었다.

"근신 중에 여긴 왜 온 겁니까?"

이동기는 임치수에게 총을 쏜 것 때문에 징계를 받은 상태였다.

"후배 집에 놀러 오면 안 되나? 우리 한때 파트너였잖아? 네가 내 통수 치기 전까진."

"통수를 친 게 아니라 선배가 잘못 수사한 걸 바로 잡은 거죠. 그땐 부실한 수사라고 생각했는데 고의였었나 보네요. 처음부터 설강훈을 보호하려고 했던 거죠? 이정의 의원이 시켰습니까?"

"몰라. 내가 아는 건 네 잘난 척도 이제 다 끝났다는 것뿐이야."

이동기는 웃으며 하얀 가루가 든 통을 흔들어 보였다.

"시나리오를 짜려면 제대로 짜야지. 여기 갖다 놓고 내가 범인이라고 우기면 끝인가요?"

"걱정도 팔자네. 네 관짝 잘 준비되어 있어. 네 친구 것까지 같이."

"친구?"

성요한의 얼굴이 일그러졌다.

"그 카페 사장. 원래 국과수에 있었잖아. 이런 물건에 대해선 빠삭하겠지. 이건 그 인간이 너한테 준 거야. 곧 그 집에서도 이거랑 똑같은 게 발견될 거고. 어때? 시나리오 죽이지?"

이동기가 비열하게 웃어 보였다. 성요한은 분노를 삼키듯 조용히 고개를 숙이고 있었다.

"야, 멘탈 나갔냐?"

이동기가 이죽거렸다. 성요한은 침착한 얼굴로 입을 열었다.

"네가 시험 치는 게 무서워서 도망쳤을 거라고 했던 친구 기억나? 배 사장님 아들 배창선."

"……."

"몇 년을 준비한 경찰 시험을 보러 가던 사람이 생전 처음 보는 아이를 구하려다가 죽었어. 결국 시험은 보지도 못했지만 나는 창선 씨를 동료로 생각해. 너처럼 동료한테 누명을 씌우고 팔아먹는 놈이 아니라."

"끝까지 잘난 척이냐?"

이동기가 이를 갈며 말했다.

"난 잘나지 않았어. 그냥 보통의 경찰이야. 네가 보통이라고 지껄이지 마. 다들 이런다고, 너는 뭘 그리 잘났냐고 떠들지 마! 네 멋대로 보통의 기준을 더럽히지 말라고!"

이동기가 눈을 부라리며 수갑을 들었다.

"됐어. 그만 짖어 대고, 더 하고 싶은 말 있으면 서로 가서 하자."

"그 수갑은 내가 아니라 네가 찰 거야."

"이 새끼가……."

이동기가 코웃음을 치다가 갑자기 당황한 듯 말끝을 흐렸다. 성요한이 성큼성큼 다가왔기 때문이다.

"네가 나한테 될 거 같냐!"

이동기는 소리를 지르며 주먹을 내뻗었다. 하지만 다음 순간, 이동기의 몸은 허공에서 빙글 돌아 땅에 처박혔다. 이동기는 숨이 턱 막혀 신음조차 내지 못했다.

"본형 선배님은 현장을 뛰는 형사라면 항상 몸을 단련해야 한다고 하셨지. 너는 형님거리면서 아부나 할 줄 알았지 선배님한테 배운 게 없어."

성요한이 바닥에 떨어진 수갑을 주워 이동기의 손목을 뒤로 돌려 채웠다. 이동기가 고통스러운 신음을 내뱉었다.

성요한은 이동기의 주머니에서 폰을 꺼낸 후 이동기의 손가락을 찍어 잠금을 풀었다. 성요한은 통화 기록을 눌러 직전에 통화한 번호를 눌렀다. 곧 누군가 전화를 받았다.

"형사님? 끝났습니까?"

독특한 억양의 남자 목소리. 방송국에서 이정의 옆에 있던 남자였다. 성요한은 목소리를 확인하고 바로 전화를 끊었다. 그리고 테이프로 이동기의 입을 막고 발목을 감았다. 잠시 시간을 벌었지만 성요한은 혼란에 빠졌다.

이정의가 사건에 개입한 것은 명백했다. 이정의가 설강훈을 죽이지 않았다면 이동기를 보내 성요한에게 누명을 씌울 이유가 없었다. 문제는 어떻게 설강훈을 죽였느냐 하는 것이었다.

'정말 비밀 통로라도 있는 건가?'

성요한은 하얀 가루가 든 통을 챙겨 집을 나섰다. 일단 유진신을 함정에서 구해 내야 했다. 성요한이 휴대폰을 들어 팀장의 전화번호를 찾았다. 하지만 쉽사리 화면을 터치하지 못했다. 요즘 팀장은 분명 달라진 것 같았지만 만에 하나 팀장도 한패라면 성요한과 유진신은 끝장이었다.

"에이씨."

성요한은 결국 발신을 눌렀다. 이동기 외에도 매수된 경찰이 있다면 당장 달려가도 막을 방법은 없었다.

"네, 팀장님. 접니다."

8.

유진신이 영업을 끝내고 집에 도착했다. 문 앞에 한 남자가 기다리고 있었다.

"누구시죠?"

"유진신 씨죠? 경찰입니다."

남자가 신분증을 들어 보였다. 유진신은 임치수 사건 때 경찰 자문 역할을 하며 성요한의 동료 얼굴을 대충 다 알게 되었다. 남자는 성요한의 동료가 아니었다.

"어쩐 일로 오셨죠?"

유진신은 침착하게 답했지만 초조함을 숨기기 어려웠다. 집 안에 방우린이 있었기 때문이다. 유진신은 누가 제보라도 한 건 아닌지 걱정이 되었다.

"잠깐 들어가서 이야기 좀 할 수 있을까요?"

수색영장이 없다면 집에 들이지 않아도 괜찮았다. 하지만 그랬다간 의심을 살 것이 분명했다.

"먼저 어떤 일로 오셨는지 말씀해 주시면 안 될까요?"

"여기서 할 이야기는 아니라서요."

"그럼 가까운 곳으로 자리를 옮길까요? 집이 지저분해서요."

"저는 상관없습니다."

"제가 마음이 불편해서요."

유진신이 웃으며 말했다.

"……집에 있으면 안 될 거라도 있습니까?"

남자가 날카로운 눈으로 말했다.

"무슨 말씀이신지……."

유진신은 웃으며 상황을 모면하려 했지만 남자는 자신을 제압하고 강제로라도 문을 열 기세였다.

"누구신가?"

긴장이 고조되는 복도에 느긋한 목소리가 들려왔다. 유진신이 목소리의 주인공을 보며 환하게 웃었다.

"팀장님!"

팀장이 어슬렁거리는 걸음으로 다가왔다.

"누구세요?"

팀장이 남자에게 물었다. 남자는 곤란한 얼굴로 입을 다물었다.

"경찰이시라는데요."

유진신이 대신 답했다.

"경찰? 나도 경찰인데. 근데 여긴 왜 오셨나? 여긴 우리 관할이고 이분은 우리한테 자문도 해 주시는, 한 식구나 마찬가지인 분인데."

남자가 시선을 피하며 입을 열었다.

"첩보가 있어서 왔습니다."

"무슨 첩보요? 소속이 어디신데?"

"영장 들고 다시 오겠습니다."

남자는 짜증스러운 얼굴로 자리를 피해 버렸다.

"이봐요. 소속이 어디냐고?"

팀장이 소리쳤지만 남자는 그대로 사라졌다. 유진신은 다행이라는 듯 한숨을 내쉬었다. 남자가 사라지자 팀장이 유진신에게 말했다.

"목사님, 할 이야기가 있습니다. 중요한 이야기예요. 들어가서 이야기 좀 합시다."

"아, 네……."

유진신은 식은땀이 흘렀다. 하지만 팀장과 실랑이를 할 수는 없었다. 누군가 다시 나타나 팀장을 돌려보내 줄 것 같지도 않았고, 이러다간 정말 의심을 받을 것이었다.

'안에서 소리를 들었겠지. 숨을 시간은 충분히 있었다. 장소는 마땅치 않지만…….'

유진신이 내키지 않는 마음으로 문을 열었다. 팀장이 문이 열리자마자 안쪽으로 뛰어 들어갔다.

"팀장님!"

유진신이 놀라서 소리쳤지만 팀장은 아랑곳하지 않고 집 안을 뒤졌다.

"찾아요!"

팀장이 서랍을 뒤지며 말했다.

"뭐를요?"

"하얀 가루가 든 통이요."

팀장이 다른 서랍을 열며 말을 이었다.

"설강훈이 방송국에서 죽었어요."

"설강훈 목사가 죽어요? 왜요?"

"외상은 없지만 현장에 하얀 가루가 있었어요. 국과수에서 검사를 해 봐야겠지만 독살 가능성이 있어요."

유진신은 정신을 차리기 어려웠다. 충격적인 소식을 연이어 듣기도 했지만 이러다간 결국 방우린을 찾게 될 것이 빤했기 때문이다. 게다가 감당하기 어려운 소식이 계속 이어졌다.

"요한이가 함정에 빠진 것 같아요. 집에 들어갔더니 처음 보는 통에 하얀 가루가 들어 있었답니다."

"네?"

"요한이는 설강훈과 악연이 있잖아요. 누군가 설강훈을 독살하고 요한이한테 누명을 씌우려는 겁니다."

"누가 왜 그런 짓을 한다는 말입니까? 여긴 왜 뒤지는 거고요?"

유진신이 얼이 반쯤 나간 얼굴로 말했다.

"요한이 말로는 목사님도 같이 엮으려고 한답니다. 아까 왔던 놈도 현장에서 목사님을 체포하려고 온 걸 거예요."

팀장이 서랍을 다 뒤지고 유진신을 돌아봤다.

"목사님, 정신 차리세요. 아마도 이 일엔 이정의 의원이 연관되어 있을 겁니다. 현직 국회의원을 상대해야 한다고요. 일단 빨리 찾고 봅시다."

팀장이 이번엔 유진신의 방으로 들어가 안을 뒤지기 시작했다. 유진신이 닫혀 있는 작은 방을 보았다. 옷들과 잡동사니가 들어 있는 방이었다. 그리고 방우린이 숨어 있는 방이기도 했다.

'차라리 내가 찾아보는 척하자.'

유진신이 팀장의 눈치를 보며 작은 방을 열었다. 이불장과 행거에 걸린 옷들, 작은 서랍장을 빼면 사람 하나 누울 공간이 전부였다. 물론 방우린은 보이지 않았다. 아마 이불장에 들어가 있는 모양이었다. 유진신이 서랍장을 열며 찾는 척을 했다.

"여기도 없습니까?"

유진신의 방을 다 뒤진 팀장이 다가와 말했다.

"네, 없는데요."

유진신이 땀을 흘리며 말했다. 팀장이 행거 쪽을 살피더니 이불장으로 다가갔다.

"여긴 보셨어요?"

"아, 거긴 이불밖에 없는데……."

유진신이 벌떡 일어나며 말했지만 이미 팀장은 이불장 손잡이를 잡았다. 이불장이 활짝 열리자 유진신은 눈을 감아 버렸다.

"여기도 없네."

팀장의 말에 유진신이 눈을 떴다. 이불장 안에는 하얀 가루가 든 통도, 방우린도 없었다.

"분명히 심어 놓고 갔을 텐데……."

팀장이 이해가 안 간다는 듯 말했다.

유진신이 바닥에 털썩 주저앉았다. 다리에 힘이 풀렸지만 유진신은 빠르게 침착함을 되찾았다. 팀장의 생각은 틀리지 않았다. 아마도 누군가 와서 거짓 증거를 심어 놓고 갔을 것이다. 방우린이 숨어서 지켜보는 줄도 모르고.

'방우린이 치운 거야. 그리고 더는 이곳이 안전하지 않다고 여기고 도망친 거다.'

팀장이 유진신을 보며 말했다.

"아, 아까 그놈이 직접 심으려고 했나 보네요. 그리고 자기가 바로 현장에서 체포하려고 했던 거죠."

유진신은 동의한다는 듯 고개를 끄덕였다.

"그렇군요. 그럼 성요한 형사님도 체포되었나요?"

팀장의 얼굴이 어두워졌다.

"요한이는 도망쳤습니다. 도망치면 더 힘들어질 수 있다고, 일단 돌아오라고 했는데. 그 새끼가 워낙 말을 안 들어 먹는 놈이라……."

"팀장님, 사건 이야기를 좀 해 주세요. 하나도 빼놓지 말고 자세히요."

유진신이 자세를 고쳐 앉고 말했다. 팀장이 난감한 얼굴로 마주 앉았다.

"근데 지금 뭐가 어떻게 돌아가는지 모르겠어요. 처음엔 양재익이 용의자라고 하더니……."

"네? 양재익이요?"

유진신의 얼굴이 일그러졌다.

9.

한밤의 아파트 놀이터에는 아이들도, 아이들을 데리고 온 부모들도 없었다. 놀이터에서 홀로 그네를 타고 있는 남자는 놀이공원에라도 온 것처럼 즐거워 보였다. 어둠 속에서 한 남자가 그네를 타고 있는 남자에게 다가갔다.

"오셨군요."

양재익이 흔들리는 그네 위에서 유진신을 맞이했다.

"내려와."

유진신이 나직하게 말했다. 양재익은 조금만 더 놀다가 들어가겠다고 말하는 어린아이처럼 웃기만 했다.

"내려와!"

유진신의 외침이 한밤의 놀이터를 울렸다. 양재익은 그제야 그네를 멈췄다.

"이야, 우리 목사님, 이런 표정도 지을 줄 아시네?"

양재익이 히죽거리며 말했다. 풀어 헤친 긴 머리 사이로 유진신의 눈이 빛났다. 수풀 사이에서 뱀과 마주한 사자의 눈빛이었다.

"설강훈, 당신이 죽였습니까?"

양재익은 빙긋이 웃으며 그네에서 일어났다.

"재밌는 이야기를 듣고 싶으시면 먼저 폰을 꺼 주세요. 방해가 되니까요."

양재익이 극장 직원처럼 친절한 말투로 말했다.

유진신은 팀장에게 이야기를 듣고 양재익을 찾아갔다. 하지만 화가 난 나머지 대책 없이 고함이나 치려고 간 것은 아니었다.

'떠벌리고 싶을 거야. 사람의 목숨을 갖고 노는 주사위의 신처럼 날 조롱하고 싶겠지.'

유진신은 휴대폰의 녹음 기능을 켜 놓고 그네 위의 양재익에게 내려오라고 외쳤다. 분노에 휩쓸려 아무 생각도 못 하는 것 같은 말투로. 하지만 양재익은 걸려들지 않았다. 유진신은 휴대폰을 꺼내 양재익이 보는 앞에서 전원을 껐다.

"다른 게 또 있진 않겠죠? 병원에서도 폰 끄라고 그렇게 말을 해도 안 듣는 사람들이 있어서요."

"뒤져 보든가요."

"아닙니다. 우리 목사님이 거짓말을 하실 리가 없지요."

양재익이 장난스럽게 두 손을 모아 보였다.

"설강훈, 당신이 죽였냐고 물었습니다."

"천벌을 받아 마땅한 인간이잖아요. 잘했지요?"

양재익은 칭찬받을 행동이라도 한 아이처럼 말했다.

"그 하얀 가루는……."

"뭔지 잘 아시잖아요? 목사님이 임치수를 죽이려고 했던 물건 아닙니까?"

양재익이 흥분된 목소리로 말을 이었다.

"목사님 입장에서 생각을 해 봤거든요. 내가 목사님이라면 어떻게 임치수를 죽일까 하고요. 답이 어렵진 않더군요. 목사님이 부검하신 사건이 힌트였죠."

아들이 아버지를 독살한 사건이었다. 하지만 보험금이나 재산을 노린 사건은 아니었다.

"간호사였던 아들이 병으로 고통스러워하는 아버지에게 안락사에 사용되는 약물을 주사했지요. 부검에선 아무것도 찾지 못했지만 현장에서 약물의 흔적을 찾아내 범행을 밝혔고요. 그 사건 후로 병원의 약물 관리가 엄격해져서 저도 기억합니다."

"약물은 병원에서 구했습니까?"

"방금 말씀드렸잖아요. 약물 관리가 엄격해졌다고요. 하지만 병원이 아니라도 구할 순 있지요. 돈이 되면 뭐든 파는 사람들이 있으니까요."

"성요한 형사님한테 누명을 씌운 것도 당신 짓이겠고요?"

양재익이 웃으며 고개를 끄덕였다.

"이정의 의원 보좌관 쪽에 익명으로 제보를 했는데 당황스러울 정도로 반응이 빠르더군요. 늑장을 부릴까 봐 공들여 숨겼는데 말이죠. 목사님 집에도 갔었는데, 체포당하지 않은 걸 보면 먼저 치웠나 봐요?"

유진신이 양재익에게 달려들어 멱살을 잡았다. 하지만 양재익은 조금도 위축되지 않았다.

"목사님은 친구를 위해 죽을 수 있어요?"

양재익이 눈을 번뜩이며 말했다. 유진신의 손에서 힘이 빠져나 갔다.

"무슨 말입니까?"

"말 그대로예요. 목사님이 목숨을 던지면 성요한 형사님의 누명 을 풀어 드리죠. 제가 자백을 하겠습니다."

양재익이 유진신의 손에서 벗어나 목을 매만졌다.

"나보고 당신 손에 죽으라고요?"

"끔찍한 말씀을 하시네요. 제가 죽이는 게 아니라 목사님 스스로 목숨을 끊는 겁니다."

양재익이 익살스럽게 말했다.

"내가 자살을 하면 당신이 자백을 하겠다고요? 그런 걸 받아들일 사람이 어디 있습니까?"

"구원준은 했다면서요?"

"……."

"그 영감은 자신을 배신한 효식이를 끝까지 감싸며 스스로 목숨 을 끊었다더군요. 효식이를 살인자로 만들지 않겠다면서요."

양재익은 유진신의 마음을 들여다보기라도 할 것처럼 유진신의 눈을 쳐다보며 계속 말했다.

"역시 거짓말이겠죠? 효식이가 자기 죄를 덜어 내려고 한 말이겠 지. 그렇죠?"

유진신은 양재익을 살피다 이제야 알겠다는 듯 고개를 끄덕였다.

"당신······ 어르신에게 졌다고 생각하는군요."

지하 도박장의 주사위 도박에선 세 개의 주사위에서 모두 같은 숫자가 나오는 조합이 가장 좋았다. 그중에서도 셋 다 6이 나오는 경우가 최고였다. 양재익은 윤지호와 정효식, 구원준의 인생을 주사위처럼 갖고 놀았다. 세 사람의 인생은 파멸될 것만 같았다.

"윤지호와 정효식은 당신이 의도한 대로 움직였지요. 하지만 어르신은 당신 뜻대로 되지 않았어요. 어르신의 행동은 고작 주사위로 결정되는 당신의 세계에선 나올 수 없는 수였죠. 당신은 이해할 수도, 믿을 수도 없었을 겁니다."

* * *

"부모님이 자랑스러워하시겠어. 이렇게 훌륭한 의사가 되었으니 얼마나 좋으실까."

병원에 찾아온 구원준이 말했다. 양재익은 말없이 책상 위에 놓여 있는 그릇을 보았다. 그릇 안엔 주사위가 세 개 들어 있었다.

"그건 뭔가?"

구원준이 주사위를 가리키며 물었다. 장식이라기엔 도통 어울리지 않아 아까부터 궁금하던 차였다. 양재익이 주사위를 집어 들며 말했다.

"저에게 생명을 주고, 어떻게 살아야 하는지를 가르쳐 준 물건이 죠."

"아…… 그래?"

"지호와 효식이도 찾아갈 거라고 하셨지요?"

"음, 많이 놀라겠지?"

"놀라기만 할까요? 선생님이 복수하기 위해 돌아왔다고 생각하지 않을까요?"

"복수라니 당치도 않아. 그간 죄책감 때문에 마음이 힘들었을 수도 있겠지. 내가 가서 그 마음을 풀어 주고 싶어."

"정말 대단하시네요. 하지만 지호와 효식이가 선생님 마음을 알아줄까요?"

"처음엔 어렵겠지만 내 진심을 받아줄 거라고 생각하네."

"저하고 도박 한번 하실래요?"

"응? 도박이라니?"

"도박이란 표현이 걸리시면 간단한 내기라도 생각하셔도 됩니다. 선생님이 이기면 소원을 들어드리죠."

구원준은 어떻게 답을 해야 할지 몰라 어색하게 웃을 뿐이었다.

"내기는 간단합니다. 선생님 말씀대로 윤지호와 정효식이 선생님의 진심을 받아들이면 선생님이 이기신 겁니다."

"문전박대당하고 쫓겨나면 내가 지는 건가? 근데 내가 지면 어떻게 하지? 난 해 줄 게 없는데."

"괜찮습니다. 아무것도 안 하셔도 돼요. 그냥 받아들이시면 됩니다."

양재익이 바닥에 엎은 그릇을 들어 올리며 말했다.

"선생님의 운명을 말이죠."

* * *

"당신은 어르신이 배신감과 두려움 속에서 죽기를 기대했겠지요. 하지만 당신의 악의는 어르신에게 조금의 영향도 끼치지 못했어요. 어르신은 마지막까지 용서하고 사랑하기를 택했죠. 당신이 진 겁니다."

양재익은 여전히 미소를 짓고 있었지만 즐거워 보이진 않았다.

"내가 죽으면 자백을 하겠다고요? 당신의 죄가 드러났을 때 죽음으로 도망칠 생각이나 하지 말아요. 이번에도 당신 뜻대로 되진 않을 거니까."

유진신은 양재익을 남겨 두고 놀이터를 벗어나 휴대폰을 켰다.

이새록에게 전화가 와 있었다.

"목사님, 전에 알아보라고 하신 것 있잖아요. 이승칠 교도관님요."

"아, 네."

"따님하고 만나 봤는데 특별히 이상한 점은 없었어요. 퇴직하시고 가족 여행 중에 갑자기 쓰러지셨더라고요. 여행 내내 가족분들이랑 같이 있었고요."

"그래요? 암튼 감사합니다."

"근데 요한 형사님은 어떻게 돼 가고 있는 거예요?"

이새록이 걱정스럽게 물었다.

"형사님은 범인이 아닙니다."

"저도 믿어요. 하지만 뉴스에선 이미 범인인 분위기잖아요. 지금 어디 계신지는 아세요?"

"아니요."

거짓말이 아니었다. 유진신은 성요한이 어디 있는지 몰랐다. 하지만 갈 만한 곳은 알고 있었다.

10.

"목사시라고요?"

성이원이 의심 가득한 눈으로 유진신을 보았다.

412

"네, 원장님, 목사 맞습니다."

유진신이 웃으며 명함을 내밀었다.

'성령의 불꽃' 기도원은 엄격하기로 유명한 기도원이었다. 입소와 동시에 휴대폰을 제출해야 했고 다른 전자기기의 반입도 금지였다. 원장 성이원은 미심쩍은 눈으로 명함과 유진신을 번갈아 보았다.

"카페를 하면서 목회를 하신다고요? 뭐 록카페라도 하시나?"

성이원이 유진신의 길게 기른 머리를 보며 말했다.

"아니요. 머리는 그냥 예수님 닮고 싶어서 길러 봤습니다."

유진신이 웃으며 말했다. 왜 목사가 머리를 길렀냐고 물으면 늘 농담처럼 하던 대답이었다.

"머리가 아니라 마음이 닮아야지."

"지당하신 말씀입니다."

유진신이 고개를 꾸벅 숙였다.

"얼마나 있다가 가시려고?"

"아, 기도하려고 온 건 아니고요."

"네? 그럼 기도원에 왜 오셨어요?"

"성요한 형사를 찾고 있습니다."

성이원의 얼굴이 굳어졌다.

"그놈하곤 이미 연 끊은 지 오래입니다. 가 보세요."

성요한이 잠적하고 경찰은 물론이고 언론매체들도 기도원에 몰려왔다. 성이원은 아들을 감싸기는커녕 카메라 앞에서 아들과 남남처럼 지낸다며 호통을 쳤다. 방송에 나온 성이원은 도저히 아들을 숨겨 줄 위인으론 보이지 않았다.

"아드님이 정말 설강훈 목사를 죽였다고 생각하시는 건 아니죠?"

"……."

"아드님이 설강훈 목사를 체포한 것은 설강훈 목사가 죄를 지었기 때문입니다. 목사를 증오했다면 제가 하는 카페에 올 리가 없지요. 요즘은 가끔씩 예배에도 옵니다."

"……정말입니까?"

성이원이 놀란 눈으로 되물었다.

"외모가 아니라 마음이 중요하다고 하셨지요? 예수님을 따르는 길이 목사 하나만은 아니지 않습니까? 성요한 형사님이 하고 있는 일은……."

"목사의 일과 다르지 않다고요?"

성이원이 암호라도 주고받는 것처럼 말했다. 방금 전까지와는 전혀 다른 태도였다.

"……여기 있는 거지요?"

성이원은 바로 답하지 않고 유진신 옆에 있는 남자를 보았다.

"이분은……."

"아, 소개가 늦었네요."

유진신이 방우린을 보며 말했다.

유진신의 생각대로 방우린은 집에 있다가 창문으로 양재익이 들어오는 것을 봤다. 방우린은 즉시 이불장에 들어가 몸을 숨겼고 양재익은 이불장 맞은편 서랍장 안쪽에 약물을 숨겼다.

양재익이 떠나고 방우린은 양재익이 숨기고 간 약물을 확인했다. 뭔지 몰라도 깜짝 선물은 아닐 게 분명했다. 방우린은 일단 약물을 챙겨 잠시 몸을 피하기로 했다.

"아드님과 똑같이 누명을 쓰고 쫓기는 분입니다. 이분이 아니었다면 저도 아드님과 똑같은 함정에 빠졌을 겁니다. 믿으셔도 됩니다."

방우린이 고개를 저으며 뭔가 말을 하려 했지만 유진신이 방우린의 무릎을 잡았다. 성이원은 알겠다는 듯 자리에서 일어났다.

"가시죠. 안내하겠습니다."

* * *

산속에 자리 잡은 기도원은 예배가 진행되는 본당과 개인이 기도하는 작은 골방들로 나뉘어 있었다. 경찰은 모든 곳을 다 수색했지만 성요한을 찾지 못했다.

"일제강점기에 독립을 위한 비밀 기도 모임으로 시작된 기도원입니다. 언제 일본 순사들이 들이닥칠지 모르니 통로를 만들어 놓았지요."

유진신과 방우린은 원장의 뒤를 따라 원장실에서 이어지는 지하 통로를 걸었다. 통로의 끝에 있는 문을 열자 열 명 정도가 기도할 수 있는 크기의 방이 나타났다. 하지만 그곳엔 아무도 없었다.

"갑갑해서 나갔나 보네요."

성이원이 기도실에 있는 농을 치우자 뒤에 새로운 통로가 나타났다.

"밖으로 이어집니까?"

"막다른 곳이긴 하지만 하늘을 볼 수 있는 곳이 있습니다."

성이원이 유진신의 말에 답하며 앞장을 섰다. 얼마 가지 않아 정말 선선한 밤공기가 코끝에 닿았다. 마침내 밖으로 나가자 유진신은 입을 다물지 못했다.

"와, 이건……."

유진신이 하늘을 보며 감탄했다. 깨끗하다 못해 투명해 보이는 바다처럼 밤하늘이 가까워 보였다. 지구가 둥글다는 사실이 느껴질 정도였다. 어두운 밤하늘에서 쏟아질 듯 빛나는 별들이 복잡한 현실의 문제를 잠시 잊게 했다. 강원도의 밤하늘에 빠진 사람은 유진신만이 아니었다.

"별자리를 볼 줄 아시나 봐요?"

성이원이 방우린에게 말했다.

"네, 관심이 있어서요."

방우린은 시선을 하늘에 고정하고 대답했다. 방우린은 손을 들어 별자리를 이어 가다 유난히 크고 밝게 빛나는 별을 발견했다. 방우린의 손은 그 별에서 잠시 길을 잃었다. 옆에서 보고 있던 성이원이 말했다.

"저건 별이 아닐 겁니다."

방우린이 돌아보자 성이원이 말을 이었다.

"이 주변이 별 보기 좋다고 소문이 나서 그런지 기도원 방문객 중에도 별을 관찰하려는 분들이 계세요. 한번은 천문학과 교수님이 오신 적도 있는데 빛난다고 다 별은 아니라더군요."

"그럼요?"

"인공위성이요. 요즘은 인공위성을 많이 쏘아 올려서 별과 헛갈릴 때가 많다네요."

그때, 어둠 속에서 성요한이 나타났다.

"뭐야? 너였어?"

성요한이 방우린을 보며 말했다.

성요한은 답답한 마음에 밖에 나왔다가 비밀 통로에서 아버지와 함께 나타난 사람들을 보고 몸을 숨겼다. 유진신은 금방 알아봤지만 후드를 쓴 방우린의 정체를 알 수 없어 계속 살피고 있었던 것이다.

"죄송합니다!"

방우린이 성요한을 보고 무릎을 꿇었다. 놀란 성이원이 방우린을 일으켜 세우려 했다.

"다 저 때문입니다. 아까 목사님은 제가 도움을 드린 것처럼 말씀하셨지만 실은 다 제가 잘못해서……."

방우린이 울먹이며 말했다. 성이원은 방우린을 바라보다 같이 무릎을 꿇고 눈을 맞추었다.

"무슨 일이 있었는지 모르지만 아까 목사님 말씀대로 형제님은 믿을 만한 사람이 분명합니다."

"아니요. 전 죄인입니다. 저 때문에 형사님이 누명을 썼어요."

방우린은 고개를 저으며 눈물을 뚝뚝 흘렸다. 성이원이 방우린의 어깨를 잡아 주었다.

"사람이 언제 가장 진실해지는지 압니까? 자기 죄를 고백할 때입니다. 자기 죄를 고백하는 죄인만큼 믿을 만한 사람은 없어요."

성이원이 방우린을 일으켜 세우고 성요한을 힐끗 보며 말했다.

"게다가 이런 일이 없었다면 저놈은 평생 가도 날 보러 올 생각도 안 했을 겁니다. 그러니 미안해할 것 없어요."

"에?"

성요한이 인상을 썼지만 성이원은 성요한을 무시하고 유진신에게 말했다.

"누가 올지도 모르니 저는 이만 가 보겠습니다. 이야기들 나누세요."

"아니, 아버지!"

성이원은 성요한의 외침을 뒤로하고 통로 안으로 사라졌다.

"남의 아들한테는 저렇게 따뜻하면서 왜 나한테는 항상 이러지?"

유진신이 투덜대는 성요한에게 웃으며 말했다.

"고생 많지요?"

"고생이랄 게 있나요. 세 끼 잘 챙겨 먹으면서 지내요. 평생 이러고 있을 순 없어서 문제지."

성요한이 답답한 듯 하늘을 보았다. 방우린이 조심스럽게 입을 열었다.

"제가 그 사람이 목사님 집에 약물을 숨겨 놓았다고 증언하면 안 될까요?"

"그게 무슨 말이야? 양재익이 목사님 집에 약물을 숨겼다고?"

성요한이 놀란 얼굴로 말했다.

"사실입니다. 양재익이 자기 입으로 말했어요. 범행은 자기가 저질렀고 이정의 의원 측에 제보를 했다고요."

유진신이 재차 확인을 해 줬는데도 성요한은 납득이 되지 않는 얼굴이었다.

"목사님 말씀대로면 양재익은 이정의와 관계가 없잖아요?"

"네, 갑자기 경찰에 익명으로 제보를 해서 형사님 집을 수색하라고 하긴 너무 수상하니까요. 뒤가 켕기는 이정의 의원 쪽에 찌르는 편이 좋았던 거죠."

"그건 알겠는데, 대응이 너무 빨랐어요. 이정의는 현장에 오기 전에 상황을 다 파악하고 있었어요. 집에 가니까 이동기가 와 있었고……."

유진신은 성요한이 느끼는 위화감을 알아챘다.

"양재익이 설강훈을 죽일 줄 알고 있었던 것처럼요?"

유진신의 말에 성요한이 고개를 끄덕였다.

"네, 둘이 공범일 리는 없으니 말은 안 되지만요……."

"이상하긴 하네요. 양재익도 그런 말을 했거든요. 생각보다 이정의 의원 측 반응이 빨라서 놀랐다고요."

유진신과 성요한이 생각에 잠긴 사이에 방우린이 슬며시 끼어들었다.

"정말 그 사람이 자기가 설강훈 목사를 죽였다고 했나요?"

"네가 네 입으로 말했잖아. 양재익이 목사님 집에 약물을 가져다 놓았다며?"

성요한이 어이없다는 듯 말했다.

"그건 맞는데…… 정말 사람까지 죽였을까 싶어서요."

"정신 차려! 너한테도 누명을 씌운 인간이야!"

"알아요! 만나면 나한테 왜 그랬는지 묻고 싶어요. 근데 저 수술 해 줄 때만 해도 생명을 살린다는 자부심이 있어 보였어요. 그런 사람이 사람을 죽였다는 게 믿어지지가 않아서……."

방우린이 울상이 되어 말했다. 유진신은 이해한다는 듯 방우린의 등을 다독였다. 병마로 어두워진 방우린의 마음속에서 양재익은 찬란하게 빛나는 별과 같았다. 매일 바라보며 꿈을 키웠던 별이 이제 와 인공위성이었다고 밝혀진들 쉽게 받아들이긴 어려웠다.

"아까 남의 아들한테만 따뜻한 우리 아버지가 그랬잖아. 자기 죄를 고백하는 순간만큼 진실한 때가 없다고. 양재익이 본인 입으로 자기가 했다잖아. 누가 자기가 짓지도 않은 죄를 고백하냐?"

성요한의 말에 방우린이 힘없이 고개를 끄덕였다.

"그런 사람 있습니다."

유진신이 슬픈 미소를 지으며 말했다.

"네?"

"구원준 어르신이요."

유진신은 밤하늘에 빛나는 별을 보며 구원준을 생각했다. 비록 이 세상에서는 실패한 죄인이었지만 다른 사람의 영혼을 구하기 위해 자신을 희생했던 구원준은 고귀한 의인으로 천국에 있을 터였다.

"그러네요. 어르신이 계셨네. 그런 사람이 있네요, 진짜."

성요한이 머리를 긁적이다가 다시 말을 이었다.

"근데 양재익은 그럴 사람이 아니잖아요. 자기 죄도 남한테 덮어씌우는 인간인데."

성요한의 항변에 유진신이 빙긋이 웃었다.

"그렇죠. 양재익이 자기가 짓지도 않은 죄를 고백한다면 그건······."

유진신의 얼굴에서 갑자기 웃음기가 사라졌다.

"······그건 뭐요?"

성요한이 물었지만 유진신은 대꾸도 않고 하늘을 올려다보았다. 은은하게 빛나는 진짜 별들 사이에 유난히 강한 빛을 뿜어내는 것이 보였다. 유진신은 이제야 진실과 거짓을 구별할 수 있었다.

"왜 순순히 자기 죄를 털어놓았을까요?"

유진신이 성요한을 돌아보며 물었다.

"네?"

"양재익은 지금까지 단 한 번도 자기 죄를 인정한 적이 없어요.

그런데 이번엔 왜 그렇게 쉽게 자기가 한 짓을 말해 줬을까요?"

성요한은 감도 잡지 못하는 가운데 답은 방우린의 입에서 나왔다.

"……자기가 한 짓이 아니니까요?"

방우린은 자기가 한 말이 무슨 의미인지도 모르면서 말했다.

"네, 양재익은 설강훈을 죽이지 않았습니다. 범인은 따로 있어요."

유진신이 미소를 지으며 말했다.

"하지만 양재익과 저 사이에 대기실에 들어간 사람은 없어요. 비밀 통로가 있는 것도 아닐 테고……."

"비밀 통로가 아니라 중간에 끼어든 거짓말 때문에 진짜 범인이 사라져 버린 겁니다.

성요한은 그제야 깨달은 듯 입을 열었다.

"양재익이 대기실에 갔을 때 설강훈은 죽어 있었군요."

대기실에 들어간 양재익은 이미 숨이 끊어진 설강훈을 발견했다. 양재익은 신고를 하려다 음료수 근처에 하얀 가루가 떨어져 있는 것을 보았다. 수상함을 느낀 양재익은 주변을 살피다 소파 아래에 있던 캡슐을 찾아냈다. 양재익은 약물을 확인하고 설강훈에게 무슨 일이 벌어졌는지를 금방 알아챘다.

"맞아요. 양재익의 거짓말 때문에 진짜 범인은 완전히 수사망을 벗어났지요. 물론 범인을 위한 건 아니었어요. 뒤에 들어갈 형사님에게 누명을 씌우려고 한 거죠."

"그럼 범인은 양재익보다 먼저 대기실에 들어간 사람이겠군요.

그중 동기가 분명한 쪽은……."

성요한이 말끝을 흐렸다.

11.

설강훈의 장례식은 성대하게 치러졌다. 모든 장례 절차는 이정
의 의원 측이 맡아서 진행했다. 뉴스는 설강훈을 장애인의 인권을
위해 싸운 운동가로 묘사하며 애도했다. 이정의 의원은 직접 뉴스
에 출연해 인터뷰에 응했다.

"설강훈 목사가 고인이 된 지금도 설강훈 목사를 음해하는 세력
이 있습니다. 단체를 이끌어 가다 보면 부족한 점이 없진 않았을 겁
니다. 하지만 누구나 할 법한 실수로 고인의 삶을 부정해서야 되겠
습니까?"

박사영이 리모컨으로 시설 로비의 TV를 껐다.

박사영은 설케어의 관리를 벗어나 장애인 돌봄 시설로 딸을 옮겼
다. 오가는 길이 고됐지만 일을 해야 하는 박사영에겐 어쩔 수 없는
선택이었다. 마음이 어려운 순간이 찾아올 때마다 박사영은 습관적
으로 약통을 만지작거렸다. 박사영은 약통을 들고 딸이 잠들어 있는
병실로 들어갔다. 처음 보는 남자가 잠든 딸 앞에 서 있었다.

"안녕하세요."

박사영은 남자의 인사에 놀라 약통을 놓쳐 버렸다. 박사영은 황

급히 주우려 했지만 약통은 남자의 발치까지 굴러갔다. 남자가 약통을 주워 힐끗 살피더니 다시 박사영에게 건네주었다.

"감사합니다. 누구시죠?"

박사영이 어정쩡하게 인사를 건넸다. 박사영은 남자가 건넨 명함을 보고 경계심을 보였다.

"목사라고요?"

유진신이 오해하지 말라는 듯 부드럽게 말했다.

"전 조그만 카페를 운영하면서 목회를 하고 있어요. 설케어와는 아무 상관도 없습니다. 같은 목사로서 죄송하단 말씀을 드리고 싶습니다."

박사영의 딸은 지능과 균형 감각이 떨어지는 장애가 있었다. 자유로운 영혼 같아서 좋았던 남편은 아내와 딸을 떠나 버렸다. 홀로 딸을 키워야 했던 박사영은 설케어라는 단체를 알게 되었다.

"시설은 거리가 멀다 보니 집에 와서 케어를 해 준다는 것이 좋았어요. 설강훈 목사도 유명한 사람이라 믿음이 갔지요."

박사영이 잠든 딸의 머리칼을 쓸어 넘겼다.

"하지만 겉으로 보이는 모습은 다 가짜였어요. 설강훈은 장애인의 인권을 떠들면서 정부 보조금과 후원금을 자기 지갑에 든 돈처럼 써 대는 사기꾼입니다. 우리 딸 말고도 피해자는 얼마든지 있어요."

박사영은 분노를 감추지 못했다.

"알고 있습니다. 제 주변에도 피해자가 한 명 있거든요. 어머님도 아시는 분입니다."

"그래요? 누구시지요?"

박사영은 피해 가족 모임의 대표인지라 관심을 보였다.

"성요한 형사님입니다."

박사영은 시선을 바닥으로 돌렸다.

"아실 겁니다. 설강훈 목사의 범죄를 재수사까지 하면서 밝혀낸 분이고 지금은 설강훈 목사를 죽였다는 누명을 쓰고 계시죠."

"……저는 모르는 일입니다."

박사영은 유진신을 외면하고 아예 고개를 돌려 버렸다.

"아까 떨어뜨린 약, 뭔지 알고 있습니다."

박사영이 흠칫하며 겁먹은 눈으로 유진신을 돌아봤다.

"병원에서 처방받은 약은 아니죠. 어떻게 구하셨을지도 짐작이 갑니다. 안락사 약이라고 들으셨겠지요."

박사영은 지진이라도 난 것처럼 몸을 떨더니 곧 얼굴을 무릎에 묻었다.

"그 약, 쓰시면 안 됩니다. 안락사 약이라고 알려져 있지만 고통 스럽지 않은 것이 아니에요. 안락사가 허용된 나라에서도 다른 약 물과 같이 사용하는 약입니다."

"……그럼 그 사람도 고통스럽게 죽었겠네요!"

박사영이 고개를 들며 참았던 울음을 토해 내듯 말했다.

"네, 고통과 두려움, 부정하게 쌓아 온 모든 것이 한순간에 사라 지는 허망함 속에서 죽었을 겁니다. 그리고 지금은 그때보다 더 고 통스럽겠지요."

박사영의 눈에서 눈물이 뚝뚝 떨어졌다. 지옥에 있을 설강훈은 그 눈물이라도 받아 마시고 싶겠지만 그 눈물은 설강훈의 거짓된 혀에 닿기 전에 말라 버릴 것이 분명했다.

"죄송합니다……."

박사영이 울먹이며 말했다.

이정의는 설케어가 부실한 단체가 된 것은 다 설강훈 때문이라며 박사영에게 몰래 자료까지 넘겨주며 신뢰를 얻었다. 그리고 설강훈이 자신을 협박하자 박사영을 움직여 설강훈을 죽이려 했다.

"설강훈이 최근 심장에 불편함을 느끼고 있다고 했어요. 자연스럽게 심장마비로 넘어갈 수 있다고 생각했지요."

성요한을 범인으로 몰아갈 계획은 없었다. 그런데 양재익이 익명으로 제보를 한 것이다. 성요한이 범인이니 집을 뒤져 보라고.

이정의는 당황했다. 심장마비로 종결됐어야 할 사고가 현직 경찰이 연루된 살인 사건이 되어 버렸으니까. 이정의는 영문을 몰랐지만 흐름에 올라탈 수밖에 없었다. 물론 박사영은 이런 사정을 전혀 몰랐다.

"혹시 문제가 생겨도 자기가 책임지고 도와줄 거라고 했어요. 하지만 다 거짓말이었어요. 제가 진짜로 했더라면 형사님이 아니라 저를 넘겨줬을 거예요."

"정말입니까?"

"네, 정말이에요. 저는 설강훈 목사를 죽이지 않았습니다."

박사영이 간절한 눈빛으로 말했다.

* * *

　변호사 김시관은 점심을 먹고 난 후 근처 공원으로 산책을 나갔
다. 김시관의 눈에는 아무것도 보이지 않았지만 김시관은 벤치 주
변에 꽃과 나무가 가득하다는 것을 냄새로 알았다.

　"안녕하세요. 변호사님."

　처음 듣는 남자의 목소리였다.

　"절 찾아오셨습니까?"

　"사무실에 갔더니 여기 계실 거라고 하더군요."

　"누구시지요?"

　"전 유진신 목사라고 합니다. 성요한 형사의 친구지요."

　김시관이 고개를 들어 보이지 않는 하늘을 보았다.

　"……제가 늦었네요."

* * *

　박사영은 설강훈을 만나자 얼어 버렸다. 설강훈을 죽일 생각을
하고 있었으니 당연한 일이었다. 설강훈은 여전히 뻔뻔했고 아무
런 반성도 하지 않았다.

　"설강훈은 조금의 부끄러움도 느끼지 못하더군요. 대화를 나눌
의미가 없었습니다."

　김시관이 말했다.

설강훈은 대화를 끝내고 전화를 받으러 대기실 안쪽, 메이크업을 위한 공간으로 이동했다.

"다들 보이지 않으면 아무것도 모를 거라고 생각하지만, 느낄 수 있었어요. 내 옆에 앉은 박 대표의 떨림을요. 처음엔 원수 같은 설강훈을 만나 동요하는 거라 여겼지만 그게 아니었지요."

박사영이 핸드백을 여는 소리가 들렸다. 박사영의 호흡이 거칠어졌다. 박사영이 약통을 꺼내 뚜껑을 열었다.

"그 약은 흔히 냄새가 없다고 알려져 있지만 아주 미세한 향이 나요. 죽음의 냄새지요."

김시관은 장애인 사건을 전문으로 다루며 약물을 사용한 자살 사례를 여러 차례 봤기에 박사영이 무엇을 하려는지 금방 알아챘다.

"그 자리에서 박 대표가 그걸 먹을 이유는 없었지요. 설강훈이 앉아 있던 자리엔 커피 향이 났어요. 순간 고민했습니다. 자연스럽게 일어나면서 테이블 위의 커피를 치워 버릴까 하고요."

김시관은 커피를 치우는 대신 박사영의 손을 잡았다. 박사영은 당황한 나머지 약통을 떨어뜨렸다. 박사영은 급히 약을 주웠지만 캡슐 하나가 소파 아래로 들어갔다. 김시관도 돕는 척하며 바닥에 떨어진 캡슐 하나를 집어 들었다.

"박 대표에게 먼저 가라고 했지요. 내가 설강훈과 이야기를 더 해 보겠다고요."

박사영이 대기실을 나갔다. 설강훈은 여전히 통화 중이었다. 김시관은 손을 뻗어 아직 온기가 느껴지는 커피를 찾아냈다. 김시관은 캡슐을 열어 그 위에 가루를 부었다. 약간의 가루가 바닥에 떨어졌지만 설강훈을 죽이기엔 충분한 양이었다.

"난데없이 형사님이 용의자가 되었다는 소식을 듣고 뭐가 뭔지 알 수가 없었어요. 형사님 집에서 약도 발견되었다니 정말 내가 아니라 형사님이 한 일인가 싶기도 했지요. 빨리 상황을 바로 잡았어야 했는데 엄청난 폐를 끼쳤네요."

유진신이 안타까운 눈으로 김시관을 바라보았다.

"왜 그렇게까지 하신 겁니까?"

"보였어요……."

"네?"

"내부고발자는 쫓아내고 외부의 비판은 장애인 인권에 반대하는 세력으로 몰아세우지요. 그렇게 성역이 되어 안에서부터 썩어 들어간 것이 지금의 설케어입니다. 앞으로도 달라질 건 없어요."

김시관이 얼굴을 유진신 쪽으로 돌리고 말을 이었다.

"설케어는 계속 피해자를 만들어 낼 겁니다. 설케어의 탄생을 도왔던 사람으로서 이 악행을 멈출 책임을 느꼈어요."

"그래서 열심히 싸워 오셨잖아요."

"네. 싸웠지요. 아무도 보지 못하는 곳에서요. 참 신기해요. 설강훈은 무슨 말만 해도 뉴스가 되고 정치인들이 관심을 가지는데 우리는 아무리 진실을 알리고 호소를 해도 기사 한 줄 나지 않고, 아무도 관심을 주질 않아요. 사람이 죽어 나가는데도요."

"……."

"제가 올바른 행동을 했다고는 말하지 않겠어요. 하지만 저는 설
강훈, 그놈을 막아야 했습니다."

김시관은 스스로를 변호하듯 보이지 않는 하늘을 올려다보았다.

12.

이새록이 임보라와 함께 카페를 찾아온 것은 그로부터 일주일
후였다.

"어서 오세요. 보라 자매도 오셨네요?"

유진신이 밝게 웃으며 인사했다.

"곧 미얀마로 가게 되어서요. 인사드리려고요."

임보라가 말했다.

"미얀마에서 카페를 하시려고요?"

"아직 결정한 건 아닌데 일단 답사를 해 보려고요."

"그래요. 응원하겠습니다."

"감사해요."

임보라가 미소를 지으며 말을 이었다.

"성요한 형사님은 잘 지내세요?"

"그럼요. 근데 요즘 바빠서 카페엔 자주 못 오세요."

김시관은 자수를 하기 전 설케어의 피해자들과 함께 기자회견을
열었다. 설강훈 살인 사건의 진범이 밝혀진다는 소식에 기자들은 톱

스타가 내한이라도 한 것처럼 몰려들었다. 김시관은 기자들 앞에서 설케어의 비리를 고발하고 자신이 범인임을 고백했다. 가장 진실한 고백이 신문 1면과 뉴스 헤드라인을 통해 세상에 전달되었다.

"형사님한테 누명을 씌우려고 했던 사람은 도망쳤다면서요?

이새록의 말에 유진신은 답하지 못했다. 성요한의 무고에 관해선 잠적한 이동기는 물론 이정의조차 양재익에게 놀아났을 뿐이기 때문이다.

"양재익에게 책임을 묻긴 힘들겠지요?"

임보라가 조심스럽게 물었다.

"그렇습니다."

김시관은 음료수에 약을 타고 대기실을 나왔다. 설강훈이 언제 약을 먹고 사망했는지 정확한 시간은 알 수 없었다. 양재익이 들어갔을 때 살아 있었다고 주장해도 할 말은 없었다.

임보라의 얼굴엔 실망한 기색이 역력했다. 하지만 이새록이 힘차게 말했다.

"그래도 목사님 생각대로라면 아직 끝난 건 아니잖아요?"

"네, 제 부탁을 들어주신다면요."

"소장님이 금방 연락 주신다고 하셨어요. 아마 해 주실 거예요."

이새록이 걱정 말라는 듯 말했다. 임보라가 유진신과 이새록의 대화에 끼어들었다.

"무슨 이야기예요? 저한테도 가르쳐 주시면 안 돼요?"

유진신이 잠시 고민하다 입을 열었다.

"확실한 건 아니라 조심스럽지만 어쩌면 임치수 형제님의 억울함을 조금은 풀 수 있을지도 모릅니다."

유진신이 무슨 말을 하는지 몰랐지만 임보라의 눈엔 눈물이 핑 돌았다.

* * *

한밤의 아파트 놀이터에서 한 남자가 그네를 탔다. 어둠 속에서 다른 남자가 나타나 그네를 타고 있는 남자 앞에 섰다.

"왔어요?"

그네를 타고 있는 남자가 말했다.

"뭘 하는 겁니까?"

그네 앞에 선 양재익이 말했다. 그네 위의 유진신은 밤하늘을 올려다보았다.

"여기에선 별이 보이지 않네요."

유진신이 손가락으로 하늘을 가리켰다. 어두운 밤하늘에 반짝이는 점 하나가 보였다.

"서울에선 공해 때문에 별이 잘 보이지 않는다고 하더라고요. 저런 건 인공위성일 확률이 높다고 하네요."

"할 이야기라는 게 그거였습니까? 별이랑 인공위성을 구분하는 거?"

"성경에 이런 말이 있어요. 사탄이 광명의 천사처럼 가장해 사람들을 미혹한다고요. 별들 사이에 끼어든 인공위성처럼요."

유진신이 그네를 멈추고 계속 말했다.

"당신은 항상 중간에 끼어들어 모두를 속여요. 여러 증거들은 당신 때문에 하나로 이어지질 않지요. 수사는 엉망이 되고 결국 애먼 사람이 다치게 돼요. 더는 그렇게 하도록 두지 않을 겁니다."

양재익이 웃으며 고개를 저었다.

"목사님이 할 수 있는 건 아무것도 없어요. 아실 텐데요."

"당신이 약물을 우리 집에 갖다 놓았을 때 집 안에 사람이 있었어요."

"우렁 각시라도 숨어 있었단 말이에요?"

양재익은 허세 부리지 말라는 듯 웃어 보였다.

"당신도 아는 사람입니다. 방우린 씨요."

"……그것참 놀라운 소식이네요."

양재익의 한쪽 눈에 미세한 경련이 일어났다.

"설득하느라 애를 먹었지만 지금 경찰과 있어요. 전부 말할 겁니다. 당신이 나와 형사님을 감시하게 한 것, 약물을 가져다 놓은 것까지요."

양재익이 김빠진다는 듯 웃었다.

"비장의 수라도 있는 것 같더니 고작 그겁니까? 그 친구는 원래부터 제가 시키지도 않은 짓을 많이 하고 다녔어요. 그게 저를 위한 거라고 생각하면서요. 그러다 살인 사건의 용의자까지 되었지요. 누가 그 친구 말을 믿어 줄까요?"

유진신이 그네에서 일어나 양재익에게 다가갔다.

"맞아요. 당장 체포나 되지 않으면 다행이지요. 게다가 당신이 두고 간 약물은 버려 버렸더라고요."

방우린은 일단 약물을 들고 도망쳐 상황을 파악하려 했지만 금방 겁을 먹었다. 혹시나 약물을 소지하고 있다가 체포되면 다른 죄까지 뒤집어쓸 것 같았기 때문이다.

"마약일지도 모른단 생각에 변기에 버렸다더군요."

"증거는 다 없어졌고 신빙성 없는 증언만 남았군요."

양재익이 즐거운 얼굴로 말했다.

"네, 그 증거는 없어졌지요. 대신 다른 증거가 나타났어요."

유진신은 주머니에서 작은 케이스를 꺼내 열었다. 그 속엔 수술용 메스가 들어 있었다.

"당신이 경찰을 죽일 때 사용한 메스와 똑같은 제품이에요. 국과수에도 똑같은 게 있더라고요. 하나 얻어왔지요."

"경찰을 죽인 건 임치수라니까요. 임치수가 감호소에서 갖고 나온 거 아닙니까."

"네, 그게 풀리지 않는 문제였죠. 직원들도 오갈 때마다 몸수색을 받는데 어떻게 수감자가 메스를 숨기고 나왔느냐는 말이죠."

유진신이 메스를 흔들어 보였다.

"저번에 내 입장에서 생각을 해봤다고 했지요? 나도 당신 입장에서 생각을 해봤어요. 그러니 알겠더군요. 결국 당신의 방식은 항상 똑같아요. 중간에 끼어들어서 진실을 왜곡하지요."

양재익이 치료감호소에 진료를 하러 갔을 때 당직이었던 내과

의사는 자리를 피해주었다.

"진료 보시는 동안 저는 나가 있는 게 편하시겠죠?"
"네, 편하게 쉬다 오시죠."

양재익은 의무실을 둘러보다 가지런히 정돈된 메스를 보았다. 요즘 보기 힘든 일체형 메스였다. 양재익이 메스를 들어 보았다.

"그냥 구비만 해 놓은 거예요. 솔직히 여기서 수술을 할 것도 아닌데 그래도 갖출 건 갖춰야 하니까."

내과의사가 말했다. 양재익이 무슨 말인지 알겠다는 듯 고개를 끄덕였다.

"당신은 치수 형제를 속이고 교도관을 매수했지요. 하지만 자작극을 벌이려면 흉기가 필요했어요. 당신은 거기서 적당한 흉기를 발견한 겁니다. 바로 이거였죠."

유진신이 메스를 보여 주며 말을 이었다.

"구색만 맞춰 놓은 물건, 하나쯤 없어져도 금방은 모를 거라고 생각했겠지요. 사용할 일도 없을 물건이니까요."

"내가 그걸 갖고 나왔다고요? 방금 목사님이 말했잖아요. 매일 오가는 직원도 철저히 몸수색을 받는다고요."

"갖고 나올 필요는 없지요. 훔친 메스를 흉기로 썼다고 착각하게 하는 게 목적이었으니까. 그냥 감호소의 메스를 중간에서 없애기만 하면 되는 겁니다."

"……."

"휴지통에 버리는 건 위험하지요. 어디 숨겨 놓는다고 해도 들킬 가능성이 있어요. 실제로 감호소는 메스가 사라진 걸 파악하자마자 건물을 싹 다 뒤졌지요. 수감자의 손에 들어갔다면 큰일이 날 수 있으니까요. 들키지 않을 장소는 하나뿐이죠."

양재익은 진료가 끝난 후 의무실에서 메스를 챙겨 나왔다. 그리고 화장실로 가서 사람이 있는지 살펴보았다. 아무도 없는 것을 확인한 양재익은 마지막 칸에 들어가 메스를 변기에 넣고 물을 내렸다.

"당신이 메스를 버렸을 때 그 옆에 사람이 있었어요. 창고처럼 생겨서 몰랐을 겁니다. 믿기지 않겠지만 거기서 청소하시는 분이 쉬고 계셨어요. 속상하게요."

"……."

"하필 당신이 메스를 버린 그 칸은 평소에도 자주 막히는 곳이었죠. 워낙 낡기도 했지만 라면을 먹고 젓가락까지 버리는 몰지각한 인간들이 많아서요."

뭔가를 버리는 소리를 들은 청소부는 양재익이 화장실을 나가고 그 칸에 들어가 물을 내려 보았다. 아니다 다를까 변기가 또 막혀 있었다.

"또 어떤 망할 놈인가 싶으셨겠지요. 한숨을 쉬는데 소장님이 들어오셨어요. 어차피 곧 공사도 할 건데 그냥 이 칸은 막아 버리라고 하신 거죠. 당신이 그 칸을 쓴 마지막 사람인 겁니다."

유진신은 감호소장 곽한진에게 연락해서 변기를 뜯어 달라고 부탁했다. 어차피 쓰지도 않는 칸, 만약 거기서 메스를 찾아낸다면 보안이 뚫려 메스를 반출시켰다는 오명을 벗을 수 있었다. 곽한진은 유진신의 부탁을 들어주었다.

"거기서 찾아냈어요. 당신이 감추고 숨기려 했던 더러운 악의를."

양재익은 멍하니 듣고 있다가 갑자기 발작하듯 웃기 시작했다. 텅 빈 아파트 공원에 양재익의 웃음소리가 울려 퍼졌다. 한참을 웃던 양재익이 웃음기를 지우고 말했다.

"그게 변기에 걸렸다니 어이가 없네요. 근데 그걸 내가 버렸다고 어떻게 증명하지요? 청소부는 내 얼굴을 보지도 못했는데?"

"당신 지문이 찍혀 있어요. 이미 국과수에서 검사 끝냈고, 당신이 직접 카페로 찾아와 남겨 줬던 지문과 일치했습니다."

"……물속에서 한 달도 넘게 있었을 물건에 지문이 남아 있다고요?"

양재익은 믿지 못하겠다는 듯 말했다.

"법의학자는 죽음을 진료한다고 했던 말 기억하지요? 사람을 살리는 의술만 발전한 것이 아닙니다. 죽음의 원인을 밝히는 법의학도 꾸준히 발전해 왔어요. 굳이 좁은 길을 걷기로 한 사람들 덕분이죠."

유진신은 국과수에 남아있는 동료들의 이름을 떠올렸다.

"당신만큼 유명한 사람은 한 명도 없지만 꼭 기억하세요. 오늘 당신이 잡힌 것은 그 무명의 사람들이 보여 준 헌신 때문이니까요."

달이 구름에 가려지듯 양재익의 얼굴이 검게 물들었다.

"이제 감호소에서 사라진 메스와 병원에서 나타난 메스는 다른 것임이 입증됐어요. 임치수 형제가 병원에서 접촉한 사람은 당신뿐이에요. 새로운 메스를 건네줄 사람도 당신뿐이지요."

양재익은 유진신이 들고 있는 메스를 보며 눈을 빛냈다.

"혼자 왔어요?"

"아니요. 그럴 리가요."

양재익의 뒤편에서 한 남자가 나타났다.

"이번엔 확실히 용의자입니다. 동기야 뭐 말 같잖은 이유겠지요."

성요한이 말했다.

양재익은 주사위의 신이 보육원을 찾아왔던 순간이 떠올랐다. 컵 안에 있던 세 개의 주사위는 전부 6이었다. 주사위의 신은 웃으며 말했다.

"넌 운이 좋구나."

양재익의 손목에 수갑이 채워졌다.

"운이 나빴네요."

양재익이 말했다. 유진신이 고개를 저었다.

"아니요. 운이 나빠서가 아닙니다. 당신이 죄를 지었기 때문이죠. 죄를 지어서 벌을 받는 겁니다."

양재익이 피식 웃으며 말했다.

"우리, 또 봅시다. 목사님."

유진신은 아무런 대꾸도 하지 않고 성요한이 양재익을 연행하는 모습을 지켜보았다. 양재익이 떠나고 유진신은 하늘을 올려다보았다. 멀리 반짝이는 별 같은 것이 어둠 속으로 사라졌다.

"참치김밥 한 줄 포장해 주세요."

조웨이가 말했다.

"한국말 잘하네? 일하러 왔어요?"

아주머니가 김밥을 썰며 말했다.

조웨이는 웃어 보이며 아무 말도 하지 않았다. TV에선 뉴스가 방송되고 있었다.

"분명히 말씀드립니다. 이것은 비열한 정치공작입니다. 저는 결코 굴하지 않을 것입니다."

화면 속의 이정의가 말했다.

"그렇다면 왜 설케어의 부실 자료를 몰래 넘겨주신 건가요? 이미 설케어에 문제가 있다는 것을 알면서도 덮어 주신 건 사실 아닙니까?"

"성 모 경위에게 누명을 씌우려 했던 동료 경찰이 의원님 보좌관과 통화한 기록이 있는데요. 그건 어떻게 설명하실 건가요?"

기자들의 질문이 쏟아졌다.

"아직도 저 이야기야? 지겨워 죽겠네."

조웨이 뒤에 앉아 있던 남자 손님이 리모컨을 잡아 채널을 돌렸다. 다른 뉴스 채널에서는 살인 사건을 다루고 있었다.

"미얀마에서 유학을 온 것으로 알려진……"

조웨이가 앉은 자리에서 모자를 푹 눌러썼다.

"참치김밥 나왔어요."

조웨이가 재빨리 현찰을 건네고 김밥을 받았다. 뉴스를 보던 남자 손님이 조웨이를 힐끗 돌아보았다. 조웨이는 도망치듯 문을 열고 나왔다. 조웨이는 김밥을 먹으며 어떻게 해야 할지를 고민했다. 길을 걷다 보니 경찰서가 보였다.

"미얀마 경찰은 다 썩었어요. 대놓고 뇌물 요구해요."

"한국은 그렇지 않아. 물론 한국에도 나쁜 경찰이 있지만 좋은 경찰도 많아."

조웨이는 임보라가 해 준 이야기를 떠올렸지만 미얀마에서의 경험 때문에 경찰을 믿기는 어려웠다.

"도움이 필요한데 경찰을 믿기 어려우면 내가 말한 곳에 가 봐."
"어딘데요?"
"경찰서 앞 횡단보도를 건너서 오른쪽으로 가다 보면 골목이 나와."

조웨이가 골목 안으로 들어가자 카페가 보였다. 12평 남짓한 작은 카페였다. 전면이 통유리로 되어 있어 안이 환하게 보였다. 문옆 벽면에 카페의 이름이 적혀 있었다.

"천국에서 온 커피요?"
"가면 꼭 마셔 봐. 정말 맛있어."
"근데 커피가 무슨 도움이 돼요?"
"커피만 있는 게 아니거든."

바 테이블 안쪽에서 주인으로 보이는 장발의 남자가 커피를 내리고 있었다. 그 앞에 앉은 남자는 짧은 머리에 항공 점퍼를 입고 있었다. 조웨이는 잠시 망설이다 카페에 들어가 말을 걸었다.

"저기요."

장발의 남자와 그 앞의 남자가 동시에 조웨이를 돌아보았다.

"거기에 누가 있는데요?"

임보라는 뭐라고 답을 해야 할지 잠시 고민하더니 곧 해처럼 밝게 웃으며 말했다.

"천국에서 온 탐정."

-끝

천국에서 온 탐정

초판 1쇄 발행 2022년 12월 13일
초판 3쇄 발행 2023년 2월 28일

지은이   이동원
발행인   이진수
펴낸이   황현수
기획   이수현 황인지
출판신고   2010년 8월 16일 제2015-000037호

펴낸곳   (주)타인의취향
기획실장   최지연
편집   이지은
마케팅   이유리 김현지 박소영
경영지원   김나영
표지 그림   나예
디자인   수오
주소 서울시 마포구 큰우물로 75 성지빌딩 1406호
전화 02-6949-6014 팩스 02-6919-9058

ISBN 979-11-385-8686-3   03810